O Casal Perfeito

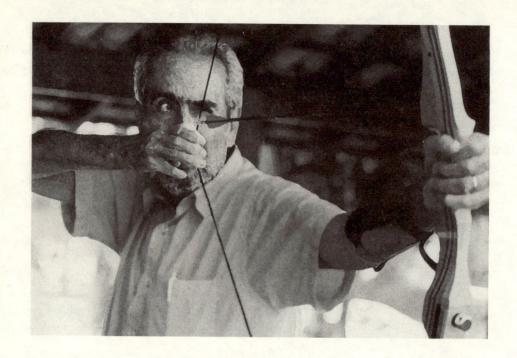

O Arqueiro

GERALDO JORDÃO PEREIRA (1938-2008) começou sua carreira aos 17 anos, quando foi trabalhar com seu pai, o célebre editor José Olympio, publicando obras marcantes como *O menino do dedo verde*, de Maurice Druon, e *Minha vida*, de Charles Chaplin.

Em 1976, fundou a Editora Salamandra com o propósito de formar uma nova geração de leitores e acabou criando um dos catálogos infantis mais premiados do Brasil. Em 1992, fugindo de sua linha editorial, lançou *Muitas vidas, muitos mestres*, de Brian Weiss, livro que deu origem à Editora Sextante.

Fã de histórias de suspense, Geraldo descobriu *O Código Da Vinci* antes mesmo de ele ser lançado nos Estados Unidos. A aposta em ficção, que não era o foco da Sextante, foi certeira: o título se transformou em um dos maiores fenômenos editoriais de todos os tempos.

Mas não foi só aos livros que se dedicou. Com seu desejo de ajudar o próximo, Geraldo desenvolveu diversos projetos sociais que se tornaram sua grande paixão.

Com a missão de publicar histórias empolgantes, tornar os livros cada vez mais acessíveis e despertar o amor pela leitura, a Editora Arqueiro é uma homenagem a esta figura extraordinária, capaz de enxergar mais além, mirar nas coisas verdadeiramente importantes e não perder o idealismo e a esperança diante dos desafios e contratempos da vida.

Elin Hilderbrand

O Casal Perfeito

Traduzido por Camila Fernandes

Título original: *The Perfect Couple*

Copyright © 2018 por Elin Hilderbrand
Copyright da tradução © 2024 por Editora Arqueiro Ltda.

Todos os direitos reservados. Nenhuma parte deste livro pode ser utilizada ou reproduzida sob quaisquer meios existentes sem autorização por escrito dos editores.

coordenação editorial: Taís Monteiro
produção editorial: Ana Sarah Maciel
preparo de originais: Priscila Cerqueira
revisão: Mariana Rimoli e Rafaella Lemos
diagramação: Equatorium Design
capa: Mario J. Pulice | Hachette Book Group, Inc.
imagem de capa: Debra Lill
adaptação de capa: Gustavo Cardozo
impressão e acabamento: Associação Religiosa Imprensa da Fé

CIP-BRASIL. CATALOGAÇÃO NA PUBLICAÇÃO
SINDICATO NACIONAL DOS EDITORES DE LIVROS, RJ

H543c

Hilderbrand, Elin
  O casal perfeito / Elin Hilderbrand ; tradução Camila Fernandes. - 1. ed. - São Paulo : Arqueiro, 2024.
  336 p. ; 23 cm.

  Tradução de: The perfect couple
  ISBN 978-65-5565-654-1

  1. Ficção americana. I. Fernandes, Camila. II. Título.

24-89073
CDD: 813
CDU: 82-3(73)

Gabriela Faray Ferreira Lopes - Bibliotecária - CRB-7/6643

Todos os direitos reservados, no Brasil, por
Editora Arqueiro Ltda.
Rua Artur de Azevedo, 1.767 – Conj. 177 – Pinheiros
05404-014 – São Paulo – SP
Tel.: (11) 2894-4987
E-mail: atendimento@editoraarqueiro.com.br
www.editoraarqueiro.com.br

Para Chuck e Margie Marino.
Não existe casal perfeito, mas vocês chegam perto.
Um beijo grande, com muito amor.

Sábado, 7 de julho de 2018, 5h53

O DELEGADO

Um telefonema antes das seis da manhã de sábado nunca é notícia boa, embora não seja raro num fim de semana prolongado. O delegado Ed Kapenash, chefe da Delegacia de Polícia de Nantucket, já está acostumado a ver os feriados de Quatro de Julho darem muito errado. O acidente mais comum é alguém perder um dedo mexendo com fogos de artifício, mas há casos mais graves. Houve um ano em que um nadador desapareceu na correnteza. Em outro, um homem bebeu dez doses de tequila, subiu num telhado à beira-mar, deu um mortal de costas e quebrou o pescoço assim que bateu na água. Em geral há bêbados e desordeiros a perder de vista, e algumas brigas tão graves que viram caso de polícia.

Quando o telefone toca, Andrea e os gêmeos estão num sono profundo. Chloe e Finn têm 16 anos e são filhos de uma prima de Andrea, Tess, e do marido dela, Greg, que morreram num acidente de barco nove anos atrás. Os filhos do delegado não deram tanto trabalho nessa idade, mas com Chloe e Finn o desafio é maior. Finn está namorando uma menina chamada Lola Budd, e esse amor adolescente está virando a casa do avesso. Já a irmã, Chloe, foi contratada por Siobhan Crispin para passar o verão trabalhando na Sabores da Ilha, a empresa de bufê mais movimentada de Nantucket.

Ed e Andrea se preocupam com os gêmeos, mas dividem essa preocupação meio a meio. Andrea teme que Finn engravide Lola – embora Ed tenha criado um constrangimento oferecendo a Finn uma caixa gigantesca de camisinhas e uma instrução muito clara: *Use. Sempre.* Já o delegado teme que Chloe comece a beber e usar drogas. Ele já viu pessoas que trabalham com comes e bebes caírem na tentação muitas e muitas vezes. A ilha de Nantucket tem mais de cem estabelecimentos que vendem bebida alcoólica; outras cidades do mesmo porte em Massachusetts têm um décimo disso. Por ser um destino de veraneio, a ilha tem uma cultura de festas, frivolidades e excessos.

Todo ano, na semana anterior ao baile de formatura do ensino médio, o delegado dá uma palestra sobre abuso de substâncias. Após a palestra deste ano os gêmeos nem olharam na cara dele. Ed tem se sentido velho demais para a enorme responsabilidade de criar adolescentes e sabe que impressioná-los está além do seu alcance.

Ele leva o telefone para a varanda dos fundos, com vista para as reservas pantanosas a oeste. Ali suas conversas são particulares, ouvidas somente pelas graúnas-de-asa-vermelha e pelos ratinhos-do-campo. A casa tem uma vista linda do pôr do sol, mas, infelizmente, não do mar.

O telefonema é do sargento Dickson, um dos melhores profissionais da delegacia.

– Ed, achamos um corpo boiando.

O delegado fecha os olhos. Foi Dickson quem contou a ele que Tess e Greg haviam morrido. O sargento não tem dificuldade para dar notícias perturbadoras; na verdade, parece desfrutar da tarefa.

– Continue – responde o delegado.

– Mulher branca identificada como Merritt Monaco, 29 anos, de Nova York. Veio a Nantucket para uma festa de casamento. Foi encontrada de bruços na água, perto da praia, em frente ao número 333 da Monomoy Road, onde o casamento vai acontecer. A causa da morte parece ser afogamento. Foi o Roger Pelton quem avisou. Sabe o Roger, dos casamentos chiques?

– Sei quem é – responde o delegado, que é membro do Rotary Club assim como Roger Pelton.

– Roger disse que sempre faz uma vistoria no local da festa logo de manhã – explica Dickson. – Quando ele chegou aqui, disse que ouviu uma gritaria. A noiva tinha acabado de tirar o corpo da água. Roger tentou fazer a reanimação cardiopulmonar, mas a moça estava morta, segundo ele. Acha que ela já morreu há algumas horas.

– Isso quem determina é a médica-legista. Monomoy Road, número 333, é isso?

– É um complexo – informa Dickson. – Tem a casa principal, dois chalés de hóspedes e uma casinha ao lado da piscina. O nome da propriedade é Summerland.

Summerland. O delegado já viu a placa, embora nunca tenha entrado lá. O tal trecho da Monomoy Road fica num bairro de padrão estratosférico e seus habitantes geralmente não têm problemas que exijam a presença da polícia. As propriedades têm sistemas de segurança sofisticados e os moradores tratam de resolver quaisquer questões de maneira sigilosa.

– Já notificaram todo mundo? – pergunta o delegado. – A polícia estadual? A perícia?

– Positivo, chefe. O Grego está indo para lá agora. Nossa sorte é que ele estava aqui na ilha ontem à noite. Mas tanto Cash quanto Elsonhurst estão de folga até segunda-feira, e eu estou terminando um turno dobrado, então não sei quem mais você quer chamar. Os outros caras não têm muita experiência...

– Daqui a pouco eu me preocupo com isso – responde o delegado. – A moça tem família para avisar?

– Não sei. A noiva ficou tão abalada que pedi aos paramédicos que a levassem ao hospital. Ela precisava de um ansiolítico urgente. Mal conseguia respirar, muito menos falar.

– O jornal vai ter que deixar quieto até notificarmos um parente próximo – afirma o delegado.

Isso até que vinha a calhar; a última coisa que Ed queria era ver Jordan Randolph, do *Diário de Nantucket*, farejando a cena do crime. Até agora ele não entendia como não tinha ouvido a chamada no rádio da polícia. Ao longo dos anos desenvolvera um filtro extraordinário em relação ao rádio: mesmo dormindo sabia o que merecia atenção e o que não era urgente. Mas agora precisava lidar com um cadáver.

Por lei, é necessário presumir que houve crime, embora crimes violentos sejam raros em Nantucket. O delegado trabalha na ilha há quase trinta anos e, durante todo esse tempo, viu apenas três homicídios. Um por década.

Foi Roger Pelton quem avisou. O delegado tinha ouvido falar no nome

9

de Roger há *pouquíssimo* tempo, dias atrás. E o *complexo* em Monomoy... também tinha ouvido falar disso. Mas por quê?

Ele escuta uma batida leve na janela e, pelo vidro, vê Andrea de pijama segurando uma xícara de café. Atrás dela, Chloe está andando pela cozinha de camisa branca e calça preta, o uniforme da empresa.

Chloe já está acordada?, pensa o delegado. Às seis da manhã? Ou chegou em casa tão tarde ontem que dormiu de uniforme?

É, conclui ele. Na noite anterior ela trabalhou no jantar de ensaio de um evento. Então se lembra: Chloe disse que o jantar de ensaio e o casamento aconteceriam em Monomoy e que Roger estava coordenando tudo. Era *o mesmo* casamento. O delegado balança a cabeça, embora saiba melhor do que ninguém que Nantucket é um ovo.

– A mulher que vocês encontraram estava *hospedada* no complexo onde o casamento vai acontecer? – pergunta ele.

– Positivo. Ela era a madrinha da noiva. Acho que não vai ter casamento nenhum.

Andrea, talvez reconhecendo a expressão de Ed, vai até a varanda, entrega o café a ele e volta para dentro. Já Chloe não está mais na cozinha. Deve ter subido a escada para tomar banho e se arrumar para o trabalho, que agora será cancelado. O delegado sabe que notícias assim se espalham depressa e que Siobhan Crispin deve ligar a qualquer instante.

O que mais Chloe tinha comentado sobre aquele casamento? Uma das famílias é inglesa, a mãe é famosa... Atriz, será? Atriz de teatro? Dramaturga? Alguma coisa assim.

O delegado toma o primeiro gole de café.

– Dickson, você ainda está no local, certo? Falou com alguém além da noiva e de Roger?

– Aham, com o noivo. Ele queria ir com a noiva para o hospital, mas primeiro entrou num dos chalés de hóspedes para pegar a carteira e o celular e voltou para me dizer que o padrinho sumiu.

– Sumiu? Será que temos *duas* pessoas mortas?

– Dei uma busca na água, na praia e nas redondezas com o binóculo – explica Dickson. – Não encontrei nada, mas a essa altura acho que tudo é possível.

– Fala para o Grego me esperar, por favor – pede o delegado. – Estou indo.

Sexta-feira, 6 de julho de 2018, 9h15

GREER

Greer Garrison Winbury prefere tradição, protocolo e decoro, mas, quando o assunto é o casamento de seu filho caçula, ela tem prazer em jogar tudo isso para o alto. É costume que os pais da noiva sejam os anfitriões e paguem as núpcias da filha, mas, se isso acontecesse no caso de Benji e Celeste, o casamento ia acabar sendo numa igreja de shopping e a festa seria numa hamburgueria.

Você é uma bela de uma esnobe, Greer – é o que Tag, seu marido, gosta de dizer. E Greer admite que isso pode ser verdade. Mas, em se tratando do casamento de Benji, ela *teve* que intervir. Olha o que ela precisou aguentar quando Thomas se casou com Abigail Freeman: um casamento *no Texas*, numa ostentação grandiosa e grotesca da riqueza que o Sr. Freeman acumulou no ramo do petróleo. Havia trezentas pessoas na "festa de boas-vindas" na churrascaria Salt Lick BBQ (Greer esperava passar a vida sem nunca ter que pisar num lugar daquele), onde o código de vestimenta sugerido era "country casual". Quando Greer perguntou a Thomas o que isso significava, ele disse: *Vá de calça jeans, mãe.*

Usar *calça jeans* na festa de casamento do seu primogênito? Greer optou por pantalonas marfim e sapatos Ferragamo de salto quadrado. O marfim acabou sendo uma péssima escolha, pois aparentemente a ideia era que todos os convidados da festa comessem costeletas de porco com as mãos. Houve gritos de alegria com a aparição surpresa de um cantor country chamado George Strait, a quem todos chamavam de "Rei do Country". Greer ainda não consegue imaginar quanto deve ter custado ao Sr. Freeman contratar o Rei do Country – e para um evento que nem seguia o horário normal de um casamento.

Agora ela está dirigindo seu Defender 90 (que Tag mandou restaurar e despachar da Inglaterra) até a balsa da Hy-Line para pegar os pais da noiva, Bruce e Karen Otis, enquanto canta a música que está tocando no rádio. É "Hooked on a Feeling", de B. J. Thomas.

Neste fim de semana, Greer é mãe da noiva tanto quanto do noivo, pois é 100% responsável pelos preparativos. Não enfrentou o menor sinal de resistência de ninguém, nem mesmo da própria Celeste; a moça responde a todas as sugestões de Greer com a mesmíssima mensagem de texto: **Para mim está ótimo.** (Greer detesta mensagens de texto, mas para se comunicar com millennials é preciso abandonar ideias antigas como a esperança de falar ao telefone.) Ela precisa admitir que escolher a paleta de cores, os convites, as flores e o bufê tem sido muito mais fácil do que poderia imaginar. É como se fosse o casamento dela, 32 anos depois... mas sem a mãe e a avó autoritárias que insistiram em fazer a festa à tarde no jardim abafado de Swallowcroft, e sem o noivo que insistiu em fazer a despedida de solteiro bem na noite anterior. Tag chegou em casa às sete da manhã cheirando a uísque Bushmills e Chanel Nº 9. Quando Greer começou a chorar e exigir saber se ele realmente tivera a audácia de dormir com outra mulher *na véspera do casamento*, a mãe dela a puxou de lado e disse que a habilidade mais importante num casamento era escolher bem suas batalhas.

Escolha as que você puder ganhar, dissera a mãe.

Greer continuou atenta à fidelidade de Tag, embora tenha sido exaustivo vigiar um homem tão carismático. Nunca encontrou provas concretas de qualquer indiscrição, mas com certeza teve suspeitas. Desconfia até hoje de uma mulher chamada Featherleigh Dale, que chegará a Nantucket vinda de Londres dentro de poucas horas. Se Featherleigh for boba e descuidada o bastante para usar o anel rendado de prata com safiras em tons de rosa, amarelo e azul (como na foto que Jessica Hicks, a designer da joia, lhe mostrou), o palpite de Greer estará confirmado.

Na Union Street o trânsito está lento. Greer deveria ter saído mais cedo. *Não pode de jeito nenhum* chegar atrasada para pegar os Otis. Ainda não conheceu pessoalmente a mãe e o pai de Celeste e gostaria de causar boa impressão, e isso não envolve deixá-los desamparados no cais em sua primeira visita à ilha. Greer achou arriscado fazer o casamento ali tão perto do feriado de Quatro de Julho, mas era o único fim de semana disponível em todo o verão e não puderam adiar até o outono porque Karen, a mãe da noiva, está com câncer de mama em estágio 4. Ninguém sabe quanto tempo lhe resta.

A música termina, o trânsito para de uma vez e o mau pressentimento que Greer conteve com sucesso até agora toma conta do carro como um cheiro desagradável. Em geral, apenas duas coisas inquietam Greer: o marido e a escrita. E a escrita sempre se resolve no final (é verdade que o faturamento não é o mesmo de antes, mas de todo modo o trabalho dela é *escrever* tramas de mistério, não vendê-las). Só que agora ela também está preocupada com… bem, se tivesse que resumir, diria que é com Celeste. A facilidade com que Greer conseguiu assumir o controle do casamento é inquietante. Como dizia sua mãe: *Se uma coisa parece boa demais para ser verdade, geralmente é.*

É como se Celeste *não se importasse* com o casamento. Nem um pouco. Como é que Greer não notou isso nos últimos quatro meses? Presumira que a futura nora estava sendo sensata e se curvando ao seu gosto impecável – ou depositando extrema confiança nele. Ou que o único interesse de Celeste era que tudo fosse feito do jeito mais rápido e conveniente possível por causa da doença da mãe.

Mas agora outros fatores chamam a atenção de Greer, como a gagueira que Celeste desenvolveu logo depois que a data foi marcada. No início, ela apenas repetia certas palavras ou frases curtas, mas depois o problema ficou mais notável e debilitante: Celeste tem tropeçado nos bês, pês e tês até ficar enrubescida.

Greer perguntou a Benji se a gagueira estava atrapalhando Celeste no trabalho. É diretora-assistente no Zoológico do Bronx e às vezes dá palestras aos visitantes – principalmente crianças em idade escolar durante a semana e estrangeiros aos sábados e domingos –, portanto precisa falar devagar e com clareza. Benji respondeu que é raro ela gaguejar no trabalho. Geralmente só faz isso em casa e em eventos sociais.

Greer ficou intrigada. Uma gagueira desenvolvida aos 28 anos poderia ser atribuída... a quê? Era uma espécie de *sinal*. Logo usou essa ideia no romance que estava escrevendo: o assassino desenvolve gagueira como resultado de sua culpa, o que chama a atenção de Miss Dolly Hardaway, a detetive solteirona que protagoniza todos os 21 livros de mistério de Greer. Na ficção isso foi bem aproveitado, como costuma fazer com tudo que acontece ao seu redor, mas e na vida real? O que está acontecendo com Celeste? Greer acha que, de alguma forma, a gagueira está ligada ao casamento iminente.

Mas não há tempo para ficar pensando nisso, porque de repente o trânsito avança e ela não só chega rápido à cidade, como também encontra uma vaga de estacionamento bem em frente ao cais da balsa. Chega dois minutos adiantada. Que sorte magnífica! As dúvidas se dissipam. Esse casamento, esse enlace de duas famílias no fim de semana mais festivo do verão, está obviamente destinado a acontecer.

KAREN

Vista de longe, a ilha de Nantucket é tudo que Karen Otis imaginou que seria: elegante, encantadora, náutica e clássica. A balsa passa dentro de um quebra-mar de pedra, e Karen aperta a mão de Bruce para avisá-lo de que agora ela quer se levantar e andar até o parapeito. Ele põe o braço nas costas da esposa e a ajuda a ficar de pé. Não é um homem grande, mas é forte. Em 1984, na Pensilvânia, foi campeão estadual de wrestling na categoria até 64 quilos. Karen o viu pela primeira vez no ensino médio, em Easton, sentado na arquibancada da piscina do colégio. Ela estava fazendo nado borboleta na equipe de revezamento, que treinava quase sempre no horário do almoço, e quando saiu da água avistou Bruce, de calça de moletom e agasalho com capuz, fitando uma laranja que segurava nas mãos.

– O que aquele cara está fazendo? – perguntou Karen em voz alta.

– Ah, é Bruce Otis – respondeu Tracy, que praticava nado costas. – É o capitão da equipe de wrestling. Tem uma competição hoje à tarde e ele quer perder peso.

Karen enrolou uma toalha na cintura e subiu a escada para se apresentar. Já era bem curvilínea no segundo ano e tinha certeza de que seu maiô tiraria da cabeça de Bruce Otis a laranja, o peso e qualquer outra coisa.

Bruce segura a esposa com firmeza e, juntos, se aproximam do parapeito. Os outros passageiros percebem o lenço na cabeça de Karen – que não consegue se convencer a usar peruca – e por respeito se afastam um pouco para abrir espaço.

Karen segura o parapeito com as duas mãos. Até isso exige esforço, mas ela quer ter uma boa visão da chegada. As residências à beira-mar são todas enormes, dez vezes maiores que sua casa térrea na Derhammer Street, na cidadezinha de Forks Township, Pensilvânia, e todas têm revestimento externo de cedro cinza e acabamento branco. Algumas têm varandas arredondadas; outras, sacadas sobrepostas em ângulos estilosos como uma torre de Jenga. Algumas exibem gramados verdejantes que se espalham até muros de pedra diante de uma faixa fina de areia. Todas hasteiam a bandeira dos Estados Unidos e estão impecavelmente conservadas. Não há uma única propriedade abandonada ou malcuidada na paisagem.

Dinheiro, pensa Karen. De onde vem toda essa riqueza? Ela já viveu o bastante para saber que dinheiro não traz felicidade – e com certeza não compra saúde –, mas fica intrigada ao tentar imaginar *quanto dinheiro* as pessoas que são donas dessas casas devem ter. Em primeiro lugar, são *casas de veraneio*, então é preciso levar em consideração a residência principal – um casarão de arenito em Manhattan, uma mansão de tijolos aparentes em Georgetown, uma propriedade num subúrbio histórico da Filadélfia ou uma fazenda de cavalos na Virgínia – e também o preço da casa à beira-mar nesta ilha de prestígio. Em seguida, Karen pensa em toda a mobília que essas casas devem ter: os tapetes e sofás, as mesas e cadeiras, os lustres, as camas com dossel, os lençóis de linho belga de 9 mil fios, as almofadas decorativas, as banheiras de hidromassagem e as velas aromáticas ao lado delas. (Celeste lhe apresentou a um mundo de velas além da sua imaginação: ao que parece existem velas de *mais de 400* dólares. Abby, a futura cunhada, presenteara Celeste com uma vela Jo Malone de pinho e eucalipto que custava 470 dólares. Karen deu um grito quando ouviu o preço. Custava quase o mesmo que o primeiro carro de Bruce, um Chevrolet Nova 1969!)

Além disso, é claro, é preciso pagar pelos serviços de paisagista, faxineiro, caseiro e babá para as crianças. Sem contar os carros: Range Rovers, Jaguares, BMWs. Deve haver aulas de navegação e tênis, vestidos de anarruga com monogramas, fitas de gorgorão para o cabelo e um novo par de mocassins a cada estação. E a quantidade de comida que essas casas devem ter? Tigelas de pêssegos e ameixas, bandejas de morangos e mirtilos, pão recém--saído do forno, salada de quinoa, abacates maduros, ovos orgânicos, filés marmorizados e lagostas fumegantes. E manteiga. Muita, muita manteiga.

Karen também leva em consideração todas as coisas chatas em que ninguém gosta de pensar: seguros, impostos, eletricidade, TV a cabo, advogados.

Essas famílias devem ter uns 50 milhões de dólares cada, calcula. No mínimo. E como é que alguém consegue ganhar *tanto* dinheiro assim? Ela perguntaria a Bruce, mas não quer constrangê-lo. Isto é, não quer constrangê-lo *ainda mais*; sabe que ele já é sensível quando o assunto é dinheiro, pois é algo que os dois não têm. Apesar disso, tem certeza de que ele será o homem mais bem-vestido no casamento. Ele trabalha no departamento de ternos da Neiman Marcus no shopping King of Prussia. Ganha um desconto de 30% em roupas, além de ajustes gratuitos. Ao longo dos anos, conseguiu preservar seu físico de lutador – ombros fortes, cintura afilada (nada de barriga de cerveja!) –, mantendo uma silhueta impressionante. Se fosse 5 centímetros mais alto, disse-lhe uma vez o vice-presidente da loja, poderia trabalhar como modelo.

Bruce adora roupas finas, de um jeito quase feminino. Quando leva alguma peça nova para casa (o que é bem frequente, fato que antes deixava Karen confusa, já que eles realmente não têm dinheiro para comprar roupas novas nem para ir a qualquer lugar onde ele possa usá-las), ele gosta de fazer um desfile de moda para ela. Karen se senta na beirada da cama – ou *se deita*, como nos últimos tempos – enquanto Bruce troca de roupa no banheiro e ressurge com a mão no quadril, rebolando pelo quarto como se estivesse na passarela. Isso sempre a faz gargalhar. Com o tempo entendeu que é por isso que ele compra tantos ternos, camisas, gravatas, calças e meias: para dar alegria a ela.

E também porque gosta de ter boa aparência. Hoje, para a chegada à ilha, ele está usando calça de brim G-Star preta, camisa Robert Graham com estampa paisley preta e turquesa e punhos verde-claros para contrastar, meias com listras de zebra e mocassins de camurça preta Gucci. O sol está quente. Até Karen, que agora está sempre com frio por causa da quimioterapia, sente calor. Bruce deve estar *assando*.

Surge um farol envolto numa bandeira americana e logo Karen vê dois campanários de igreja: um deles branco e pontiagudo, o outro uma torre de relógio com cúpula dourada. O porto está cheio de veleiros de todos os tamanhos, iates com vários andares, lanchas esportivas e cabinadas.

– Parece um set de filmagem – comenta ela.

Mas a brisa do mar leva suas palavras antes que Bruce consiga ouvi-las. Pela expressão dele, Karen percebe que está tão fascinado quanto ela. Ele provavelmente está pensando que os dois não passeiam por um lugar tão encantador assim desde a lua de mel, 32 anos antes. Na época, Karen tinha 18 anos e havia acabado de se formar no ensino médio. Depois dos gastos com as roupas do casamento e com a cerimônia no cartório, restaram 280 dólares para uma escapada de uma semana. Compraram uma caixa de coquetéis de vinho (que hoje estão fora de moda, mas, ah, como Karen gostava de um coquetel Bartles & Jaymes sabor framboesa naquela época) e um estoque de guloseimas – salgadinhos de milho, de cebola, Doritos Cool Ranch –, entraram no Chevrolet Nova de Bruce, puseram a fita de *Bat Out of Hell* do Meat Loaf e partiram para o litoral, os dois cantando a plenos pulmões.

Chegaram cedo aos pontos turísticos da costa de Nova Jersey, mas não se sentiram compelidos a parar. Aquela costa era a praia da juventude deles – as excursões da escola, as férias em família em Wildwood a cada verão –, e assim seguiram viagem para o norte, rumo à Nova Inglaterra.

A Nova Inglaterra, Karen lembra agora, parecia um lugar muito exótico. Ficaram sem gasolina numa cidade chamada Madison, em Connecticut, na saída 61 da estrada I-95. Tinha uma rua principal arborizada repleta de lojas, como um cenário de sitcom dos anos 1950. Quando Karen saiu do carro para esticar as pernas no posto de gasolina, sentiu o cheiro de maresia no ar e disse:

– Acho que estamos perto do litoral.

Perguntaram ao funcionário do posto o que havia para ver em Madison, e ele indicou um restaurante chamado Deque da Lagosta, que tinha vista livre para o Estuário de Long Island. No final da rua do Deque da Lagosta, em frente a um parque estadual com praia, ficava a Pousada Beira-Mar; um quarto custava 105 dólares por semana.

Karen sabe que não é cosmopolita. Nunca esteve em Paris, no Caribe, nem mesmo na Costa Oeste do país. Nas férias, ela e Bruce levavam Celeste para as Montanhas Pocono. No inverno, esquiavam no Monte Camelback e, no verão, iam ao parque aquático Great Wolf Lodge. O restante do dinheiro era guardado para a filha ir para a faculdade. Ela demonstrou interesse por animais desde cedo, e tanto Bruce quanto Karen esperavam que se tornasse veterinária. Quando, em vez disso, ela se voltou para a zoologia, também foi bom. Ganhou uma bolsa de estudos parcial na Universidade de Miami em Ohio, que tinha o melhor departamento de zoologia do país. Ter uma "bolsa de estudos parcial" significava ainda pagar muitas outras contas – algumas mensalidades, moradia, comida, livros, gastos pessoais, passagens de ônibus para casa –, portanto sobrava muito pouco para viajar.

Assim, aquela viagem à Nova Inglaterra permaneceu sagrada tanto para Karen quanto para Bruce. Agora eles estão em dificuldades ainda maiores – com uma dívida de quase 100 mil dólares devido às despesas médicas de Karen –, mas não havia a menor chance de perderem a viagem a Nantucket. A caminho de casa, depois que Celeste e Benji tiverem partido para a lua de mel na Grécia, Karen e Bruce vão parar em Madison, Connecticut, para o que ela vem secretamente chamando de Grand Finale. A Pousada Beira-Mar fechou há muito tempo, então Bruce reservou uma suíte com vista para o mar no Hotel Madison Beach, que faz parte da rede de hotéis Hilton. Ele disse a Karen que conseguiu de graça, usando pontos Hilton Honors que o Sr. Allen, o gerente-geral da loja, ofereceu a ele. Karen sabe que todos os seus colegas de trabalho queriam muito ajudar seu vendedor favorito, o Bruce dos ternos, cuja esposa tinha sido diagnosticada com câncer terminal, e, embora seja levemente embaraçoso, ela está grata pela consideração e principalmente pela generosa oferta. Madison, Connecticut, assumiu as qualidades paradisíacas de uma Xangrilá. Karen quer comer lagosta – com manteiga, muita, muita manteiga – e ver o sol se pôr devagar como uma pastilha de mel no Estuário de Long Island. Quer adormecer nos braços de Bruce enquanto ouve as ondas lamberem a praia, sabendo que a filha está muito bem casada.

O Grand Finale.

Em agosto passado, Karen descobriu que tinha um tumor na vértebra L3. O câncer de mama, que acreditava ter vencido, se espalhou até os ossos. Seu oncologista, o Dr. Edman, deu-lhe de um ano a 18 meses de vida. Karen acha que tem até o fim do verão, o que é uma bênção gigantesca, principalmente considerando todas as pessoas que morreram sem aviso ao longo da história. Ora, ela poderia estar atravessando a Northampton Street até a praça no centro de Easton e ser atropelada por um carro, o que tornaria o diagnóstico de câncer irrelevante.

Mas a notícia deixou Celeste arrasada. Ela havia acabado de ficar noiva de Benji, mas disse que queria adiar o casamento, sair de Nova York e voltar para Easton para cuidar da mãe. Isso era exatamente o contrário do que Karen queria. Ela incentivou a filha a *adiantar* o casamento, em vez de adiá-lo.

Celeste, sempre obediente, fez isso.

Na semana anterior, quando o Dr. Edman ligou para dizer que o câncer parecia ter se espalhado para o estômago e o fígado, Karen e Bruce decidiram esconder a notícia de Celeste. Na segunda-feira de manhã, quando for embora, ela vai se despedir da filha como se estivesse tudo bem.

Basta sobreviver aos próximos três dias.

Karen ainda consegue andar com uma bengala, mas Bruce providenciou uma cadeira de rodas para levá-la com cuidado pela rampa até o cais. Greer Garrison Winbury – ou melhor, Greer Garrison, porque de acordo com Celeste as pessoas raramente a chamam pelo nome de casada – deve estar à espera deles. Nenhum dos dois a conhece, mas Karen leu dois livros dela: o mais recente, *Drama em Dubai*, assim como o romance que alçou Greer à fama no início dos anos 1990, *Sangue na Rua Khao San*. Karen não é exatamente uma crítica literária – ela abandonou três clubes do livro porque os romances que escolhiam eram sombrios e deprimentes –, mas pode dizer que *Sangue na Rua Khao San* foi uma leitura ágil e divertida. (Ela não tinha ideia de onde ficava a Rua Khao San; no fim, era em Bangcoc, e o livro descrevia todo tipo de detalhes elaborados sobre a cidade – os templos, o mercado de flores, a salada de mamão verde com amendoim torrado – que a transportaram para longe tanto quanto os programas do Travel Channel na TV.) *Drama em Dubai*, porém, era formulaico e previsível. Na página 14 já sabia quem era o assassino: o cara sem pelos com um bigode tatuado. Karen poderia ter escrito um romance mais misterioso usando apenas *CSI: Miami* como inspiração. Ela imagina se Greer Garrison, a prestigiada autora de mistério que sempre é citada na mesma frase que Sue Grafton e Louise Penny, estaria funcionando no piloto automático agora, na meia-idade.

Karen examinou com calma a foto de divulgação de Greer; os dois livros que leu apresentavam a mesma imagem, apesar de um intervalo de quase 25 anos entre as datas de publicação. Na foto, Greer está usando um chapéu de palha com aba larga, e há um exuberante jardim inglês ao fundo. Deve ter tirado a foto quando tinha uns 30 anos. Exibe cabelo loiro-claro e pele pálida e impecável. Os olhos são de um belo castanho-escuro, e o pescoço é longo e gracioso. Não é exatamente linda, mas transmite uma aura de classe, elegância, realeza até, e Karen consegue entender por que decidiu nunca atualizar a foto. Quem quer ver a idade se abater sobre uma mulher? Ninguém. Então cabe a Karen imaginar como Greer deve estar agora, com rugas, certa tensão no pescoço e quem sabe uns fios brancos na raiz do cabelo.

Há uma multidão no cais – pessoas desembarcando, outras recebendo hóspedes, turistas perambulando pelas lojas, casais famintos em busca do almoço. Como o câncer invadiu o estômago de Karen, ela raramente tem fome, mas agora a expectativa de comer lagosta lhe desperta o apetite. *Será que vão servir lagosta no fim de semana do casamento?*, perguntou a Celeste.

Vão, sim, Betty, respondeu a filha, e o apelido fez Karen sorrir. *Vai ter muita lagosta.*

– Karen? – chama uma voz. – Bruce?

Karen olha por entre a multidão e vê uma mulher – uma loira magra com um sorriso maníaco, ou talvez o sorriso só pareça maníaco por causa do lifting – indo na direção deles de braços abertos.

Greer Garrison. Sim, lá está ela. O cabelo tem o mesmo tom de loiro da foto, e no alto da cabeça repousam óculos escuros muito elegantes – serão Tom Ford? Usa calça capri e túnica de linho, um look todo branco, o que Karen supõe ser muito chique e próprio para o verão, embora ela mesma prefira sempre roupas com mais cor, por ter trabalhado na loja de presentes da fábrica da Crayola em Easton por tantos anos. Na sua opinião, o visual de Greer ficaria mais interessante se a túnica fosse magenta ou amarelo-ouro.

Greer se abaixa para abraçar Karen na cadeira de rodas sem confirmar que ela é, de fato, Karen Otis, o que dá a impressão incômoda de que ela e Bruce sobressaem tanto ali que não há como errar. Ou talvez Celeste tenha lhe mostrado fotos deles.

– Que maravilha conhecer vocês finalmente! – diz Greer. – E numa ocasião tão feliz! Estou muito contente por vocês terem conseguido vir.

Karen percebe que está preparada para não gostar de Greer Garrison e se ofender com tudo que ela disser. É claro que ela e Bruce conseguiram ir! Sua única e adorada filha vai *se casar*!

Karen precisa melhorar de atitude, e depressa. Precisa abandonar a inveja mesquinha, o sentimento de inferioridade, a vergonha por não serem ricos nem sofisticados. Acima de tudo, precisa abandonar a raiva que sente. Não é Greer, especificamente, quem causa essa raiva. Karen tem raiva de todo mundo que não está doente. Todo mundo, menos Bruce. E Celeste, claro.

– Greer – diz ela. – Que *bom* te conhecer. Obrigada por nos receber. Obrigada por... tudo.

Bruce dá um passo à frente e estende a mão para Greer.

– Bruce Otis – diz ele. – É um prazer, madame.

– *Madame?* – Greer ri, jogando a cabeça para trás e expondo o pescoço, que continua gracioso, mas sem dúvida envelheceu. – Por favor, não me chame assim, parece que eu tenho mil anos. Me chame de Greer, e meu marido é Tag. Afinal, vamos ser da mesma família!

Família, pensa Karen enquanto Bruce a ajuda a se sentar no banco de trás do carro de Greer, que parece exatamente o tipo de veículo que as pessoas usam nas savanas da África no Travel Channel. Eles seguem por uma rua de pedras. Cada pedra em que o carro passa é um soco no estômago de Karen, mas ela rilha os dentes e aguenta o tranco. Bruce, sentindo a dor dela como se fosse sua, estende a mão entre os assentos para confortá-la. O comentário sobre a família pode ter sido automático, mas tem um apelo inegável. Karen e Bruce não têm uma família grande. O pai dela morreu de infarto quando ela estava grávida de Celeste; sua mãe pôs a casa em Tatamy à venda e acabou se casando com Gordon, o corretor de imóveis da região. Então, quando Celeste estava no jardim de infância, a mãe de Karen foi diagnosticada com um mieloma raro e morreu seis meses depois. Gordon ainda atua como corretor, mas quase nunca se veem. O irmão caçula de Bruce, Bryan, era da polícia estadual em Nova Jersey; foi morto numa perseguição em alta velocidade. Depois do enterro, os pais de Bruce se mudaram para uma comunidade de aposentados em Bethlehem, onde ambos morreram de velhice. Karen e Bruce sempre se apegaram um ao outro e a Celeste; são um grupo pequenino e insular de três. De alguma forma, Karen nunca imaginou que sua filha providenciaria toda uma nova família para eles, muito menos uma família de tanto prestígio quanto os Winburys, que não só têm uma casa de veraneio em Nantucket, mas também um apartamento na Park Avenue, em Nova York, e um flat em Londres para quando Tag viaja a trabalho ou Greer tem saudades de "casa". Karen não consegue deixar de sentir um entusiasmo secreto ao pensar numa nova família, mesmo que não vá estar por perto para aproveitar.

Greer apresenta a Main Street aos dois e aponta um certo restaurante que serve uma deliciosa salada de beterraba orgânica e uma loja que vende as calças vermelho-desbotadas que todos os homens vão usar amanhã. Greer conta que encomendaram uma delas para Bruce, ajustada às medidas que ele informou (isso é novidade para Karen). Depois ela aponta a butique onde comprou uma bolsa de mão que combina com o vestido que usará no casamento (embora diga que o vestido em si ela comprou em Nova York, é claro, e Karen quase diz que é claro que *ela* comprou o próprio vestido na Neiman Marcus do shopping King of Prussia usando o desconto do marido, mas decide que seria patético comentar isso) e uma loja especializada em antiguidades náuticas, onde compra os presentes de Dia dos Pais para Tag.

É quando Bruce pergunta:

– Então vocês têm um barco?

Greer ri como se a pergunta fosse boba, e talvez seja mesmo. Talvez todo mundo nesta ilha tenha um barco. Pode ser uma necessidade prática, como ter uma pá de neve resistente para o inverno de Easton.

– Temos três – responde ela. – Uma lancha Hinckley de 37 pés chamada *Ella*, que usamos para ir até Tuckernuck; uma Grady-White de 32, que usamos para ir a Great Point pescar robalo; e uma Whaler de 13, que compramos para os meninos poderem ir e voltar de Coatue com as namoradas.

Bruce faz que sim com a cabeça como se aprovasse as escolhas e Karen imagina se ele tem a mínima ideia do que Greer está dizendo. Karen com certeza não tem; a mulher poderia muito bem estar falando suaíli.

Qual será o parentesco entre ela e Greer quando os filhos se casarem?, Karen fica pensando. Cada uma será a sogra do filho da outra, mas não terão parentesco entre si, ou pelo menos nenhum parentesco que tenha nome. Ela desconfia que as mães de duas pessoas que se casam não costumam gostar uma da outra, para dizer o mínimo. Karen quer acreditar que ela e Greer vão se conhecer melhor, descobrir afinidades e se tornar íntimas como irmãs, mas isso só aconteceria no mundo dos sonhos onde Karen não morre.

– Também temos caiaques, tanto de um lugar quanto de dois – continua Greer. – Acho que o Tag gosta mais dos caiaques que dos barcos. Pode ser que goste mais dos caiaques que dos meninos!

Bruce ri como se essa fosse a coisa mais engraçada que já ouviu. Karen dá um muxoxo. Quem faria piada com uma coisa dessas? Ela precisa de um analgésico. Vasculha sua bolsa hobo vinho da Tory Burch, que foi presente de Bruce quando ela terminou o primeiro ciclo de quimioterapia, quando ainda tinham muita esperança. Ela pega o frasco de oxicodona tomando o cuidado de escolher uma pílula pequena e redonda, não uma das três ovais e peroladas, e a engole sem água. A oxicodona faz o coração disparar, mas é a única coisa que funciona contra a dor.

Karen quer admirar a paisagem, mas tem que fechar os olhos.

– Vamos chegar rapidinho – diz Greer depois de um tempo.

Seu sotaque inglês faz Karen pensar em Julie Andrews em *Mary Poppins*. *Supercalifragilisticamente rápido*, pensa ela. Greer contorna uma rotatória, depois dá seta e vira à esquerda. Com o movimento repentino do carro, a oxicodona entra em ação. A dor de Karen diminui e uma sensação de bem-estar a atinge como uma onda dourada. É de longe a melhor parte do efeito, essa descarga inicial que absorve a dor como uma esponja absorve a água. Karen está, sem dúvida, prestes a ficar viciada, se já não estiver, mas o Dr. Edman é generoso com a medicação. A esta altura, que importância tem um vício?

– Chegamos! – anuncia Greer ao virar numa entrada de conchas brancas trituradas.

summerland, diz uma placa. propriedade particular. Karen espia pela janela. Há uma fileira de arbustos de hortênsia dos dois lados da entrada, alternada com brinco-de-princesa e pervinca, e o carro passa por baixo de um arco de buxo em direção ao que Karen só consegue descrever como uma espécie de utopia à beira-mar. Há uma casa principal, imponente e grandiosa, com toldos listrados de branco e verde nas janelas. Em frente à casa estão dois chalés menores situados em meio a jardins planejados com fontes de pedra borbulhantes, trilhas pavimentadas com lajotas e canteiros de flores em profusão. E tudo isso está a poucos metros do mar. O porto fica logo ali, e do outro lado da vastidão azul e plana do porto está a cidade. Karen avista as torres de igreja que viu da balsa. O horizonte de Nantucket.

Está com dificuldade para respirar, que dirá falar. É o lugar mais bonito em que ela já esteve. É tão lindo que dói.

Hoje é sexta-feira. O ensaio na Igreja Episcopal de St. Paul está marcado para as seis da tarde e será seguido por um jantar para 60 pessoas, que incluirá um bufê de frutos do mar e música ao vivo, com uma banda cover que toca Beach Boys e Jimmy Buffett. Vão montar uma "tenda pequena" na praia para abrigar a banda e quatro mesas retangulares com quinze cadeiras. E vai ter lagosta.

O casamento é no sábado, às quatro da tarde, e será seguido por um jantar debaixo da "tenda grande", que tem teto de plástico transparente para que os convidados possam ver o céu. Haverá uma pista de dança, uma orquestra com dezoito instrumentos, e dezessete mesas redondas com capacidade para dez pessoas cada. No domingo, os Winburys vão organizar um brunch no seu clube de golfe; depois disso virá um cochilo, é o que Karen pensa, pelo menos para ela. Na segunda-feira de manhã, Karen e Bruce vão pegar a balsa, e Celeste e Benji pegarão um voo de Boston para Atenas, e de lá para Santorini.

Hora de parar, pensa Karen. Ela não quer sair do carro. Quer ficar ali mesmo, com todos aqueles planos suntuosos diante dela, para sempre.

Bruce ajuda Karen a sair do carro e lhe entrega a bengala, e no tempo que isso leva para acontecer as pessoas saem da casa principal e dos chalés para recepcioná-los como se fossem visitantes ilustres. Bem, *são mesmo*, pensa ela. A mãe e o pai da noiva.

Karen sabe que os dois também são uma espécie de atração por serem pobres e por ela estar doente, e torce para que todos sejam gentis em suas avaliações.

– Oi, eu sou Karen Otis – diz ao grupo reunido.

Karen procura um rosto conhecido, mas Greer sumiu e não há nem sinal de Celeste. Ela estreita os olhos ao sol. Tinha visto Benji, o noivo de Celeste, apenas três vezes, e a única coisa de que consegue se lembrar, graças à névoa cerebral da quimioterapia, é o rodamoinho no cabelo dele, que ela precisou se esforçar para não ajeitar a cada dez segundos. Há um belo par de jovens à sua frente e ela sabe que nenhum deles é Benji. Um dos dois está elegante com uma camisa polo azul-celeste, e Karen sorri para ele. O rapaz dá um passo à frente, estendendo a mão.

– Sra. Otis, meu nome é Thomas Winbury. Sou o irmão do Benji.

Karen aperta a mão de Thomas. O aperto dele quase basta para reduzir os ossos dela a pó.

– Por favor, me chame de Karen.

– E eu sou Bruce. Bruce Otis.

Bruce aperta a mão de Thomas e depois a do outro jovem. Ele tem cabelos pretos e olhos azuis cristalinos. É tão notável que Karen mal evita encará-lo.

– Shooter Uxley – diz o jovem. – Vou ser padrinho do Benji.

Ah, sim, Shooter! Celeste falou dele. O nome não é fácil de esquecer, e Celeste tentou explicar por que esse jovem era o padrinho em vez do irmão de Benji, Thomas, mas a história era um enigma para Karen, como se a filha estivesse descrevendo personagens de um seriado que ela nunca vira.

Bruce então aperta a mão de duas garotas, uma de cabelos castanho-claros e sardas, a outra uma morena de ar perigoso com um vestido de jersey bem justo numa cor que Karen chamaria de escarlate, como a letra.

– Não está usando roupa demais? – comenta a Letra Escarlate com Bruce.

Com um tom de voz ligeiramente diferente, pareceria estar se insinuando para ele, mas Karen percebe que a jovem quer saber se Bruce não está com calor, com a calça de brim preto, a camisa escura estampada, os mocassins, as meias. Ele está estiloso, mas não combina com o ambiente. Todas as outras pessoas estão com roupas casuais de verão: os homens de bermuda e camisa polo, as mulheres com vestido de algodão em cores vivas. Celeste pediu a Karen nada menos que meia dúzia de vezes para lembrar a Bruce que os Winburys eram engomadinhos despojados. *Engomadinhos*, essa era a palavra que Celeste insistia em usar, e para Karen soava curiosa. Esse termo não saiu de moda décadas atrás, junto com *yuppie*?

Celeste tinha dito: *Fala para o MacGyver vir de blazer azul e sem meia.* Quando Karen passou o recado, Bruce riu, mas não de alegria.

Sei me vestir, respondeu ele. *É a minha profissão.*

Um homem alto, elegante e grisalho atravessa o gramado e desce os três degraus de pedra até a entrada da garagem. Chega pingando água, com um calção de banho e uma blusa de neoprene.

– Sejam bem-vindos! – exclama ele. – Eu daria um abraço em cada um, mas vamos deixar as intimidades para depois que eu me secar.

– Virou o caiaque de novo, Tag? – pergunta a Letra Escarlate, provocante.

O homem ignora o comentário e se aproxima de Karen. Quando ela estende a mão, ele a beija, gesto que a pega desprevenida. Ela não sabe ao certo se alguém já beijou sua mão. Tudo tem uma primeira vez, pensa ela, até quando se está morrendo.

– Madame – diz ele.

O sotaque é inglês o bastante para ser gracioso, mas não tanto que incomode.

– Eu sou Tag Winbury. Obrigado por terem vindo de tão longe, obrigado por deixarem minha esposa cuidar de todo o planejamento, e obrigado acima de tudo por sua filha linda, inteligente e graciosa, nossa celestial Celeste. Estamos absolutamente apaixonados por ela e encantados com a união que se aproxima.

– Ah! – diz Karen.

Ela sente *as rosas* subindo às bochechas – era assim que seu pai descrevia o rubor no rosto dela. Esse homem é divino! Conseguiu deixá-la à vontade e, ao mesmo tempo, fazê-la sentir-se uma rainha.

Ela então sente um toque no ombro e se vira com cuidado, fincando a bengala nas conchas da entrada.

– B-B-Betty!

É Celeste. Está com um vestidinho branco e um par de sandálias fininhas. O cabelo está trançado, a pele ficou bronzeada, e os olhos azuis parecem arregalados e tristes.

Tristes?, pensa Karen. Este deveria ser o dia mais feliz da vida dela, ou o segundo mais feliz. Karen sabe que Celeste está preocupada com *ela*, mas a mãe está decidida a esquecer a doença, pelo menos nos próximos três dias, e quer que todas as outras pessoas façam o mesmo.

– Meu bem! – exclama Karen, beijando o rosto da filha.

– Betty, você veio – diz Celeste, sem nenhum sinal da gagueira. – Dá para acreditar? Você *veio*.

– Pois é – responde Karen, lembrando que ela é a razão pela qual o casamento acontecerá logo agora, na semana mais movimentada do verão.

– Eu vim.

Sábado, 7 de julho de 2018, 6h45

O DELEGADO

Ele para no número 333 da Monomoy Road logo atrás do detetive da polícia estadual Nicholas Diamantopoulos, também conhecido como Grego. O pai de Nick é grego e a mãe é cabo-verdiana; Nick tem pele negra, cabeça rapada e cavanhaque preto. É tão bonito que as pessoas brincam que deveria largar o emprego e fazer papel de policial na TV – com horários de trabalho melhores e um salário maior –, mas Nick está contente em ser um bom detetive e um notório sedutor.

Nick e o delegado trabalharam juntos no último homicídio, um crime relacionado a drogas na Cato Lane. Nick passou os primeiros quinze anos de carreira em New Bedford, onde as ruas eram perigosas e os criminosos, reincidentes, mas ele não faz o tipo durão: não usa nenhuma das táticas de intimidação que se veem nos filmes. Ao interrogar um suspeito, é acolhedor e empático. Às vezes conta histórias sobre sua *ya-ya* lá em Tessalônica, a avó que, depois de ficar viúva, usava um vestido preto feio e sapatos pretos mais feios ainda todo santo dia. E os resultados que Nick consegue! É só dizer a palavra *ya-ya* que as pessoas confessam qualquer coisa. O sujeito é mágico.

– Oi, Nicky – diz Ed.

– Oi, delegado. – Grego meneia a cabeça na direção da casa. – Triste, hein? A madrinha da noiva.

– Pois é, que tragédia.

Ed tem medo do que vai encontrar lá dentro. Não só uma mulher de 29 anos *morreu*, como a família e os convidados precisam ser interrogados, e todos os preparativos complicados e dispendiosos do casamento precisam ser desfeitos sem destruir a integridade da cena do crime.

Antes de sair de casa, o delegado foi ao andar de cima procurar Chloe para ver se ela ouvira a notícia. Ela estava no banheiro. Ele ouviu o som da jovem vomitando lá dentro e bateu à porta.

– Você está bem?

– Tô – respondeu ela. – Tô legal.

Legal, pensou o delegado. Isso quer dizer que depois do trabalho ela passou horas na praia bebendo Bud Light e entornando doses de licor Fireball.

Na cozinha, ele se despediu de Andrea com um beijo e disse:

– Acho que a Chloe bebeu ontem à noite.

– Vou falar com ela – disse Andrea com um suspiro.

Falar com Chloe não ia adiantar, pensou o delegado. Ela precisava mudar de emprego: arrumar os livros na biblioteca infantil, contar ovos de espécies ameaçadas na praia de Smith's Point ou coisa assim. Algo que a livrasse das encrencas em vez de levá-la direto para elas.

O delegado e Nick vão pelo lado esquerdo da casa principal até o gramado, onde uma tenda enorme foi montada. Encontram o pessoal da perícia dentro da tenda, um ensacando evidências, outro fotografando. Nick vai até a praia para ver o corpo; o delegado vê que a moça está largada a poucos passos da margem, mas, num dia quente desses, *é melhor levá-la* para o necrotério o quanto antes. Dentro da tenda há uma mesa redonda cercada por quatro cadeiras de restaurante brancas. No meio da mesa está uma garrafa quase vazia de rum Mount Gay Black Barrel e quatro copos, dois deles tombados. Metade de uma concha de amêijoa serve de cinzeiro ao charuto de alguém. É um Romeo y Julieta, cubano.

Um dos caras da perícia, Randy, está ensacando um par de sandálias prateadas.

– Onde achou isso aí? – pergunta o delegado.

– Debaixo daquela cadeira – diz Randy, apontando. – O Connor tirou uma foto. Sandálias Mystique tamanho 38. Não entendo muito de sapato, mas acho que eram da falecida. Vamos confirmar.

Nick está de volta.

– A moça está com um corte bem feio no pé – diz ele. – E vi um rastro de sangue na areia.

– Tem sangue nas sandálias? – pergunta o delegado a Randy.

– Não, senhor.

– Vai ver ela tirou o calçado e cortou o pé numa concha – sugere Nick.

– Bom, ela não morreu de um corte no pé – diz o delegado. – A não ser que tenha nadado para muito longe e não tenha conseguido voltar para a praia por causa do machucado…

– Acho que não – responde Nick. – Também tem um caiaque de dois lugares emborcado na praia e um remo largado na areia a poucos metros de distância. Não tem sangue no caiaque.

O delegado respira fundo. O ar está estagnado; não há brisa vindo do mar. O dia vai ser quente e cheio de insetos. Precisam tirar o corpo dali, e já. Precisam começar a interrogar as pessoas e tentar descobrir o que aconteceu. Ele se lembra do que Dickson disse sobre o desaparecimento do padrinho. Tomara que essa situação tenha se resolvido sozinha.

– Vamos entrar na casa – diz ele.

– É hora de dividir para conquistar? – pergunta Grego.

– Eu falo com os homens, você com as mulheres – acrescenta o delegado.

Nick opera maravilhas com as mulheres. Ele faz que sim com a cabeça.

– Combinado.

Conforme se aproximam dos degraus da varanda da frente, Bob, da cooperativa de táxi, para o carro na entrada e um rapaz de uns 20 anos desembarca. Está usando uma bermuda salmão – um tom de goiaba típico de Nantucket –, camisa social azul, blazer azul-marinho e mocassins. Segura uma bolsa esportiva grande numa das mãos e uma capa para ternos na outra. Está com o cabelo desgrenhado e barba por fazer.

– Quem é esse aí? – pergunta Nick num sussurro.

– Convidado atrasado – responde o delegado, e acena para Bob, que dá ré e vai embora.

O rapaz abre um sorriso nervoso para os policiais.

– O que está acontecendo? – pergunta.

– Você veio para o casamento? – é a resposta de Nick.

– Sou o padrinho do noivo, Shooter Uxley. Aconteceu alguma coisa?

Nick olha para o delegado, que assente de leve e tenta não deixar o alívio transparecer no olhar. Um mistério está resolvido.

– A madrinha da noiva morreu – diz Nick.

A bolsa e a capa caem no chão e o rapaz (Shooter Uxley, que nome) fica pálido.

– O quê? – diz ele. – Espera... *O quê?*

Interrogatório inicial, Roger Pelton, sábado, 7 de julho, 7h

O delegado recebe Roger Pelton na entrada. Os dois trocam um aperto de mão e o delegado segura o braço de Roger numa demonstração de amizade e apoio. Roger está casado com Rita desde a Idade do Bronze e eles têm cinco filhos, todos adultos. Dirige sua empresa de organização de casamentos há mais de dez anos, e antes disso foi um mestre de obras bem-sucedido. É o ser humano mais confiável que já nasceu neste mundo de Deus. Também esteve no Vietnã, lembra o delegado, onde ganhou um Coração Púrpura e uma Estrela de Bronze. É um candidato improvável a cerimonialista mais requisitado de Nantucket, mas tem tanto talento para isso que o negócio está em expansão.

Neste momento, Roger parece *abalado*. O rosto dele está pálido e suado; os ombros, caídos.

– Sinto muito por isso, Roger – diz o delegado. – Deve ter sido um choque horrível.

– Eu achava que já tinha visto de tudo – responde ele. – Já vi noivas darem meia-volta a caminho do altar, vi os noivos não comparecerem, peguei casal transando em banheiro de igreja. Já vi a mãe da noiva bater na mãe do noivo. Teve pais que se recusaram a pagar a conta e pais que me deram 5 mil dólares de gorjeta. Já vi tempestades, furacões, ondas de calor, nevoeiro e, uma vez, granizo. Já vi noivas vomitarem e desmaiarem, e até um padrinho que comeu um mexilhão e teve um choque anafilático. Mas nunca ninguém tinha morrido. Não conheci direito a madrinha, então não tenho muito o que dizer. Só sei que ela era a melhor amiga da Celeste.

– Celeste? – pergunta o delegado.

– Celeste Otis é a noiva. É bonita e inteligente, mas nesta ilha não falta gente bonita e inteligente. O mais marcante é que Celeste ama os pais dela, e é gentil e paciente com os futuros sogros. Ela é *modesta*. Em se tratando de uma noiva em Nantucket, sabe como é raro ver um pouco de modéstia?

– Imagino.

– Pois é, *muito* raro. Detesto que isso tenha acontecido no dia do casamento dela. Ela ficou totalmente arrasada.

– Vamos tentar descobrir o que aconteceu. Estou começando com você porque sei que tem muito o que fazer.

O delegado leva Roger até um banco de ferro pintado de branco, aninhado debaixo de uma pérgula repleta de rosas trepadeiras, e os dois se sentam.

– Conte o que você viu quando chegou aqui – pede ele. – Desde o começo.

– Cheguei mais ou menos quinze para as seis – diz Roger. – A empresa de aluguel ia deixar dezessete mesas redondas e 175 cadeiras dobráveis. Eu queria confirmar as quantidades, ver como ficava a pista de dança, ter certeza de que não teve nenhuma festa fora de hora. O de sempre.

– Entendi – responde o delegado.

– Assim que saí do carro, ouvi os gritos. E na mesma hora percebi que era a Celeste. Achei que tivesse acontecido alguma coisa com a mãe dela. – Roger faz uma pausa. – Karen Otis, a mãe da Celeste, está muito doente. Com câncer. Em todo o caso, só pelo tipo de grito já entendi que alguém tinha morrido. Tinha aquela *urgência*. Então fui correndo até a frente da casa e achei a pobre da Celeste tentando tirar a amiga da água pelos braços. Só de olhar para ela entendi que estava morta, mas a ajudei a puxar a moça para a praia e tentei reanimá-la.

– Reanimação cardiorrespiratória?

– Eu tentei. Eu… tentei. Mas ela já estava morta quando a encontrei, Ed. Disso eu sei.

– Então para que fazer reanimação?

– Pensei: vai saber… Eu tinha que fazer *alguma coisa*. A Celeste implorava: *Você tem que salvá-la, você tem que salvá-la!* – Roger apoia a cabeça nas mãos. – Ela estava morta. Não tinha como trazê-la de volta.

– Aí você ligou para a emergência?

– Eu tinha deixado meu celular cair quando desci do carro, então usei o da Celeste. Os paramédicos chegaram seis minutos depois e também tentaram reanimá-la. Depois chegou a polícia. O sargento Dickson. Eu e ele batemos na porta da frente da casa.

– E quem atendeu? Para quem você contou?

– Greer Garrison, a mãe do noivo. Ela e o marido, Tag Winbury, são os donos da casa. A Greer já estava acordada, com uma xícara de café na mão.

– É? Tem certeza? Ela estava acordada, mas não ouviu a Celeste gritando e não percebeu que vocês estavam puxando um corpo para fora d'água na frente da casa dela? Com todas aquelas janelas gigantes, ela não reparou? Não ouviu a sirene nem viu as luzes quando os paramédicos chegaram?

– Pelo jeito, não. Quando eu bati na porta, ela não tinha a menor ideia do que estava acontecendo.

– E como ela reagiu quando você contou?

– Começou a se tremer toda, derramou o café. Dickson teve que tirar a xícara da mão dela.

– Então podemos dizer que ela pareceu chocada e abalada?

– Ah, sim. O Sr. Winbury veio ver qual era o problema e contei para ele também. Ele achou que fosse brincadeira.

– "Brincadeira" – repete o delegado.

– Cada um reage de um jeito, mas as primeiras emoções, claro, são choque e descrença. A Celeste ainda estava gritando. Ela entrou num dos chalés para acordar o Benji, que é o noivo, e ele tentou acalmá-la, mas foi impossível. Ela estava... Bem, o sargento Dickson pediu que os paramédicos a levassem ao pronto-socorro. – Roger balança a cabeça. – Coitada. Era para ser o dia mais feliz da vida dela e em vez disso... a melhor amiga...

O delegado relembra o dia em que descobriu que Tess e Greg haviam morrido. Ele foi direto para a praia se encontrar com Andrea. Às vezes, na calada da noite, ainda ouve o som que sua mulher fez quando ele contou que Tess estava morta.

– Não existe coisa pior do que a morte súbita e inesperada de uma pessoa jovem – comenta o delegado.

– Pois é – concorda Roger. – Enfim, enquanto a família se reunia lá dentro, liguei para o bufê, a igreja, a orquestra, a autoridade portuária, a fotógrafa, o motorista. Liguei para todo mundo. – Ele consulta o relógio. – E detesto dizer isso, mas tenho mais dois casamentos hoje.

O delegado assente.

– Já vou liberar você. Só queria perguntar se reparou em alguma coisa estranha, curiosa, suspeita ou digna de nota a respeito da noiva, do noivo, da família ou de qualquer um dos convidados. Alguém ou alguma coisa chamou sua atenção?

– Só uma coisa. Não deve ser nada.

"Não deve ser nada" geralmente é alguma coisa, pensa o delegado.

– O que foi?

– A Celeste... – diz Roger. – Ela estava com a bolsa e uma mala de viagem na praia. E estava totalmente vestida. Com a roupa que devia usar no brunch de domingo.

– E você está se perguntando...

– Estou me perguntando por que ela estava com aquela roupa hoje de manhã. Por que estava com a bolsa e a mala de viagem. E por que estava acordada às quinze para as seis da manhã, com aquela roupa, ali na praia.

– Vamos perguntar para ela – diz o delegado. – É esquisito mesmo. – Ele pensa no que Roger está dizendo. – Será que ela e o noivo decidiram fugir de última hora?

– Também pensei nisso, mas os pais dela estão aqui... a mãe... Parece que tem alguma coisa errada. Mas ela é uma menina tão boa, Ed. Sei que tem uma explicação lógica para isso. Não deve ser nada.

**Interrogatório inicial, Abigail Freeman Winbury,
sábado, 7 de julho, 7h15**

As opções de Nick são poucas entre as mulheres. A noiva, Celeste, foi para o hospital; a mãe do noivo, Greer Garrison, está ocupada telefonando para os convidados para dar a notícia trágica; e a mãe da noiva, muito doente, ainda está na cama. Talvez ainda nem saiba o que aconteceu.

Assim, resta Abigail Freeman Winbury – Abby –, que é a madrinha e cunhada do noivo.

Abby é baixinha e tem cabelos castanho-claros e avermelhados num corte reto na altura dos ombros. Tem olhos castanhos e sardas. É bonitinha, pensa Nick, mas não linda. Quando ela entra na sala de estar formal onde ele fará o interrogatório – com portas de vidro que se fecham, separando-a do corredor, das escadas e do restante da casa –, está segurando os seios com as mãos. Nick pisca, aturdido. Tudo bem; ele já viu coisas mais estranhas que isso.

– Oi, Abby, eu me chamo Nick Diamantopoulos e sou detetive da Polícia Estadual de Massachusetts. Obrigado por vir falar comigo.

Abby solta os seios para apertar a mão dele.

– Só para você saber, estou grávida de quinze semanas. Fiz uma amniocentese uns dias atrás e o bebê está bem. É menino.

– Ah.

Isso, pelo menos, explica por que ela estava segurando os seios. Não é? Nick não tem filhos e nunca foi casado, mas sua irmã, Helena, tem três, e o que ele lembra da gravidez dela é que certa porção da dignidade pessoal vai por água abaixo. Helena, que sempre foi bem reservada e discreta em relação ao próprio corpo e às suas funções, se queixava dos seios doloridos (e depois dos vazamentos), bem como da frequência com que precisava fazer xixi.

– Bom, parabéns.

Abby abre um sorriso cansado mas vitorioso.

– Obrigada. Vai ser o primeiro herdeiro dos Winburys. Parece que isso é importante para os ingleses.

– Tenho um pouco de água aqui, se você quiser. Imagino que esteja bem abalada.

Abby se senta no sofá e Nick ocupa uma poltrona em frente a ela para poder encará-la.

– Meu estômago anda esquisito faz umas semanas – comenta ela. – E essa notícia é um horror. Não consigo acreditar. Parece um filme, sabe? Ou então um sonho. A Merritt morreu. Ela *morreu*. – Abby se serve de um copo d'água, mas não bebe. – Então será que... o casamento está *cancelado*?

– Sim, acho que sim.

Foi o que Nick ouviu Greer dizer ao telefone, com certeza. Que iam cancelar o casamento.

– Tá. – Abby parece meio decepcionada. – Imaginei. A Merritt é a melhor amiga da Celeste, na verdade a única amiga dela, e morreu. – Ela balança a cabeça como se para clarear a mente. – *É claro* que o casamento está cancelado. Não sei nem por que perguntei. Você deve achar eu que sou um monstro.

– De jeito nenhum. Sei que foi um choque.

– Um choque – repete Abby. – O casamento é um acontecimento importante, muito caro, sabe, para o Tag e a Greer... E a mãe da Celeste não está bem, e eu simplesmente não sabia ao certo se... se eles iam seguir a programação mesmo assim. Mas é claro que não. É *lógico* que não. Por favor, não conte para ninguém que eu perguntei.

– Pode deixar – diz Nick.

– Então... o que aconteceu? Você é detetive? Acha que alguém *matou* a Merritt? Que foi tipo um *assassinato*?

– Por lei, quando uma morte acontece sem testemunhas, temos que investigar – explica Nick. – Então vou fazer algumas perguntas. Perguntas fáceis. É só responder com toda a sinceridade possível.

– Claro, claro. É que eu... não consigo acreditar. Não dá para acreditar que isso está acontecendo. Quer dizer, racionalmente sei que está acontecendo, mas meu coração não aceita. Ela *morreu*.

– Conte o que você sabe sobre a Merritt.

– Não sou a melhor pessoa para falar dela. Só conheci a Merritt em maio. Fizemos uma despedida de solteira num fim de semana aqui e fomos nós três: eu, ela e a Celeste.

– Só vocês? Mais ninguém?

– Bem, o Tag e a Greer estavam aqui. A Greer organizou tudo, assim como o casamento inteiro. Então meus sogros estavam aqui, mas, tipo... não tinha mais nenhuma *mulher*. Não é meio estranho? A Celeste não tem muitas amigas íntimas. Quando me casei, tive onze madrinhas. Algumas da época da escola, outras da faculdade. Fui presidente da Tri Delta, minha irmandade na Universidade do Texas. Poderia ter tido umas trinta madrinhas. Mas a Celeste só tem a Merritt, uma amiga que ela conheceu em Nova York. A Merritt é relações-públicas no zoológico onde a Celeste trabalha.

– A Merritt trabalhava com relações públicas, e a Celeste, a noiva, trabalha num *zoológico*, é isso?

– A Celeste é a diretora-assistente do Zoológico do Bronx – explica Abby. – Ela sabe tudo sobre os animais, tipo os gêneros, as espécies, os rituais de acasalamento e os padrões de migração.

– Impressionante.

– E ela só tem 28 anos, o que acho que é incomum nesse mundo. De certa forma, a Merritt "descobriu" a Celeste. Ela que a escolheu como representante da Wildlife Conservation Society. A foto da Celeste está no folheto do zoológico, e o que a Merritt mais queria era pôr o rosto dela num outdoor, mas a Celeste recusou. Ela é bem recatada. Na verdade as duas são uma dupla engraçada, a Celeste e a Merritt, tipo aquele filme, *Um estranho casal*. *Eram* uma dupla engraçada. Desculpa. – Abby fica de olhos marejados e abana o rosto com a mão. – Não posso ficar nervosa com isso por causa do bebê. Tive quatro abortos espontâneos...

– Lamento muito – diz Nick.

– Mas *coitada* da Celeste. Ela deve estar *arrasada*.

Nick se inclina para a frente e olha nos olhos de Abby.

– Agora o melhor jeito de ajudar a Celeste é descobrir o que aconteceu com a amiga dela. Quando você diz que as duas eram como *Um estranho casal*, o que quer dizer?

– Ah, é que uma era o oposto da outra. Tipo, completamente.

– Como assim?

– Bom, para começar, na aparência. A Celeste é loira e clarinha, e a Merritt tinha cabelo preto e pele morena. A Celeste dorme cedo e a Merritt gosta de ficar acordada até tarde. A Merritt tem um trabalho complementar, desculpa, *tinha* um trabalho complementar como influenciadora.

– Influenciadora?

– Nas redes sociais. A Merritt tem uns 80 mil seguidores no Instagram que são todos iguaizinhos a ela, millennials urbanos e lindos, então ela ganha brindes por divulgar marcas em suas publicações. Ganha roupas grátis, bolsas grátis, maquiagem grátis. Come em todos os restaurantes novos mais badalados, vai a casas noturnas exclusivas e malha no La Palestra de graça, tudo porque mostra esses lugares no Instagram dela.

– É só para quem pode – comenta Nick.

– Né? A Merritt é... *era* uma *deusa* das redes sociais. Mas a Celeste não tem nem conta no Facebook. Quando ouvi isso, não consegui acreditar.

Achei que *todo mundo* tivesse conta no Facebook. Achei que as pessoas ganhavam uma, tipo, assim que nasciam.

– Estou com a Celeste – diz Nick.

Ele já ficou com uma mulher que tentou convencê-lo a criar um perfil no Facebook, mas a ideia de informar seu paradeiro, suas atividades e – o pior de tudo – com quem saía não lhe interessava. Nick é um solteirão inveterado; não gosta de exclusividade. Estar no Facebook seria arriscado. Por falar nisso...

– E os namorados? Sabe se a Merritt tinha namorado?

Abby lança a ele um olhar receoso. Uma das razões pelas quais Nick é tão bem-sucedido com as mulheres é que aprendeu a ouvir não só o que elas *dizem*, mas também o que *não* dizem. É um talento que ele aprendeu com a mãe, com sua *ya-ya* e com a irmã. Abby sustenta o olhar por tempo suficiente para fazê-lo pensar que ela está tentando dizer alguma coisa, mas em seguida balança a cabeça.

– Isso eu não sei dizer. É melhor perguntar para a Celeste.

– Abby, você sabe de alguma que não está me dizendo?

Abby toma um gole d'água, depois olha ao redor como se a sala fosse novidade para ela. O cômodo não parece ser muito usado. As paredes e as molduras são impecavelmente brancas, assim como o sofá em meia-lua e as poltronas modernas em formato de ovo. Há três quadros na parede com faixas vívidas de arco-íris – um losango, um círculo e um hexágono – e há esculturas feitas de aço e esferas de madeira que parecem brinquedos de montar. Há um piano de cauda preto coberto de porta-retratos. Numa mesa de vidro baixa há um livro decorativo com fotos de Nantucket, o que parece redundante para Nick. Se quiser ver Nantucket, é só sair de casa. Você já está na ilha mesmo.

– Ela chegou sozinha – conta Abby. – E para mim isso quer dizer que ou ela não queria ficar presa a ninguém ou então estava de olho em alguém que já estaria no casamento.

Ahhh, pensa Nick. Agora estão chegando a algum lugar.

– Quem, por exemplo?

– Nisso elas também são o oposto uma da outra! O Benji é o primeiro namorado de verdade da Celeste. E a Merritt... Bem, tenho certeza de que ela já ficou com muita gente.

– Mas nenhum relacionamento sério? – Nick tem a impressão de que Abby está tentando mudar de assunto. – Se vocês foram à cidade fazer uma despedida de solteira, devem ter dividido alguns segredos, né?

– E sabe o que mais? – diz Abby. – Os pais delas. A Celeste é superapegada aos pais. Tipo, *além do normal*. Bem, pode não ser justo dizer isso, porque a mãe dela está com câncer. Vou reformular: a Celeste é muito apegada aos pais, enquanto a Merritt disse que não fala com os pais dela há uns seis ou sete anos, eu acho.

O relato consegue chamar a atenção de Nick pela necessidade de informar um parente próximo.

– Sabe onde os pais dela moram?

– Não tenho a menor ideia. Ela é de Long Island, mas não é de um bairro chique, nem dos Hamptons nem nada assim. Acho que ela disse que tem um irmão. Isso também é melhor perguntar para a Celeste.

– Vamos voltar à sua declaração anterior – diz Nick. – Você acha que talvez a Merritt estivesse envolvida com alguém que estaria no casamento e que foi por isso que não trouxe um acompanhante?

– Por favor, posso usar o banheiro?

– Hein? – Nick tem certeza de que ela quer usar a ida ao banheiro para evitar responder à pergunta, mas se lembra da gravidez de Helena. – Ah, sim. Lógico.

Sábado, 22 de outubro de 2016

CELESTE

Blair Parrish, a herpetóloga-chefe do Mundo dos Répteis do Zoológico do Bronx, é hipocondríaca. Fica "doente" com mais frequência do que é possível acreditar. Ela liga para avisar que está doente num *sábado* – sem dúvida o dia mais movimentado do zoo – e Celeste pede que Donner, da Casa das Aves Aquáticas, a substitua na palestra sobre cobras que acontecerá às dez horas. Donner reclama: ele é especialista em pinguins-de-magalhães e em *literalmente* mais nada. Depois Celeste pede que Karsang, da Fauna do Himalaia, faça a palestra da uma da tarde no lugar de Blair; e ela, Celeste, fará a palestra das três, embora manusear serpentes seja a tarefa que menos aprecia no zoológico. A especialidade de Celeste são os primatas, mas, como diretora-assistente – a mais jovem de todos os zoológicos do país –, é sua função manter a paz, cumprir a rotina e dar um bom exemplo à equipe.

Celeste é experiente o bastante para saber que a palestra das três, em qualquer área do zoológico, é uma caixinha de surpresas. A das dez geralmente é a melhor: as crianças ainda estão curiosas, e os pais ou cuidadores ainda estão interessados e otimistas. A palestra da uma é quase sempre uma catástrofe; é assim que Celeste a descreve para Merritt ao telefone, porque não quer falar palavrão no trabalho. À uma da tarde as crianças estão famintas ou acabaram de comer e estão agitadas de tanto açúcar, com as mãos e o rosto pegajosos. A palestra das três pode ser *qualquer coisa*. Normalmente o público são crianças mais velhas, pois a essa altura as mais novas já foram para casa cochilar. Em geral, quanto mais velhas, melhor é o comportamento delas. Só que muitas vezes a palestra das três é procurada por pessoas que não conseguiram se organizar direito para ver a das dez ou a da uma.

Celeste entra no Mundo dos Répteis faltando dez minutos para as três. O cheiro do lugar não é lá essas coisas: tem um fedor de mofo e lagarto que ela sabe que vai se agarrar ao cabelo e às roupas dela, e é mais do que provável que vá incomodar as pessoas no ônibus para casa. Como é diretora-assistente, costuma usar roupa social comum em vez de uniforme, mas na palestra veste uma camiseta verde-musgo do zoológico por cima da blusa preta de gola alta e da saia lápis com estampa pied de poule, e, como se sente estranha usando calçado social no Mundo dos Répteis (hoje está com os sapatos de camurça com salto gatinho da Nine West que Merritt a ajudou a escolher), ela os troca pelos tênis de corrida que guarda no armário do trabalho para usar no ônibus. Ela percebe que está ridícula, mas as crianças vêm para ver as cobras, não ela.

Já há um casal esperando a palestra começar. Gênero: *Europeu*, pensa Celeste. Espécie: *Sueca? Norueguesa?* Seu habitat natural inclui fiordes e o sol da meia-noite, saunas e arbustos de arando-vermelho. Os dois são altos e fortes e têm cabelos loiro-claros e volumosos. O homem tem uma barba prodigiosa; a mulher usa óculos sem aro. Ambos estão com sandálias Birkenstock com meias grossas de lã. A mulher tira um pedaço de carne-seca de uma pochete e entrega ao homem, e Celeste pensa em repreendê-los. Não se deve comer no Mundo dos Répteis, e é proibido trazer comida e bebida de fora para o zoológico, mas é a última palestra do dia e não quer estragar o clima.

Poucos minutos antes das três, outro casal entra com uma menininha. Ela deve ter uns 7 anos (Celeste se tornou perita em adivinhar a idade das crianças, muitas vezes até os meses). A menina tem cachos *à la* Shirley Temple, do tipo que dá vontade de esticar entre os dedos só pela alegria de vê-los voltar ao lugar. O casal exala incômodo, e Celeste infere, com base no músculo tenso na mandíbula da mulher e nos sussurros zangados que voam por cima da cabeça da menina, que os dois estão discutindo. Quando põe a mão no primeiro tanque para pegar Cora, a falsa-coral, ela escuta discretamente a conversa. A mulher quer que o homem vá jantar com "Laney e Casper" hoje à noite, mas o homem lembra a ela que prometeu jantar na casa dos pais porque eles vão para Barbados na segunda-feira e passarão o feriado em Londres, e ele não pode cancelar nem adiar o programa.

A mulher – de cabelo claríssimo com tons de platinado, mas platinado intencional, não o branco da idade, o que a faz parecer uma personagem num filme de ficção científica – diz:

– Você parece um lacaio dos seus pais. É patético.

A menina levanta o rosto.

– Mamãe, o que é lacaio?

E a mãe de ficção científica rosna:

– Não estou falando com você, Miranda. Estou tentando ter uma conversa de adulto com o Benji.

Benji percebe o olhar de Celeste e sorri como quem pede desculpas.

– Miranda, essa moça bacana vai ensinar tudo sobre cobras pra gente – diz ele.

A menina arregala os olhos. A mãe bufa e Celeste abre um sorriso compreensivo, como para demonstrar que sabe que passear no zoológico pode ser um tédio. As coisas que os pais fazem pelos filhos!

O casal briguento usa roupas caras, muita camurça e caxemira, o homem com um relógio de boa qualidade, a mulher de sapatilhas e algum tipo de bolsa de marca. (Merritt conseguiria identificar não apenas o designer, mas também o ano de lançamento. Para ela, as bolsas são o que um Corvette é para a maioria dos homens.) Gênero: *Manhattan*, pensa Celeste. Espécie: *Upper East Side*. Seu habitat natural inclui porteiros e táxis, escolas particulares e lojas de grife.

Não é uma espécie rara no Zoológico do Bronx.

Celeste já revisou as anotações de Blair durante o almoço e, quando está prestes a começar a palestra, chega um grupo de adolescentes. Exalam o cheiro inconfundível de maconha. Celeste levanta as sobrancelhas.

– Vocês vieram ver a palestra sobre cobras? – pergunta ela.

Parece que eles acabaram de acender um baseado no parque e entraram no Mundo dos Répteis por engano.

– Aham – responde o que usa uma touca de tricô laranja fluorescente. – Aqui tem uma anaconda, né?

– Tem, mas eu não pego essa cobra – responde Celeste. – É grande demais.

– Eu também tenho uma anaconda bem grande – diz o garoto. – Mas ela você pode pegar quando quiser.

Celeste sorri, paciente. Não admira que Blair seja tão propensa a enxaquecas.

Benji se vira para o garoto e diz:

– Ei. Mais respeito com a moça, por favor.

Meu herói, pensa Celeste. Mas não quer que a situação se agrave, por isso diz:

– Vamos começar. Eu me chamo Celeste Otis. Sou a diretora-assistente do zoológico e hoje estou cuidando do Mundo dos Répteis. E esta aqui é a Cora, uma das nossas duas falsas-corais. As falsas-corais não são venenosas nem perigosas para os seres humanos; porém, são muito parecidas com as cobras-corais, que são *mortais*. Essa semelhança, conhecida como mimetismo batesiano, é um jeito de a falsa-coral se proteger na natureza.

Ela repassa ponto a ponto o discurso de Blair.

– Todas as serpentes têm sangue frio. Alguém sabe o que isso significa?

Ela sorri para a mãe de Miranda, mas a mulher entrou em modo gelo, com os braços cruzados e os olhos cravados na parede de concreto em algum lugar acima do ombro de Celeste. De vez em quando ela olha de relance para Benji, como se quisesse que ele percebesse o quanto está zangada e como é injusto que ele não vá jantar com Laney e Casper porque se comprometeu com os pais. A atenção de Benji, no entanto, está fixa em Celeste. Ele ouve como se cada palavra que ela diz fosse absolutamente fascinante.

– As cobras trocam de pele uma vez por ano e, quando isso acontece, seus olhos ficam turvos. Elas cheiram com a língua. E não têm orelhas.

Benji se abaixa para falar com Miranda:

– Que loucura, né? As cobras não têm orelhas.

Miranda dá uma risadinha.

– Algumas pessoas acham que as cobras são viscosas – diz Celeste. – Mas na verdade a pele delas é seca e fria. Alguém quer pôr a mão na Cora?

Ela oferece Cora à mãe de Miranda, que recua alguns passos, dizendo:

– Não, obrigada.

– Ah, vai, Jules – diz Benji. – Entra na brincadeira.

– Não quero pôr a mão na cobra – responde Jules.

– Não precisa ter medo – explica Celeste. – As cobras têm má fama desde os tempos bíblicos, mas a Cora é um amor.

– Não estou *com medo* – diz Jules. – Que audácia sugerir uma coisa dessas.

– Eita – diz o chapadão de touca laranja.

Celeste pensa em pedir desculpas, mas não tolera malcriação de criança e também não aceitará de uma adulta. Para provar seu argumento, ela oferece a cobra para Miranda, dizendo:

– Vamos mostrar à mamãe como você é corajosa.

Empolgada, Miranda estende a mão para acariciar Cora.

– Olha só – diz Celeste. – Acho que ela gostou de você.

Jules sai do Mundo dos Répteis feito um furacão.

Celeste suspira. Ela e seu chefe, Zed, vivem brincando sobre abrir um barzinho chique ao lado da lanchonete do zoológico para pessoas como Jules. Isso tornaria seu trabalho muito mais fácil.

Os suecos devem achar que a palestra acabou, porque também se retiram.

– Agora dá para mostrar a jiboia? – pergunta o doidão.

Celeste pega Jill, a jiboia, e encerra a palestra com um passeio pelo mundo das cobras venenosas – a biúta, a cascavel, a cobra-covinha e a favorita de todos os tempos: Nara, a naja. Quando Celeste dá uma batidinha no vidro, Nara se ergue como uma nuvem de fumaça e abre o capuz – e todos dão um passo para trás.

– E assim termina nossa visita guiada – anuncia Celeste. – Aproveitem o sábado.

Os maconheiros ficam batendo no tanque de Nara para ver se ela dá o bote enquanto Celeste vai até a pia lavar as mãos. Ela encontra Benji e Miranda parados diante do tanque de Cora e, numa tentativa de fazer as pazes após provocar Jules, junta-se a eles.

– Cora trocou de pele esta semana – conta ela. – A pele velha está ali.

Ela aponta para o túnel de pele cinza, delicado como filigrana, ainda quase intacto. Benji sorri.

– Obrigado por nos ensinar tanto no tour de hoje. E desculpe a Jules ter saído de repente. Ela está chateada com outra coisa.

– Tudo bem. Estou só substituindo a especialista em cobras. Na verdade, agora cuido mais de tarefas administrativas. O Mundo dos Répteis é muito bacana, mas eu sei que os problemas do mundo real não desaparecem quando a gente entra aqui.

– Você tem um cartão de visita? – pergunta Benji. – Tenho um amigo que organiza excursões em Nova York para empresários estrangeiros. Pensei em sugerir o zoológico.

– Tipo uma excursão para adultos?

– Geralmente eles visitam cassinos e casas de striptease. Acho que o zoológico seria uma novidade interessante. Uma atividade educativa.

– Eu tenho cartão, mas está no escritório. Pode ligar para o zoo e pedir para falar comigo. Meu nome é Celeste Otis. Ou, se quiser, posso passar meu número agora mesmo.

– Acho ótimo. – Benji pega o celular. – Pode falar que eu anoto.

Sábado, 7 de julho de 2018, 7h

Interrogatório inicial, Abigail Freeman Winbury, sábado, 7 de julho (continuação)

Enquanto Abby está no banheiro, Nick fica atento, procurando escutar vozes de outras partes da casa. Ele não ouve nada e não vê ninguém através das portas de vidro. Está num cômodo perfeito para um interrogatório; é quase hermeticamente separado dos outros. Sentado ali, vendo os raios de sol e as hortênsias pela janela, ninguém perceberia que há algo errado.

Abby volta de braços cruzados, o que Nick interpreta como uma atitude defensiva. Ela sabe ou desconfia de algo a respeito da vida romântica de Merritt. Nick só precisa fazê-la abrir o bico.

– Onde estávamos? – pergunta ele.

– Não sei – responde Abby.

– Que tal você falar sobre a noite passada?

– Bem, a primeira coisa que aconteceu foi que cancelaram o ensaio.

– Cancelaram?

– Acho que o reverendo Derby, que é o pastor da família em Nova York, ligou para dizer que o voo dele estava atrasado e que só chegaria a Nantucket bem mais tarde. Imaginei que iríamos à igreja mesmo assim para ensaiar a cerimônia com o Roger, o cerimonialista. Mas a Celeste e o Benji decidiram cancelar de uma vez. Foi quase como se…

– Como se o quê?

– Como se eles soubessem… que não iam se casar.

– O que quer dizer com isso?

Abby toma um gole de água e fixa o olhar no livro com imagens de Nantucket. A capa é uma foto da tradicional Frota Arco-Íris contornando o farol de Brant Point durante uma regata.

– Nada – responde ela.

– Havia algum sinal de que esse casamento poderia não acontecer?

– Não.

– Então nada de ensaio da cerimônia, mas ainda teve o ensaio do jantar, certo?

– Foi um piquenique na praia daqui. Com frutos do mar. Tinha ostras cruas, que não comi porque estou grávida e pode ter listéria no marisco cru. Nas carnes processadas também.

Abby toma outro gole de água e Nick luta contra o instinto de classificá-la como dolorosamente egocêntrica e totalmente inútil para a investigação.

– Tinha caldeirada, lagosta cozida, linguiça, batata, pão de milho. De sobremesa, vários tipos de torta. Ah, e biscoitos de cheddar caseiros. Eu comi uns dez.

– Que delícia – comenta Nick com um sorriso forçado. – Contrataram um bufê para o piquenique?

– Isso, um bufê. A mesma empresa que ia fornecer a comida para a festa do casamento hoje à noite. A Sabores da Ilha.

– Serviram bebidas alcoólicas?

Abby dá risada.

– Esta é a casa dos Winburys. Essa gente escova os dentes com Dom Pérignon.

– As pessoas beberam muito?

– Criaram até um coquetel exclusivo para o piquenique – explica Abby. – Era um mojito de amora-preta com frutas bem maduras e hortelã fresca aqui da ilha mesmo, tudo orgânico. E muito rum. Disseram que estava uma delícia. Tinha uma cor roxa maravilhosa, e ontem à noite estava tão quente que aposto que foi difícil resistir. E… deixa eu ver… A Greer estava bebendo champanhe; ela sempre bebe champanhe nas festas. Mas as outras pessoas preferiram esses mojitos. Ah, e também tinha um barril de cerveja Cisco, então depois de um tempo os caras começaram a beber cerveja.

– Você viu se a Merritt estava bebendo? – pergunta Nick.

– Não cheguei a ver, mas sei que estava. Ela se comporta como os rapazes. *Se comportava*, desculpa. Ela ouvia as mesmas músicas que eles, ou seja, Tay-K em vez de Taylor Swift, e encharcava a comida de pimenta. Conhecia todos os jogadores dos Yankees. Era o jeito dela: queria agir como um cara, mas parecer mulher. – Abby faz uma pausa. – Para ser sincera, eu achava meio difícil de aceitar.

– Esse é exatamente o tipo de detalhe que estou procurando – diz Nick, e Abby sorri com o elogio. – Conte o que aconteceu durante o piquenique.

– Depois que comemos foi a hora do brinde. O pai da Celeste foi o primeiro. O Sr. Otis só falou da esposa, o que foi estranho, mas no fim acabou citando a Celeste e o Benji. Depois disso o Thomas fez um brinde também. É o meu marido, irmão do noivo.

– E ele é o padrinho?

Abby bufa.

– Ele *não é* o padrinho. O Benji escolheu o Shooter. Shooter Uxley.

– Shooter. É verdade, é verdade. Fale do Shooter.

– Está com tempo para ouvir?

– Tenho o dia inteiro – responde Nick.

– Sabe quando a pessoa é tão charmosa e magnética que pode fazer qualquer besteira e ainda sair por cima?

– Sei. Meu primo Phil, um adônis de 1,80 metro, é o preferido da minha *ya-ya*. O preferido de *todo mundo*.

– Exatamente – diz Abby. – Nesse casamento o Shooter é tipo o seu primo Phil.

Nick sorri. Está gostando um pouco mais dela.

– Então... depois do seu marido, Thomas, mais alguém fez um brinde?

– Não. Achei que talvez o Tag fosse falar alguma coisa, mas não falou, não sei por quê. E a Merritt... Sabe, não me lembro de ver nem a Merritt nem o Tag na hora dos brindes.

Nick faz uma anotação: *MM ausente nos brindes*.

– Será que ela estava no banheiro? – pergunta ele. – Ela voltou?

Abby morde o canto do lábio.

– Voltou, voltou. Eu a vi depois. O Thomas foi filar um cigarro dela.

– A Merritt fumava?

Abby dá de ombros.

– Acho que ela fumava quando bebia. Igual a todo mundo. Menos eu, agora.

– A que horas acabou a festa?

– A banda parou de tocar às dez. É a lei, que você deve conhecer porque é um agente dela.

Abby pisca para Nick, que começa a ficar otimista. Estão criando uma sintonia, e a qualquer momento ela vai dar a informação que ele procura. *Vamos lá, Abby!*

– Eu estava exausta, mas o Thomas disse que queria ir para a cidade com o Benji e os amigos dele. Então a gente brigou.

– Brigaram?

– Logo no início do nosso casamento, o Thomas me disse que o jeito de fazê-lo feliz era deixá-lo ser livre. Ele sai com os amigos, viaja só com os caras e passa o restante do tempo no trabalho.

Parece um verdadeiro príncipe, pensa Nick.

– E eu disse a ele que, agora que estou grávida, ele tem que mudar esses hábitos. – Abby dá de ombros. – Se ele acha que vou criar este bebê sozinha, é melhor tirar o cavalinho da chuva.

Nick se sente jogado à força no papel de conselheiro matrimonial.

– No fim, o Thomas saiu?

– Saiu, sim – responde Abby. – Mas eu não gostei nem um pouco.

– Então quem saiu e quem ficou em casa?

– Eu fiquei em casa. A Sra. Otis, mãe da Celeste, ficou em casa. E a Greer também. O Tag e o Sr. Otis tomaram uma bebida no escritório do Tag, o que é um baita acontecimento.

– Ah, é? Por quê?

Abby sopra a franja da frente dos olhos.

– Ninguém tem autorização para entrar no escritório do Tag sem convite. *Eu* nunca fui convidada, então não sei ao certo o que tem de tão *mágico* nisso. Sei que ele guarda um uísque dos bons lá. Enfim, quando ele convidou o Sr. Otis para beber no escritório, isso significou que estava... aceitando-o como parte da família, eu acho. E preciso comentar: não que eu ligue para isso, mas o Tag nunca convidou o *meu* pai para beber no escritório.

– A Merritt foi para a cidade?

– Deve ter sido a primeira a ir. Não, *espera*!

De repente a voz de Abby fica tão aguda que Nick quase pula de susto.

– Espera, espera, *espera*! Eu *vi* a Celeste e a Merritt no roseiral depois que a festa acabou! A janela do nosso quarto tem vista para o jardim e eu vi as duas quando fui fechar a persiana. A Merritt estava *chorando*. A Celeste estava com as mãos nos ombros dela. Estavam conversando. Aí se abraçaram, a Celeste foi para a entrada da casa e a Merritt ficou no jardim. – Abby olha espantada para Nick. – Eu tinha me esquecido totalmente disso até agora. Se lembrasse teria contado antes.

Merritt e a noiva no roseiral. Merritt chorando.

– Na cena que você está descrevendo, a Merritt parecia estar chateada e a Celeste estava confortando a amiga, ou parecia que estavam discutindo? – pergunta Nick.

– A primeira opção – diz Abby. – A Celeste com certeza saiu com o Benji, o Thomas e os outros. Mas da Merritt eu não sei. Fechei a persiana e fui dormir.

Sério?, pensa Nick. Abby parece ter prestado atenção em tudo, e será que uma ex-integrante de irmandade da Universidade do Texas não sentiria uma atração natural por esse tipo de drama? Ela acabou de descrever Merritt como "um dos caras", então ver a moça *chorando* não a deixaria muito, muito curiosa?

– Você não deu uma olhada? – pergunta Nick. – Para ver o que ia acontecer? Para ver se a Merritt estava bem?

Abby olha bem nos olhos dele.

– Eu estava morta de cansaço. Fui dormir.

Ela o está lembrando, mais uma vez, de que está grávida. Ele assente.

– Pelo jeito que as coisas ficaram embaixo da tenda, parece que alguém bebeu até tarde. Acha possível que as pessoas que saíram tenham voltado e bebido rum?

– É possível – responde Abby.

– Tem alguma ideia de quem pode ter sido?

A expressão de Abby se fecha de uma vez, como uma porta batendo.

– Não.

É mentira, pensa Nick. *Deve ter sido naquele momento que a coisa ficou interessante.*

– A Merritt fazia parte do grupo que tomou a saideira? – pergunta ele.

– Sinceramente, não tenho a menor ideia – declara Abby.

Não é nem um pouco convincente. Nick respira fundo, exercitando a paciência.

– Quando o Thomas voltou para o quarto, você chegou a ver que horas eram? Isso é muito, muito importante. Por favor, tente lembrar.

– Era tarde.

– Tipo meia-noite? Ou mais para quatro da manhã?

– Eu não olhei o relógio. Não sabia… – Abby começa a lacrimejar. – Eu não sabia que isso ia *acontecer*!

– Por favor, fique calma. Vou procurar uma caixa de lenços.

– Estou bem – diz Abby, e em seguida murmura, quase para si mesma: – Não dá para acreditar que é verdade. É verdade. A Merritt *morreu*.

– Abby, tenho que perguntar: você ouviu mais alguma coisa no meio da noite? Ouviu alguém no mar? Havia um caiaque de dois lugares na praia…

Abby levanta a cabeça de repente.

– Um caiaque? É do Tag.

– Tem certeza?

– Tenho. O Tag tem dois caiaques que são o maior xodó dele. Foram feitos à mão por um cara lá no Alasca ou sei lá onde inventaram o caiaque. O Tag tem um caiaque de um lugar e um de dois lugares, e, quando ele convida alguém para remar no de dois, é um baita acontecimento, maior ainda do que quando ele convida alguém para tomar um uísque de mil anos naquele escritório.

– Já que o caiaque estava na praia, você acha que foi o Sr. Winbury quem o usou?

– Com certeza.

– Não é possível que alguém tenha pegado emprestado sem pedir?

– De jeito nenhum. O Tag deixa os caiaques trancados. Sei disso porque… bem, porque eu e o Thomas tentamos pegar o caiaque de dois lugares sem autorização. Tentamos adivinhar a combinação, usamos todos os aniversários, todas as datas importantes, e não conseguimos destrancar.

Sinceramente, não acredito que ele tenha largado um caiaque na praia. Isso é um sinal óbvio de que alguma coisa deu muito errado ontem à noite. O Tag não é descuidado assim.

– Abby, você diria que o Sr. Winbury é alguém que tem muitos segredos?

– *Todo mundo* na família Winbury tem segredos!

Nick prende a respiração. Está com medo de se mexer. *Vamos lá, Abby*, pensa ele. *Só mais um pouquinho.*

– Aposto que o Tag tem segredos – diz ela. – Mas gosto muito dele, o admiro e respeito, e quero que o sentimento seja recíproco. Sei que tanto ele quanto a Greer me acham uma fracassada porque não consegui dar um neto para eles... mas não sabem o que estou passando. O Thomas é... E a pressão... – Abby para e funga. – Desculpa por chorar. Isso não deve fazer bem para o bebê. Posso me retirar?

Nick suspira. Chegou *muito* perto, mas não pode pressioná-la na condição atual. Terá que obter as respostas em outro lugar.

– Pode, claro. Obrigado, Abby. – Ele sorri para ela enquanto mente dizendo: – Você ajudou muito.

Sexta-feira, 18 de maio – sábado, 19 de maio de 2018

TAG

Ele tem um rápido vislumbre da amiga da noiva na sexta-feira à noite, quando ela chega à cidade com Celeste e Abby para a despedida de solteira que Greer organizou. Tag vê a amiga de costas – o cabelo comprido e escuro e uma bela bundinha sob a minissaia justa de lantejoulas. Quando ela se vira, ele é agraciado com o perfil da moça. Bonita. Aí ela vira o tronco, vê Tag de olho nela, acena para ele e abre um meio-sorriso.

– Qual é o nome da amiga? – pergunta ele depois para a esposa.

– Merritt Monaco – responde Greer. – É morena. Não faz seu tipo.

Tag toma a esposa nos braços e, como sempre, ela apoia a palma das mãos no peito dele como se quisesse afastá-lo, mas ele a segura com firmeza. Tag afirma – num tom nada convincente – que não se interessa por morenas.

– *Você* faz meu tipo – diz ele.

– Aham, sei. – Ela faz o sotaque americano que ele sempre acha irresistível.

Ele beija o pescoço dela. Mais tarde, vai se apresentar à amiga.

A apresentação acontece na manhã seguinte. Tag está na cozinha lendo o

Diário do fim de semana e desfrutando de um café, uma toranja e um ovo poché com torrada integral depois de ter corrido 8 quilômetros e tomado banho na banheira de hidromassagem. Ele se sente limpo e puro, quase relaxado. Sua esposa e a futura nora saíram agora há pouco para uma reunião com o bufê. Ele tinha esquecido totalmente a amiga, até que ela entra na cozinha. Está descalça, com um short minúsculo de algodão e camiseta velha. Sem sutiã. Tag consegue ver os mamilos sob o tecido.

– Bom dia – diz ele, alegre.

Ela pula de susto. Ou talvez seja puro fingimento. É bonita demais para ser inocente. Leva a mão ao peito enquanto se vira para ele. O cabelo está despenteado.

– Bom dia – responde ela, com a voz enrouquecida de sono.

Ou talvez seja naturalmente rouca. Ela se recompõe e estende a mão.

– O senhor deve ser o Sr. Winbury. Como vai? Meu nome é Merritt, igual à estrada em Connecticut.

– Por favor, me chame de Tag – diz ele. – Como em *hashtag*.

Isso arranca um sorriso da moça. Ah, as millennials!

– Obrigada por nos receber neste fim de semana – diz ela. – Não esperava tanto luxo. Sua casa é sublime.

– Que bom que está gostando. O que aprontaram ontem à noite?

– Jantamos no Cru. As ostras lá são uma delícia.

– É verdade.

– Depois fomos comer caviar no Afterhouse – acrescenta Merritt.

– Ora, ora.

Ostras e caviar. Tag presume que ele mesmo bancou essa conta.

– Depois fomos ao Proprietors. De lá, para o Boarding House. Dali, para o Chicken Box. No fim, fomos comer pizza no Steamboat, porque todo mundo estava morrendo de fome. Depois voltamos para casa de Uber. Lá pelas duas da manhã, eu acho. Não era tarde.

Tag ri. Em Nova York, ela deve ficar fora toda noite até as quatro. Se tiver mais ou menos a idade de Celeste, ainda está na casa dos 20.

– Tem café? – pergunta ela.

Tag se levanta. Está usando um roupão macio que pegou na casa da piscina para vestir por cima do calção molhado, mas agora gostaria de estar com uma roupa normal. O roupão parece feminino demais. É como usar vestido.

– Vou pegar para você – diz ele. – Por favor, sente-se e relaxe. Como prefere o café?

– Puro.

Os dois têm isso em comum. Tag serve uma xícara para a jovem, que se senta na cadeira ao lado dele e cruza as pernas para cima. À vontade. Se Greer visse isso, não aprovaria, mesmo considerando que Merritt é morena e, portanto, teoricamente não faz o tipo de Tag. Mas imaginar a reação de Greer o deixa excitado. Com toda a certeza, ele vai para o inferno.

Ele se senta e contempla o próprio café da manhã meio comido.

– Posso fazer alguma coisa para você comer?

Ele se espanta com a própria hospitalidade. Se fosse qualquer outra pessoa que não uma mulher atraente, ele voltaria a ler o jornal. Mas ela ergue a mão, recusando.

– Não, obrigada.

– Então, tem alguma história da noite passada que você possa contar? – pergunta ele.

Merritt inclina a cabeça e abre um sorriso irônico.

– Fomos uns anjinhos – afirma ela. – Fiquei bem decepcionada.

Ele ri.

– Abby vomitou no caminho para casa – conta Merritt. – O motorista do Uber teve que encostar na Orange Street.

– Ela passou da conta? – pergunta Tag. – Fez bem.

– Se quer saber, acho que ela está grávida. Me deu essa impressão.

– Bem, seria uma ótima notícia.

E seria mesmo. Thomas e Abby estão tentando ter um bebê desde que se casaram, quatro anos atrás. O problema não é conceber. Pelo que Tag sabe, Abby já engravidou quatro vezes, mas todas as gestações terminaram num aborto espontâneo, e uma delas exigiu dilatação e curetagem no Hospital Lenox Hill. No entanto, Tag se sente mais desleal comentando a possível gravidez de Abby do que olhando para os seios de Merritt. Por isso ele muda de assunto.

– Então, em que você trabalha, Merritt-igual-à-estrada?

Ela toma um gole do café antes de responder.

– Oficialmente, cuido das relações públicas da Wildlife Conservation Society, que administra os quatro zoológicos da cidade e o aquário. Foi assim que conheci a Celeste. O Zoológico do Bronx fica com a maior parte do nosso orçamento, por isso faço todos os comunicados de imprensa deles e coisa e tal. E a Celeste, sabe, é uma estrela em ascensão por lá. Não é todo dia que a gente vê uma mulher tão jovem como ela ser nomeada diretora-assistente de um zoo.

– É mesmo – diz Tag.

Ele gosta muito de Celeste e acha que a carreira dela é magnífica. Greer não tem o mesmo entusiasmo. *Por que ela tem que administrar um zoológico?*, disse ela certa vez. *Por que não um museu ou uma fundação de caridade? Uma coisa mais elegante!* No entanto, Greer gosta muito mais de Celeste que de Jules, a ex-namorada de Benji. Jules Briar morava na Park Avenue, o que era bom, mas o apartamento, o dinheiro e a filha, Miranda, eram todos do primeiro marido, Andy Briar, diretor da Goldman Sachs, o que era ruim. Greer queria que Benji encontrasse alguém sem toda essa bagagem – e Celeste é uma folha em branco. É quase como se ela tivesse passado os primeiros 26 anos de vida num convento. Benji é o único namorado sério que ela já teve.

– E extraoficialmente... – acrescenta Merritt com um toque de provocação na voz.

Isso traz Tag de volta à conversa atual. *Extraoficialmente*, pensa ele, *ela é stripper. Ou acompanhante de luxo.*

– ... sou influenciadora.

– Influenciadora?

– Trabalho promovendo empresas e eventos – explica Merritt. – Então algumas das minhas roupas, bolsas e sapatos são de marcas caríssimas, mas consigo tudo de graça por divulgá-las nas minhas redes sociais. Faço campanhas para dezenove empresas.

– Meus parabéns.

Tag entende por que ela faz sucesso como influenciadora: é jovem, linda, carismática, sexy. E *audaciosa*. Faz uma dupla interessante com Celeste, que não tem um pingo de audácia.

– E *você*, em que trabalha? – pergunta Merritt.

Tag ri. Gosta da objetividade dela.

– Sou dono de um fundo de investimentos – diz ele.

– Olha só como eu estou surpresa.

– É um tédio absoluto, eu sei. Comecei minha carreira no Barclays, em

Londres, mas, quando os meninos terminaram a escola primária, decidimos que seria melhor nos mudar para Nova York.

Ele *não conta* que a maior parte da riqueza vem da família de Greer. Os Garrisons eram proprietários de fábricas que produziam mais de metade do gim da Grã-Bretanha. E os direitos autorais dos livros de Greer também não são de se jogar fora, embora as vendas estejam em declínio constante e Tag tenha pensado em sugerir que ela se aposente antes de se tornar uma paródia de si mesma. A base de fãs dela, muito devota, é composta praticamente só por solteironas que têm gatos.

Ele pensa na típica solteirona que tem gatos – isolada em sua casinha numa aldeia inglesa, servindo uma xícara de chá e se preparando para passar uma tarde chuvosa na poltrona com um gato tigrado estirado no colo enquanto abre o mais novo romance de Greer Garrison, que se passa num lugar exótico – e sente alguma coisa tocar sua perna. É o pé de Merritt. Ela está subindo a canela dele com os dedos do pé enquanto toma o café e finge olhar para o Estuário de Nantucket lá fora.

Tag fica ereto num instante. Ele pensa em levantar a camiseta dela ou, melhor ainda, rasgar essa coisa velha ao meio para poder lamber os mamilos duros até ela gemer no ouvido dele. Aonde pode levá-la? Talvez, se abrir o roupão e mostrar o efeito que ela causou, ela se ajoelhe na frente dele. Ali mesmo, na cozinha. Será que conseguem ser tão descarados assim?

Quando ele se mexe para abrir o cinto do roupão, Abby entra mancando na cozinha, com uma das mãos na barriga e a outra na nuca, como se estivesse tentando se sustentar. Ao ver Tag e Merritt, uma expressão de susto toma conta de seu rosto, e a seguir algo mais sombrio lampeja em seu olhar. *Que impressão ela deve estar tendo?*, pensa Tag.

Abby aprendeu boas maneiras desde cedo. Ela apenas sorri e diz:

– Bom dia. Desculpem por ter dormido até tarde. Eu não estou *nada* bem.

– Quer café? – pergunta Tag.

Merritt se levanta.

– Vou experimentar o chuveiro da piscina – diz ela.

Quando Greer e Celeste voltam, todas as garotas vão para a piscina de biquíni. Tag gostaria de se juntar a elas, mas não pode fazer isso sem parecer um velho pervertido e patético. Ele decide, em vez disso, sair com o caiaque. Acena ao passar pela piscina, dando uma olhada longa e interessada em Merritt, que está usando um biquíni preto com uma teia complicada de tiras nas costas. O biquíni talvez tenha sido criado para fazer referência a bondage e inspirar qualquer homem que olhe para ele a querer uma tesoura afiada para cortar aquelas tiras e chegar ao corpo voluptuoso. No entanto, o biquíni, com sua teia, também faz Tag imaginar uma aranha. *Uma viúva-negra*, pensa ele. Merritt é perigosa. É melhor ficar longe dela.

Tag rema até os riachos Monomoy, uma série de cursos d'água que serpenteiam por entre juncos e zosteras, em volta de ilhas flutuantes e bancos de areia. É um lugar sereno. O único som é o bater do remo contra a superfície da água. No céu, uma águia-pescadora voa e, ao longe, Tag enxerga veleiros, uma balsa a se aproximar e o cais comercial.

O sol está absurdamente quente para maio e Tag tem vontade de tirar a camiseta para poder ganhar algo vagamente parecido com um bronzeado. Deve estar enfeitiçado, pensa ele, porque não pensa em ficar bronzeado desde que foi salva-vidas em Blackpool Sands, no verão de 1981. Ele tem 57 anos, provavelmente mais que o dobro da idade daquela garota. Tenta tirá-la da cabeça e se concentrar em tudo que já tem: uma carreira satisfatória, ainda que enfadonha; uma esposa bonita e talentosa; e dois filhos saudáveis, que estão finalmente começando a aprender a ser adultos. Tem um apartamento com cinco quartos de antes da Segunda Guerra Mundial na Park Avenue, um flat em Londres e a casa em Nantucket. Ele e Greer visitaram Nantucket pela primeira vez no verão de 1997 e, com o fundo que ela herdou no aniversário de 35 anos, compraram o terreno. Mesmo na época, uma propriedade nesta ilha remota de pescadores e espíritos livres já era bem dispendiosa, mas Greer adorou, e Tag adorava fazê-la feliz.

Ele passou a ter muito carinho pela ilha, ainda que agora sua vida nela seja menos sossegada. Há sempre algum *acontecimento*: um festival, uma ação de caridade, a chegada de hóspedes, uma festa, um novo restaurante que Greer insiste que eles precisam conhecer e, dali a algumas semanas, um casamento para o qual vão receber 170 pessoas. Mas Tag gosta mesmo é de aproveitar a ilha como está fazendo agora: na água, com o caiaque. É mais fácil encontrar o encanto de Nantucket no mar.

Tag rema até o iate clube, depois dá meia-volta e vai para casa. Ele decide ser forte o bastante para o que quer que o aguarde lá.

Tag nunca dominou completamente a arte de sair do caiaque e quase sempre afunda o corpo no processo. Isso sempre arranca risadas de Greer, além de refrescar o corpo dele, coisa de que muito precisa, portanto é meio culpado de facilitar o acidente. Depois de puxar o caiaque até a praia, ele se seca e olha o celular. Há uma mensagem de voz de seu amigo Sergio Ramone.

Tag encontra Greer arrumando flores no solário.
– Sergio ligou – diz ele. – Está com dois ingressos para o festival de vinhos Dujac Grand Cru de hoje. O chef do Nautilus é quem vai cuidar da comida, e o jantar vai ser numa casa chique na Quaise Pasture Road. Falei para ele que vamos. Os convites são absurdamente caros, mas nós merecemos.
– Hoje não posso – diz Greer.
– O quê? Por que não? Você adora Dujac. É um terroir de alta categoria. Não estamos falando de Sonoma nem da África do Sul. É uma oportunidade sem igual. Sabe como são esses vinicultores franceses. Se a gente demonstrar o devido apreço, eles não resistem e começam a abrir as garrafas que não deveriam, os vinhos bons de verdade, as safras raras que nunca mais vamos ter a chance de provar.
– Hoje tenho que ficar em casa para escrever. Meu prazo termina em trinta dias e estou pavorosamente atrasada por causa do casamento. Além disso, tive uma ideia quando estava na cidade com a Celeste e quero escrever antes que eu esqueça.
– O jantar é só depois das sete – diz Tag. – Vá escrever agora para terminar às seis, a tempo de tomar banho e um drinque enquanto se arruma.
– Agora não posso, estou ocupada.
– Eu arrumo as flores. Vá escrever.

– Você sabe que eu não funciono assim, querido.

Ele tem vontade de estrangulá-la. Não deveria ter esperado que sua esposa manifestasse uma propensão repentina à espontaneidade. Ele sabe *mesmo* que ela não funciona assim. Sabe que é impossível incitar Greer a escrever, que ela precisa ouvir sua musa interior, e a musa prefere as horas noturnas, a casa silenciosa e escura, uma taça de vinho (um vinho simples, uma garrafa de chardonnay de 15 dólares, por exemplo, que não terá nada em comum com o que vão servir nesse jantar).

– Mas o que eu faço agora? – pergunta Tag. – Prometi para o Sergio que compraria os ingressos dele.

Se fosse qualquer outra pessoa, Tag ligaria e diria que mudou de ideia, mas Sergio é um respeitado advogado criminalista, além de ser o amigo que fez Thomas entrar na faculdade de direito na Universidade de Nova York quando não havia a menor chance de ele entrar por conta própria. E depois Sergio ainda deu um jeito de conseguir um emprego para Thomas na Skadden, Arps, o escritório de advocacia onde o rapaz está trabalhando. Thomas não tem a mesma garra que o restante da família, precisa admitir. Tag desconfia que ele vá desistir da profissão antes de se tornar sócio da firma. Mesmo assim, Tag e Greer têm para com Sergio Ramone uma grande dívida de gratidão. Tag não pode voltar atrás. Ele imagina que pode pagar os 3.500 dólares cada e simplesmente não ir, mas seria um enorme desperdício.

– Por favor, querida.

Greer enfia uma peônia no vaso. A peônia é rosa-escura e parece um coração humano se expandindo em desespero. Ou Tag é que está projetando o que sente.

– Leve uma das meninas – sugere ela.

Tag bufa, achando graça.

– Estou falando sério – diz Greer. – Não se sacrifique por minha causa. Não vou gostar nem um pouco disso. Chame uma das meninas.

– Mas não era para ser um fim de semana inteiro de despedida de solteira?

– Elas já saíram ontem à noite. Se não me engano, hoje estão planejando ficar em casa. Mas aposto que você consegue convencer uma delas.

As meninas, como Greer as chama, estão na sala de jantar informal, lendo revistas e comendo batata frita com molho. Tag fica aliviado ao ver que Merritt-igual-à-estrada se cobriu direito, vestindo uma calça de brim branca e uma blusa de caxemira azul-marinho. Abby está com a cabeça apoiada nos braços em cima da mesa.

– Olá, moças – diz Tag.

Ele sente um peso no estômago; é nervosismo. Já sabe como isso vai acabar. Greer também deve saber como vai acabar. É ela quem ele vai responsabilizar. Ele sabe que ela passou o casamento inteiro desconfiando que ele a traía, e agora parece estar empurrando-o nessa direção.

– Tenho um ingresso a mais para um jantar muito chique com vinho hoje à noite e minha esposa acha que precisa ficar em casa escrevendo. Alguma de vocês gostaria de ir comigo?

– Ai, não – responde Abby, gemendo.

– Não, obrigada – diz Celeste com doçura. – Estou exausta.

Merritt levanta o rosto e olha bem nos olhos de Tag. O coração dele dá um pulo.

Tag está de paletó, mas sem gravata. Merritt usa um vestido lavanda com alças fininhas que cruzam as costas e sapatos de salto agulha prateados. É sobre eles que Greer decide comentar.

– Vai quebrar o pescoço com esse salto – diz ela.

– Não vou, não – diz Merritt. – Tenho anos de prática.

– Bem – sussurra Greer no ouvido de Tag enquanto se despede dele com um beijo –, acho que todos em Quaise Pasture vão ficar escandalizados.

Depois de entrar no Land Rover e sair pela Polpis Road, Tag receia que Merritt ponha a mão na perna dele. Depois, receia que ela *não* ponha. Só de sentir o perfume dela e ouvi-la remexer a bolsa no carro escuro ele já tem uma ereção. Não pode entrar lá nesse estado; precisa se acalmar. Respira fundo. Teme que haja alguém conhecido no jantar – e como vai explicar quem é

Merritt? *A melhor amiga da minha futura nora.* Parece suspeito. *É suspeito.* O que as pessoas vão pensar? Vão pensar... Bem, vão pensar o óbvio.

Mas então Tag invoca um de seus mantras: *realidade é percepção.* A situação pode ser interpretada de várias formas. Esta noite Tag vai entender o passeio como inocente e divertido, e assim será. Ele relaxa um pouco.

– É a primeira vez que você vem a Nantucket? – pergunta ele.

– Ah, não. Vim com amigos ao longo dos anos, quando estava na faculdade e depois de adulta, por assim dizer.

– Onde fez faculdade?

– Na Trinity – diz ela. – Na glamorosa Connecticut.

Ele tem amigos cujos filhos estudaram na Trinity, mas não se atreve a perguntar se Merritt conhece algum deles. Já está inibido o bastante por ela ser tão jovem. Ou por ser tão velho.

– Você tem irmãos? – pergunta Tag.

– Tenho um. É casado, tem filhos e hipoteca.

– E onde você cresceu?

– Em Long Island. Commack.

Tag assente. Ele e Greer sempre conseguiram evitar Long Island, embora um dos clientes dele tenha uma casa em Oyster Bay que ele visita de vez em quando, e houve um fim de semana chuvoso em Montauk, quando os meninos eram pequenos. Ele nunca ouviu falar em Commack.

– Eu sempre quis ter uma filha – comenta ele. – Mas a Greer não. Ela está feliz com os meninos.

– A Greer é encantadora – diz Merritt.

– Não é? Em todo caso, agora temos uma nora, Abby. E em breve a Celeste.

– A Celeste vale ouro. Quando a conheci eu estava passando por um momento difícil na vida. Ela me salvou.

Essa declaração parece justificar uma pergunta para sanar a curiosidade, mas é tarde demais. Chegaram. A casa é de fato imponente: está toda iluminada por dentro e tem vista para o estuário, ainda mais deslumbrante do que a vista da casa de Tag. Há dois carros desconhecidos na entrada.

Tag estaciona e sorri para Merritt. Vai ser um passeio inocente e divertido.

– Vamos lá? – diz ele.

A noite corre bem. Há dez pessoas à mesa, além do cavalheiro francês da respeitável vinícola Dujac, acompanhado de um dos sous-chefs do Nautilus, dois funcionários da cozinha e dois garçons. Tag não conhece ninguém ali. Os outros oito vieram em grupo e contam a Tag que é a primeira vez que vão a Nantucket. Moram no Texas.

– Em que parte do Texas? – pergunta Merritt.

Tag se prepara para ouvir que são de Austin e, em seguida, para descobrir que são os melhores amigos ou parceiros de negócios dos pais de Abby, os Freemans.

– San Antonio – respondem. – "Lembrem-se do Álamo."

Logo fica provado que Merritt não sabe nada sobre vinho, nem mesmo o básico. Não sabe que os cabernet sauvignons são de Bordeaux e que os pinot noirs e chardonnays são da Borgonha. Não sabe o que é terroir. Nunca ouviu falar de pinot franc, nem do Vale do Loire. Como pode ser uma influenciadora de cultura quando não tem sequer um vocabulário básico de vinho? O que é que ela bebe quando sai?

– Coquetéis – diz ela. – Gim, bourbon, vodca, tequila. Skinny margarita é o que eu mais gosto.

Ela deve perceber a careta que ele faz, porque acrescenta:

– Tinha um lugar no centro da cidade, o Pearl & Ash, que fazia um drinque chamado Teenage Jesus, que era o meu favorito mesmo. E o nome era demais.

Para Tag, beber algo chamado Teenage Jesus é inimaginável.

– E quando você come ostras? E quando come caviar? Aí você deve beber champanhe.

– Prosecco – diz ela. – Mas só se alguém insistir, porque me dá dor de cabeça.

Depois de terminar a primeira taça, um Chambolle-Musigny 2013, ele decide que a ignorância de Merritt é fortuita. Ela não é a mulher vivida e calejada que ele imaginava. Nas últimas horas ele se convenceu de que a moça tinha pelo menos 30 anos, mas agora receia que esteja mais perto dos 25. Mais de trinta anos mais nova que ele.

Depois da segunda taça, um Morey-Saint-Denis 2009, ele se solta. Vai ensinar Merritt a beber vinho. Vai ensiná-la a rolar o vinho por cima da língua. Vai ensiná-la a identificar notas de cereja-preta e tabaco em pinots, e de limão, hortelã e trevo em sauvignon blancs. Ele se anima com essa missão, se bem que esta noite o paladar dela vai ser exposto a alguns dos melhores vinhos do mundo, e isso o preocupa. Quem começa pelos melhores só tem à sua frente a mais pura decepção.

Saem cambaleando da casa bem depois da meia-noite, de mãos dadas. Num momento extremamente saturado da noite, uma das texanas se virou para Merritt e disse:

– E aí, há quanto tempo vocês estão casados?

Sem hesitar, Merritt respondeu:

– Somos recém-casados.

– Parabéns! É um segundo casamento?

– Como é que você adivinhou? – respondeu Merritt com uma piscadela.

Então, ao sair, os dois são um casal unido pelo vinho espetacular, pela comida extraordinária e pela camaradagem de perfeitos desconhecidos. É como se tivessem se retirado de suas vidas para uma outra existência onde tudo é novo e tudo é possível. Quando Tag abre a porta do carona para Merritt, ela se vira para ele e levanta o rosto.

Ele a beija uma vez, só um selinho, nos lábios.

– É só isso que eu ganho? – pergunta ela.

Diga sim, pensa ele. *Seja forte. Seja fiel à Greer e aos meninos. Demonstre um pouco de integridade, pelo amor de Deus.*

Mas…

Mesmo esse breve encontro de lábios lançou uma onda de eletricidade pelo corpo de Tag. Ele está palpitando de desejo. Não vai resistir à tentação de levar Merritt à praia e fazer amor com ela, talvez mais de uma vez.

Afinal de contas, ele é apenas um homem.

Sábado, 7 de julho de 2018, 8h30

O DELEGADO

Depois de interrogar Roger, o delegado tem mais algumas pessoas com quem pode falar. Há o pai da noiva, que está num quarto no andar de cima com a mãe da noiva; Greer Garrison pediu que ninguém os perturbasse até o último instante possível em razão da saúde da mãe. E o noivo, Benjamin Winbury, que pediu permissão para ir ao hospital ver como está Celeste e prometeu voltar dentro de uma hora. Assim, em se tratando de suspeitos, restam o irmão do noivo, Thomas; o pai do noivo, Thomas Sênior, conhecido como Tag; e o tal Shooter, o padrinho. O delegado acha que a terceira opção é a mais promissora.

Dickson disse que o padrinho estava desaparecido quando ele chegou ao local, mas o cara chegou de táxi uma hora depois. Pode ter conhecido uma mulher – ou um homem – ontem à noite e dormido em outro lugar. Mas o mais desconcertante é que estava com as malas. É quase como se tivesse planejado ir embora e depois mudado de ideia. Pode haver uma explicação plausível para isso, mas o delegado não tem como descobri-la sozinho. O jeito é interrogar Shooter.

Ed o encontra parado atrás da fita de isolamento policial na beira da praia, olhando na direção da água. Ele dispensou o blazer, descalçou os sapatos e tirou a camisa de dentro da bermuda.

– Oi – diz.

Shooter se vira para ele. Sua expressão é de medo, talvez, ou de susto. O delegado está acostumado com isso. Em trinta anos, ninguém nunca ficou exatamente *feliz* ao vê-lo quando ele estava em serviço.

– Você está disponível para responder a algumas perguntas?

– Sobre o quê?

– Estamos falando com todos os convidados presentes. Você é o padrinho, certo?

– Se vai me perguntar o que aconteceu com ela, não tenho a menor ideia – diz Shooter.

– Só quero entender um pouco o contexto. Os acontecimentos da noite passada. Nada de mais.

Shooter assente, concordando.

– Acho que com isso eu posso ajudar.

– Ótimo.

O delegado conduz Shooter, atravessando a entrada da casa até o banco debaixo da pérgula de rosas onde conversou com Roger. Ele vê a fita de isolamento ao redor do chalé no lado norte da propriedade, onde a madrinha estava hospedada sozinha. Ed tem quase certeza de que, se encontrarem o telefone da moça, vão conseguir as respostas que procuram. Ao longo da última década, ele aprendeu que, se você quiser saber a verdade sobre uma pessoa, basta vasculhar o celular dela.

Shooter se senta, e o delegado pega o caderno de anotações. Tem apenas uma pergunta a fazer.

– Então… onde você estava ontem à noite?

– Ontem à noite?

E assim o delegado percebe que lá vem uma mentira.

– É, ontem à noite – repete ele. – O noivo disse ao meu sargento que você tinha sumido. Até você chegar de táxi, achamos que também estivesse morto. Mas felizmente foi engano nosso. Onde você estava?

– Desculpa ter causado preocupação – diz Shooter. – Eu estava no Wauwinet.

– O Wauwinet Inn? – pergunta Ed.

– Na verdade, no restaurante do hotel, o Topper's. Uma amiga minha é garçonete lá.

– E qual é o nome dela?

– O nome? Ah. Gina.

– O nome da garçonete do Topper's é Gina. E você passou a noite de ontem com a Gina?

– Passei, sim.

– Ela dormiu lá? No Wauwinet?

– Dormiu, sim. No alojamento de funcionários.

– Você tinha *planejado* passar a noite com a Gina? Porque o noivo pareceu achar que você tinha passado a noite no chalé.

– Eu não tinha planejado isso, não – responde Shooter. – A Gina é só um contatinho. Era tarde, ela mandou mensagem querendo me ver e eu fui lá.

Um contatinho. Num ímpeto protetor, o delegado pensa em Chloe, sentindo que está muito, muito velho.

– Que horas eram quando você falou com ela?

– Não sei ao certo.

– Pode ver no seu celular – sugere o delegado.

Shooter tira o celular do bolso da bermuda salmão, toca alguns botões e diz:

– Devo ter apagado a mensagem.

– Deve ter apagado a mensagem – repete Ed. – Diga por que levou suas malas. *Todas* elas, ao que parece.

– Tá…

O tom de Shooter é cauteloso, e o delegado consegue praticamente ver o interior sombrio da mente dele, onde está tateando em busca de algo sólido a que se agarrar.

– Levei as malas porque achei que poderia ficar no Wauwinet com a Gina – é o que Shooter diz.

– Mas hoje de manhã, bem cedo, eu diria, você voltou para cá. O que aconteceu?

– Mudei de ideia.

– Mudou de ideia.

O delegado olha para Shooter Uxley. O rapaz está suando, mas afinal o dia está quente, mesmo na sombra.

– Você poderia me dar o telefone dessa Gina, por favor?

– O telefone dela? Acho melhor não. Não quero envolvê-la nisso, se puder evitar.

67

– Não tem como evitar – responde o delegado. – Porque a Gina é o seu álibi.

– Meu álibi? Por que eu preciso de um *álibi*?

– Houve uma morte sem testemunhas. E você sumiu, depois reapareceu. Mas talvez sua história tenha fundamento. Talvez você tenha ido para o Wauwinet ficar com a garçonete Gina, levando todas as suas malas, e talvez tenha decidido que não gostava tanto assim da Gina ou que o alojamento dos funcionários não era tão bom quanto o chalé de hóspedes dos Winburys. Tudo isso é verossímil. Mas uma mulher de 29 anos morreu, então vou seguir o protocolo e verificar a sua história. Você pode me dar o telefone da moça, que sei que você tem porque disse que ela mandou mensagem, ou eu ligo para a recepção do Wauwinet para falar com ela.

Shooter se levanta.

– Ligue para o Wauwinet – diz ele. – Preciso urgentemente usar o banheiro. Estou ruim do estômago. Acho que foram as ostras cruas de ontem.

– Pode ir.

O delegado não é idiota. Sabe que Shooter vai entrar no chalé para "usar o banheiro", mas na verdade vai mandar mensagem para a garçonete Gina pedindo que ela corrobore sua história.

Ele espera o rapaz entrar no chalé, depois pega o telefone e liga para Bob, da cooperativa de táxi. Bob, que trouxe Shooter hoje de manhã, é amigo do delegado há 25 anos.

– Oi, Bob. Aqui é o Ed Kapenash.

– Oi, Ed. Desculpa não ter parado para conversar hoje cedo. Você parecia estar ocupado. O que está acontecendo? Dizem por aí que teve um homicídio.

Dizem por aí. Mas já? A ilha é um ovo mesmo.

– Não posso dar detalhes, mas lembra o jovem que você trouxe? Preciso saber onde ele pegou seu táxi. Ele estava no Wauwinet?

– No *Wauwinet*? Não. Aquele bonitão de bermuda salmão e blazer? Peguei o rapaz lá no terminal portuário. Ele estava com uma passagem para as seis e meia da manhã, mas acho que perdeu a balsa. Então me pediu para levá-lo de volta a Monomoy. Disse que estava hospedado lá.

– Tem *certeza* de que o pegou no terminal? – pergunta o delegado. – E não no Wauwinet?

– Claro que tenho certeza. Posso estar ficando velho, mas não me enganaria a esse ponto. São 20 quilômetros de diferença. Eu peguei o rapaz no terminal portuário. Ele disse que tinha perdido a balsa das seis e meia.

– Tá certo, Bob, perfeito. Muito obrigado. A gente se fala.

O delegado desliga e passa um tempo pensando. Shooter tinha uma passagem para a primeira balsa da manhã? Com o casamento marcado para hoje à tarde? Aí tem coisa. E ele mentiu a respeito do Wauwinet. Por quê?

Uma mensagem chega ao celular do delegado. É do agente funerário, Bosnic, dizendo que está a caminho para retirar o corpo – o que é uma boa notícia, considerando o calor e o estado dos nervos de todos. Bosnic vai preparar o corpo para ser transferido para o médico-legista de Cape Cod. O delegado olha a hora. Se tudo correr bem, talvez já tenham um relatório sobre a causa da morte no começo da tarde.

Ele espera mais alguns minutos até Shooter sair do chalé. A esta altura, ele deve saber que foi pego na mentira. O delegado atravessa o caminho coberto de conchas até o chalé em que o rapaz entrou e bate à porta.

– Com licença. Sr. Uxley?

Não há resposta. Ele bate com mais força.

– Senhor?

Tenta girar a maçaneta. A porta está trancada. Ele arromba a porta, o que parece uma atitude drástica, mas quer que Shooter saiba que não há como se esconder.

O chalé está vazio. O delegado verifica a pequena sala de estar, a cozinha, o quarto e o banheiro – onde a janela está escancarada. Shooter Uxley sumiu.

Sexta-feira, 6 de julho de 2018, 16h

KAREN

Ela acorda da soneca com o sol listrando a cama e, por um instante glorioso, não sente dor. Ela se senta sem precisar de ajuda. É como se a ilha de Nantucket – a qualidade do ar, a atmosfera de exclusividade à beira-mar – a tivesse curado. Ela vai ficar bem.

– B-B-Betty?

Karen se vira. Celeste sai do banheiro do quarto com um vestidinho cor de tangerina com babados – um pôr do sol, uma borboleta-monarca. É vívido e veste muito bem. Celeste pode ter a mente e o temperamento de uma cientista, mas tem o corpo de uma modelo de biquínis. Ela herdou os seios de Karen, que antes eram sua melhor característica, redondos e firmes. Mas, junto com os seios, Celeste também pode ter herdado a predisposição ao câncer. Karen fez a filha prometer que, assim que se cassasse com Benji e tivesse um bom plano de saúde, faria um exame genético. E, se necessário, exames de imagem anuais. A detecção precoce é fundamental.

– Oi, meu bem – diz Karen. – O que está fazendo aqui? Não devia estar cuidando de coisas mais importantes? Amanhã é seu grande dia.

– Estava guardando seus p-p-produtos de higiene pessoal – responde Celeste. – E agora p-p-posso ajudar você a se arrumar.

Karen sente os olhos arderem, marejados. É ela que devia estar ajudando Celeste, ela que devia estar tentando fazer de tudo pela filha, a noiva. Mas não há como negar que, se quiser se vestir e ficar apresentável, precisará de ajuda.

– Cadê o seu pai? – pergunta ela.

– Foi nadar.

Karen sente uma pontada no peito. É inveja. Bruce foi nadar. Karen quer estar com ele, sentir a potência dos próprios braços e pernas. Ela já foi tão forte… Lembra-se de ser a responsável pelo nado borboleta na equipe de revezamento, voando pela água, os braços esticados no alto, as pernas disparando atrás. Agora percebe a quantas coisas não deu o devido valor.

Celeste está ao seu lado. Karen leva um tempo a encará-la. Há tristeza no olhar dela, e Karen está preocupada com a gagueira, embora não tenha comentado nada porque não quer deixá-la insegura nem piorar o problema. Ela sabe que Benji e Celeste resumiram seus votos de casamento de modo que a única coisa que a filha tenha a dizer seja "Sim".

– Está tudo bem? – pergunta Karen.

– Está, sim, B-B-Betty, claro.

O apelido nunca deixa de alegrar Karen, mesmo depois de tantos anos. Ela é Betty por causa de Betty Crocker, a personagem que vinha estampada nas embalagens de mistura para bolo, pois confia totalmente nos livros de receita esfarrapados que herdou da mãe. Bruce, por sua vez, é Mac, de MacGyver, porque tem talento para resolver problemas de maneiras nada convencionais. O homem consegue consertar qualquer coisa e se orgulha de não ter chamado um encanador nem um eletricista em trinta anos de casamento. Celeste deu esses apelidos aos pais quando tinha 11 anos, crescidinha demais para continuar dizendo "mamãe" e "papai".

Karen acaricia o braço de Celeste, que ajeita o sorriso para que pareça quase genuíno. Ela está fingindo, mas por quê? Será que está amedrontada ou ansiosa por causa da doença da mãe? O declínio foi grande, Karen sabe disso, inclusive nas duas semanas desde a última vez que viu a filha. Uma semana atrás, tinha perdido 6 quilos, e talvez tenha perdido mais 4 desde então. O estômago foi afetado; ela come uma garfada ou duas a cada refeição e se esforça para engolir o bastante para preservar as forças. O cabelo não passa de uma penugem clara que lembra algodão.

Os olhos estão fundos e os membros tremem. Deve ter sido um choque para Celeste.

Mas Karen não está convencida de ser a razão pela qual sua filha parece tão pensativa e distante. A causa é outra; talvez o estresse e a pressão de ser o centro das atenções. É um casamento importante num cenário grandioso. Há planos elaborados e dispendiosos, com Celeste e Benji no centro. Qualquer pessoa ficaria intimidada. Quando Karen se casou com Bruce, havia seis pessoas presentes no cartório de Easton. Depois o casal comemorou com uma garrafa de espumante e uma pizza.

Ou talvez o problema não seja o casamento. Talvez seja o próprio Benji. Karen pensa em sua consulta infeliz à vidente Kathryn Randall. *Caos*.

– Meu bem – diz Karen.

Celeste se volta para a mãe, e as duas olham nos olhos uma da outra. Karen vê a verdade nas íris azul-claras da filha: ela não quer se casar com Benji.

Ela precisa garantir a Celeste que ela está fazendo a coisa certa. Benji é um homem bom. Ele a *adora* e a mantém exatamente no mesmo pedestal em que Karen e Bruce a puseram desde o instante em que nasceu. Eis um fato maravilhoso a respeito de Benji: ele ama a filha deles do jeito que ela merece ser amada. E… ele tem dinheiro.

Karen gostaria de fingir que o dinheiro não importa, mas importa, sim. Por mais de trinta anos, ela e Bruce viveram com as contas apertadas; 95% de suas decisões tiveram a ver com dinheiro. Deveriam comprar frutas orgânicas para que Celeste não fosse exposta a um monte de agrotóxicos? (Sim.) Deveriam rodar por mais vinte minutos até Phillipsburg, Nova Jersey, para conseguir gasolina mais barata? (Sim.) Deveriam levar Celeste ao dentista que supostamente fora acusado de abusar de crianças, mas que cobrava metade do que cobrava o dentista respeitável? (Não.)

Tiveram dinheiro suficiente para pagar a hipoteca da casa e a faculdade da filha, mas qualquer surpresa financeira – vazamento no telhado, aumento no IPTU, diagnóstico de câncer – bastava para afundá-los. Karen não quer que Celeste tenha que viver assim. Ela tem um diploma universitário e um bom emprego no zoológico, mas Benji pode dar *tudo* a ela. E tudo é o que ela merece.

Quando Karen abre a boca para dizer à filha que ela está, sim, fazendo a coisa certa, Bruce entra no quarto com uma toalha de praia listrada de branco e azul-marinho enrolada na cintura. Karen tem prazer em olhar o marido – para ela, ele continua tão bonito quanto estava na arquibancada da piscina, há tantos anos. Os ombros dele são definidos por músculos bem tonificados; o peito é liso e largo. Nunca tiveram dinheiro para frequentar academia. Bruce faz exercícios à moda antiga – abdominais, flexões e puxada alta – no quarto toda manhã antes de ir trabalhar. Ele passou menos de uma hora lá fora e sua pele já exibe um tom dourado e saudável. Karen sempre invejou o sangue mediterrâneo que ele herdou da mãe. Ele saía para cortar a grama e voltava parecendo um deus bronzeado.

– Minhas meninas! – diz Bruce. – Que surpresa!

– Você p-p-pegou a calça, Mac? – pergunta Celeste. – P-p-para usar amanhã?

– Peguei. – Bruce tira uma calça do armário. É de um tom pálido de tijolo. – Não sei por que tanto auê. Com certeza não é pelo estilo. Será pela cor? A Sra. Winbury, Greer, me disse que esse tipo de calça desbota a cada lavagem. Pelo jeito vou ter que mandar lavar a seco.

– Não! É p-p-para lavar normalmente – explica Celeste. – A ideia é essa. Q-q-quanto mais desbotada, m-m-mais estilosa.

– Não faz o menor sentido. Por acaso você viu a preta de brim que eu estava usando? Elegante que só ela.

– Mas essas c-c-calças são diferentes.

– É a moda em Nantucket, querido – diz Karen a Bruce.

Ela acha que entendeu: quanto mais velhas e gastas as calças, mais autênticas são. O visual elegante-que-só-ele, lustroso e novo, não dá certo em Nantucket. A estética preferida é uma aparência despojada: calças desbotadas, golas desgastadas, mocassins bem usados. Bruce não vai entender isso, mas Karen lhe lança um olhar que implora para que colabore e pronto. A última coisa que querem é criar caso e deixar Celeste constrangida.

Bruce percebe o olhar de Karen e parece ler a mente dela.

– Eu faço o que você mandar, filhota.

Ele veste uma camiseta, depois pega a mão de Celeste e a de Karen, formando uma corrente humana. Mas toda corrente tem um elo fraco e, no caso deles, é Karen. Ela vai deixá-los para trás. E essa agonia é indescritível. Ela chegou à conclusão de que não há nada mais espantoso do que a intensidade com que os humanos são capazes de amar.

– Vim ajudar a B-B-Betty a se arrumar. A festa c-c-começa daqui a pouco.

– E o ensaio? – pergunta Bruce. – Não vai todo mundo para a igreja?

– O voo do reverendo D-D-Derby vindo de Nova York foi adiado, então d-d-decidimos deixar o ensaio para lá.

Karen fica aliviada. Ela não sabe se teria sobrevivido a um ensaio seguido de festa. Bruce, porém, parece contrariado.

– Como é que vamos ensaiar a caminhada até o altar? – pergunta ele.

– Não p-p-precisamos ensaiar. A gente dá o braço e anda. Bem devagar. Você me entrega para o B-B-Benji e me dá um b-b-beijo.

– Eu queria ensaiar – diz Bruce. – Aprender a fazer isso sem chorar. Achei que, como hoje era a primeira vez, eu ia chorar, mas amanhã não seria mais novidade e talvez eu não chorasse. Talvez. Mas queria ensaiar.

Celeste dá de ombros.

– A gente d-d-decidiu não ir.

Bruce assente.

– Tudo bem. Vou ajudar a sua mãe. Vá descansar, filhota. Tome uma taça de vinho.

– Vá ficar com o Benji – diz Karen. – Vocês dois devem estar precisando de um tempo a sós antes de tudo começar.

– Mas quero ficar aqui. C-c-com vocês dois.

Bruce ajuda Karen a entrar e sair do banho.

Celeste ajuda a mãe a vestir um roupão de algodão macio e branco, com forro felpudo – há dois em cada quarto de hóspedes, conta ela, lavados após cada uso por Elida, a arrumadeira que os Winburys contratam no verão –, e depois Celeste passa nos braços, costas e pernas da mãe o hidratante favorito de Greer Garrison, da La Prairie, que também está em todos os quartos de hóspedes. O creme, da coleção White Caviar, é diferente de qualquer coisa que Karen já tenha usado. É encorpado, voluptuoso até. Sua pele se deleita.

Bruce ajuda a esposa a se vestir. Ela vai usar um quimono de seda por cima de uma legging preta e um par de sapatilhas Tory Burch de dois anos atrás que Bruce tirou da prateleira da liquidação por poucos centavos.

– Estilo – declara ele. – E conforto.

Karen se olha no espelho. O quimono está bem largo. Ela puxa o cinto.

– Batom, B-B-Betty – diz Celeste.

Ela toca os lábios de Karen com o toco do velho batom da mãe, o New York Red, da Maybelline. É o único batom que ela usa, e o único que usará.

– Para mim, você está pronta – anuncia Bruce. – Está deslumbrante.

– Só quero usar o banheiro rapidinho – diz Karen.

Isso, pelo menos, ela ainda consegue fazer sozinha. Ela fecha a porta do banheiro. Precisa de uma oxicodona. Na verdade duas, porque hoje esperam muito dela. Será apresentada a dezenas de pessoas que não conhece e com quem não se importaria, não fosse o fato de que algumas delas permanecerão na vida de Celeste por muito tempo depois que ela partir, e Karen está decidida a fazer com que cada uma se lembre dela, da mãe de Celeste, como "uma mulher encantadora".

Karen não consegue encontrar o remédio. O frasco estava em sua nécessaire Vera Bradley junto com o batom e um rímel da Revlon que se tornou inútil quando ela perdeu os cílios. Onde será que...? Karen tenta não entrar em pânico, mas aquelas pílulas são a única coisa que a sustenta de pé. Sem elas, vai se encolher na cama em posição fetal e uivar de dor.

O olhar de Karen percorre o mármore reluzente, o vidro e as superfícies espelhadas do banheiro de hóspedes. Lá está a escova de dentes dela num copo prateado. Ali, o hidratante milagroso. Karen abre as gavetinhas, esperando que Celeste talvez tenha guardado suas coisas para que ela ficasse mais à vontade.

E sim: na terceira gaveta estão os comprimidos. *Ah, obrigada!* Parece um lugar incomum para guardá-los, mas talvez Celeste não quisesse que a arrumadeira os encontrasse. Karen pensa em repreendê-la por mexer nas suas coisas. Todo mundo merece um pouco de privacidade, um ou dois segredinhos. Mas, acima de tudo, Karen sente um alívio gigantesco que é quase tão poderoso quanto as pílulas. Ela põe duas na palma da mão, enche o copo prateado de água e engole.

GREER

Ela consulta os e-mails para revisar o cronograma que Siobhan, do bufê, lhe enviou, e infelizmente vê um novo e-mail de Enid Collins, sua editora na Livingston & Greville, com o assunto URGENTE.

Greer ri. Enid tem 77 anos, onze netos e um bisneto, e ainda faz anotações nos originais de Greer com um lápis vermelho. Nos 22 anos que Enid passou editando seus romances, ela nunca usou a palavra *urgente*. A editora acredita firmemente em deixar as ideias de molho – por dias, semanas ou até meses. Não há nada que ela deteste mais do que agir às pressas.

Greer abre o e-mail, embora a definição de *urgente* esteja se concretizando bem ali, do lado de fora da janela da sala de estar: o pessoal da locação de móveis está distribuindo as cadeiras, a banda está fazendo uma passagem de som e sessenta pessoas invadirão Summerland para o jantar de ensaio, entre elas Featherleigh Dale.

Querida Greer, diz o e-mail (Enid escreve todas as suas mensagens como se fossem cartas formais).

Tenho certeza de que você entenderá como me custa lhe dizer isto, já que há muito tempo sou defensora do seu trabalho, sua primeiríssima defensora, como deve se lembrar.

Sim, Greer se lembra. Ela enlouqueceu de tédio quando estava grávida de Thomas – na época, Tag ficava dia e noite no escritório –, então começou a escrever um romance policial ambientado no sexto *arrondissement* de Paris, com o título *Perigo em Saint-Germain-des-Prés*. Ela o enviou para a Livingston & Greville, a editora responsável por publicar os livros de mistério de que a própria Greer mais gostava, e eis que recebeu uma carta de intenção de uma editora experiente chamada Enid Collins, dizendo que gostaria de publicar sua obra e perguntando se Greer poderia comparecer a uma reunião para discutir as condições de pagamento e alterações editoriais. Isso lançou a série de mistério de Miss Dolly Hardaway, sendo o volume mais bem-sucedido *Sangue na Rua Khao San*, que foi adaptado para o cinema e alcançou, de alguma forma, aquela coisa indefinível conhecida como status cult.

Mas, desde que nossa empresa foi comprada pelo Grupo Editorial Turnhaute, minha autonomia diminuiu imensamente.

Será que a culpa é mesmo do Golias corporativo que é o Turnhaute, pensa Greer, ou Enid está sendo excluída por causa de sua idade avançada? Nesse ritmo, a carteira de motorista será a próxima coisa que tomarão dela.

Meu diretor editorial, o Sr. Charles O'Brien, também leu o seu original e o considerou "inaceitável". Ele me pediu para informar que você tem uma quinzena para reescrevê-lo completamente. O diretor sugere que você use um local exótico alternativo, que pode descrever com mais "detalhes pitorescos" do que o que ele chama de "uma versão um tanto pálida" de Santorini que você apresenta aqui. Lamento ser a portadora dessa notícia horrível e ter que usar palavras tão bruscas, minha querida Greer. Mas uma quinzena transfere sua nova data de entrega para 21 de julho, e achei melhor ser direta à luz desse prazo iminente.

Com carinho,

Enid Collins

Mas que inferno!, pensa Greer. Então seu 21º original foi… *rejeitado*? Quem é esse Charles O'Brien e o que ele *acha* que sabe? Charlie O'Brien, Chuck O'Brien… com esse sobrenome só pode ser irlandês. Greer não consegue se recordar de nenhum escritor irlandês que já tenha admirado. Ela sempre detestou Joyce, aquele sujeitinho pretensioso, escrevendo em código e pedindo aos leitores que seguissem as voltas e reviravoltas de sua mente transtornada. Ela acha Wilde previsível, Swift histriônico, Beckett insondável, Stoker superestimado e Yeats maçante.

O celular toca. É uma mensagem de Benji. **Roger está com dúvidas sobre o mapa de lugares. Cadê você?**

Estou na minha sala de estar, testemunhando o fim da minha carreira.

O que o tal Chuck O'Brien disse sobre o livro? *Pálido.* Ele chamou a descrição que Greer fez de Santorini de *pálida* e sugeriu usar outro local exótico.

É *verdade* que já faz mais de trinta anos que Greer pôs os pés em Santorini. Ela escolheu o lugar apenas porque, em agosto, quando Benji pediu Celeste em casamento, ele disse que gostaria de passar a lua de mel lá. Suas recordações da ilha eram nítidas. Lembrava-se das falésias de calcário e de uma praia vermelha, colorida por depósitos de ferro; gregos robustos de cabelos espessos vendendo peixe fresco em cestos de vime; lembrava-se do azul esverdeado e escuro do Mar Egeu, das igrejas caiadas de branco com cúpulas azul-cobalto, das ruas sinuosas de Oia, dos restaurantes de frutos do mar onde a água praticamente lambia os pés dos fregueses e onde ofereciam a todos o mesmo vinho branco fresco e ácido que era feito no lado leste da ilha. Greer e Tag alugaram um catamarã e Tag o pilotou enquanto ela ficava sentada debaixo de um toldo usando um chapéu de palha molinho e óculos escuros *à la* Jackie O. Tinham nadado do barco até as praias e pagado dois dracmas para alugar espreguiçadeiras e um guarda-sol. Greer saiu da ilha com receitas de *tzatziki* com muito alho, de frango grelhado com limão e orégano fresco e, claro, do seu famoso *souvlaki* de cordeiro.

Ficou consternada quando, ao pesquisar "Santorini 2018" na internet, descobriu que Oia agora abriga uma boutique Jimmy Choo e que o passeio de burro do porto até Fira recebeu classificação de uma estrela no TripAdvisor. Greer adorou o passeio de burro.

Se ela fosse bem sincera consigo mesma, admitiria que a trama do romance ficou um tanto frouxa, um pouco descuidada, um tiquinho "preguiçosa", por assim dizer. A chave para um bom romance de detetive é um assassino que se esconde à vista de todos. Seu personagem com a gagueira recém--adquirida talvez esteja mal desenvolvido. Ela se lembra do que pensou ao entregar o romance: *Até que não ficou tão ruim*. Finalizou um original de 75 mil palavras dentro do prazo, apesar de ao mesmo tempo planejar um casamento que rivalizará com o do príncipe Harry, e não arrancou os cabelos nem foi internada num hospício.

Se uma coisa parece boa demais para ser verdade, geralmente é.

Será que ela consegue reescrever o romance numa quinzena? (Ninguém além dos britânicos – não, ninguém além de *Enid Collins* ainda usa o termo *quinzena*.)

Ela não sabe ao certo. Terá que esperar para ver como será o fim de semana.

Greer fecha o e-mail de Enid e a caixa de entrada. Pensar na realidade desagradável de sua vida profissional proporcionou pelo menos uma distração da realidade ainda mais desagradável do momento presente. Featherleigh Dale chegará em menos de uma hora. Featherleigh é aquele raro tipo de convidada que prefere chegar exatamente no horário. Greer desconfia que ela faça isso para poder passar um tempo a sós com Tag. Ele está pronto para todas as ocasiões meia hora mais cedo, enquanto Greer está sempre meia hora atrasada. É necessário ser uma mulher muito astuta e sagaz para notar esse hábito e se aproveitar dele, como faz Featherleigh.

Greer veste a roupa da festa: um elegante macacão Halston de seda marfim, vintage, que parece algo que Bianca Jagger teria usado na lendária casa noturna Studio 54. É uma das peças mais fabulosas que ela possui. Mandou encurtar a barra temporariamente para poder usar o macacão descalça na areia, exibindo as unhas dos pés, que foram pintadas de azul-claro. O vestido que usará como mãe do noivo amanhã é adequado – ou seja, matronal –, portanto hoje à noite Greer vai enfatizar seu lado jovem, divertido e leve. (Tag pode dizer que ela abandonou esse lado nos anos 1990, e pode estar correto em parte, mas hoje ela vai reacendê-lo.) Pela primeira vez desde o ensino fundamental, ela vai aparecer em público com o cabelo todinho solto, liso e livre, emoldurando o rosto. Ela sempre usa o cabelo preso no alto da cabeça ou na nuca, em geral num coque simples, às vezes num coque de bailarina bem apertado, e de vez em quando trançado, em momentos casuais. Ao se exercitar, o que não é frequente, ela faz um rabo de cavalo. Nunca se permite usar o cabelo assim, feito uma hippie ou coisa pior.

Mas é sexy. E a faz parecer mais jovem.

Quando vai para a cozinha, Tag assobia para ela.

– É melhor você sair daqui antes que minha mulher apareça. Ela intimida qualquer um com aqueles grampos de cabelo e diamantes.

Greer sorri para ele, percebendo que não faz isso com frequência. O que Tag costuma ver é o pior lado dela: seu olhar meticuloso, sua inflexibilidade, sua condescendência, sua língua ferina. Antes adorava poder ser ela mesma na frente dele, mas agora parece que ele só recebe os aspectos negativos, desagradáveis e pouco lisonjeiros de sua personalidade. As partes doces, gentis e atenciosas ela guarda para os outros: seus filhos, sem dúvida, mas também pessoas praticamente desconhecidas, como fãs, garçons e vendedoras. Greer é mais amável com Tita, funcionária do correio de Nantucket, do que com o próprio marido.

Ela para diante dele, levanta o rosto, baixa as pálpebras e franze os lábios.

– Querida, você está linda – diz ele. – Não, eu retiro o que disse. Você está *muito gostosa*.

Ele a beija e coloca as mãos na bunda dela.

A campainha toca. *A esta hora*, pensa Greer, *só pode ser a Featherleigh.*

A questão não é *se* Tag dormiu com Featherleigh Dale; a questão é quantas vezes, quando foi a última e até que ponto se envolveram emocionalmente. Featherleigh é a irmã bem mais nova do falecido Hamish Dale, que era o amigo mais íntimo de Tag em Oxford. De acordo com as histórias, ela ia visitar os rapazes na universidade quando tinha apenas 8 anos e os acompanhava primeiro até o pub e depois ao tradicional restaurante The Nosebag, onde recompensavam a menina por sua paciência com pãezinhos de cheddar e mousse de limão. Também a usavam como isca para as jovens estudantes que achavam uma fofura Hamish e Tag cuidarem de uma garotinha.

Hamish morreu seis anos atrás num acidente de carro pavoroso na estrada entre Londres e Leeds. Greer, Tag, Thomas e Benji compareceram ao enterro em Londres e retomaram contato com Featherleigh, já adulta. Ela morava na Sloane Square e trabalhava no departamento de tapetes finos da Sotheby's. Pelo que Greer sabe, nada aconteceu entre Tag e Featherleigh na recepção após o enterro de Hamish, embora sem dúvida tenham trocado cartões de visita, porque depois disso ela começou a ir a quase todos os eventos sociais a que os Winburys compareciam. Esteve na festa de formatura de um colega de faculdade de Thomas no Hotel Carlyle, em Nova York, e foi aí que Greer começou a desconfiar. Qual era a chance de Featherleigh Dale estar *naquela* festa? Ela afirmou ter esbarrado com Thomas num bar no centro da cidade alguns dias antes, e assim *ele* a tinha convidado. Rá! Que disparate!

Voltaram a encontrar Featherleigh no feriado de Natal, quando Tag e Greer levaram Thomas e Abby à Baía de Little Dix, em Virgin Gorda, nas Ilhas Virgens Britânicas. Featherleigh chegou num enorme iate de algum sheik da Arábia Saudita que sem dúvida era gay.

Ela também deu um jeito de se infiltrar na vida de Greer. Quando saiu da Sotheby's, abriu sua própria empresa e foi trabalhar como personal shopper, selecionando antiguidades para residências particulares em Londres. Era esperta demais para se aproximar diretamente de Greer. Em vez disso, começou a escolher peças para Antonia, a vizinha de Greer em Londres. Quando Antonia contou que havia conseguido uma pintura rara da escola japonesa Kanō com Featherleigh Dale, Greer disse: *Ah! Eu conheço a Featherleigh*. E logo a mulher estava telefonando para Greer para falar de uma cadeira Morris e de uma cômoda de nogueira Biedermeier.

Agora Featherleigh faz parte da vida de Greer tanto quanto faz parte da vida de Tag – ou não. Não houve dúvida quanto a convidá-la para o casamento. Tinham que convidar.

E a resposta de Featherleigh não foi nenhuma surpresa. Apesar do desejo intenso de Greer de que ela recusasse, a resposta foi sim. Convite para um. Ela iria sozinha.

Será que ela vai estar com aquele anel rendado de prata com safiras?, imagina Greer. É um anel para se usar no polegar. Quando Jessica Hicks, a designer da joia, disse isso, Greer pensou ter entendido errado. Quem usa anel no polegar? Só os ciganos, pelo que ela sabe. Mas parece que é tendência – e é claro que ninguém adora as tendências mais do que Featherleigh. Ela se mudou para a Sloane Square só porque foi onde Diana Spencer morou na juventude. E a tendência de Featherleigh de usar vestidos com o ombro de fora, que Donna Karan ajudou a popularizar em 1993? Para Greer é muito fácil imaginá-la entrando rebolante pela porta com o tal anel no polegar. Greer espera conseguir manter a compostura enquanto admira o anel e pergunta a Featherleigh onde ela o comprou.

É aí que a pegará no pulo.

Já faz uma hora que o jantar de ensaio começou (um nome um tanto inexato, já que o ensaio foi cancelado devido ao atraso no voo do reverendo Derby), e Greer está se divertindo imensamente. Ela flutua entre o gramado da frente e a praia, com os pés descalços e, na mão, uma taça de champanhe mantida sempre cheia por uma das mocinhas adoráveis que trabalham para o bufê.

Greer pergunta o nome da moça.

– Chloe – responde ela. – Chloe MacAvoy.

– Volte sempre, Chloe! – diz Greer.

Um fluxo constante de champanhe é a chave para mantê-la relaxada.

É uma noite gloriosa. Há uma brisa leve vinda do mar e o céu parece uma echarpe de seda em degradê azul à medida que o sol se põe, iluminando o horizonte de Nantucket. A banda toca músicas de James Taylor, Jimmy Buffett e dos Beach Boys. Greer tenta administrar seu tempo entre todos os convidados que chegam e os astros principais: Benji, Celeste, os integrantes do cortejo de casamento e o Sr. e a Sra. Otis.

A Sra. Otis – Karen – está encantadora com um quimono bordado. Ela se apoia na bengala por alguns minutos, conversando com o colega de trabalho infinitamente maçante de Tag, e então, no momento em que Greer sente que deve interferir e salvar a coitada – dispondo de tão pouco tempo pela frente, Karen não pode perdê-lo com Peter Walls –, Bruce leva Karen a uma cadeira à beira da festa. Ela vai se sentar e receber visitas como se fosse uma rainha. É o certo.

Benji está conversando com Shooter e os quatro Alexanders da Hobart: Alex K., Alex B., Alex W. e Zander. Greer gosta dos amigos que Benji fez na Hobart – todos já passaram longos fins de semana aqui em Summerland –, mas nenhum deles conquistou o coração de Greer como Shooter Uxley. É filho de um herdeiro do mercado imobiliário de Palm Beach e da amante dele, que engravidou com a única intenção de provocar um pedido de casamento, mas não o recebeu. O pai tinha mais cinco filhos com duas esposas e estava senil o bastante para deixar um dos filhos mais velhos cuidar do seu testamento, o que excluiu completamente Shooter e a mãe. Shooter deu algum jeito de obter o pagamento das mensalidades do seu último ano na St. George's, mas, depois da formatura, teve que arranjar um emprego. O fato de ser tão bem-sucedido é testemunho da inteligência, do carisma e da perseverança do rapaz.

Greer bebe o champanhe e vai até o bufê de frutos do mar crus, onde Tag está sugando ostra após ostra, pingando suco de marisco na camisa rosa, feita sob medida para ele na Henry Poole. Apesar de adorar Nova York, Tag confia somente nos alfaiates da Savile Row, em Londres, e ainda assim parece não se preocupar em macular tais camisas em nome de um bom molusco. Se Greer deixasse, ele ficaria aqui a noite inteira.

– Leve um prato dessas ostras para os Otis – recomenda ela. – A Karen está sentada e o Bruce está ao lado dela feito um membro da Guarda Suíça.

– Será que eles comem ostra? – pergunta Tag.

Boa pergunta. Celeste confidenciou que a Sra. Otis está ansiosa para comer lagosta – houve certa confusão quando soube que haveria um *bufê de frutos do mar* – porque ela não come lagosta desde a lua de mel, mais de trinta anos atrás. Greer tentou esconder o quanto ficou chocada. No final de cada verão na ilha, depois de comer sanduíche de lagosta no Cru, espaguete de lagosta no Boarding House, bolinhos de lagosta, tortinhas de lagosta e torrada com abacate e lagosta em cada festa na vizinhança, lagosta era a última coisa que Greer queria comer. Mas é claro que Karen Otis vive uma vida muito diferente. Greer informou Siobhan Crispin, do bufê, que deveria oferecer montanhas de lagosta à mãe da noiva, e que todas as lagostas não consumidas deveriam ser quebradas e a carne guardada num pote na geladeira da casa principal, caso a Sra. Otis quisesse fazer um lanchinho noturno.

– Vá oferecer, por favor – diz Greer para Tag. – Leve um pouco de camarão, limão e molho. Eles vão gostar.

– Boa ideia. – Tag se inclina para beijá-la. – Você é muito atenciosa.

– E gostosa – relembra ela.

– A mais gostosa da festa. Não que eu tenha reparado em mais alguém.

– Você viu a Featherleigh? – pergunta Greer. A pergunta não vai parecer capciosa, porque durante todos esses anos ela nunca confrontou Tag com suas suspeitas.

– Só de relance – responde ele. – Ela não está *nada* bem.

– Ah, é?

Greer já sabe que a resposta é sim. Ela procurou Featherleigh logo depois de cuidar das questões logísticas de última hora da festa e, embora esta seja uma atitude deselegante, concorda que os 10 quilos (pelo menos) que Featherleigh ganhou, o corte de cabelo feio que adotou, a tintura ainda pior e o nariz avermelhado são, até agora, a melhor parte do fim de semana.

Greer olhou bem as mãos de Featherleigh – ela não estava usando o anel. Ficou quase *decepcionada* com isso. Estava pronta para um confronto, mas não teve escolha senão se comportar de modo civilizado.

– Featherleigh Dale, você é um colírio para olhos cansados.

Os cantos da boca de Featherleigh caíram de uma forma nada atraente.

– Obrigada por me receber – disse ela.

Depois começou a detalhar o horror de sua viagem. Sem dinheiro para comprar uma passagem na primeira classe, teve que se espremer na econômica. O voo de Nova York para Nantucket estava lotado, todo mundo era detestável, não havia comida decente no aeroporto e ela comeu um cachorro-quente mais enrugado que pinto de múmia. Ela acha Nantucket muito úmida, olha como o ar deixou o cabelo dela, o lugar onde se hospedou é uma *pousadinha*, não um hotel, por isso não há serviço de quarto, nem academia, nem spa, e as fronhas são decoradas com flores de tule, que são sinceramente a coisa mais horrenda que ela já viu, e nem imagina como é que vai deitar a cabeça numa coisa dessas, mas era o único lugar disponível porque ela esperou até a última hora para fazer a reserva. Nem pretendia vir, porque estava com pouquíssimo dinheiro, mas esperava que a viagem pudesse tirá-la da fossa.

– Fossa? – perguntou Greer, imaginando se aquela ladainha acabaria.

– Minha empresa já era – contou Featherleigh. – E passei por uma separação muito dolorosa…

Arrá!, pensa Greer. *Então, não está mais com o Tag?*

– … e é por isso que estou com essa tintura feia e pareço mais um hipopótamo. Minha vida tem sido só vodca e peixe com fritas. Estou com 45 anos, não sou casada, não tenho filhos, não tenho emprego, sou alvo de uma investigação…

– Uma separação muito dolorosa? – disse Greer, voltando à única das queixas de Featherleigh que lhe importava. – Eu não sabia que você estava saindo com alguém.

– Era segredo – explicou Featherleigh, e seus olhos se encheram de lágrimas. – Ele é casado. Eu sabia que era, mas achei…

– Achou que ele largaria a esposa para ficar com você? – perguntou Greer.

Ela abraçou Featherleigh, mais para dar fim às lágrimas, porque alguém chorando estraga qualquer festa, e disse:

– O homem *nunca* larga a esposa, Featherleigh. Você já tem idade para saber disso. É alguém que conheço?

Featherleigh fungou e balançou a cabeça sobre o ombro de Greer, que se afastou um pouco, receando, de repente, que o rímel manchasse seu macacão de seda marfim.

Será que Featherleigh lamentaria o rompimento com Tag na frente dela? Seria capaz de cometer um gesto tão descarado e pérfido?

– E por que você está sendo investigada? – perguntou Greer.

– Por fraude – admitiu Featherleigh, abatida.

Então, obviamente, ela *era* capaz de ser pérfida. E isso explicaria a ausência do anel.

– Quando foi essa separação? É recente?

O lábio inferior de Featherleigh tremeu.

– Foi em maio – disse ela.

Maio?, pensou Greer. Jessica Hicks disse que Tag comprou o anel em junho. Ou não? Greer pode ter se enganado. Queria ter pedido a Jessica que lhe enviasse o recibo por e-mail, mas na hora ficou tão atordoada, tão tomada pela angústia, que escapou da loja sem mais perguntas.

Depois de escrever 21 romances usando a persona de Miss Dolly Hardaway, Greer desenvolveu a mentalidade de uma detetive. Quando estivesse com a cabeça livre de todo aquele champanhe e da empolgação, passaria um pente-fino nos acontecimentos de maio para ver quais lêndeas conseguiria pegar.

– Vá beber alguma coisa – disse Greer. – Você deve estar precisando.

Greer acha que seu mapa de lugares à mesa está perfeito, a não ser pelo fato de que o lugar de honra, ao lado de Benji, está vazio. Onde estará Celeste? Está sentada com os pais, obviamente, bancando a babá de Karen e Bruce. A jovem quebra as pinças da lagosta da mãe e puxa a carne branca com o delicado garfo de prata, tal como Greer a ensinou a fazer. Ela retira a carne da cauda e a corta em pedaços pequenos, depois identifica os copos de manteiga derretida.

Por se tratar de um jantar da Sabores da Ilha, todos os elementos tradicionais ganharam um toque de sofisticação. Há três tipos de manteiga derretida para a lagosta: tradicional, com limão e com pimenta. Há dois tipos de pão de milho: um com grãos integrais de milho doce e outro com pedacinhos de torresmo. Há também biscoitos de leitelho leves como plumas, que o acréscimo de cheddar inglês envelhecido deixa ainda mais saborosos. Ao lado da linguiça convencional grelhada estão linguiças caseiras de carne de cordeiro, mais uma oferenda aos ingleses. No centro de cada mesa há um enrolado de tomates da estufa da Bartlett's Farm regados com um molho espesso e picante de queijo azul, polvilhado com cebolinha picada e bacon crocante.

Celeste executa o mesmo procedimento da lagosta para o pai. Greer percebe a atenção carinhosa que ela dá aos dois. É notável. Inspira inveja. Acredita que deu uma criação impecável aos filhos, mas sabe muito bem que eles nunca a tratariam com esse tipo de cuidado terno e atencioso. O laço de Celeste com os pais dela é especial; qualquer um consegue perceber. Talvez seja porque sua mãe está morrendo – mas, de alguma forma, Greer acha que essa não é a única razão. Talvez seja porque os Otis eram muito jovens quando tiveram Celeste. Talvez seja porque ela é filha única.

Talvez Greer deva parar de especular.

Ela divide um biscoito ao meio; vai se permitir duas mordidas. Então se vira para Tag, perguntando:

– Você acha que os meninos me amam?

– Essa pergunta é séria? – devolve ele.

Chloe se aproxima de Greer com mais uma taça de champanhe. Greer devia parar de beber porque depois da pergunta *Os meninos me amam?* vem uma série de outras questões. Será que Tag a ama? Será que alguma outra pessoa a ama? Alguém reconhece a dedicação e o esforço que este casamento exigiu dela? Foi preciso dinheiro, sim, mas também uma boa quantidade de horas – centenas, se Greer as somasse, fazendo listas e telefonemas e cuidando da logística. Ela essencialmente canibalizou a própria carreira porque o casamento veio em primeiro lugar e seu romance em segundo – e um sujeito chamado Chuck O'Brien não deixou barato. Será que ela consegue reescrever o romance do zero, ou escrever um novo romance do início ao fim em quinze dias? Talvez consiga, sem a distração do casamento.

Será que Tag teve um caso com Featherleigh que terminou em maio?

Chega de champanhe. Precisa parar. Mas a taça tem um formato tão bonito e o líquido tem uma cor cristalina irresistível. As bolhas piscam para Greer, sedutoras, e ela sabe exatamente qual será o sabor: fresco e ácido, como uma maçã recém-arrancada do galho.

Celeste se senta ao lado de Benji e, por um momento, Greer relaxa. Todo mundo está no devido lugar.

– Acho que é hora de fazer os brindes – diz Greer. – Antes que as pessoas percam a paciência.

– Achei que os brindes estavam programados para depois do jantar e antes da sobremesa – responde Tag, olhando o relógio. – Tenho uma videochamada rápida com Ernie às nove.

– O quê? Uma videochamada com Ernie às nove *hoje*?

– É o negócio da Líbia. Vai ser rápido, mas não posso reagendar, porque o Ernie vai para Trípoli amanhã cedo. É coisa grande, querida. *Bem* grande.

Tag a beija e se levanta, deixando uma cauda de lagosta intocada no prato.

– Então seja *bem* rápido – diz Greer, tentando manter uma atitude descontraída.

Ela olha de relance para o lugar onde Featherleigh está sentada. Deixou-a na Sibéria social com os colegas de trabalho de Tag, entre eles o tedioso Peter Walls. Se Featherleigh se levantar para ir atrás de Tag, Greer saberá que não há nenhuma videochamada com Ernie.

Mas a mulher fica onde está; nem parece notar que Tag saiu. Ou melhor, ela nota, pois seus olhos o seguem. Sua expressão contém saudade, pensa Greer, só que, na verdade, não pode confiar no próprio discernimento depois de tantas taças de champanhe. Mas Featherleigh não se mexe. Em vez disso, passa uma quantidade generosa de manteiga num pedaço de pão e o enfia na boca. Greer empurra o próprio prato para longe.

Bruce Otis, fiel à vontade de Greer, ou pelo menos fiel ao cronograma, se levanta e bate a colher num copo d'água, anunciando:

– Senhoras e senhores, sou Bruce Otis, o pai da noiva. Quero fazer um brinde.

Um murmúrio percorre a multidão, a banda para de tocar e todos silenciam. Greer fica grata. Ela não sabe quanta experiência tem o Sr. Otis em falar com um grupo desse tamanho, mas tudo fica mais fácil quando as pessoas se comportam bem.

– Quando conheci minha esposa, Karen, achei que era o homem mais sortudo do mundo. Homem não: garoto. Porque quando a conheci eu tinha apenas 17 anos. Mas já sabia que a amava. Eu conseguia me ver envelhecendo ao lado dela. E foi exatamente o que fizemos.

Ouvem-se risadinhas gentis.

– E sei que também falo pela Karen quando digo que nosso amor um pelo outro foi tão extraordinário que anos se passaram e nenhum de nós quis filhos. Já éramos muito felizes só por estarmos juntos. Eu trabalhava a semana inteira, e todo dia saía do trabalho às cinco em ponto porque precisava ir para casa ficar com essa mulher linda e extraordinária. Aos sábados, resolvíamos as pendências da casa. Íamos ao correio mandar encomendas ou verificar nossa caixa postal, e nesse dia a fila era sempre mais longa, mas sabem de uma coisa? Eu nem ligava. Por mim, podia esperar uma hora. Podia esperar o dia inteiro... porque estava com a Karen.

A voz de Bruce começa a falhar. Greer vê lágrimas cintilando nos olhos dele e percebe que ele está usando o brinde como uma forma de prestar homenagem à esposa. É perfeito; Karen merece isso e muito mais. Ela merece uma *cura* ou um teste clínico inovador que a ponha em remissão por dez anos, ou pelo menos por cinco – assim poderia conhecer seus futuros netos. Celeste lhe confidenciou que manda 100 dólares de cada um de seus pagamentos semanais à Fundação de Pesquisa do Câncer de Mama sem que Karen e Bruce saibam. Greer ficou tão comovida com isso que naquela mesma noite se sentou à escrivaninha e fez um cheque de 25 mil dólares para a organização sem contar a Celeste nem a Benji, nem mesmo a Tag. Os atos de caridade que mais contam, Greer acredita, são aqueles que fazemos sem que ninguém saiba. Mas teve muita vontade de mandar com o cheque um bilhete dizendo: *Por favor, usem este dinheiro para curar Karen Otis.*

Bruce pigarreia, recompõe-se e diz:

– E aí, 28 anos atrás, tivemos uma filhinha. E vou falar uma coisa... Nada neste planeta, e eu quero dizer *nada mesmo*, prepara a gente para o amor que temos pelos filhos. É ou não é?

A plateia confirma. Greer sente uma vaga identificação. Ela amou os filhos. Ainda ama. Era diferente quando eram pequenos, claro.

– E, não sei como, Karen e eu tiramos a sorte grande e ganhamos essa menina linda, inteligente, *boa*. Ela sempre tirava nota máxima no ditado. Certa vez pegou uma aranha e a levou para fora de casa em vez de esmagá--la com o sapato, e estava sempre escavando o quintal em busca de cobras ou salamandras para depois colocar os bichos numa caixa de sapato com grama e potinhos de água. Ela nunca teve vergonha de onde veio nem de *quem* veio, apesar de ter ido muito mais longe do que nós e todo mundo em Forks Township, na Pensilvânia.

Bruce levanta o copo.

– Então, para você, Benjamin Winbury, eu digo de coração: cuide da nossa menina. Ela é nosso tesouro, nossa esperança, nossa luz e nosso sol. Ela é nosso legado. Um brinde a vocês dois e à vida que iniciam.

Greer enxuga uma lágrima no canto do olho com um guardanapo. Geralmente não é sentimental, mas qualquer pessoa teria achado esse brinde comovente.

Thomas se levanta em seguida e toca o próprio copo d'água com o garfo. Talvez seja verdade que nada neste mundo nos prepara para o amor que sentimos pelos nossos filhos, mas Greer sempre foi realista no que diz respeito aos dela. Tem plena consciência dos pontos fortes e fracos de ambos. Thomas é o mais bonito; Benji herdou o nariz torto do pai de Greer, e nenhum barbeiro jamais foi capaz de domar o rodamoinho do cabelo dele. Mas Benji é mais inteligente e foi abençoado – ou amaldiçoado – com uma seriedade natural, então sempre pareceu ser o irmão mais velho.

Em seu brinde, Thomas conta a história de quando ele e Benji, com 8 e 6 anos, respectivamente, se perderam na Piccadilly Circus, em Londres, e como foi Benji quem os salvou de serem raptados ou coisa pior. Thomas conta que o irmão tomou a dianteira, abordou corajosamente um grupo de punks e pediu para uma garota de moicano rosa-choque ajudá-los a encontrar a mamãe.

– Ele disse que o cabelo dela era bonito – conta Thomas. – Ele acreditava que qualquer pessoa com um cabelo bonito daqueles teria bastante inteligência e discernimento.

Greer ri, assim como todos os outros, embora a história a incomode por dois motivos. Em primeiro lugar, foi *ela* quem levou os meninos para Piccadilly, onde esbarrou com uma mulher chamada Susan Haynes, que era do grupo feminino de apoio ao Hospital de Portland, do qual queria muito fazer parte. Greer ficou tão absorta na conversa com Susan que perdeu os meninos de vista. Seus próprios filhos. Quando acabou a conversa, olhou à sua volta e descobriu que os dois tinham *desaparecido*.

Greer também está consternada porque essa é *exatamente a mesma história* que Benji contou quando fez um brinde *no casamento de Thomas*, quatro anos atrás. Ela acha que é extrema falta de criatividade da parte de Thomas reciclar a história. Gostaria de dar a Tag uma olhada particular para ver se ele concorda, mas ele está... onde mesmo? Ainda na chamada com Ernie? Ela olha para Featherleigh, que continua sentada, observando Thomas com uma expressão insípida.

Ela está trêbada, pensa Greer. Há três copos vazios do mojito de amora-preta à sua frente.

Assim que os aplausos ao discurso preguiçoso de Thomas diminuem, Greer entra discretamente na casa à procura do marido.

Ela ziguezagueia pela cozinha, onde a equipe do bufê está servindo a sobremesa, uma série de tortas caseiras de mirtilo, pêssego, lima, creme de banana e noz-pecã com chocolate. Ela segue pela sala em direção à escada dos fundos, mas para quando ouve uma voz na lavanderia.

Na lavanderia?, pensa Greer, e passa a cabeça pela porta.

Há uma garota com as costas apoiadas na máquina de lavar, com o rosto nas mãos, soluçando. É... é a *amiga*, a amiga de Celeste, a madrinha. Greer tenta lembrar o nome dela. É... Merrill ou Madison? Não, não é isso. *Merritt*, pensa ela. Merritt Monaco.

– Merritt! O que aconteceu?

Ao se virar para olhar Greer, Merritt arfa de surpresa. E logo se apressa a enxugar as lágrimas.

– Nada. É só... emoção.

– Muita coisa acontecendo, não é mesmo? – diz Greer.

Ela sente uma onda de preocupação maternal por essa garota que não vai nem se casar como Celeste nem engravidar como Abby. Ainda assim, quanta liberdade! Gostaria de incentivar Merritt a saborear essa liberdade porque em breve, sem dúvida, vai perdê-la.

– Venha beber alguma coisa – sugere Greer.

Ela gesticula para que Merritt a acompanhe, pensando em levar a jovem de volta para a festa e encontrar a Chloe do champanhe. Sem dúvida, a tristeza da moça não é nada que um pouco de Veuve Clicquot não possa melhorar.

– Estou bem – responde Merritt, fungando e tentando se recompor. – Daqui a pouco eu volto. Preciso ir ao banheiro retocar a maquiagem. Mas obrigada.

Greer abre um sorriso para ela.

– Muito bem. Estou mesmo precisando encontrar meu marido. Parece que ele sumiu.

Ela dá as costas para sair, mas não antes de ver de relance um anel de prata no polegar de Merritt.

Então é verdade, pensa Greer. *Agora todas as mocinhas modernas estão usando um desses.*

Segunda-feira, 24 de outubro de 2016

CELESTE

Dois dias depois que ela deu a Benji seu número no zoológico, ele liga – não para colocá-la em contato com o amigo que pode ou não querer levar grupos de executivos estrangeiros ao zoo, mas para convidá-la para jantar. Ele quer levá-la ao Russian Tea Room na sexta à noite.

– Reformaram o lugar depois dos anos oitenta – conta Benji. – Dizem que ficou um espetáculo. Você gosta de caviar?

– Hã...

Ela nunca tinha experimentado caviar, não só porque é caro, mas também porque já viu sacos de ovas de peixe flutuando na água do aquário e... não, obrigada.

– Ou a gente pode ir até o East Village e comer no Madame Vo. É de culinária vietnamita. Você prefere?

Celeste quase desliga o telefone. Ela se repreende por ter dado seu número para esse cara. Ele é uma espécie alienígena – ou, mais provavelmente, ela que é. Ele está acostumado com mulheres bonitas e sofisticadas como Jules, que devem ter crescido levando caviar para a escola na lancheira. O aluguel que Celeste paga na East 100th Street é meio alto, então ela raramente sai para comer. De vez em quando encontra Merritt para tomar um brunch ou jantar. Muitas vezes, quando Merritt é fotografada comendo no restaurante ou publica fotos da comida no Instagram, não precisa nem pagar a conta. Em geral, porém, o jantar de Celeste é o bufê de saladas no mercadinho da esquina ou comida para viagem da lanchonete do zoológico, e, sim, Celeste sabe quanto isso é patético, mas só porque Merritt disse a ela.

– Vietnamita está ótimo! – diz Celeste, fingindo o máximo entusiasmo possível a respeito de uma culinária sobre a qual não sabe nada.

– Certo, então é o Madame Vo. Eu passo para te pegar?

– Me *pegar*? – pergunta ela.

O quarteirão onde mora, que é muito ao norte para ser incluído de verdade no Upper East Side, embora seja muito ao sul para ser chamado de Harlem, é relativamente seguro, mas não é estiloso nem agradável. Tem uma lavanderia, o mercadinho e uma pet shop.

– Ou a gente se encontra lá? – sugere Benji. – Fica na East 10th Street.

– Eu te encontro lá – diz Celeste, aliviada.

– Às oito?

– Está ótimo.

Celeste encerra a ligação e telefona para Merritt.

Primeiro, Merritt berra: *Você marcou um encontro!*

Celeste contorce o rosto numa expressão que fica no meio do caminho entre sorriso e careta. Ela *marcou mesmo* um encontro, e isso a faz se sentir bem, porque em geral, quando as duas conversam, a única que tem alguma notícia emocionante, ou *qualquer* notícia, é Merritt. A vida amorosa da amiga é tão agitada que Celeste tem dificuldade para acompanhar a lista de homens. Ultimamente Merritt estava namorando Robbie, que é atendente no bar Breslin, na 29th Street. Ele é alto e pálido, tem bíceps volumosos e sotaque irlandês. *Como não amar Robbie?*, pensou Celeste depois que Merritt a arrastou para um almoço de sábado no Breslin para apresentá-los. Por que sua amiga não ficou com ele?

Para começar, disse Merritt, Robbie era aspirante a ator. Estava sempre fazendo testes para papéis, e ela sentiu que era só questão de tempo até ele ser escalado para um piloto de TV, quando então se mudaria para a Costa Oeste. Não era uma boa ideia se apegar demais a alguém que não tivesse raízes bem firmes em Nova York, argumentou Merritt. No entanto, Celeste sabia que a amiga tinha medo de se comprometer por causa de uma situação verdadeiramente pavorosa em que havia se envolvido no ano anterior àquele em que a conheceu.

O nome do cara era Travis Darling. Travis e sua esposa, Cordelia, eram donos de uma empresa de relações públicas chamada Brightstreet, onde Merritt começara a trabalhar logo após terminar a faculdade. Ela havia sido escolhida a dedo para o cargo de assessora de publicidade num grupo de mais de mil candidatos, e tanto Travis quanto Cordelia a viam como uma estrela em ascensão no mundo das relações públicas, a próxima Lynn Goldsmith. A vida de Merritt acabou se entrelaçando completamente à dos Darlings. Jantava com eles pelo menos uma vez por semana; visitava-os no apartamento clássico onde moravam na West 83rd Street; ia esquiar com eles em Stowe e passava fins de semana na companhia deles na praia de Bridgehampton.

Travis sempre foi um grande apoiador de Merritt. Fazia perguntas sobre a vida pessoal dela, incentivava seu interesse por moda, lembrava-se dos nomes das colegas com quem ela dividira o quarto na faculdade. Pedia a sua opinião porque ela era jovem e tinha um novo olhar a oferecer. Às vezes punha a mão no ombro dela quando passava por sua mesa e lhe encaminhava piadas picantes usando seu e-mail pessoal. Quando Merritt saía para jantar com Travis e Cordelia, ele puxava a cadeira para ela. Se estivessem no bar esperando uma mesa, ele a conduzia apoiando a mão nas suas costas. Ela percebia esses gestos, mas não se queixava. Afinal, Cordelia estava *bem ali*.

Até que...

Era verão, e Merritt estava passando um fim de semana nos Hamptons com os Darlings. No sábado à tarde, os três estavam deitados na praia quando atenderam o telefonema de uma cliente, uma supermodelo que acabara de brigar com uma comissária de bordo. A discussão tinha sido acalorada e um passageiro vazara a história para a imprensa, numa versão que não favorecia nem um pouco a modelo. Era uma situação que poderia facilmente se transformar num pesadelo de relações públicas. Cordelia tinha que voltar à cidade para administrar a repercussão.

– Vou com você – disse Merritt. – Vai precisar de ajuda.

– Eu tenho a Sage – respondeu Cordelia.

Sage Kennedy fora contratada havia pouco tempo. Merritt logo percebeu a ambição e a inveja profissional de Sage: ela queria ser a próxima Merritt. Era jovem demais e não tinha dinheiro para viajar nos fins de semana, mas naquele momento isso a favorecia. Quando Merritt insistiu que seria um prazer voltar para a cidade, Cordelia disse:

– Fique aqui e aproveite. A gente se vê na segunda.

Merritt estava insegura quanto à ideia de ficar lá sozinha com Travis? Na verdade, não. Àquela altura, ela trabalhava na Brightstreet havia três anos. Se Travis quisesse avançar o sinal, isso já teria acontecido.

Mas no final daquela tarde, quando ela estava lavando a areia dos pés na mangueira do quintal antes de entrar em casa, Travis se aproximou por trás e, sem dizer uma palavra, desamarrou o nó do biquíni dela. Merritt ficou paralisada. *Petrificada*, contou depois a Celeste, mas decidiu rir como se fosse brincadeira. Ela agarrou os cordões e começou a dar outro nó, mas Travis a deteve. Pegou-a pelas mãos, puxou-a para perto e começou a beijá-la na nuca. Em seu ouvido ele sussurrou:

– Esperei muito tempo por isso.

– Era uma cilada – disse Merritt a Celeste tempos depois. – Eu poderia tê-lo empurrado, mas fiquei com medo de perder meu emprego. Fiquei com medo de ele dizer para a Cordelia que fui eu que tirei o biquíni. Então deixei acontecer. Eu deixei.

O caso durou sete torturantes meses. Merritt vivia com um medo mortal de que Cordelia descobrisse, mas Travis garantia que não havia nada com que se preocupar. Sua esposa, dizia ele, era frígida, devia até ser lésbica, e não se importaria mesmo que descobrisse.

– No fundo, ela queria que isso acontecesse – dizia Travis. – Um dos motivos pelos quais ela quis te contratar foi porque sabia que eu te achava gostosa.

No fim das contas, Travis estava imensamente enganado quanto ao que Cordelia queria. Ela contratou um detetive particular, que seguiu Merritt e Travis, acessou os registros telefônicos e as mensagens de ambos e apresentou a Cordelia todas as provas de que precisava, incluindo, de alguma forma, fotos de Merritt e Travis tomando banho juntos no apartamento dela.

Num instante, Cordelia tomou a empresa de Travis, bem como os investimentos do casal e o apartamento. Ela demitiu Merritt e se dedicou a destruir sua reputação profissional e pessoal – e, àquela altura, os amigos de Cordelia eram amigos de Merritt. Travis também abandonou Merritt. Ela ligou e implorou que contasse a verdade a Cordelia: que *ele* tinha começado o caso e não tinha dado escolha a Merrit senão ser cúmplice. Travis respondeu aos telefonemas e mensagens com uma medida protetiva contra ela.

Merritt confessou a Celeste que, depois disso, teve vontade de se suicidar. Nos dias ruins, ficava olhando para um frasco de comprimidos que vinha acumulando: diazepam, zolpidem, alprazolam. Nos dias bons, procurava emprego em outras cidades, mas descobriu que os tentáculos de Cordelia chegavam até Chicago, Washington, Atlanta. Ninguém sequer retornava a ligação. De vez em quando Cordelia mandava uma mensagem de texto e, cada vez que via aquele nome na tela do celular, Merritt pensava que talvez, quem sabe, Travis tivesse confessado que o caso tinha sido culpa dele, que havia coagido Merritt, e depois praticamente a chantageado. Mas as mensagens eram sempre o oposto de um pedido desculpas. Uma delas dizia: **Se eu pudesse fazer isso sem ser presa, eu te matava.**

Até que, num dia milagroso, Merritt recebeu uma mensagem de Sage Kennedy, que, ela sabia, havia ocupado rapidinho a posição dela na empresa. A mensagem dizia: **A Cordelia vendeu o apartamento na 83rd Street e está mudando a Brightstreet para Los Angeles. Achei que você gostaria de saber.**

No começo Merritt não acreditou. Ela não confiava em Sage Kennedy. Mas, ao consultar o *Business Insider*, viu que era verdade. Imaginou se Travis teria abusado de Sage. Teve medo de perguntar, mas respondeu agradecendo pela informação. Basicamente, ela fora libertada.

Logo depois, Merritt conseguiu um emprego de relações públicas na Wildlife Conservation Society e, embora o salário fosse mais baixo, ficou grata pela chance de recomeçar. Ela se apresentou a Celeste nas primeiras semanas de trabalho dizendo:

– Você é a pessoa mais bonita e mais normal que trabalha nos nossos zoológicos. Por favor, me deixe usar uma foto sua no material de divulgação.

Celeste ficou estupefata com a franqueza direta de Merritt.

– Fico lisonjeada – respondeu ela. – Eu acho.

Foram almoçar juntas na lanchonete do zoológico e, entre sanduíches de atum, forjou-se uma amizade. Merritt atribuía à amiga o ato de "salvá-la", embora Celeste achasse o contrário. Estava comprometida e determinada a sair de Forks Township e iniciar a carreira em Nova York por conta própria, mas mesmo assim ficara perplexa ao perceber o quanto estava, *de fato*, por conta própria. A cidade era o lar de 10 milhões de pessoas e, no entanto, era difícil para Celeste conhecer gente fora do trabalho. Tinha só duas quase-
-amizades no bairro onde morava: Rocky, que trabalhava no mercadinho, e Judy Quigley, dona da pet shop.

Rocky tinha levado Celeste para jantar no restaurante peruano da 91st Street, mas depois confessou que, embora gostasse de Celeste e a achasse muito, muito bonita, não tinha tempo nem dinheiro para namorar. A Sra. Quigley era uma mulher simpática e tinha o mesmo amor de Celeste pelos animais, mas as duas não iam sair para beber nem nada assim.

Para Celeste, Merritt era a amiga perfeita para se ter em Nova York. Era divertida, sofisticada e antenada: sabia *tudo* que interessava aos millennials na cidade. Dizia que sua experiência com Travis Darling a deixara amargurada, mas Celeste só via o coração terno da amiga. Em se tratando de Celeste, Merritt era extremamente paciente, gentil e protetora, e sabia que ela só conseguia absorver aquele mundo frenético e pulsante aos pouquinhos.

– Não sei o que fazer – diz Celeste a Merritt agora. – O Benji veio ao zoológico com a namorada dele e a *filha* dela. Ele e a namorada estavam discutindo e aí notei que ele estava olhando para mim. Depois, pediu meu cartão de visita. *É para um amigo*, ele disse, e eu acreditei. Dei meu número direto para ele. Será que ele já terminou com a namorada? Ele quer me levar para jantar no Madame Vo. É um restaurante vietnamita.

– O Madame Vo está na lista de todo mundo porque a Sarah Jessica Parker come lá – responde Merritt. – Mas não gosto da disposição das mesas. Todas muito grudadas.

– Devo cancelar? Talvez seja melhor.

– Não! Nem se atreva a cancelar! Vou te ajudar. Vou te transformar. A gente vai fazer esse tal de Benji se apaixonar por você no primeiro encontro. Ele vai te pedir em casamento.

– Casamento? – repete Celeste.

Mais tarde naquela noite, Merritt chega ao apartamento de Celeste e usa o laptop da amiga para pesquisar Benji no Google: Benjamin Garrison Winbury, de Nova York. Em questão de segundos descobrem o seguinte: Benji frequentou a Escola Westminster em Londres, depois fez o ensino médio na St. George's, em Rhode Island, e a faculdade na Hobart. Agora ele trabalha para o Nomura Securities, que, também de acordo com o Google, é um banco japonês com sede em Nova York. Faz parte do conselho do Museu Whitney e da Fundação Robin Hood.

– Ele tem 27 anos – diz Merritt. – E faz parte de dois conselhos. Impressionante.

A ansiedade de Celeste dispara. Ela já conheceu vários membros de conselho, todos ricos e importantes.

Merritt percorre fotos de Benji.

– A mãe dele tem a maior cara de desprezo. Mas o pai até que é gato.

– Merritt, para com isso – diz Celeste, mas olha para a tela por cima do ombro da amiga.

Ela espera ver fotos de Benji com Jules e Miranda, mas, se tais fotos já existiram, foram todas apagadas. Há uma foto de Benji com amigos num restaurante, erguendo taças, e uma dele posando na proa de um barco. Há uma foto de Benji com um cara que deve ser seu irmão num jogo dos Yankees, e, na foto a que Merritt se refere, Benji posa com um casal mais velho e sofisticado, a mãe séria e loira, o pai grisalho e sorridente. Há uma foto de Benji com um drinque tropical na mão, debaixo de um guarda-sol, e outra dele de capacete, sentado numa mountain bike.

– Acho que a namorada já era – comenta Merritt. – Foi completamente eliminada dos registros. Vamos ver o Instagram...

– Não quero ver o Instagram – diz Celeste. – Me ajuda a escolher uma roupa.

Celeste se encontra com Benji na frente do Madame Vo, exatamente às oito da noite de sexta-feira. Merritt a aconselhou a chegar dez minutos atrasada, mas Celeste sempre é pontual – é uma compulsão – e Benji já está esperando, o que ela decide ser um bom sinal. Ela está com uma roupa emprestada de Merritt: um vestido bandagem cor de ouro rosé da Hervé Léger, que sabe custar bem mais de 1.000 dólares. Merritt o ganhou para usar na abertura de uma nova casa noturna no bairro boêmio de Alphabet City, e, quando Merritt é tão fotografada quanto foi naquela noite, nunca mais pode usar a mesma roupa. Celeste também está com sapatos de salto – Jimmy Choo – e uma bolsa dourada, tudo emprestado. As únicas coisas que lhe faltam são o humor sagaz, o charme e a autoconfiança de Merritt. Celeste relembra o conselho que seus pais têm lhe dado desde que tinha idade suficiente para entendê-los: *Seja você mesma*. É maravilhosamente antiquado e possivelmente insensato. Celeste sempre foi ela mesma, mas isso não a fez ganhar nenhum concurso de popularidade. Gênero: *Cientista*. Espécie: *Sem-traquejo-social*.

– Oi – diz ela a Benji ao sair do Uber.

– Nossa – comenta ele. – Mal te reconheci. Você está... Nossa. Quer dizer, *nossa*.

Celeste fica corada. Benji ficou perplexo, talvez até pasmado, e não parece estar fingindo. Celeste não sabe se deve dar um beijo na bochecha dele ou abraçá-lo, então se limita a sorrir, e ele sorri também, olhando nos olhos dela. Em seguida, ele abre a porta do restaurante e a segura para que Celeste entre.

– Está com fome? – pergunta Benji.

Ele é simpático e gentil. Celeste achava que não havia caras assim morando em Nova York. Os homens que ela vê no metrô e na rua parecem babar enquanto olham para os seios dela ou xingar baixinho se ela demora muito para passar a catraca. Os homens do zoológico estão longe de ser partidões. Darius, que assumiu o cargo de Celeste no setor de primatas quando ela foi promovida, confessou que gasta quase metade do salário com pornografia na internet. Mawabe, que trabalha com os grandes felinos, é viciado em videogame; ele se oferece para ensinar Celeste a jogar Manhunt toda vez que conversam. O problema com as pessoas do zoológico é que em geral elas se relacionam melhor com os animais do que com os humanos, e isso também se aplica a Celeste.

Quando Benji conta que trabalha no banco japonês Nomura, ela finge que a informação é completamente nova.

– Quer dizer que você é mais um desses desalmados que mandam nos fundos de investimento? – brinca ela, esperando dar a impressão de que se submete a encontros com caras desse tipo todo fim de semana.

Benji ri.

– Não, o meu pai é que é.

Ele então explica que dirige o departamento de doações estratégicas do Nomura, portanto seu trabalho é doar dinheiro para causas relevantes.

– Um dia quero administrar uma grande organização sem fins lucrativos, tipo a Cruz Vermelha ou a Sociedade Americana do Câncer.

– Minha mãe tem câncer de mama – conta Celeste.

Em seguida ela abaixa a cabeça por cima dos rolinhos primavera crocantes. Não consegue acreditar que acabou de dizer isso, não só porque é o tema mais deprimente do mundo, mas porque nunca comentou o câncer da mãe com ninguém.

– Ela vai ficar bem? – pergunta Benji.

Eis a questão, não é mesmo? Karen Otis, a mãe de Celeste, teve carcinoma ductal invasivo de grau 2 que atingiu os gânglios linfáticos, necessitando de dezoito sessões de quimioterapia e trinta de radioterapia *após* a mastectomia dupla. Ela concluiu o último tratamento no Hospital Universitário St. Luke's em julho e só faria uma consulta de acompanhamento seis meses depois. Mas tem sentido dor nas costas, então foi falar com o médico esta semana. Ele pediu uma ressonância magnética, que Karen quase se recusou a fazer porque era muito cara, e a família já estava atolada nas despesas médicas dos tratamentos que o modesto plano de saúde de Bruce não cobria. Bruce, porém, insistiu que fizessem o exame. Ao falar sobre isso com Celeste ao telefone, ele citou uma música da Zac Brown Band:

– *There's no dollar sign on a peace of mind. This I've come to know* – disse ele. "Paz de espírito não tem preço. Isso eu aprendi."

Celeste acha que devem tocar essa música na Neiman Marcus, porque nunca viu os pais gostarem de nenhuma música gravada depois de 1985.

O resultado da ressonância magnética deve sair na segunda-feira.

Ela ergue o olhar até os olhos de Benji, o castanho dele encontrando o azul dela. Castanho é gene dominante. Ela tem certeza de que o DNA de Benji é composto apenas por genes dominantes. Não sabe ao certo o que dizer. O câncer de sua mãe é um assunto particular, e todo o relacionamento de Celeste com os pais é intenso demais para explicar à maioria das pessoas.

– Não sei – responde ela, levantando a voz no final, como numa pergunta, para parecer mais otimista do que sentimental.

Celeste não quer que Benji tenha pena dela. Essa é uma das razões pelas quais não gosta de falar sobre a doença de Karen. Além disso, não quer ouvir a história inspiradora de mais ninguém sobre uma cunhada que passou por *exatamente a mesma coisa* e que agora está correndo ultramaratonas. Não quer ser mesquinha em seus pensamentos, mas chegou à conclusão inquietante de que estamos todos sozinhos em nosso corpo. Irrefutável e invariavelmente sozinhos. Portanto, nenhuma história alheia traz esperança. Ou Karen vai sobreviver ao câncer ou ele vai se espalhar; e ela, sucumbir. As únicas pessoas com quem Celeste suporta conversar sobre o tratamento de Karen são os médicos. Por um lado, confia na ciência, na medicina. Em segredo, tem doado 100 dólares por semana à Fundação de Pesquisa do Câncer de Mama.

– Agora ela está bem. Por enquanto.

Por outro lado, é supersticiosa demais para dizer que sua mãe venceu a doença, e se recusa a chamá-la de sobrevivente. Ainda é cedo.

– Obrigado por me contar – diz Benji.

Celeste faz que sim com a cabeça. Será que ele a entende? Será que sente a agonia à espreita por trás das respostas calculadas que ela está dando? Ele parece ser perceptivo de um modo como pouquíssimos homens são – como pouquíssima *gente* é. Celeste pega um rolinho primavera e o mergulha no molho vinagrete.

– Está muito gostoso.

– Espere só até provar o *pho* – diz ele, e toma um gole de cerveja. – Então, me fala do zoológico.

E Celeste relaxa.

Benji insiste em levar Celeste para casa de táxi, o que é curioso. Ele pede para o motorista esperar enquanto a acompanha até a porta do prédio. Ela sente um alívio enorme por não haver nenhum dilema sobre convidá-lo a entrar ou não, e, se o convidar, até que ponto deixar tudo acontecer naturalmente. Merritt gosta de dormir com um cara no primeiro encontro, mas Celeste se opõe com veemência. Ela nunca faria isso. Nunca.
Jamais.
Benji diz que gostaria de sair com ela outra vez. Na noite seguinte, se ela não estiver ocupada, ele tem ingressos para *Hamilton*.
Celeste arfa de surpresa. Todo mundo nesta cidade quer ver *Hamilton*. Benji dá risada.
– Então você topa?
Antes que ela possa responder, ele a beija. No começo, Celeste fica constrangida por causa do taxista à espera, mas depois se solta. *Não existe nada mais inebriante do que beijar*, pensa ela, e se deixa perder nos lábios de Benji, na língua dele. O gosto é delicioso; a boca é suave e ao mesmo tempo insistente. Ele leva as mãos ao rosto dela, depois ao pescoço, e por fim uma delas está no quadril. Antes que ela possa adivinhar o que vai acontecer em seguida, ele se afasta.
– A gente se vê amanhã à noite – diz ele. – De manhã te ligo para combinar.
Assim, ele desce a escada e, quando a cabeça de Celeste para de girar, o táxi já foi embora.

Eles veem *Hamilton*. Ao que parece o pai de Benji é um dos investidores originais e tem assentos reservados na casa, no meio da primeira fileira do primeiro camarote. Benji já viu o musical cinco vezes, mas só comenta isso depois, quando estão no Hudson Malone, mergulhando camarão jumbo em molho de coquetel, e Celeste precisa admitir que nunca perceberia. Ele parecia tão extasiado quanto ela.

Benji diz que gostaria de vê-la no domingo e Celeste sugere caminhar no Central Park. É um lugar onde se sente à vontade, quase como se pertencesse a ela. Ela corre na pista em volta do reservatório sempre que pode e, no verão, deita-se numa toalha na grama do Prado Norte. Ela adora a Pista dos Poetas e a Lagoa do Conservatório, mas seu cantinho favorito é sem dúvida um lugar que Benji não conhece. Ela se encontra com ele ao sul da Fonte de Bethesda, onde um grupo de patinadores se reúne nos fins de semana. Há uma coleção variada de personagens – Celeste passou a reconhecer a maioria dos frequentadores – que patinam em volta de uma caixa de som tocando clássicos do rock.

Quando Benji chega, estão patinando ao som de "Gimme Three Steps", do Lynyrd Skynyrd.

– Achei que ninguém mais andava de patins – comenta ele. – Parece uma cena de 1979.

– Eu venho aqui sempre – diz Celeste. – Acho que gosto muito porque meus pais ouvem essas músicas.

– Ah, é? Eles são fãs do Lynyrd Skynyrd?

– De todos os rocks clássicos, principalmente do Meat Loaf.

Enquanto Celeste observa os patinadores, pensa em quando era uma menininha sentada no banco de trás do Toyota Corolla dos pais e eles aumentavam o volume de *Bat Out of Hell* no toca-fitas. Adoravam todas as músicas, mas a preferida era "Paradise by the Dashboard Light". Quando a música chegava à metade, com Meat Loaf e Mrs. Loud, Karen cantava a parte da mulher, Bruce cantava a parte do homem, e no final da música os dois cantavam a letra com tanto entusiasmo que Celeste ficava encantada. Em momentos como aquele, os pais dela pareciam o casal mais glamoroso do mundo. Ela acreditava piamente que, se tivessem cantado para o mundo como cantavam no carro, ficariam famosos.

A música dos patinadores muda para "Stumblin' In", de Suzi Quatro e Chris Norman, e Celeste fica surpresa. É *extraordinário*; essa música é uma das preferidas dos pais dela, e não toca mais no rádio. Celeste está perplexa. Ela se vira para Benji, emocionada. Como pode explicar que essa música evoca seus pais com tanta força que é como se Betty e Mac estivessem bem aqui, com eles? Benji faz um pequeno movimento indicando que vai se retirar, mas ela não consegue abandonar os patinadores enquanto a música ainda toca.

Ela canta baixinho, e Benji parece entender. Paciente, ele fica ao lado dela. A próxima é "Late in the Evening", de Paul Simon, que também está na ampla lista de músicas de Bruce e Karen, mas Celeste percebe que já basta. Ela pega a mão de Benji e os dois seguem em direção à Fonte de Bethesda.

Depois de sair do parque, os dois vão ao Penrose beber cerveja e ver uma partida de futebol americano. Quando o jogo termina, ela pergunta se ele quer pegar uma pizza e ir para o apartamento dela, mas ele diz que gosta de dormir cedo aos domingos para estar renovado e pronto para a semana seguinte. Celeste diz que entende, e parte dela fica aliviada por mais uma vez atrasar a questão do que os dois farão quando estiverem a sós. Mas outra parte dela está decepcionada. Ela gosta mesmo da companhia de Benji. É fácil estar com ele, que é engraçado, conta histórias sobre sua infância em Londres e a imigração da família para Nova York, mas nunca parece estar se gabando, embora fique óbvio que ele é um membro da elite. Além disso, é um bom ouvinte. Incentiva Celeste a falar fazendo boas perguntas e, em seguida, dando a ela muito tempo para responder.

Mas ela deve tê-lo matado de tédio. E ele deve achá-la bem esquisita por ficar ouvindo música de velho no parque.

– Antes de ir, quero fazer uma pergunta – diz Celeste.

Benji cobre a mão dela com a sua.

Ela não consegue acreditar na própria ousadia. Não é da conta dela, mas, se ele a estiver dispensando e ela nunca mais o vir, não fará mal nenhum perguntar.

– Manda – diz ele.

– O que aconteceu com sua namorada? E a filha dela?

Benji suspira.

– A Jules? A gente terminou. Quer dizer, é óbvio. Mas a culpa não foi sua. Já estava difícil fazia tempo…

– Quanto tempo vocês ficaram juntos?

– Pouco mais de um ano.

Celeste solta a respiração. Ela temia que fosse mais tempo.

– Acho que estou mais preocupada com a filha dela – comenta Celeste. – Ela parecia muito apegada a você.

– Ela é um amor. Mas tem um pai e dois tios muito dedicados que moram a poucos quarteirões de distância e, quando terminei com a Jules, eu disse para ela que estaria disponível se um dia a Miranda precisasse de mim. – Ele encara Celeste. – Legal você perguntar da Miranda.

O olhar dele é tão intenso que Celeste baixa o dela para o balcão arranhado.

– E a Jules? – pergunta ela. – Aceitou numa boa?

– Nem um pouco. Ela jogou os sapatos em mim, gritou, quebrou o celular e depois chorou por causa disso. Ela é apaixonada por aquele celular.

– Muita gente é.

– E isso era parte do problema. Ela nunca estava presente de verdade. Era egocêntrica; não era gentil nem atenciosa. Ela se diz mãe e dona de casa, mas nunca ficava com a Miranda. Ia para a aula de Pilates, fazia as unhas e saía para almoçar com as amigas, uma querendo comer menos que a outra. O único motivo para irmos ao zoológico naquele dia foi porque eu insisti. A Jules estava de ressaca da noite anterior e só queria tirar uma soneca e tomar um banho de espuma antes de se encontrar com os amigos dela, Laney e Casper, para jantar em algum restaurante superestimado, onde ela ia pedir uma salada e comer duas folhas de alface e meio figo. O passeio no zoológico abriu meus olhos.

– É que eu fiquei pensando – diz Celeste. – Não estava tentando te roubar nem fazer vocês terminarem.

Benji ri e deixa dinheiro no balcão.

– Me deixa te acompanhar até sua casa – diz ele.

Na frente do prédio, ele se despede de Celeste aos beijos, e a temperatura sobe tanto que ela tem vontade de chamá-lo para entrar. Mas ele se afasta e diz:

– Obrigado pelo fim de semana maravilhoso. Depois a gente se fala.

Celeste o vê descer os degraus de dois em dois, acenar para ela e depois sair pela rua escura.

Ao subir a escada, ela manda uma mensagem para Merritt: **Estraguei tudo**.

Como?, é a resposta de Merritt. **O que aconteceu?**

Celeste manda uma série de pontos de interrogação. Segundos depois, o telefone toca. É Merritt, mas Celeste recusa a ligação porque de repente está triste demais para falar. Começa a achar que deveria ter cancelado o encontro na sexta-feira, pois o que ela descobriu ao longo do fim de semana foi que *está mesmo* solitária e que a vida é mais gostosa quando há alguém com quem conversar. Alguém a quem beijar. Alguém para roçar o joelho e segurar a mão dela. Desde o começo, Celeste tinha certeza de que era uma espécie alienígena, mas provar que isso é verdade a desanima.

"A gente se fala." Aham, sei.

Na segunda-feira, quando ela está no escritório revisando a programação especial do próximo verão – vão receber um langur-de-canela-cinza do Vietnã, o que a faz pensar no jantar no Madame Vo com Benji do outro lado da mesa –, alguém bate à porta. São duas e quinze e Celeste desconfia que seja a Blair do Mundo dos Répteis dizendo que precisa ir para casa porque está com enxaqueca e perguntando se poderia, por favor, fazer a palestra das três no lugar dela, o que também a faz pensar em Benji.

– Pode entrar – diz ela sem entusiasmo.

É Bethany, sua assistente, segurando um vaso de rosas de caule longo.

– É para você.

No dia seguinte, o pai de Celeste liga para dizer que o resultado da ressonância magnética de Karen foi bom.

– Sério? – pergunta ela.

Seus pais poderiam muito bem mentir a respeito disso, ela sabe.

– Sério – garante ele. – A Betty está mais saudável do que nunca.

Na noite de quinta-feira, Benji leva Celeste para ver um filme no Paris Theater. É um filme francês com legendas. Ela adormece logo no início e acorda nos créditos finais, aninhada no braço dele.

Na sexta ele a leva para jantar no Le Bernardin, que serve nove pratos de frutos do mar. Cerca de metade dos pratos testa os limites de Celeste. Creme de ouriço-do-mar? Sashimi de olhete? Ela imagina contar aos pais que Benji gastou 900 dólares num jantar que incluía ouriço-do-mar, olhete e pepino-do-mar, que apesar do nome não é um vegetal. Todos os pratos são servidos com vinho, e Celeste fica levemente embriagada. Esta noite ela o convida para entrar.

Está nervosa. Antes de Benji, só esteve com dois homens, um dos quais era o assistente na aula de Mecanismos do Comportamento Animal na faculdade.

No dia seguinte, Merritt manda uma mensagem de texto: **E aí???????**

Celeste apaga a mensagem.

Merritt escreve outra vez: **Fala, Celeste. Como foi o nosso Benji na hora do vamos ver?**

Legal, escreve Celeste.

Tão ruim assim?, replica Merritt.

Foi bom, diz Celeste. O que é verdade. Benji foi muito cuidadoso, muito atencioso aos desejos dela: o que lhe dava prazer, do que ela gostava. Talvez até atencioso demais, mas não achava que deveria reclamar disso.

Xiii, diz Merritt.

Eles jantam no SoHo, no Village e no Meatpacking District. Pedem entregas de comida indiana, japonesa e vietnamita, agora uma das preferidas, que comem no apartamento de Celeste enquanto assistem a *The Americans*. Há um brunch no Saxon + Parole, onde Benji apresenta a Celeste o fenômeno das mil variações do Bloody Mary. Ela põe no copo um pouco de tudo: aipo, cenoura, pimenta, picles caseiros de pepino e cebola, bacon, ervas frescas, charque, azeitonas e espirais de lima e limão. Depois, quando o copo está mais paramentado que uma senhora de 80 anos usando todas as joias que possui, ela tira uma foto e a manda para Merritt, que responde dez segundos depois: **Está no Saxon + Parole?**

Na 92nd Street há uma tarde de autógrafos com uma escritora chamada Wonder Calloway, que lê uma história sobre uma mulher da idade de Celeste que vai até o acampamento-base do Monte Everest com um homem que ela ama, mas que não corresponde ao seu amor. O homem sofre de mal das montanhas e precisa voltar. A mulher tem que decidir se deve parar ou seguir em frente. Celeste fica comovida com a história e com a ideia de que a literatura pode ser relevante na vida *dela* e para os sentimentos *dela*. *Nada* que tenha lido no ensino médio a fez se sentir assim. No final da leitura, Benji compra um exemplar do livro de contos de Wonder Calloway para ela e a autora o autografa. Ela sorri e pergunta o nome dela, escrevendo *Para Celeste* no livro. Celeste está emocionada, mas também um pouco incomodada. As experiências que Benji está lhe proporcionando, embora extraordinárias, estão mexendo com sua cabeça. Ela sabe que está bem do jeito que é – tem um diploma universitário e um bom emprego –, mas cada encontro lhe mostra todas as formas como ainda pode crescer.

Ela lê os contos no caminho para o trabalho e, no fim da semana, já terminou e pede outro livro a Benji. Ele oferece *O circo da noite*, de Erin Morgenstern. Ela adora tanto o livro que o pega para ler em todos os momentos possíveis. Ela lê *Um milhão de pequenas coisas*, de Jodi Picoult, e *O rouxinol*, de Kristin Hannah. Benji passa para ela uma lista de livros que ele adorou, e juntos vão à livraria Shakespeare & Company.

Há um novo restaurante de comida birmanesa na Broome Street que Benji quer conhecer, e Celeste diz:

– Birmanesa?

Ela nem imaginava que a comida birmanesa tivesse um restaurante próprio, mas já devia saber que Benji procura a culinária de terras distantes – África Oriental, Peru, País Basco. Ele compara essa preferência ao amor de Celeste por animais exóticos. Ela poderia passar o dia inteiro falando do íbex-da-núbia, e ele, de momos.

O restaurante birmanês tem apenas dez lugares e todos estão ocupados, por isso pedem comida para viagem e Benji diz:

– Já que estamos perto, podemos ir para a minha casa.

– Você mora por aqui? – pergunta Celeste.

Benji contou apenas que morava num apartamento no centro da cidade, mas, em comparação com Celeste, todo mundo mora no centro. Ela já ficou pensando por que ele nunca a convidou para ir até lá. Depois que terminou de ler *Jane Eyre*, fez uma piada sobre ele estar escondendo uma esposa maluca no apartamento. Isso o deixou indignado.

– Não tem nada de especial – disse ele. – Você não vai gostar.

Se for seu, eu vou gostar, pensou Celeste, mas não quis insistir. Ele devia ter seus motivos.

Agora Benji a leva até um arranha-céu em TriBeCa, ao lado do famoso Colégio Stuyvesant, e, depois de cumprimentar o porteiro e o homem atrás da mesa da recepção, entram no elevador e ele aperta o botão que diz 61B.

O 61º andar, pensa Celeste. O prédio dela tem seis andares, não tem elevador, e ela mora nos fundos do quinto andar.

Celeste sente a pressão nos ouvidos na subida e Benji está estranhamente calado. O cheiro da comida birmanesa toma conta do elevador, mas um nervosismo súbito reprime o apetite dela.

A porta do elevador se abre e Celeste já sai *no* apartamento. Por um instante, fica confusa.

– Espera aí – diz ela, e se vira para trás.

É. O elevador os levou *diretamente* ao apartamento de Benji.

Benji pega a mão de Celeste, que está fascinada com o elevador. Um elevador dentro do apartamento. Sabia que existiam lugares como esse? Sim, ela já tinha visto nos filmes. Se morasse aqui, talvez ficasse tentada a apertar o botão do elevador só para poder vê-lo chegar *exclusivamente para ela*, mesmo que não precisasse sair de casa.

O apartamento foi decorado por um profissional e está impecavelmente limpo. Há sofás de couro preto, poltronas de um azul-royal escuro, um tapete colorido que é um verdadeiro caleidoscópio e uma enorme TV de tela plana cercada por estantes com prateleiras cruzadas na diagonal, que é uma das coisas mais legais que Celeste já viu. Ela nem sabia que existiam estantes diagonais, mas agora só o que ela quer na vida, além de um elevador que se abre dentro do apartamento, são estantes diagonais e livros para pôr nelas.

Há uma cozinha gourmet, minimalista e reluzente, a não ser por uma enorme gamela de madeira rústica cheia de frutas: abacaxi, manga, mamão, limão, kiwi. Só as frutas da gamela devem custar o mesmo que tudo que há no apartamento de Celeste. Ela sente uma vergonha repentina do futon que usa como cama, coberto com uma colcha de retalhos que sua mãe comprou num mercado amish em Lancaster, de suas mesinhas laterais da Ikea e das luminárias caseiras que trouxe da casa dos pais, cujas bases são jarros de vidro cheios de grãos de feijão. Ela se encolhe ao pensar nos pôsteres antigos do zoológico que mandou emoldurar a um alto custo (cada um custou 90 dólares, e ela arregalou os olhos ao ouvir o preço) e nas velas de arco-íris que sua mãe fez com giz de cera derretido.

Benji diz alguma coisa sobre mostrar o restante do apartamento e ela o segue em silêncio até o quarto, onde há uma janela que vai do chão ao teto e dá vista para a área chique da cidade. Toda Manhattan se espalha diante deles, colorida e cintilante – e uma daquelas luzes, apenas uma lâmpada fraca a mais de cem quadras de distância, ao leste, está na janela do apartamento de Celeste.

Ela apoia as mãos na janela, depois as retira. Não quer deixar impressões digitais.

– Você detestou, né? – comenta Benji.

– Como pode achar uma coisa dessas? É… é que… meu vocabulário é humilde demais para descrever.

– Meus pais pagam o apartamento. Ofereceram para mim e não pude recusar. Quer dizer, acho que eu poderia ter recusado, mas só um maluco não aceitaria um lugar desses.

Uma parte de Celeste concorda, é claro, mas outra parte oferece uma oposição virtuosa. Ela pensa em Rocky, que aluga uma quitinete no Queens. Ele pega o trem para a cidade às cinco da manhã para trabalhar no mercadinho. À noite tem aula na Universidade do Queens; está estudando para ser professor. Celeste vê nobreza nisso, uma nobreza e uma ética que faltam quando se vive num apartamento que pode muito bem custar 7 ou 8 mil dólares por mês, pagos pelos pais.

– O prédio tem academia – comenta Benji. – E piscina. Você pode usar a piscina no verão. Pode dizer adeus ao Prado Norte.

Eu não quero dizer adeus ao Prado Norte!, pensa Celeste, teimosa. Mas sabe que isso é bobagem.

– É melhor aproveitarmos este lugar enquanto podemos – diz ele. – Meus pais estão ameaçando comprar para mim um daqueles apartamentos clássicos perto do parque.

Um apartamento clássico perto do parque, pensa Celeste com sarcasmo. Claro, é o próximo passo lógico.

– East 78th Street – murmura ela sem querer.

Depois de se mudar para Manhattan, e antes de conhecer Merritt, ela passava os fins de semana andando a esmo pelo Upper East Side, olhando pelas janelas, admirando os vitrais acima das portas e os ornamentos de ferro. O quarteirão entre a Park Avenue e a Lexington, na 78th Street, era o seu favorito. Ela olhava a fachada das casas e tentava imaginar quem eram as pessoas sortudas que moravam ali.

Pessoas como Benji.

– Vou pedir para eles procurarem só na East 78th Street – diz ele. – Agora vamos comer.

Celeste passa a semana toda incomodada com os privilégios de Benji. Não pode afirmar exatamente que foi pega de surpresa. Sabia que ele era rico, mas, agora que a extensão da riqueza e do privilégio se revelou por completo, a imagem que ela tem dele está maculada por um toque de aversão.

Mas então Benji informa a ela que, no último domingo de cada mês, ele é voluntário num abrigo para pessoas em situação de rua no porão da igreja que seus pais frequentam, no Upper East Side, e pergunta se gostaria de ir com ele. A tarefa é preparar um jantar para os hóspedes do abrigo, arrumar as camas e passar a noite lá. Benji ficaria num quarto com os homens e Celeste com as mulheres.

– Nem todo mundo gosta – diz ele.

– Eu topo – responde ela.

Por sugestão de Benji, Celeste usa traje casual: calça de moletom e camiseta. Ela ajuda a picar legumes para a sopa e, durante o jantar, serve café. Todos os hóspedes querem café com açúcar, muito açúcar; os bolsos da calça de Celeste estão lotados de sachês, e um dos hóspedes começa a chamá-la de Docinho. Benji o escuta e diz:

– Aí, Malcolm, segura sua onda. Ela é o *meu* Docinho.

Isso faz todos rirem. Benji tem uma boa sintonia com os hóspedes e conhece muitos deles pelo nome – Malcolm, Slick, Henrietta, Anya, Linus. Celeste tenta tratá-los com respeito, fingir que está trabalhando num restaurante para clientes pagantes, mas não pode deixar de imaginar como a vida tratou essas pessoas para que acabassem aqui. Um simples golpe de azar e a mesma coisa poderia acontecer com ela. Ou com seus pais.

Depois do jantar, arruma catorze camas com lençóis e cobertores, e entrega um travesseiro baixo para cada hóspede. Benji disse a ela que todos dormem cedo – mesmo que possam ver TV até as dez – porque a vida nas ruas é fria e exaustiva. A maioria das mulheres se deita logo depois de comer. Celeste, que trouxe seus artigos de higiene pessoal num saco plástico, vai ao banheiro para escovar os dentes e lavar o rosto. Estar aqui é como morar num dormitório de faculdade, mas ela desconfia que Benji tenha razão: não é para todo mundo. Não consegue imaginar Merritt trabalhando aqui, muito menos Jules, a ex-namorada de Benji. Ela sente orgulho de si mesma por ser uma pessoa boa, depois decide que ter orgulho significa que não é tão boa assim.

No corredor entre os dormitórios feminino e masculino, ela dá um selinho em Benji.

– Você vai ficar numa boa? – pergunta ele.

– Vou, claro – responde ela.

– Queria poder ficar com você. – Ele a beija outra vez.

Celeste se arrasta até a cama. Os lençóis cheiram a alvejante industrial e o travesseiro não é mais eficaz do que um guardanapo de pano. Ela enfia o casaco grosso debaixo da cabeça.

Adormece ouvindo as outras mulheres roncarem. Sente saudades da mãe.

No meio da semana seguinte, Merritt manda uma mensagem de texto: **Como vão as coisas com o namorado?**

Namorado. O termo surpreende Celeste, mas não há como negar. Ela e Benji gostam um do outro. São um casal fazendo coisas de casal. São namorados mesmo. Estão felizes.

É então que ela conhece Shooter.

Sábado, 7 de julho de 2018, 9h30

NANTUCKET

Marty Szczerba (Sku-*zer*-ba) é o chefe de segurança do Aeroporto Memorial de Nantucket. É um cargo público que vem com todos os benefícios, o que quase compensa o estresse desenfreado do trabalho no verão.

Em Nantucket, junho e julho são meses de nevoeiro. No começo do verão, o ar quente e úmido paira sobre a água fria. O ar se resfria até o ponto de orvalho e forma-se uma nuvem na superfície da água. Isso é o nevoeiro. Marty gostaria que a prefeitura alocasse verba para um programa de conscientização, porque camisetas e canecas bonitinhas exibindo o slogan o NEVOEIRO VEM AÍ não parecem estar dando conta do recado. O nevoeiro vem aí *mesmo*. Ele vai chegar para *você*, milionário de Greenwich, Connecticut, e para *você*, bilionária do Vale do Silício. Seu voo será atrasado ou cancelado se o teto de voo cair abaixo de 200 pés. Você vai perder sua conexão e terá que cancelar os planos do dia: a reunião do conselho, a formatura da filha na Universidade Duke, o encontro com a amante no Hotel Le Meurice em Paris.

No sábado, 7 de julho, Marty senta-se à escrivaninha para tomar o café da manhã quentinho do Crosswinds, o excelente restaurante do aeroporto – uma vantagem do trabalho que ele aprecia muitíssimo desde o falecimento de Nancy, sua esposa, com quem passou 31 anos. Agora ele está examinando suas opções no Match.com, um site de relacionamentos. Marty descobriu que encontrar uma mulher com idade apropriada que queira morar o ano todo em Nantucket não é das tarefas mais fáceis. Ele foi a três encontros nos últimos seis meses, mas nenhuma das mulheres se parecia remotamente com a foto do perfil, o que o fez duvidar da seriedade do site. A assistente de Marty, Bonita, uma solteira de 33 anos, vive dizendo que ele deveria usar o Tinder.

– Arrasta pra direita – diz ela sempre. – Ação garantida.

Isso virou piada entre eles, porque Marty não está atrás de "ação". O que ele quer é um relacionamento firme, uma coprotagonista para seu segundo ato. É bem quando ele está considerando seriamente usar o Tinder pela primeira vez – *será* que ele poderia arrastar para a direita, só uma vez? – que o telefone toca, e é o delegado. Encontraram um corpo boiando em Monomoy e há um suspeito – o nome que o delegado lhe diz é Shooter Uxley – em fuga.

Marty anota o nome e uma descrição do sujeito: 20 e poucos anos, cabelo escuro, bermuda salmão, camisa social azul, blazer azul-marinho e mocassins. Boa aparência, diz o delegado. Marty ri, porque essa descrição corresponde a qualquer uma das centenas de rapazes que aparecem no aeroporto a todo momento durante o verão. Ele come uma garfada de ovos mexidos e batatas salteadas, sai do site de encontros e desce para falar com a polícia estadual.

Lola Budd chocou todos os adultos da sua vida ao se destacar no trabalho na bilheteria da Hy-Line Cruises. A tia de Lola, Kendra, que é sua tutora legal desde que a mãe morreu de overdose e o pai foi preso, lhe disse que ela era jovem demais e *imatura demais* para dar conta de um trabalho como aquele. Lola demonstrou comportamento instável tanto em casa como na escola, mas convenceu a tia de que, se tivesse um emprego de grande responsabilidade, faria jus ao desafio. Um dia ela pretende cursar hotelaria na Universidade de Massachusetts e acha que um emprego de verão que envolva muita interação com o público a fará sair em vantagem.

Ela começou a trabalhar há três semanas e está simplesmente adorando. Ao contrário da escola, que acredita ser perda de tempo, o trabalho faz com que se sinta adulta e relevante. Está fazendo uma coisa importante, facilitando as viagens entre Nantucket e Hyannis, ou seja, entre um reino de fantasias de verão e o mundo real.

Lola gosta do trabalho principalmente em dias frenéticos como hoje, o sábado depois do Quatro de Julho, quando há uma fila de 117 pessoas. As passagens para a balsa das nove e quinze estão esgotadas, assim como as de todas as balsas de hoje e de amanhã. Para conseguir passagens para a família inteira de volta ao continente *hoje*, você teria que praticamente fazer dessa a sua resolução de ano-novo e executá-la já em 2 de janeiro.

A mulher que trabalha no guichê ao lado de Lola, uma nativa de Nantucket de 60 anos chamada Mary Ellen Cahill, tem uma placa na frente de seu computador que diz: SUA FALTA DE PLANEJAMENTO NÃO É UMA EMERGÊNCIA PARA MIM. Embora concorde com essa declaração, para Lola os momentos mais gratificantes do trabalho são quando ela pode ser a heroína do dia, conseguindo fazer uma passagem de última hora aparecer do nada ou resolvendo uma trapalhada. Como quando o Sr. e a Sra. Diegnan pretendiam reservar lugares na última balsa de volta ao continente numa sexta-feira, não na quinta, embora a passagem que Susan Diegnan mostrara obviamente informasse quinta-feira, o dia anterior. *Tudo bem!* Lola mudou a viagem dos Diegnans para a balsa da sexta-feira sem cobrar nada a mais. Ela adora chamar um nome da lista de espera e ver a alegria e o alívio tomarem conta da expressão de alguém.

Mas hoje em especial não haverá expressões de alívio, e Lola não tem nada a oferecer senão um olhar forçado de solidariedade.

– Sinto muito. Não tenho nenhuma passagem disponível até segunda-feira às 4h05. O senhor pode entrar em contato com a Steamship. Eles têm balsas de carros que comportam muito mais passageiros.

Hoje haverá pessoas soltando palavrões na frente de Lola e também *direcionados* a ela. Haverá pessoas chamando a Hy-Line de "empresa fajuta" e "servicinho de meia-pataca".

Meia-pataca?, pensa Lola. *Não sei nem o que isso significa.*

No treinamento, ela aprendeu a aceitar todos os comentários com tranquilidade. O pior que pode fazer é reagir com raiva ou indignação, imitando o tom do cliente insatisfeito.

– Estou com um problema – diz uma grávida de rosto inchado.

Ela está suando, tem uma criancinha no colo e outra, de uns 5 anos, agarrada à perna dela.

– Eu estava segurando minhas passagens de balsa para dois adultos e duas crianças, deixei de lado só um instante e quando peguei de novo só tinha passagens para *um* adulto e duas crianças, o que significa que alguém roubou uma das minhas passagens.

Lola assente, concordando. Ela ainda não tinha se deparado com acusações de furto de passagens, mas, se isso fosse acontecer um dia, pensa ela, só poderia ser hoje. Do outro lado do balcão há uma multidão desesperada.

– A senhora falou com seu marido? – pergunta Lola. – Será que ele pode ter pegado a passagem dele sem que a senhora percebesse?

– Claro que falei com meu marido! Não está com ele. Eu era a responsável pelas passagens e ele pela bagagem, o que na cabeça dele significa que pode entrar de fininho no bar para tomar uma saideira porque ele tem uma quedinha pela atendente. Aquela do… – Ela faz uma careta e fica muito parecida com o emoji que revira os olhos. – Sabe como é. Coisa de homem.

Uma das coisas que Lola aprendeu nesse trabalho é o que é *coisa de homem*. Antes só sabia o que era *coisa de garoto*. Ela está namorando há nove meses, duas semanas e cinco dias. O nome do namorado é Finn MacAvoy e Lola o ama perdidamente, é amor verdadeiro para sempre e coisa e tal, e ela imagina que vão acabar se casando. Os pais de Finn morreram num acidente de barco e, por isso, ele e Lola estão na mesma situação: são praticamente órfãos.

Mas estaria mentindo se dissesse que não fica admirada com o poder que parece exercer sobre certos homens. Alguns já lhe fizeram propostas e outros babaram descaradamente ao olhar para ela. É comum que um cara pálido, gordinho, careca e casado pare diante dela e fique sem palavras. O que é que ele queria perguntar? Ele não lembra.

E isso é coisa de homem.

Lola lamenta pela grávida (embora Tia Kendra tenha medo de que Lola engravide, esse emprego é um bom controle de natalidade), porém não há nada que possa fazer.

– Sinto muito – diz ela. – Não tenho nenhum lugar extra nessa balsa. O próximo lugar disponível é na segunda-feira às 4h05.

– Mas eu estava com a passagem! – grita a mulher. – Eu paguei por ela! E alguém a roubou!

– Infelizmente não temos como provar isso. A senhora pode ter deixado cair sem querer e alguém pode ter pegado. Afinal, a senhora está bem ocupada.

– Mas a minha mãe está doente! Ela está no hospital com herpes-zóster. A gente precisa ir embora hoje. É uma emergência médica.

Lola se lembra de respirar. É espantoso o tipo de mentira que as pessoas inventam quando estão desesperadas. Ela quer dizer em voz baixa a essa mulher que o melhor jeito de sair da ilha é fingir que está entrando em trabalho de parto. Nesse caso, ela será levada para o continente num helicóptero-ambulância e seu marido poderá usar a passagem para adulto que resta.

– Sinto muito mesmo. E preciso pedir para a senhora sair da fila para eu poder ajudar a próxima cliente.

A próxima cliente jura que tem uma reserva em nome de Iuffredo, mas Lola não a encontra no sistema.

– Será que está com um nome diferente? – pergunta ela.

– Eu tenho o número da reserva aqui em algum lugar – diz a Sra. Iuffredo, e vasculha a bolsa.

O telefone toca. Lola olha para o painel de controle. É o telefone de emergência, que não pode ser ignorado. Ela atende.

– Hy-Line Cruises. Aqui é Lola Budd. Em que posso ajudar?

Há uma pausa brevíssima, depois a voz de um homem:

– Lola Budd? Ah, é. Esqueci que você trabalhava aí. Lola, aqui é o delegado Kapenash. Posso falar com sua supervisora, por favor?

– Ah, oi, delegado!

O delegado é tio e tutor legal de Finn, e uma pessoa muito importante em Nantucket. Afinal, é o *chefe de polícia*! Lola tem a nítida impressão de que o delegado não gosta dela, que não a *aprova*. Ele provavelmente gostaria que Finn estivesse namorando alguém como Meg Lyon, atleta que pratica três esportes, tem boas notas e um comportamento absolutamente impecável. Mas agora o delegado presenciará Lola Budd em sua nova persona de funcionária responsável e competente da Hy-Line Cruises.

– Minha supervisora não está aqui no momento. Estamos só eu, Mary Ellen e Kalik, e temos um barco que vai sair daqui a oito minutos, então todos estão muito ocupados. Mas a Gracie deve voltar logo. O senhor quer deixar um rec...?

– Oito minutos? – interrompe o delegado. – Me deixe falar com a Mary Ellen, por favor.

– Ela está atendendo um cliente.

– Me deixe falar com ela, Lola. É uma emergência.

Marty Szczerba fala com Brenner, o policial estadual de plantão no aeroporto, e obtém mais informações sobre o possível assassinato. O corpo que encontraram é de uma mulher de 29 anos de Nova York que veio a Nantucket para ser madrinha de casamento da melhor amiga.

A notícia chega como um soco no estômago de Marty, porque sua filha, Laura Rae, vai se casar em setembro, e a madrinha dela, Adi Conover, é como se fosse uma segunda filha para ele. Como a esposa dele, Nancy, faleceu, foi o próprio Marty quem ajudou Laura Rae a planejar o casamento. Contrataram Roger Pelton para ajudar – e ele o conhece há muito tempo, pois Laura Rae e Heather, a filha de Roger, jogaram softball juntas no ensino médio – e, por curiosidade, e por uma espécie de palpite, Marty pergunta ao policial Brenner se Roger Pelton estava cuidando do casamento.

– Roger Pelton? Foi ele quem avisou. Mas já foi descartado como suspeito.

Suspeito?, pensa Marty. É *claro* que Roger não é suspeito. É óbvio que ele não matou ninguém! Marty diz para Brenner ligar o mais rápido possível para o Blade, o serviço de helicóptero particular, assim como para o hangar de aviões particulares. Não há como um suspeito escapar de Nantucket num voo comercial. A Agência de Segurança no Transporte é implacável. Com eles, ninguém pode. Não deixam passar nem um amendoim, muito menos um suspeito.

Brenner diz que vai falar com os serviços particulares. Marty alerta a agência e o policial encarregado da segurança hoje, depois volta para sua mesa e liga para Roger Pelton.

– Fiquei sabendo do corpo – diz Marty. – Sinto muito, Roger.

– Eu não... Acho que não... – Roger parece sufocado. – Não consigo nem descrever como foi tirar aquela coitada da água. Foi a noiva que a encontrou boiando, a melhor amiga dela, a madrinha de casamento. A noiva ficou... bem, ficou completamente fora de si, e é uma menina tão, tão boazinha. O grande dia dela terminou antes mesmo de começar, e numa tragédia completa.

– Nossa, Roger. – Martin espia o café da manhã, que agora esfriou, e empurra o prato para longe. – Quem é o suspeito que deu no pé? O tal do Shooter Uxley?

– *Deu no pé?* O Shooter?

– O delegado ligou agora há pouco – explica Marty. – Estão procurando um tal de Shooter Uxley.

– Ele é o padrinho. Um rapaz muito sociável, com aperto de mão firme. Ele fez de tudo para dar atenção aos detalhes. Acho que também organiza eventos. Só este mês eu fiz vinte casamentos e não me lembro de ninguém, mas desse cara eu gostei muito.

– Bom, ele sumiu. Estava prestes a ser interrogado pela polícia e fugiu pela janela de um banheiro.

– Aí tem coisa – comenta Roger. – É... quem vê cara não vê coração.

– Pois é – diz Marty.

Em seguida ele se despede, desliga e volta ao trabalho.

Quando Mary Ellen Cahill desliga o telefone após falar com o delegado, ela entrega a Lola um pedaço de papel que diz *Shooter Uxley*.

– O nome dele não está no sistema – diz Mary Ellen. – Então chegaria de improviso. Tem 1,80 metro e cabelo escuro, e está de blazer azul.

– Assim fica mais fácil saber – responde Lola.

– Meu palpite é que ele pegou a balsa da Steamship. Tomara que tenha sido isso. Já estamos ocupadas demais para ficar de olho num suspeito de homicídio.

Lola olha para o nome outra vez. Shooter Uxley. Ela pega o celular, o que é expressamente proibido no trabalho, e o encontra no Facebook num instante. É bonito como o Tom Brady. E é então que entende tudo, e berra:

119

– Segura a balsa!

Ela pula de trás do balcão e corre para fora do guichê rumo ao cais. George, o comissário de bordo, está prestes a dobrar a prancha de embarque.

– Lola.

George dá uma piscadela. Lola sabe que ele tem uma quedinha por ela e usará isso a seu favor.

– Eu preciso entrar nessa balsa – diz ela. – E assim que eu entrar preciso que você chame um policial e o mande vir logo atrás de mim.

– Eita! Endoidou, é?

– George, querido, confia em mim. É um assunto urgente. Questão de vida ou morte. Me deixa entrar na balsa e chama um policial.

– Sério?

– Sério.

Ela quer entrar com tudo na cabine, mas mantém a compostura. A passagem roubada. Shooter Uxley, belo como um astro de cinema, furtou a passagem de uma grávida e entrou saltitando no barco. Lola observa os rostos ao redor. Vê gente velha, gente bronzeada, homens de calça salmão, labradores amarelos, bebês chorões, boston terriers, mulheres que fizeram várias cirurgias plásticas. Vê uma criança fantasiada de Homem-Aranha. Vê um cara sem camisa com um calção estampado de bandeira dos Estados Unidos, desmaiado e roncando.

Lola sente alguém tocar seu braço. Ela se vira e vê um policial ao lado de Fred Stiftel, um dos capitães.

– Mocinha – diz o policial. – O que está acontecendo?

Lola olha ao redor e seu olhar se fixa no rosto de alguém perto do balcão do bar. Ele está de óculos escuros, mas ela reconhece o formato da mandíbula e o topete escuro e desalinhado. Camisa azul, blazer azul-marinho.

– É ele – diz Lola ao policial, mantendo o tom de voz normal e os olhos cravados no suspeito. – Shooter Uxley. Ele está ali.

O policial se aproxima de Shooter, que derruba a cerveja. Na comoção que se segue, ele tenta fugir, mas a cabine está lotada, não há para onde ir, e o policial logo prende os braços do rapaz atrás das costas e o algema. Ele informa a Shooter que é suspeito numa investigação em andamento e que ficará detido até que a polícia o libere do interrogatório. Todos na balsa estão olhando. Há um burburinho discreto por baixo do silêncio geral.

Parece cena de TV!, pensa Lola. E, nesse caso, a heroína é ela! Lola Budd!

Mal pode esperar para contar tudo a Finn. Agora o delegado vai *ter* que gostar dela.

Sexta-feira, 6 de julho de 2018, 20h30

KAREN

Bruce traz para ela um copo cheio de uma bebida clara e efervescente decorado com duas amoras-pretas.

– O que é isso? – pergunta ela. – Não é o ponche, né? Acho que não aguento o ponche.

– Não. É um coquetel de vinho preparado por este seu criado. Tem mais suco do que vinho, mas experimentei e acho que você vai gostar.

Karen toma um gole e é transportada de volta à juventude. Seu marido é o homem mais atencioso do mundo.

– Obrigada, meu bem – diz ela.

Ele a beija em cheio nos lábios, e mesmo depois de tantos anos algo dentro de Karen se alvoroça.

– Por você eu faço qualquer coisa – diz ele. – Qualquer coisa mesmo.

À mesa, Karen come metade da cauda de uma lagosta. Cada pedaço encharcado de manteiga a faz gemer de prazer. Nunca comeu nada tão divino em toda a sua vida.

Bruce tenta persuadi-la a experimentar um biscoito. Ele o separa para mostrar as camadas macias, mas ela se opõe. A lagosta foi suficiente, até mais do que isso.

Bruce ergue o copo d'água e dá batidinhas nele com a colher. A multidão silencia. Karen torce para que tudo corra bem; ele já bebeu pelo menos três copos de ponche.

– Senhoras e senhores, sou Bruce Otis, o pai da noiva.

Seu rosto irradia orgulho. Ele adora o título de pai da noiva, e Karen precisa admitir que também adora o dela. A última vez que ambos foram pessoas de destaque, pensa Karen, foi quando estavam no ensino médio. Ela fazia o nado borboleta na equipe de revezamento de 400 metros, e quem não se impressiona com isso é porque nunca tentou nadar 100 metros de borboleta, muito menos nadar rápido. E Bruce, é claro, foi campeão estadual de wrestling.

Karen olha para a mesa e fecha os olhos para ouvir. *Íamos ao correio mandar encomendas ou verificar nossa caixa postal, e nesse dia a fila era sempre mais longa, mas sabem de uma coisa? Eu nem ligava. Por mim, podia esperar uma hora. Podia esperar o dia inteiro... porque estava com a Karen.* Karen guarda essas palavras no fundo de seu ser. Ela foi amada na vida, intensa e verdadeiramente amada. Foi conhecida e compreendida. Há mais alguma coisa que ela deva querer?

Mas junto com a gratidão vem... a culpa. Ela não contou a Bruce sobre as três pílulas ovais e peroladas que guardou com a oxicodona. As pílulas são de um composto com nome impronunciável que ela comprou ilegalmente num site que encontrou ao pesquisar *eutanásia* no Google. Mandou um e-mail para um tal de Dr. Tang, que tinha sido anestesista, licenciado no estado de Utah, e agora fornece – vende – medicamentos a pacientes terminais para que pessoas como Karen possam encerrar a vida com dignidade.

As três pílulas custaram 1.200 dólares, 1.100 dos quais Karen retirou da sua conta particular, dinheiro que tinha guardado ao trabalhar na loja de presentes da fábrica da Crayola – sua "poupancinha", como dizia a mãe de Karen. Os outros 100 ela roubou da carteira de Bruce em pequenas retiradas de 5 e 10 dólares. Ela justifica o ato porque, ao contrário de Bruce, não tem um fraco por roupas caras. Nunca gastou um dólar frívolo na vida, e sem dúvida não gastará agora. Aquelas pílulas vão derrubá-la num instante, poupando Bruce e Celeste da angústia, da desordem e das despesas de sua morte natural.

Se ela contasse isso a Bruce, acha que ele entenderia. Em 32 anos de casamento, os dois sempre enxergaram o mundo da mesma maneira. Mas e se ele *não* entender? A eutanásia é um tema que engloba visões profundamente pessoais de dignidade e medo, mas principalmente de espiritualidade. Karen tem medo da dor, sim; tem medo de o câncer devorá-la por dentro. Bruce tem medo de ficar sozinho, mas talvez também sinta medo do que pode acontecer com a alma dela. Ela não faz ideia. Os dois nunca foram de frequentar igreja, embora se identifiquem vagamente como católicos e comemorem todos os feriados religiosos. Batizaram Celeste na Igreja de St. Jane em Palmer Township, quando a mãe de Karen e os pais de Bruce ainda estavam vivos. Mas Karen não põe os pés naquela igreja há muitos e muitos anos. Ele sempre pareceu estar na mesma situação que a esposa: ela não sabe no que acredita; apenas tenta ser uma boa pessoa e espera o melhor. Mas e se Bruce, em seu íntimo, acreditar que os princípios da Igreja Católica são absolutos e que o suicídio a mandará automaticamente para o inferno?

Karen não falou com Bruce sobre como a vida será depois que ela se for porque ele se recusa a admitir o inevitável – o que ela imagina ser melhor do que vê-lo aceitar a verdade sem pestanejar. Enquanto os convidados reunidos brindam a Celeste e Benji, Bruce olha para Karen com uma expressão tão cheia de ternura, de amor e de admiração que ela mal consegue encará-lo. O ardor dela corresponde ao dele, mas ela é realista. O câncer a tornou realista.

Por exemplo, ela já aceitou a probabilidade de Bruce se casar outra vez. Ela *quer* que ele se case. Sabe que não vai ser a mesma coisa; ele sempre a amará primeiro, por último e mais. A nova esposa será mais jovem – não tão jovem quanto Celeste, Karen espera – e trará a Bruce um sopro de vitalidade. Talvez a nova esposa tenha um salário que lhes permita viajar, mas viajar de verdade: visitar parques nacionais, fazer um cruzeiro, passear pela Europa de bicicleta. Talvez ele faça aulas de ioga ou de pintura em aquarela; talvez aprenda a falar italiano. Karen consegue imaginar essas possibilidades sem ciúme nem raiva. É assim que ela entende que é hora de partir.

Depois da sobremesa, ela e Bruce dançam ao som de "Little Surfer Girl". Karen sempre adorou essa música, embora nunca tenha chegado perto de uma prancha de surfe. Ouviu seu pai cantá-la uma vez no carro, quando ela era criança, e foi o que bastou. A felicidade e o falsete despreocupado do pai foram contagiantes. Bruce sabe dessa lembrança, por isso canta baixinho no ouvido de Karen. Eles estão dançando – na verdade, arrastando os pés – entre os outros convidados. Ela espera que ninguém esteja olhando para eles, nem tirando fotos, nem custando a acreditar que uma mulher tão doente ainda consiga dançar.

Quando a música termina, todos aplaudem. Parece que a banda vai encerrar por hoje. A festa está chegando ao fim.

Celeste aparece do nada.

– G-g-gostou da festa, B-B-Betty?

– Gostei muito – responde Karen. – Mas estou exausta.

Ela sente a mão de Bruce nas costas; até mesmo a leve pressão é lancinante. O efeito da oxicodona está passando, o que faz as terminações nervosas lampejarem como cacos de vidro. Ela precisa de mais um comprimido antes de adormecer.

– Amanhã é o grande dia – comenta Bruce.

– T-T-Tag está superansioso para tomar uma b-b-bebida com você no escritório dele – diz Celeste ao pai. – Uma bebida e um charuto cubano. Ele p-p-passou a semana inteira falando disso.

– Passou? – pergunta Bruce. – Eu nem imaginava.

– Vou pôr a B-B-Betty na cama – diz Celeste.

– Não, não, meu bem – responde Karen. – Vá aproveitar a noite. É a véspera do seu casamento. Você devia sair com seus amigos.

Celeste olha para o outro lado do jardim, onde Benji e Shooter estão enchendo copos de cerveja no barril. Shooter ergue o olhar e vem depressa. Karen chega a sentir vergonha de achá-lo tão bonito. Ele é tão lindo quanto seus ídolos da adolescência: Leif Garrett, David Cassidy, Robby Benson.

– Sra. Otis – diz Shooter. – Posso trazer alguma coisa para a senhora? Por acaso sei onde o pessoal do bufê guardou o estoque de caudas de lagosta.

125

Isso faz Karen rir, apesar de sentir as facas começando a se retorcer na região lombar. Que amor da parte dele lembrar que ela gosta de lagosta, mesmo que ela já não esteja mais em condições de assaltar a geladeira.

– Estou indo dormir – responde Karen. – Mas obrigada. Por favor, leve minha filha para sair.

– P-p-preciso do meu sono de b-b-beleza – diz Celeste.

– Você já é linda – diz Shooter. – Não tem como ficar ainda mais bonita.

Karen olha para Shooter e observa a expressão no rosto dele: ternura. Parece que Celeste inspira isso nas pessoas.

– Concordo plenamente – diz Karen.

– Então assunto encerrado – diz Bruce, e beija a testa de Celeste, depois a empurra delicadamente em direção a Shooter. – Vá se divertir, querida.

– Mas, Mac, o T-T-Tag quer...

– Seu pai vai beber com o Tag – afirma Karen. – Sou perfeitamente capaz de me deitar sozinha.

Shooter pega o braço de Celeste, mas ela se desvencilha para dar mais um abraço na mãe, além de um beijo em cada bochecha dela. É um eco do modo como Karen beijava Celeste ao dar boa-noite quando ela era criança. Será que Celeste percebe isso? É, deve perceber. Karen gostaria que a filha fosse para o quarto com ela, a acomodasse na cama, lesse alguma coisa em voz alta, mesmo que fosse só um artigo da edição da *Town and Country* que está na mesa de cabeceira, e depois se deitasse ao lado dela até a mãe pegar no sono, tal como fazia antes com Celeste. Mas ela se recusa a ser um fardo. Ela permitirá – na verdade, incentivará – a filha a seguir com sua nova vida.

Bruce se vira para Karen.

– Vou só subir a escada com você.

– Não precisa. Vá logo falar com o Tag para poder ficar comigo depois. Prefiro assim.

Bruce beija os lábios dela.

– Está bem. Mas vou tomar uma bebida só.

Karen percorre o caminho até o quarto no andar de cima sem pressa. Ela quer vivenciar a casa no seu próprio ritmo. Quer tocar as cortinas e sentar-

-se nas poltronas para testar seu conforto; quer cheirar os arranjos de flores e ler o título dos livros. Nunca esteve numa casa como esta, onde cada peça de mobília foi escolhida e organizada por um profissional, onde os relógios contam os minutos em uníssono e as pinturas e fotografias são realçadas pela iluminação. Todas as outras casas que Karen já visitou eram variações da sua, com armários de canto para exibir as peças de porcelana do enxoval, sofás modulares e mantas de crochê feitas por tias solteiras.

Karen entra na sala de estar formal e para imediatamente ao ver um piano de cauda preto. A tampa do piano está abaixada e coberta de porta-retratos. De início, os próprios porta-retratos impressionam Karen – quase todos parecem ser de prata de verdade, e outros são de madeira maciça com nós bem visíveis –, depois ela olha para as fotografias. Todas parecem ter sido tiradas em Nantucket ao longo dos anos. Na que Karen observa primeiro, Benji e Thomas são adolescentes. Estão na praia em frente à casa com Tag e Greer atrás deles. Tag está com a aparência que Benji tem agora: um jovem forte com um grande sorriso. A expressão de Greer é insondável por trás dos óculos escuros. Está com uma calça capri branca com pompons vermelhos pendurados na barra. É um toque *descontraído*, pensa Karen. Na próxima vida, ela usará uma calça dessas.

Quando vai pegar a próxima foto, ouve alguém tossir. Fica tão surpresa que quase joga o porta-retrato para o alto. Ela se vira para ver uma mulher encolhida numa das poltronas modernas e curvilíneas, parecendo um ovo numa xícara. A mulher está tão imóvel que Karen acharia que está dormindo, não fossem os olhos bem abertos. Ela esteve aqui o tempo todo, observando Karen.

– Desculpa – diz Karen. – Levei um susto. Não tinha visto você.

A mulher pisca, como que aturdida.

– Então, quem é você? – pergunta ela.

– Eu me chamo Karen Otis. Sou a mãe da Celeste. A mãe da noiva.

– A mãe da noiva – repete a mulher. – É mesmo. Vi você antes. Seu marido fez aquele belo brinde.

– Obrigada.

De repente Karen se sente muito fraca. Essa mulher tem sotaque britânico; deve ser amiga de Tag e Greer, como quase todas as pessoas aqui. Karen lembra que jurou ser encantadora e pergunta:

– Qual é o seu nome?

– Featherleigh. Featherleigh Dale. Eu moro em Londres.

– Que maravilha.

Karen deveria dar boa-noite e ir dormir, mas não quer que a tal Featherleigh a ache grosseira. Por que é que os ingleses dão aos filhos sobrenomes em vez de nomes? Winston. Neville. Greer. Quando Karen ouviu Celeste dizer o nome de Greer pela primeira vez, achou que fosse um homem. E notou que o hábito está se espalhando pelos Estados Unidos. Ela fazia que sim com a cabeça, admirada, ao ouvir o nome das crianças que passavam pela loja de presentes da fábrica da Crayola. Meninas com nome de Sloane, Sterling, Brearley. Meninos com nome de Millhouse, Dearborne, Acton. E a madrinha de casamento de Celeste, Merritt? *Igual à estrada*, Karen a ouviu dizer uma vez, embora não tenha ideia do que isso significa.

– Estava indo para o quarto e resolvi passar aqui primeiro, mas preciso mesmo me recolher. Foi um prazer conhecê-la, Featherleigh. Acho que a gente se vê amanhã.

– Espera! – diz Featherleigh. – Por favor, pode ficar mais um pouquinho? Estou bêbada demais para voltar para a pousada agora.

– Quer que eu chame a Greer? – pergunta Karen, mas é só por educação. A simples ideia de ter que procurar Greer é exaustiva.

– Não! Ela, não.

Algo no tom de voz de Featherleigh chama a atenção de Karen. A mulher abaixa os pés descalços no chão e se inclina para a frente.

– Consegue guardar um segredo?

Karen assente sem pensar. Ela sabe guardar segredo, sim. Está guardando um segredo do marido e da filha, o segredo das três pílulas ovais e peroladas, o segredo de sua intenção, e esse é sem dúvida um segredo maior do que qualquer coisa que a tal Featherleigh queira revelar.

– Eu me envolvi com um homem casado – diz Featherleigh –, mas ele terminou comigo em maio e não consigo superar.

– Ah, sinto muito – comenta Karen.

Mas o que ela pensa é: *Bem feito!* Não suporta gente adúltera. Não gosta de julgar, mas pode dizer com certeza que, se alguma mulher tivesse ido atrás de Bruce e conseguido seduzi-lo, sua vida teria desmoronado. Karen e Bruce têm sorte, ela sabe disso, por serem ambos totalmente fiéis. Isso não quer dizer que ela nunca tenha sentido ciúmes. Bruce às vezes falava sobre as donas de casa que entravam na loja procurando um terno para o marido, e Karen imaginava como eram tais mulheres e se flertavam com Bruce mais do que ele deixava transparecer. Houve um período – logo depois que Celeste foi para a faculdade – em que ele voltava do trabalho cantando músicas country desconhecidas e agindo com um distanciamento estranho, e Karen pensou que talvez... talvez tivesse conhecido outra pessoa. Por fim perguntou. Ele disse sem rodeios que estava só triste com a ausência de Celeste; era mais frustrante do que ele esperava. Karen admitiu que também estava sendo mais difícil do que ela imaginava, e acabaram chorando juntos e depois fazendo amor na cozinha, algo que não acontecia desde que Celeste havia nascido.

– Acho que a verdade pode interessar você – continua Featherleigh. – Pode ser que sim, pode ser que não.

Karen não suporta ouvir isso.

– Pare. Por favor, pare.

Ela ergue a mão, como se pudesse assim afugentar as palavras feito moscas, e sai da sala.

Enquanto sobe a escada, as palavras formam um enxame à sua volta. *Acho que a verdade pode interessar você. Eu me envolvi com um homem casado.* Karen precisa muito de oxicodona e cama. Por que, ah, por que aquela mulher a escolheu para se confessar? Como é que o relacionamento adúltero da tal Featherleigh poderia importar *para ela*? Karen não conhece ninguém aqui! Featherleigh estava obviamente muito bêbada, e gente bêbada, ela sabe, adora fazer confissões. Featherleigh teria contado a qualquer pessoa. É bem feito para Karen, por bisbilhotar a casa.

Quando finalmente chega ao alto da escada, está desorientada. O quarto dela fica à direita ou à esquerda? Ela se firma com a bengala e pensa: *À direita.* Quando vira à direita, é a última porta à esquerda. Mas nesse instante a porta que Karen imagina ser do seu quarto se abre e quem sai é Merritt "igual à estrada". É a mesma jovem que Karen imaginou como a Letra Escarlate ao chegar, antes de perceber que era a madrinha de casamento de

Celeste. Celeste adora Merritt, acha que ela é a pessoa mais extraordinária do mundo e, embora Karen fique feliz por sua filha ter uma amiga de verdade, não consegue deixar de pensar que Merritt é um tantinho assanhada.

Assanhada. Agora Karen está falando como a própria mãe, ou mesmo a avó. Quem usa a palavra *assanhada* para descrever uma mulher hoje em dia? Ninguém. Karen tem certeza de que Merritt deve ser uma ótima pessoa, do contrário Celeste não gostaria dela tanto assim. Hoje a moça veste preto.

– Eu… – diz Karen.

Agora está confusa de verdade. Esta casa tem mais quartos que um hotel.

– Eu acho que virei para o lado errado. Achei que esse aí era o *meu* quarto.

– Ah, é o seu quarto, sim, Sra. Otis – responde Merritt. – Eu estava procurando a Celeste. Por acaso a senhora sabe onde ela está?

– A Celeste? Ora, ela estava lá fora da última vez que nos vimos. Está combinando de sair com o Benji.

– Certo. – Merritt parece estar com a maior pressa, pois passa pelo lado de Karen e corre em direção à escada. – Obrigada, Sra. Otis. Boa noite.

– Boa noite – responde Karen.

E fica parada ali, olhando a porta do quarto. Procurando Celeste? No quarto dos pais? Mas por quê? Por que não procurar Celeste *no quarto da Celeste*, que fica no corredor à esquerda? É óbvio que a tal Featherleigh envenenou a mente de Karen, porque agora ela só consegue pensar que vai abrir a porta do quarto e encontrar Bruce lá dentro e então terá que perguntar por que ele estava sozinho no quarto com Merritt.

Merritt não estava flertando com Bruce hoje mais cedo? Perguntando se ele não estava com roupas demais? Karen vira a maçaneta e abre a porta. O quarto está escuro e vazio.

Ela solta o ar, apoia a bengala na mesa de cabeceira, senta-se na cama e espera o coração parar de bater tão depressa.

Sábado, 7 de julho de 2018, 10h20

Interrogatório inicial, Greer Garrison Winbury, sábado, 7 de julho, 10h20

Depois que termina de fazer anotações sobre sua conversa com Abby, Nick calça um par de luvas de látex e entra no chalé onde Merritt Monaco estava hospedada. Ele se adiantou aos peritos, e é assim que prefere.

– Diz para mim – sussurra ele para o ambiente ao redor. – O que aconteceu?

O chalé está decorado com sensibilidade feminina em tons claros e florais. A ideia provavelmente é evocar um jardim inglês, embora para Nick pareça enjoativo e exagerado. É como entrar numa perfumaria chique.

A sala de estar parece intocada; Nick não vê nada fora do lugar. Ele vai até o quarto, onde o ar condicionado está tão forte que o cômodo parece um frigorífico. Precisa admitir que é bom, quase delicioso, depois do calor opressivo lá fora. A cama está arrumada e a mala de Merritt está aberta em cima de um suporte, com os sapatos embaixo. O vestido de madrinha – de seda marfim com bordado preto – está pendurado sozinho no armário. Nick entra no banheiro. Os cosméticos de Merritt estão enfileirados na prateleira de vidro inferior – fica óbvio que ela é fã da Bobbi Brown – e a escova de cabelo e a chapinha estão na prateleira superior. A escova de dentes está no copo.

Ela era bem organizada, pensa Nick.

Uma olhada rápida na nécessaire de Merritt revela delineadores, rímel, batons e pós, mas só isso.

Humpf, pensa Nick. Ele está procurando alguma coisa, mas o quê? Saberá quando encontrar.

Na cômoda, encontra uma bolsa de mão aberta contendo uma carteira de motorista, um cartão American Express Gold, 77 dólares em dinheiro e um iPhone X. Ele consulta a carteira de motorista: *Merritt Alison Monaco, Perry Street 116, Nova York, NY*. É uma mulher linda e jovem; acabou de completar 29 anos. Que pena.

– Vou fazer justiça por você – diz Nick. – Vamos descobrir o que aconteceu.

Ele pega o iPhone X e passa o dedo na tela. Para sua enorme surpresa, a tela se abre. *Mas o quê?* Ele não achava que houvesse um millennial no mundo que deixasse o telefone desbloqueado. É quase como uma pegadinha. Essa mulher não tem *nada* a esconder?

Primeiro ele percorre as mensagens de texto. Não há nada de novo hoje, e há uma mensagem de ontem, de um tal Robbie, desejando "Feliz Dia da Independência" atrasado; ele espera que ela esteja bem. Anteontem, Merritt mandou uma mensagem a uma certa Jada V., agradecendo pela festa. Anexa está uma foto de fogos de artifício acima da Estátua da Liberdade.

O registo de chamadas também é antigo – *antigo*, para Nick, significa que não houve nenhum telefonema nas últimas 24 horas. Sexta-feira de manhã, o telefone foi usado para chamar o número 212, mas, quando Nick liga para esse número de seu próprio telefone, acessa a central telefônica da Wildlife Conservation Society. Merritt devia estar ligando para o trabalho.

As escassas informações no telefone levam Nick de volta ao comentário de Abby de que Merritt poderia estar interessada em alguém que viria ao casamento. Se teria chance de falar pessoalmente com a pessoa, não precisava ligar nem mandar mensagens.

Nick deixa a bolsa onde a encontrou e vasculha o quarto mais um pouco. Encontrar um diário seria querer demais, ele sabe, mas que tal um baseado, um preservativo, um rabisco num pedaço de papel com o nome da pessoa com quem ela estava envolvida? Ela é atraente demais para não ter *ninguém*.

Ele não encontra nada.

A mãe da noiva ainda está no quarto, e a própria noiva continua no hospital. Nick encontra Greer Garrison, a mãe do noivo, na cozinha, falando ao telefone. É óbvio que acabou de contar a terrível notícia para alguém e agora está recebendo os pêsames.

– Celeste está arrasada – diz. – Não consigo imaginar a agonia dela. – Ela se detém. – Bem, precisamos esfriar a cabeça... Estamos todos em choque e... – Greer olha de relance para Nick. – A polícia está tentando descobrir o que aconteceu. Creio que sou a próxima a ser interrogada, por isso infelizmente preciso desligar. Mande um beijo para o Thebaud.

Greer desliga o celular.

– Posso ajudar? – pergunta ela ao policial.

Ela parece bem tranquila, considerando as circunstâncias, pensa ele. Está de calça branca e regata bege. Há uma cruz de ouro pendurada numa corrente fina e dourada em volta do pescoço dela. O cabelo está bem penteado e preso. Ela está de batom. A expressão é de cautela. Ela sabe que seus afazeres estão prestes a ser interrompidos e se ressente disso.

– Sra. Garrison, sou o detetive Nick Diamantopoulos, da Polícia Estadual de Massachusetts. Preciso que guarde o celular.

– Você é o *Grego*? – pergunta ela, inclinando a cabeça de lado. Deve estar tentando conciliar o nome com a pele negra.

Nick sorri.

– Minha mãe é de Cabo Verde e meu pai é grego. Meus avós paternos são de Tessalônica.

– Estou tentando escrever um romance ambientado na Grécia. O problema é que faz tanto tempo que não vou para lá que pelo jeito perdi a noção do lugar.

Por mais que Nick adore falar sobre o Mar Egeu, ouzo e polvo grelhado, tem um trabalho a fazer.

– Preciso fazer algumas perguntas para a senhora.

– Detetive, acho que você não entendeu a situação em que estou. Esse casamento é *meu*.

– O casamento é *seu*?

– Fui eu que planejei. Preciso telefonar para as pessoas. Todos os convidados! Eles precisam saber o que houve.

– Eu entendo, mas, para descobrir *exatamente* o que houve, preciso da sua cooperação. E isso significa sua atenção completa.

– Você percebe que estou com a casa cheia de gente? – pergunta Greer. – Percebe que a mãe da Celeste tem câncer de *mama* em estágio terminal? E que levaram a Celeste para o hospital? Estou esperando o Benji ligar para dizer como ela está.

– Vou ser o mais rápido possível. – Nick tenta ignorar o celular, embora queira tomá-lo das mãos dela. – Pode vir para a sala de estar comigo?

Greer olha para ele, indignada.

– Que ousadia me dar ordens *na minha própria casa.*

– Sinto muito por isso, senhora. Agora, por favor, venha.

Ele vai para o corredor e espera que ela o siga. Ouve a mulher farfalhar atrás dele, então para na entrada da sala e a deixa entrar primeiro. Depois de passar, fecha a porta com firmeza.

Greer se senta na beirada do sofá, inclinando-se para a frente como se fosse se levantar e fugir a qualquer momento. O celular dela está no colo, zumbindo.

– Pode me dizer do que se lembra *depois* que o jantar de ensaio terminou? – pergunta Nick. – Quem foi para onde?

– Os jovens saíram – responde Greer. – Os velhos ficaram em casa. A exceção foi a Abigail, minha nora. Ela está grávida, então ficou em casa.

– Mas a noiva e o noivo saíram? Quem mais? – Nick saca o caderno de anotações. – Merritt? Ela saiu?

– Detetive, sabe o que faço da vida? Sou escritora de romances policiais. Então conheço intimamente o procedimento e compreendo que precise fazer essas perguntas. Posso contar exatamente o que aconteceu com a Merritt.

– É mesmo? Exatamente?

– Bem, não *exatamente*, mas a história geral é bem óbvia, não é? A moça bebeu demais ou tomou uns comprimidos, depois decidiu nadar de vestido e se afogou.

– A senhora há de concordar que, por mais plausível que seja essa explicação, deixa algumas perguntas sem resposta.

– Tais como?

– Interroguei uma testemunha que diz ter certeza de que a Merritt *não* saiu. Então, se ela ficou em casa, onde estava e o que bebeu? Alguém a viu? Alguém falou com ela? Acabei de revistar o chalé onde a Srta. Monaco estava hospedada. Não havia bebida alcoólica lá dentro, nem garrafas, copos vazios, nada. Nem comprimidos ou frascos de remédio vazios. Como escritora de ficção, a senhora deve saber que, quando alguém está bebendo e tomando pílulas, é difícil se livrar de todas as provas incriminatórias. Além disso, a Srta. Monaco estava com um corte bem feio no pé. Como é que isso aconteceu? Quando aconteceu?

– Não procure drama onde ele não existe, detetive. Na literatura há um termo para isso: *pista falsa* ou *arenque vermelho*. O termo foi cunhado no começo do século XIX por caçadores que jogavam um peixe defumado na trilha para distrair os lobos.

Nick está quase sorrindo. Ele não quer gostar dessa mulher, mas há algo nela que ele admira. Nunca conheceu uma autora publicada, e é verdade: se ela é uma escritora de mistério experiente, talvez possa ajudá-lo.

– É bom saber disso – responde ele. – Obrigado.

– Encontrei a Merritt no final do jantar de ensaio – conta Greer. – Ela estava escondida na lavanderia. E estava chorando.

– Chorando? – Nick lembra que Abby também disse que Merritt estava chorando, no roseiral. – Ela contou qual era o problema?

– Não, e eu não insisti; não cabia a mim. Mas acho que ficou claro que ela se sentia excluída. A melhor amiga dela ia se casar. A Celeste era o centro das atenções e Merritt estava desacompanhada no casamento. Talvez estivesse deprimida. Não faço ideia. Mas posso dizer que ela estava muito abalada, o que apenas consolida o argumento de que bebeu demais, talvez tenha tomado uns comprimidos, e foi nadar. Talvez tenha se afogado por acidente ou talvez tenha sido de propósito.

– Suicídio? – pergunta Nick.

– Não é possível? É lógico que ninguém gosta de pensar nisso, mas...

– Vamos voltar às perguntas. O que *a senhora* fez quando a festa acabou? A senhora e o Sr. Winbury ficaram em casa, é isso?

– Não entendo por que o que eu e o Tag fizemos é relevante.

– A senhora é escritora de mistério. Então está familiarizada com o termo álibi, não é?

Greer levanta uma sobrancelha.

– *Touché* – responde ela. – Sim. Meu marido e o Sr. Otis, o pai da noiva, foram beber no escritório do Tag e depois devem ter saído para fumar uns charutos, porque, quando o Tag foi para a cama, estava cheirando a fumaça.

– Encontramos um charuto cortado numa mesa debaixo da tenda. Um só. Acha que aquele charuto pertencia ao seu marido?

– Acho que sim, mas não posso afirmar com certeza.

– Que tipo de charuto seu marido fuma, Sra. Garrison?

– Ele fuma charutos cubanos de vários tipos. Cohiba, Romeo y Julieta, Montecristo. Não entendo como o charuto é relevante para o que aconteceu à Srta. Monaco.

– Não sabemos se é relevante – explica Nick. – No momento estamos só tentando descobrir onde estava todo mundo depois que a festa acabou. Parece que um punhado de gente ficou na tenda fumando e bebendo, e estamos tentando identificar quem exatamente estava lá. O Sr. Winbury disse aonde tinha ido quando foi para a cama?

– Eu não perguntei aonde ele foi porque sabia onde ele estava. Aqui, na nossa propriedade.

– A que horas o Sr. Winbury foi dormir?

– Não tenho a menor ideia. Eu já estava dormindo.

– Estava dormindo, mas percebeu que o Sr. Winbury cheirava a fumaça de charuto?

– Isso mesmo. Acordei só o bastante para saber que o Tag tinha ido para a cama e que cheirava a fumaça de charuto, mas não o bastante para me preocupar em ver que horas eram.

– E só acordou outra vez de manhã?

– Isso mesmo. Acordei sozinha às cinco e meia.

– E a que horas a senhora foi dormir? Foi para a cama logo depois de a festa acabar?

– Não, não fui.

– E o que fez depois da festa, enquanto o Sr. Winbury e o Sr. Otis estavam no escritório?

– Fiquei usando o computador. Estava escrevendo. Tenho um prazo apertado.

– Entendi. E onde a senhora escreve?

– No meu laptop. Na minha sala de estar particular.

– E sua mesa fica de frente para uma janela?

– Fica.

– Notou alguma atividade pela janela?

– Não.

Nick fica em silêncio. Será possível que ela não tenha visto *nada* pela janela? Nenhuma luz? Nenhuma sombra?

– E a que horas terminou de escrever? – pergunta ele.

– Terminei às onze e quinze – diz ela.

– Tem certeza disso?

– Tenho. Eu me obriguei a parar porque não queria estar cansada hoje.

– Então, depois que terminou de escrever, a senhora foi dormir. Umas onze e meia da noite?

– Sim, mais ou menos.

Algo nas respostas de Greer Garrison o incomoda. São exatas demais, prontas demais. É como se ela as tivesse imaginado com antecedência. Nick decide arriscar.

– A senhora poderia me levar até o computador, por favor?

– Não entendo por que isso é necessário.

– Eu gostaria de vê-lo.

– Bem, então eu busco para você.

– Não, a senhora me entendeu mal. Quero que me leve *até onde o computador está*.

– Esse pedido é um absurdo.

Peguei no pulo, pensa ele.

– É um absurdo pedir que a senhora me leve até o laptop, mas tudo bem trazê-lo até aqui? A senhora pretende apagar ou esconder alguma coisa no computador?

– De maneira nenhuma.

– Tudo bem, então me leve até ele. Por favor, Sra. Garrison.

Ela o encara por um instante, depois se levanta.

Nick segue Greer pelo corredor. Atravessam uma porta em arco até uma antessala – há um nicho embutido na parede com um enorme buquê de hortênsias e lírios – e ela abre uma porta. Há uma sala de estar com um sofá, uma namoradeira, mesas antigas e uma escrivaninha diante da janela.

Da janela se vê o pátio lateral – uma cerca e o alto da casinha da piscina. Nick percebe uma porta que leva da sala à suíte máster. Há uma cama king size arrumada com lençóis brancos, edredom e diversos travesseiros, todos muito bem organizados. Um cobertor de caxemira bordado com a palavra *Summerland* está dobrado na diagonal num canto da cama. Nick pisca, aturdido. Greer arranjou tempo para arrumar a cama com todo esse capricho depois de descobrir que Merritt estava morta... ou antes? Mas, nesse momento, uma mulher sai do banheiro da suíte segurando um balde e um rolo de papel-toalha. A arrumadeira.

– Elida, por favor, pode nos dar licença? – pede Greer.

Elida assente e sai depressa.

– Elida mora aqui? – pergunta Nick.

– Não, ela trabalha das sete às cinco. Hoje ela veio um pouco mais cedo por causa do casamento.

Nick acompanha Greer até uma mesa simples de mogno, lustrosa como se tivesse acabado de ser polida. Na mesa há um laptop, um bloco de notas, três canetas, um dicionário e um tesauro. Há uma cadeira Windsor junto da escrivaninha. Nick se senta nela e olha para o computador.

– Então, este aqui, *Um assassino em Santorini*, é o romance em que a senhora estava trabalhando ontem à noite?

– Sim.

– Diz aqui que o arquivo foi salvo pela última vez à 0h22. Mas a senhora disse 23h15.

– Parei de escrever às 23h15. Pelo jeito, fechei o documento à 0h22.

– Mas a senhora disse que foi direto para a cama. Disse que foi dormir mais ou menos às onze e meia.

– Eu fui para a cama, mas tive dificuldade para pegar no sono, então me levantei para beber alguma coisa.

– Um copo d'água?

– Não. Tomei uma taça de champanhe.

– Então, entre as 23h15 e a 0h22, a senhora foi até a cozinha tomar uma taça de champanhe?

– Sim.

– E percebeu alguma atividade nessa hora?

Greer demora um pouco a responder:

– Não.

– Não viu ninguém?

– Bem, no caminho de volta para o quarto vi minha nora, Abby. Ela estava indo pegar água na cozinha.

– Estava?

– Sim.

– Por que ela não pegou a água potável do banheiro?

– Meu palpite é que ela queria gelo. Ela está grávida. E fez calor à noite.

– A senhora e a Abby conversaram?

– Um pouco.

– O que ela disse?

– Disse que estava esperando o Thomas chegar em casa. Ele tinha saído com o Benji e os outros.

Ah, sim. Nick lembra que Abby estava irritada por Thomas ter decidido sair.

– Mais alguma coisa? – pergunta Nick.

– Não, nada.

– Viu mais alguém?

– Não.

– E depois de beber champanhe a senhora voltou para o quarto para dormir?

– Isso mesmo.

Nick para e faz anotações. Greer mentiu há dez minutos, então não há por que acreditar em nenhuma outra palavra do que diz.

– Vamos falar de outra coisa. Encontramos um caiaque de dois lugares virado de ponta-cabeça na praia. A senhora tem um caiaque assim?

– Pertence ao meu marido. – Greer inclina a cabeça. – Você disse que ele estava de ponta-cabeça na praia?

– Estava. Acha isso estranho?

Ela faz que sim com a cabeça, devagar.

– Um pouco.

– Por quê?

– Porque o Tag é louco pelos caiaques dele. Ele não iria largá-los por aí de qualquer jeito.

– É possível que outra pessoa tenha usado o caiaque?

– Não, ele os deixa trancados. Se o caiaque de dois lugares estava do lado de fora, ele deve ter saído para remar com alguém. Se tivesse saído sozinho, teria pegado o caiaque de apenas um lugar.

– Alguma ideia de quem ele pode ter levado?

Greer balança a cabeça, negando. Parece muito menos segura de si do que há pouco, e Nick sente que ela está perdendo o controle da explicação que escreveu tão bem em sua mente.

– Isso você vai ter que perguntar ao meu marido.

Quarta-feira, 30 de maio – terça-feira, 19 de junho de 2018

TAG

Ele anota o telefone de Merritt, mas não planeja vê-la outra vez. É só uma noite de prazer, um caso de fim de semana, tal como ele gosta que seja com outras mulheres. Houve cerca de meia dúzia ao longo do casamento dele, uma ou duas noitadas seguidas, mulheres que ele nunca mais vê nem lhe vêm à cabeça. Seu comportamento não tem nada a ver com o que ele sente por Greer. Ou talvez tenha; talvez seja uma afirmação de poder, de rebeldia. Ela entrou no casamento com mais dinheiro e uma posição social mais elevada. Tag sempre se sentiu um tanto inferior. Andar atrás de rabos de saia é seu jeito de equilibrar os pratos da balança.

Quando ele volta a Nova York, duas coisas acontecem.

Uma é o telefonema de Sergio Ramone. Tag pensa em deixar a chamada ir para o correio de voz. Seu receio é que Sergio tenha descoberto que ele levou Merritt ao jantar da vinícola e esteja ligando para expressar sua reprovação. Mas Tag lembra que levou Merritt àquele jantar com a bênção de Greer.

– Alô. Como vai, Sergio?

No fim das contas, Sergio ligou por uma razão bem diferente. Seu contato na Skadden, Arps, contou que no departamento de litígios há insatisfação quanto a Thomas Winbury. Ao que parece, ele não tem se dedicado muito. Estica o horário do almoço e tira dias de folga que não estavam programados. Muitas vezes sai do trabalho às cinco em ponto, quando outros juniores ficam até as nove ou dez da noite. Em sua última avaliação, recebeu uma advertência, mas não demonstrou nenhuma melhora. Fala-se em demiti-lo.

Tag suspira. Thomas nunca trabalhou mais que o mínimo exigido. A família de Abby é tão rica que Tag desconfia que ele *queira* ser demitido; assim, vai trabalhar para o Sr. Freeman no ramo do petróleo. Vai se mudar para o Texas, o que deixará Greer inconsolável.

– Obrigado pelo aviso, Sergio. Vou conversar com ele.

Tag desliga antes que o amigo possa perguntar como foi o jantar. Em seguida, encarando o teto, solta um palavrão.

Algumas noites depois, vem o segundo acontecimento: Thomas e Abby vão jantar no apartamento de Tag e Greer. Greer fez um pernil de cordeiro e o apartamento está impregnado do cheiro de carne assada, alho e alecrim, mas, assim que entra, Abby cobre a boca com a mão e corre em direção ao banheiro.

Thomas balança a cabeça.

– Acho que ela estragou a surpresa – diz ele. – Estamos grávidos de novo.

Greer abraça Thomas, mas todos sabem que é melhor limitar a reação a um otimismo cauteloso.

Tag aperta a mão do filho, depois o puxa para um abraço e diz:

– Você vai ser um pai incrível.

Assim que as palavras saem de sua boca, Tag duvida da veracidade delas. *Será* que Thomas vai ser um pai incrível? Ele precisa se empenhar no trabalho, começar a dar o exemplo. Quase leva o filho ao escritório para dizer isso a ele, mas no fim decide deixar que a ocasião seja feliz, ou tão feliz quanto possível, com Abby lamentavelmente nauseada. Ele falará com Thomas em outro momento.

Nessa noite, Tag não consegue dormir. Sai da cama e vai para o escritório. Seus três escritórios em casa – o de Nova York, o de Londres e o de Nantucket – são santuários dedicados à sua privacidade. Ninguém entra sem autorização, a não ser as arrumadeiras.

Tag pega o celular e procura o número de Merritt. Ao terceiro toque, ela atende.

– Oi, Tag.

A voz dela o faz voltar àquele momento. Há ruído no fundo, vozes, música – ela está fora de casa. São duas da madrugada de quarta-feira. Ele não deveria procurar por ela.

– Oi, e aí? – responde ele. – Espero não ter te acordado.

Ela ri.

– Estou num bar clandestino no centro da cidade. Parece uma lavanderia, mas tem uma porta secreta, uma senha e, *voilà*, você entra no submundo. Quer vir para cá? Eu te explico como entrar.

– Não, obrigado. Só liguei para contar que a sua intuição estava correta. A Abby *está mesmo* grávida. Ela e o Thomas nos contaram hoje, no jantar.

– Quem?

– A Abby. Minha nora. Ela estava com vocês no fim de semana da despedida de solteira da Celeste. Você disse que...

– Ah, é – diz Merritt. – Abby. É, bem que eu imaginei.

Tag se sente patético. Devia desligar. Verá Merritt daqui a algumas semanas, no casamento, e seria melhor se o namorico deles fosse coisa do passado. Mas tem algo de especial nessa garota; ele não consegue resistir.

– Onde você disse que fica o seu apartamento? – pergunta ele. – Acho que esqueci.

Tag vê Merritt no dia seguinte, depois do trabalho, e no dia depois desse, e no sábado ele diz a Greer que vai correr no Central Park, mas em vez disso vai para o apartamento de Merritt. Depois do sexo, os dois andam pela rua dela até uma lanchonete muito boa, pedem sanduíches para almoçar, sentam-se lado a lado, conversam e riem – e em dado momento Tag percebe que está perdendo o controle da situação. O que ele está fazendo? Alguém pode vê-lo aqui com essa garota.

Tag a acompanha de volta ao apartamento, e ela o puxa pela frente da camisa. Quer que ele entre. E ele quer entrar, ah, como quer. Ele concorda, mas diz que não pode demorar.

Ela o fez voltar à adolescência. O desejo dele é tão intenso, tão implacável, que o amedronta. Não se lembra de querer nada nem ninguém tanto quanto quer essa garota. Em comparação, seus sentimentos por Greer parecem não passar de um leve interesse.

Merritt tem 28 anos, quase 29. Tem um relacionamento distante com o irmão e não tem nenhum contato com os pais. Isso Tag não consegue entender.

– O que você faz no Dia de Ação de Graças? – pergunta ele. – E no Natal? Ela dá de ombros.

– No ano passado, passei o Dia de Ação de Graças comendo comida chinesa e vendo um filme. No Natal, fui para Tulum fazer um retiro de ioga.

Tag sente que há um vazio dentro de Merritt, um vazio emocional, e sabe que isso é muito, muito perigoso. Precisa acabar com esse caso agora, enquanto ainda há tempo para se recuperar antes do casamento. Mas a atração se fortalece; ele logo se vê pensando em Merritt o tempo todo – quando está trabalhando, se exercitando, jantando com Greer no Rosa Mexicano. Greer está ocupada terminando de escrever o romance e planejando o casamento de Benji. Está tão concentrada nesses dois projetos que não percebe nenhuma mudança no comportamento dele. Ela não o vê, não o escuta, e transar está fora de cogitação. Brinca que os dois farão uma segunda lua de mel quando Benji e Celeste estiverem na primeira deles. Mas Tag sabe que, quando a festa do casamento terminar, Greer vai desabar, exausta, ou entrar numa fossa porque não há mais nada de interessante à sua espera.

Ele agenda uma reunião com clientes no bar do Hotel Whitby e pede para Merritt ir ao mesmo bar sem demonstrar que o conhece. Ela faz exatamente o que ele pede e chega com um vestido preto sensual e sapatos de salto agulha de 12 centímetros. Tag pede licença aos clientes por um instante. Merritt vai ao banheiro feminino, ele a segue, trancam a porta, e o sexo é absurdamente delicioso. Ao sair, Tag está tão inebriado que não liga se alguém o vir.

Depois, ele se censura pela imprudência. Pergunta a si mesmo o que está fazendo.

Merritt ganha ingressos para ver Billy Joel no Madison Square Garden. Será que Tag iria com ela?

– Não posso – diz ele. – É arriscado demais.

– Vamos! Os lugares são na segunda fileira.

– Esse é o problema. Se fossem lugares no fundo da casa, eu não teria receio de ver alguém que conheço.

– Então tá. Vou chamar o Robbie.

– Quem é Robbie?

– Meu namorado intermitente – explica Merritt. – Ele trabalha no Breslin.

Tag fica aturdido com a notícia da existência de Robbie, mas o que ele esperava? É óbvio que há um Robbie. Não ficaria surpreso se houvesse meia dúzia de Robbies. Pensar nisso o deixa tão desanimado que, no dia seguinte, Tag se vê no Breslin na hora do almoço, pedindo a terrina de coelho e um bolovo – pelo menos é um lugar decente – a um irlandês bonito e grandalhão: Robbie. Deve ter 15 centímetros e 20 quilos a mais que Tag, além de ser 25 anos mais jovem. É com alguém assim que Merritt *deveria* estar saindo. Robbie não é só atendente de bar, mas aspirante a ator – e uns dedos de prosa revelam que ele acabou de ser escalado para um episódio piloto. Tag odeia esse sujeito com todas as suas forças; deixa para ele uma gorjeta absurdamente alta.

Na noite do show, está agitado. Imagina Robbie pondo aquelas mãos gigantes na cintura de Merritt e balançando ao som da música atrás dela. Essa visão o deixa tão perturbado que ele diz a Greer que não está com vontade de jantar; mais tarde, talvez coma um sanduíche no escritório.

Ele manda uma mensagem para Merritt: **Me avise quando o show terminar. Te encontro na sua casa.**

Vinte minutos apreensivos depois, ele recebe a resposta: **OK.**

OK. Já houve resposta menos gratificante na breve história das mensagens de texto? Tag acha que não.

Passam as onze da noite, chegam as onze e meia. Tag sucumbe à fome e vai para a cozinha fazer um sanduíche de presunto. Vê uma luz acesa no quarto deles e abre a porta, encontrando Greer com seu pijama azul feito sob medida. A cabelo dela está preso num coque sustentado por um lápis e os óculos de leitura estão apoiados na ponta do nariz. Há uma taça de chardonnay à direita do laptop dela. Ela está no meio de uma cena, dá para perceber, mas olha para ele e sorri.

– E então, vamos dormir? – pergunta ela.

Sim, pensa Tag. *Diga que sim.* Olhe como a esposa dele é elegante, produtiva, talentosa. Ela é absolutamente tudo que ele poderia querer numa mulher.

– Preciso continuar trabalhando – responde Tag. – Eu e o Ernie estamos tocando aquele negócio na Líbia. Vai ser bem importante. Ele vai estar no escritório logo de manhã cedo e tenho que estar com o relatório pronto para ele.

Greer desliga o computador.

– Bem, vou encerrar por hoje. – Ela levanta o rosto para dar um beijo. – Não fique até muito tarde.

– Pode deixar. Te amo, querida.

Tag espera até a meia-noite e meia e, ao ver que ainda não há nenhuma mensagem de Merritt, sai escondido do apartamento, pega um táxi e vai até a Perry Street. Para diante do prédio dela e toca o interfone, mas ninguém atende.

Então ouve a risada dela. Olha para a rua e vê Merritt e Robbie chegando; andam bem perto um do outro, mas não se tocam. Tag tenta descer depressa os degraus da porta do prédio antes que ela o veja... mas é tarde demais.

– Tag? – diz ela.

Foi pego no flagra. É quase uma da manhã; não há como fingir descontração. Ele é um homem vivido e bem-sucedido parado em frente ao prédio de uma garota feito um otário numa comédia romântica. Se Greer o visse agora, acharia sua atitude tão absurda que poderia até rir. Mas a visão de Merritt dispara uma onda de adrenalina em Tag. Sua paixão é tamanha que ele tem vontade de chutar o seboso do Robbie para o meio da rua, apesar de ser muito menor que ele, e levar Merritt lá para cima jogada por cima do ombro. Ela está com um vestido branco de crochê, brincos grandes e cabelo preso. É a mulher mais atraente que ele já viu.

– Preciso falar com você – diz Tag.

– Tá bom. – Merritt olha para Robbie. – Robbie, esse é o Tag. Tag, Robbie.

Tag estende a mão automaticamente.

Robbie diz:

– Você não almoçou lá outro dia? No Breslin?

Tag não devia ter deixado uma gorjeta tão grande. Deve ter sido impossível esquecer.

– Foi, é? – diz Merritt.

Ela parece achar graça. Agora entende o poder que tem sobre ele. *Que trapalhada eu fiz*, pensa Tag. Devia ter ido ao show e pronto.

O aniversário de Merritt é em 18 de junho e ela quer fazer alguma coisa especial. Quer viajar com Tag. Ele avalia o pedido. Aonde iriam? Paris? Roma? Istambul? Los Angeles? Rio de Janeiro? Ele pesquisa um pouco sobre Istambul, mas decide que ir para o exterior é impraticável e arriscado, mesmo que peguem voos separados. Em vez disso, reserva um quarto de hotel em Nova York, o Four Seasons do sul de Manhattan. Fica um pouco apreensivo porque, antes de ele e Greer se mudarem para Nova York, era no Four Seasons do centro de Manhattan que ficavam, e gostam de se hospedar no Four Seasons em suas viagens. Mas é uma rede em que ele confia, é apenas uma noite e o hotel fica perto da Freedom Tower, e ninguém que ele conheça frequenta essa vizinhança depois das cinco da tarde.

No fim de semana antes do aniversário de Merritt, Tag e Greer estão em Nantucket. Greer passa três horas em reunião com Roger Pelton, o cerimonialista. Tag sai para passear de caiaque, depois vai de carro à cidade para almoçar – ele adora o sanduíche de caranguejo de casca mole do mercado de frutos do mar – e, já que está ali, decide comprar um presente para Merritt. Greer o treinou para entender que o único presente de aniversário aceitável é uma joia. Ele entra na butique de Jessica Hicks pensando em comprar um par de brincos ou uma gargantilha, mas, quando descreve a jovem que vai presentear – finge que é sua nora, Abby, que está grávida do seu primeiro neto –, Jessica mostra o anel de prata com padrão de renda cravejado de safiras multicoloridas.

– É para usar no polegar – explica ela.

– No *polegar*? – duvida Tag.

– Pode confiar. Está na moda.

Tag compra o anel de polegar e sai da loja eufórico de ansiedade. O anel é lindo. Merritt vai adorar, com certeza.

A felicidade dele é que está na moda.

No dia 18, Tag chega cedo ao hotel. Mandou entregar um buquê de rosas caras no quarto, além de champanhe, e posiciona a caixa de Jessica Hicks entre as flores e o balde de gelo. Está tudo perfeito, mas ele não consegue relaxar. Algo na situação toda faz com que se sinta um sujeitinho comum traindo a mulher. Ele é um estereótipo, um homem de meia-idade indo para a cama com uma das amigas da nora porque sua esposa está ocupada e distraída e ele precisa levantar a própria autoestima.

Ele fica no quarto à espera de Merritt, mas ela manda mensagem dizendo que está na clínica de estética depilando a virilha e vai se atrasar. A franqueza dela é meio brochante. Precisa contar a ele que está *se depilando*? É falta de elegância.

Ele decide ir até o bar do hotel tomar alguma coisa. Uma bebida de verdade.

Assim que entra no bar, dá de cara com um homem e percebe, horrorizado, que é seu filho Thomas. Antes que possa pensar duas vezes, Tag se abaixa atrás de uma coluna. Fica ali por alguns segundos, prendendo a respiração, sentindo o coração a ponto de parar enquanto espera que Thomas o confronte, perguntando o que está fazendo ali. O que Tag deve dizer? *Vim beber com um cliente*, é claro, e depois, quando o cliente não se materializar, ele pode fingir que está irritado e se afastar para fazer um telefonema.

Ele espera. Nada acontece. Tag viu Thomas, mas será que o filho não o viu, ou então o viu mas de alguma forma não reconheceu o próprio pai?

O tempo passa e Tag decide entrar em ação. Ele olha ao redor da coluna: Thomas está com os olhos cravados num copo alto com uma expressão muito triste. Por mais que perceba a urgência de sair do bar enquanto pode, o comportamento do filho o detém. Ele relembra o telefonema de Sergio. Thomas anda saindo do trabalho cedo, anda tirando folgas que não estavam programadas, e agora está aqui bebendo no bar de um hotel na ponta sul de Manhattan, bem distante do seu escritório. Tag quer se sentar ao lado dele e perguntar o que está acontecendo.

Será que foi demitido?

Será que Abby perdeu o bebê?

Se for uma dessas coisas, Tag descobrirá no momento certo. Agora precisa sair do bar sem ser visto. Ele se vira e corre, esperando que Thomas não o reconheça de costas, volta ao quarto para pegar sua pasta e manda uma mensagem para Merritt:

Tive um imprevisto. Pode passar a noite no quarto 1011. Tem champanhe e um presentinho para você, mas eu vou ter que deixar para outro dia. Desculpe. Feliz aniversário, Estrada.

Tag pega um táxi de volta ao centro da cidade e entra no apartamento, encontrando Greer com sua roupa de ioga, dobrada na postura da criança no tapete da sala de estar. Ela olha para ele e abre um sorriso, dizendo:

– Você chegou!

E assim, de repente, o feitiço se rompe. Chega de aprontar por aí. Tag volta a ser o marido leal, o pai dedicado e o feliz futuro avô. Merritt liga chorando, deixa mensagens de voz e de texto. Chama-o de desgraçado e o manda se catar, mas não exatamente com essas mesmas palavras.

Ela liga para o escritório de Tag e fala com a Srta. Hillery, a secretária muito fina e muito inglesa, tão leal que o acompanha desde Londres.

– Uma certa Srta. Estrada ligou – diz a Srta. Hillery, entregando um bilhete a Tag. – Disse que é urgente.

– Obrigado, Srta. Hillery. – Tag sorri, tentando parecer descontraído.

Ele fecha a porta do escritório e desaba à mesa. Se Merritt está ligando para o escritório, ela está a um passo de ligar para o apartamento dele ou – já que Celeste, por ingenuidade, pode ter dado o número para ela – para o celular de Greer.

Se é isso que ela quer, ela vai ter. Tag liga para Merritt.

– Tag?

– O que você *acha* que está fazendo? – pergunta ele. – Não pode ligar para cá.

– Tag, estou grávida.

Sábado, 7 de julho de 2018, 12h

NANTUCKET

No meio da manhã, a notícia da Madrinha Assassinada já tinha tomado conta de toda a ilha. Marty Szczerba liga para a filha, Laura Rae, de início só para ouvir o som da sua voz e para ter certeza de que ela está bem, mas depois pergunta sobre Adi Conover:

– E *ela*, está bem?

– Lógico que está, pai – responde Laura Rae. – O que foi?

Marty acaba contando a história toda, ou o que sabe dela. Laura Rae conta ao noivo, Ty, que trabalha numa empresa de escavação e é o sujeito mais calado do mundo. Mas Ty passa na casa da mãe dele para tomar um segundo café da manhã e conta a história para ela. Carla, a mãe, trabalha como voluntária no bazar de caridade do hospital todo sábado ao meio-dia, e conta tudo a cada pessoa que entra pela porta.

Finn MacAvoy recebe uma mensagem da namorada, Lola Budd, dizendo: **Peguei um suspeito de homicídio!** Finn está na Praia de Cisco dando aulas de surfe para um grupo de crianças de 8 anos muito privilegiadas que querem ser John John Florence. Finn joga no ar o conteúdo da mensagem de Lola:

– Minha namorada pegou um suspeito de homicídio.

De repente está rodeado pelas mães dos pequenos surfistas, e estão todas falando de uma tal Madrinha Assassinada e perguntando se a polícia pegou o cara e quem era ele, e Finn se arrepende de ter aberto a boca.

A irmã gêmea de Finn, Chloe MacAvoy, está na cama apesar de ser um sábado de verão quente e ensolarado e de o trabalho nesse dia ter sido cancelado. O trabalho foi cancelado porque Merritt Monaco, a madrinha da noiva no casamento Otis-Winbury, morreu. Roger Pelton a encontrou boiando à beira da praia hoje de manhã.

Siobhan ligou pessoalmente para contar a Chloe sobre a morte, em vez de pedir que Donna, a gerente de pessoal do bufê, fizesse isso, porque Siobhan é esse tipo de chefe. Ela se responsabiliza pelos empregados.

– Chloe, o casamento foi cancelado. Merritt Monaco, a madrinha da noiva, faleceu durante a noite.

– Faleceu?

– Morreu, Chloe. Ela morreu. Se afogou em frente à casa ontem à noite.

– Mas...

– Por enquanto é só isso que sabemos – afirmou Siobhan. – A polícia está investigando.

A polícia?, pensou Chloe. Tinha visto o Tio Ed falando ao telefone na varanda pouco antes, mas ele está *sempre* ao telefone.

Chloe desligou e fechou os olhos. Ela vem sendo protegida da morte desde os 7 anos de idade, quando o Tio Ed e a Titia vieram dizer a ela e a Finn que seus pais tinham morrido. Morreram os dois de uma vez num acidente de barco. Na época, Chloe não entendeu direito; era jovem demais. O que sabia da morte aos 7 anos? Nada mesmo. Mas a morte dos pais ficou muito pior à medida que Chloe envelhecia. Agora ela sabe o que perdeu: não tem um pai para tratá-la como uma princesa nem uma mãe contra quem se rebelar. Tem o Tio Ed e a Titia, que são responsáveis, confiáveis e capazes... mas não são os pais dela. Sempre que Chloe pensa no pai tocando "Please Come to Boston" no violão ou na mãe pintando uma rosa na bochecha da filha, ela sente uma tristeza insuportável.

Ela mandou uma mensagem para Blake, uma garota que trabalhava com ela: **A Merritt, madrinha da noiva, morreu.**

Blake respondeu: **Eu sei. Ouvi dizer que tinha sangue pra todo lado**.

Chloe correu até o banheiro para vomitar. Depois do jantar de ensaio na noite anterior, tinha tomado umas cervejas com Blake e Geraldo. Geraldo tem 24 anos, é de El Salvador e sempre fornece álcool para Chloe e Blake depois do turno delas.

O Tio Ed bateu à porta.

– Você está bem?

– Aham – respondeu Chloe.

Queria perguntar ao Tio Ed sobre Merritt, mas naquele exato momento não conseguia começar a conversa. Teve raiva de Geraldo.

Agora, de volta à cama, Chloe relembra os acontecimentos da festa. A maioria dos trabalhos é igual. Ela e os colegas chegam cedo com suas calças pretas e camisas brancas impecáveis, de banho tomado e rosto limpo, prontos para servir. Como tem apenas 16 anos, Chloe não pode servir álcool, mas essa regra é posta de lado o tempo todo. Uma das primeiras coisas que aconteceram nesse jantar de ensaio foi que Greer Garrison, a mãe do noivo, pediu mais champanhe. Chloe disse a Ian, o barman, que *ele* devia servir a Sra. Garrison, mas Ian já estava servindo três pessoas e disse para Chloe falar com Geraldo. Como Geraldo não estava por perto e Greer Garrison pediu champanhe de novo, lançando um olhar enfático para Chloe, ela pegou o Veuve Clicquot e encheu discretamente a taça da Sra. Garrison.

Chloe não notou muita coisa na festa em si além do fato de que os convidados estavam cada vez mais bêbados. Havia um ponche de mojito de amora-preta que todos bebiam feito água. Ela recolheu vários copos de ponche meio vazios com folhas de hortelã e amoras enormes presas no gelo derretido. Levou-os para a cozinha, onde encontrou Geraldo cuidando do lixo. Ele pegou o copo mais cheio e bebeu.

– Que nojo – comentou Chloe. – A boca de outra pessoa passou por aí. Além disso, se a Siobhan te vir fazendo isso, vai te demitir.

– A Siobhan acabou de ir embora – respondeu Geraldo. – Ela tem mais quatro eventos hoje. Não vai voltar.

– A Donna, então.

Mas ambos sabiam que Donna não dava a mínima para as regras. Se visse Geraldo bebendo, não faria nada além de revirar os olhos.

– Experimenta – disse ele.

– Não.

– Vai, é gostoso.

Chloe nunca soube resistir à pressão dos colegas. Além disso, a bebida tinha uma cor roxa maravilhosa. Bebeu meio copo sem deixar os lábios tocarem a borda. A bebida era tão frutada e mentolada que ela mal conseguiu sentir o gosto do álcool, mas num instante se sentiu mais leve, mais relaxada.

Passou então a tomar uns golinhos do ponche sempre que recolhia os copos. Não estava ficando bêbada; pelo menos, achava que não. No máximo, o ponche a estava deixando mais perceptiva. Chloe queria ser escritora como Greer Garrison. Mas não queria escrever romances de mistério; queria escrever num blog sobre moda e estilo de vida, sobre o que era novidade, o que era *tendência*. A melhor coisa desse casamento em especial era que todo mundo era atraente e elegante. Chloe memorizou o visual de pelo menos quatro pessoas, incluindo o macacão sensacional que Greer Garrison usava. Ela estava *maravilhosa*, e na casa dos 50!

Quando estava voltando à cozinha – tinha uma inglesa à mesa 4 exigindo mais biscoitos –, Chloe sentiu cheiro de fumaça e, como Greer havia decretado que estava *absolutamente proibido fumar* em qualquer lugar da propriedade, decidiu que os biscoitos podiam esperar e saiu em busca da fonte. Encontrou a madrinha da noiva na varanda lateral, fumando um cigarro e batendo as cinzas na moita de delicadas hortênsias abaixo dela.

Estava prestes a abrir a boca para avisar que a fumaça estava entrando na casa quando um homem subiu os degraus externos da varanda. Era o pai do noivo. Deu uma tragada no cigarro da madrinha e apoiou os cotovelos no guarda-corpo ao lado dela.

Chloe devia ter voltado ao trabalho. Se o pai do noivo, dono da casa, aprovava o cigarro, então devia estar tudo bem. Mas ficou parada exatamente onde estava, porque a madrinha da noiva era simplesmente o máximo. Usava um tubinho preto justo, sem mangas, com alças cruzadas e decote bem cavado nas costas, além de uma gargantilha de couro e cristal que Chloe achou que poderia ter vindo tanto de uma joalheria francesa de luxo quanto de um mercado de pulgas em Mumbai. Era impossível saber, e por isso mesmo era tão legal.

– Você tem que *tirar* – disse o pai do noivo.

– Não posso – respondeu a madrinha.

– Pode, sim.

– Não quero.

– Merritt, você não quer ter um bebê.

Chloe contraiu os lábios.

– Não quero *mesmo* ter um bebê, mas quero você. Eu quero *você*, Tag, e esse bebê é seu. É a minha ligação com você.

– Como vou saber se o bebê é meu? Pode muito bem ser do Robbie.

– Eu não durmo com o Robbie desde o ano passado. E não aconteceu nada da última vez que saí com ele. Graças a você, né?

– Como posso ter certeza de que você está grávida mesmo? Como sei que ainda não tirou? Olha você aqui *fumando*. Se está tão decidida a ter o bebê, por que não começa a cuidar dele?

– Não é da sua conta o que eu faço – retrucou ela.

– Ou é ou não é. – Ele jogou o cigarro na moita de hortênsias. – Decida-se.

– Tag...

– Vamos deixar passar o casamento. No domingo, quando você for embora, eu te dou um cheque. Mas depois chega, Merritt. Acabou.

Ele desapareceu da vista de Chloe – desceu a escada, imaginou ela, e voltou para a festa.

– Eu vou contar para a Greer! – gritou Merritt.

Não houve resposta, e ela se desmanchou em lágrimas. Chloe teve o ímpeto de confortá-la, mas ao mesmo tempo pensava: *Que escândalo!* A madrinha da noiva estava grávida do pai do noivo! Ele queria que ela encerrasse a gestação; ela queria estar com ele. Ele quis pagar para ela sumir; ela tentou chantageá-lo.

– *Chica*!

Geraldo estava gesticulando no corredor e Chloe correu na direção dele. Precisava voltar ao trabalho.

Apesar do que havia testemunhado, ou talvez por causa disso, Chloe continuou a roubar golinhos do ponche. Aquilo não parecia estar afetando seu desempenho no trabalho. Ela serviu os frutos do mar, retirou os pratos e ouviu parte dos brindes. Serviu a sobremesa e depois retirou os pratos de novo. As pessoas começaram a dançar. Chloe procurou Merritt, a madrinha, mas não a viu. Tag, enquanto isso, estava dançando com Greer.

A festa estava chegando ao fim. A banda tocou a última música e Chloe entrou no que considerava seu "modo de limpeza turbo": qualquer coisa que não estivesse pregada no lugar voltava para a cozinha. Houve brindes de champanhe, por isso restava uma série de taças finas, que eram mais difíceis de transportar do que copos de ponche por terem um centro de gravidade mais alto. Tentou ser cuidadosa. A noite estava escura, o terreno era desnivelado e ela própria tinha bebido o ponche, e não fora pouco. Carregava uma bandeja cheia de taças com diferentes níveis de champanhe no fundo. Estava em dúvida se devia começar a beber champagne – sabia que o Veuve Clicquot era muito caro – e também pensava num instrumento musical que tinha visto uma vez, que não era nada além de uma coleção de copos d'água cheios em diferentes níveis, e um cara tocava nas bordas com o dedo molhado para produzir som, quando a ponta do seu tamanco ficou presa na borda saliente onde a grama encontrava a praia.

A bandeja foi pelos ares; as taças se estilhaçaram. O som que se ouviu existia nos pesadelos constantes de garçons e garçonetes do mundo todo. Chloe se encolheu. Queria que a bandeja voasse de volta para suas mãos como num filme ao contrário, restaurando as taças ao estado original. Ficou aliviada porque a festa estava no fim e ninguém pareceu notar sua demonstração da mais completa falta de elegância.

Mas uma voz surgiu da escuridão:

– Espera, eu te ajudo.

Chloe ergueu o olhar dos destroços. Era Merritt, a madrinha, com seu vestido preto que era o máximo.

– Não precisa – respondeu Chloe. – A culpa foi minha.

– Poderia acontecer com qualquer pessoa – disse Merritt. – E garanto que *teria* acontecido comigo se ao menos eu tivesse coragem de fazer esse trabalho quando tinha a sua idade.

Por um segundo, Chloe encarou Merritt. Ficou intrigada e envergonhada por estarem cara a cara. Ela conhecia o segredo de Merritt, que não fazia ideia disso. Se percebesse que Chloe sabia que ela estava grávida do pai do noivo, ficaria... como? Zangada por ela ter escutado? Constrangida pelo exemplo que estava dando? Chloe continuou de cabeça baixa para não revelar nada em sua expressão e recolheu do gramado os cacos maiores, que tilintaram na bandeja.

– Como você se chama? – perguntou Merritt.

– Chloe MacAvoy.

– Onde você mora, Chloe?

– Aqui em Nantucket. O ano inteiro.

Merritt suspirou.

– Ah, então você é a garota mais sortuda do mundo.

– Onde você mora? – perguntou Chloe.

– Eu moro em Nova York. Trabalho com relações públicas e faço umas publis no Instagram.

– Ah. – Chloe engoliu em seco. – Sério? Qual é o seu nome? Vou te seguir.

– Arroba Merritt, com dois Rs e dois Ts, Monaco, igual ao país. Vai lembrar? Seria uma honra se você me seguisse, Chloe. Vou ficar de olho e te seguir também.

– Sério?

Chloe se sentiu absurdamente lisonjeada – Merritt era *influenciadora*! – mesmo sabendo que *não devia* colocá-la em nenhum tipo de pedestal. Se um dia chegasse à situação em que Merritt estava, a Titia e o Tio Ed ficariam *extremamente decepcionados*. Ainda assim, não pôde evitar a pontinha de tietagem que sentiu por ela.

– Adorei seu vestido. Pode me dizer qual é a marca?

Merritt olhou para o próprio corpo como se para se lembrar do que estava usando.

– É da Young Fabulous & Broke – disse ela. – "Jovem, Fabulosa e Falida". É bem a minha cara. – Seu sorriso murchou. – Bem, *duas* dessas palavras, pelo menos.

Depois que recolheram todos os cacos e Merritt se despediu para procurar Celeste, Chloe quis terminar a limpeza e ir embora. Ela apresentou a bandeja de vidro estilhaçado para Donna, que franziu o rosto, mas disse:

– Acontece nos melhores bufês, menina.

E Geraldo disse:

– Vamos embora logo, *chica*.

Chloe precisava ir ao banheiro. Muito mesmo. Siobhan não gostava que os funcionários usassem o banheiro dos clientes a não ser em caso de emergência, e aquela com certeza era uma emergência. Havia um lavabo destinado aos convidados e, agora que a maioria deles havia partido, estava desocupado.

Quando Chloe saiu de lá, alguns minutos depois, virou à esquerda no corredor rumo ao que imaginava ser a porta da frente e a liberdade. Mas o corredor a levou até uma sala de estar.

– Oi! – disse uma voz.

Chloe olhou para dentro da sala, mas não viu ninguém. Então, de uma poltrona que parecia uma bola de sorvete de baunilha, uma mulher espichou o corpo. Era a inglesa que tinha sido muito grosseira ao pedir os biscoitos de cheddar, mandando Chloe arranjar mais para ela. *E bem quentinhos!*

– Oi? – respondeu Chloe.

– Ô, bonequinha, dá para me trazer uma garrafa de alguma coisa? – perguntou a mulher. – Uísque? Vodca? Um pouco daquele champanhe que a Greer estava bebendo?

– Hã… Na verdade, a festa acabou.

– A festa *oficial* acabou – retrucou a mulher. Estava com o cabelo mal tingido de loiro e avermelhado perto da raiz. – Agora é o *pós*-festa e, como a minha bebida acabou, preciso da sua ajuda.

– Só tenho 16 anos. Não posso servir álcool. É contra a lei.

A mulher riu.

– Rá! E se eu te der 100 libras? Libras não, ianque. Dólares!

Uma gorjeta de 100 dólares? Era tentador. Chloe sabia como seria fácil pegar uma garrafa das caixas que ainda não haviam sido levadas de volta ao caminhão do bufê. Mas pensou em Merritt e receou que uma decisão irrefletida pudesse levar a outra.

– Sinto muito. Tenho que ir para casa.

– Meu bem, *por favor* – insistiu a mulher. – Estou desesperada. Eu apostaria meu último xelim que o Tag Winbury guarda uísque em cada cômodo, mas não consigo achar nem uma gota. E você *é* funcionária do bufê, não é? Então é seu dever me trazer o que eu quero.

– Sinto muito mesmo, mas meu turno acabou. Estou indo embora.

Chloe abriu para a mulher o que esperava ser um sorriso profissional e deu-lhe as costas. Voltou por onde tinha chegado e escapuliu pela porta lateral da casa. Afinal, caramba, quantas situações esquisitas esperavam que ela encarasse numa noite só?

Sábado, 7 de julho de 2018, 12h30

O DELEGADO

Ele tem que ir de carro de Monomoy até a delegacia, onde estão detendo Shooter Uxley. Deixou dois policiais na cena do crime para garantir que nada seja adulterado e que ninguém mais fuja. Para dizer a verdade, precisava de mais pessoal. Nantucket simplesmente não está preparada para investigar um assassinato num fim de semana prolongado. Essa é a dura verdade.

O delegado inspira pelo nariz e expira pela boca; é o saldo do curso de gestão do estresse que ele é obrigado a fazer a cada três anos. Vai interrogar Shooter pessoalmente, e isso deve lançar um pouco de luz sobre os acontecimentos. A médica-legista o informará da causa exata da morte. Se ainda assim não descobrir o que aconteceu, tem o pai e o irmão do noivo e o próprio noivo para interrogar.

Mas, sinceramente, aposta no padrinho. Afinal, por que ele teria *fugido*? Mas, também, depois de sumir na noite passada, por que tinha *voltado*? Que história *complicada* é essa?

O delegado teve uma breve conversa com Nick antes de deixar o complexo. Nick disse que a mãe do noivo, Greer Garrison, a autora de romances policiais, fez uma reconstituição confusa dos horários de ontem. Ele acha que foi de propósito.

Não gostei do rumo que a entrevista tomou, disse Nick. *Fiquei com uma impressão esquisita.*

O delegado liga para casa. É Andrea quem atende.
– Como estão as coisas? – pergunta a esposa.
– Ah, tudo bem – responde Ed.
Andrea vai entender que ele quer dizer exatamente o contrário. Ele quer contar para ela que Lola, a namorada de Finn, foi quem acabou encontrando o principal suspeito. É uma boa história, e Andrea vai adorar saber que Lola teve seu grande momento, mas agora não há tempo para comentar sobre isso.
– Como está a Chloe? – pergunta o delegado. – Melhorou do estômago?
– Não sei. Ela se trancou no quarto.
– Nada de trancar as portas.
Essa é a regra desde a infância de seus filhos, Kacy e Eric.
– Venha para casa e diga isso a ela – responde Andrea. – Porque eu tentei e ela não quis saber. Está chateada por causa da moça que todo mundo chama agora de Madrinha Assassinada.
– *Todo mundo*? Já chegou a esse ponto? Virou fofoca? O caso ganhou até nome? Não sabemos nem se foi assassinato. Não sabemos mesmo.
– Nantucket é um ovo, Ed. – Andrea faz uma pausa e o delegado percebe que ela acabou de devolver a frase favorita dele. – Seria muito horrível se eu fosse à praia enquanto você resolve um assassinato?
Ele está *investigando* um assassinato, não resolvendo.
– Vá à praia. Mas, por favor, tome cuidado.
– Você é um amor – responde Andrea. – Te amo.
Ele desliga e bem na hora recebe um telefonema do Hospital de Cape Cod.
– Aqui é Ed Kapenash – diz ele.
– Delegado, é a Linda. – Linda Ferretti é a legista. – O exame preliminar indica que a moça morreu afogada por volta das três da manhã. O exame de sangue mostra que alguém batizou a bebida dela ou então que ela se medicou sozinha. O culpado parece ser um barbitúrico. O corte no pé dela

era a fonte de todo aquele sangue, mas era só uma lesão superficial. Ela tem um hematoma do tamanho de uma impressão digital no pulso; meu palpite é que alguém apertou ou puxou o braço dela. Não há nenhum outro sinal de que ela foi estrangulada ou sufocada e depois desovada. Ou ela tomou uns comprimidos ou alguém a fez tomar. Ela saiu para nadar, desmaiou e se afogou. Poderia ter acontecido numa banheira.

– Certo – responde o delegado. – Qual era o nível de álcool no sangue dela?

– Baixo: 0,025.

– Sério? Tem certeza?

– Me surpreendeu também. O conteúdo do estômago dela era mínimo. Ou ela não comeu muito na noite passada ou, o que acho mais provável, vomitou o que comeu.

– O que te faz pensar isso? – pergunta o delegado.

– Ela estava grávida.

– Você está *brincando*, né?

– Quem me dera – responde Linda. – A gestação estava no começo. Ela devia estar de seis ou sete semanas. Pode ser que nem tenha percebido.

– Nossa.

– É, a trama se complica.

O delegado desliga e o telefone toca de novo. Desta vez é do Hospital de Nantucket.

– Aqui é Ed Kapenash.

– Delegado, aqui é a Margaret, da emergência.

– Oi, Margaret. O que foi?

– Estamos com a noiva daquele casamento. É meio esquisito. Ela diz que quer falar com a polícia aqui no hospital e não em casa. O noivo veio ver como ela estava, os dois discutiram, e ele saiu bufando.

– Mantenha a moça aí, Margaret. Vou mandar o Grego para aí assim que ele estiver livre.

– O Grego? – Margaret se anima. – As enfermeiras vão adorar.

O delegado sorri pela primeira vez no dia.

– Obrigado, Margaret – responde ele, e estaciona na delegacia.

Estão detendo Shooter Uxley na sala de interrogatório número 1. Quando o delegado entra, Shooter está dormindo um sono pesado com a cabeça na mesa. Ele o observa por um instante e o ouve roncar. Qualquer que seja seu nível de ansiedade, foi obviamente vencido pela exaustão.

Não dormiu bem na noite passada, meu chapa?, pensa o delegado.

O Sr. Uxley tirou o blazer e está com a camisa para fora da bermuda. O delegado olha os documentos dele: Michael Oscar Uxley. Carteira de habilitação de Nova York, endereço de Manhattan, West 39th Street. Mora na mesma cidade que a falecida. O delegado imagina se Uxley era o pai do bebê de Merritt Monaco e cutuca o braço dele.

– Ei. Acorda, Sr. Uxley.

Shooter geme e levanta a cabeça. Por um instante parece desorientado, mas logo se endireita.

– Caso tenha esquecido, sou o delegado Ed Kapenash, da Polícia de Nantucket. O senhor andou aprontando um bocado por aí.

Shooter pisca, aturdido, e diz:

– Quero um advogado.

Quinta-feira, 22 de junho – sexta-feira, 23 de junho de 2017

CELESTE

Ela só conhece Shooter quando já está com Benji há nove meses. Shooter é o melhor amigo de Benji – então por que ele demorou tanto tempo a apresentá-los? Bem, Shooter é ocupado. Ele fundou e dirige uma empresa chamada Lista VIP, que organiza eventos para empresários estrangeiros nos Estados Unidos. O que isso significa, em essência, é que a carreira de Shooter – *bem lucrativa*, diz Benji – se baseia em festas. Ele recebe executivos de países asiáticos e emergentes do Leste Europeu e oferece a esses cavalheiros (pois sua clientela é 100% masculina) diversão à boa e velha moda americana. Grande parte do "trabalho" se concentra em Manhattan. Os executivos apreciam as churrascarias tradicionais – a Smith & Wollensky, a Gallagher's, a Peter Luger's; gostam do museu-navio *Intrepid* e da Times Square; e adoram as casas noturnas, principalmente os clubes de cavalheiros. Shooter também passa muito tempo em Las Vegas. Ele, diz Benji com uma expressão séria, está sempre lá, dividindo seu tempo entre o Aria Sky Suites e o Mandarin Oriental. Pessoalmente, Shooter só joga Craps, um jogo de dados; na Escola Preparatória de St. George's, ele organizava partidas tarde da noite, e essa era a origem do seu apelido: *shooter* é quem joga os dados.

– Todos vocês apostavam na época da escola? – pergunta Celeste a Benji.

Ela própria nunca foi a um cassino, mas, se fosse, ficaria bem longe da mesa de Craps. Só pelo nome, que quer dizer *cocôs*, não parece coisa boa.

– Com o Shooter, era impossível resistir – afirma Benji. – Eu sempre perdia, mas gostava de jogar.

Quando Shooter não está "trabalhando" em Manhattan ou Las Vegas, está curtindo uma corrida de cavalo, um torneio de tênis, o Super Bowl, as 500 Milhas de Indianápolis, o Coachella ou o carnaval de Nova Orleans. Está tomando sol em South Beach ou esquiando em Aspen. Onde quer que você sonhe em estar num fim de semana, é para lá que Shooter vai com um grupo de executivos.

No fim de semana de 23 de junho, porém, Shooter vai para Nantucket com Benji e Celeste. Ela está ansiosa para finalmente conhecê-lo. Também está feliz por ele ir porque é a primeira vez que ela vai a Nantucket, a primeira vez que vai a *qualquer* destino de verão e a primeira vez que passa o fim de semana com Tag e Greer, os pais de Benji.

Celeste já esteve com eles em três ocasiões anteriores. A primeira foi um jantar no bistrô Buvette. Algumas semanas depois, foram a uma missa de domingo na Igreja Episcopal de St. James e em seguida almoçaram *dim sum* em Chinatown. A terceira ocasião foi um jantar no apartamento dos Winburys, perto do Central Park, para comemorar o aniversário de 28 anos de Benji.

Os Winburys são menos intimidadores do que Celeste esperava. Tag é sociável e carismático; Greer é meio tensa e um tanto soberba até a segunda taça de champanhe, quando relaxa e se transforma numa pessoa muito divertida e calorosa. A riqueza deles está além das fantasias mais loucas de Celeste, mas, assim como ela se esforçou para parecer culta e bem educada, eles se esforçaram para parecer simples, e todos se encontraram no meio--termo. Nenhum dos Winburys vacilou quando ela anunciou que seu pai vendia ternos no shopping e sua mãe trabalhava na loja de presentes de uma fábrica de giz de cera. Greer fez várias perguntas sobre a saúde de Karen, revelando preocupação sem parecer sonsa nem arrogante. Os Winburys deixaram Celeste à vontade; fizeram-na sentir-se *aceitável*, o que para ela foi uma agradável surpresa.

Apesar disso, passar um fim de semana inteiro com eles em Nantucket é uma perspectiva atemorizante, e Celeste fica feliz porque a presença de Shooter vai aliviar a pressão sobre ela.

Vão embarcar no fim da tarde da quinta-feira e voltar no domingo à noite. Celeste pediu folga do trabalho na sexta. Serão suas primeiras férias em um ano e meio; a última vez foi quando pediu uma semana para cuidar da mãe depois da mastectomia dupla. Partem do Aeroporto JFK num voo da JetBlue que dura apenas quarenta minutos, mas é mais uma fonte de ansiedade para Celeste, porque ela nunca entrou num avião. Ao ouvir isso, Benji não conseguiu acreditar.

– Nunca entrou num *avião*?

Celeste tentou explicar que cresceu muito protegida, mais do que a pessoa mais protegida que ele conhece. Ela sabe que dizer *protegida* dá a impressão de que Bruce e Karen tentaram preservar a filha dos males do mundo, mas a verdade é que seus pais não tinham dinheiro para explorar o mundo além do cantinho onde viviam. Não tinham parentes em Duluth nem em St. Louis para visitar e, quando Celeste chegou da escola no sétimo ano pedindo para ir à Disney, Bruce organizou uma excursão de sábado a um parque de diversões em Nova Jersey. Durante as férias de primavera na faculdade, quando todo mundo na Universidade de Miami em Ohio ia para a praia em Daytona ou nas Bahamas, Celeste pegava o ônibus para casa, em Easton. Não houve um ano de intercâmbio no exterior. Depois da faculdade, ela conheceu a cidade de Nova York, começou a trabalhar no zoológico e foi tocando a vida até conhecer Benji. Quando teria embarcado num avião?

Celeste está tão preocupada em chegar ao aeroporto em tempo hábil que renuncia ao transporte público e chama um Uber ao sair do zoológico. A corrida dá 102 dólares. Ela ignora o nó apertado de pavor no estômago enquanto acrescenta essa despesa às muitas outras que este fim de semana já causou. Precisou de um novo guarda-roupa de verão completo: dois biquínis, uma saída de praia, três vestidos fresquinhos para sair à noite, shorts e chinelos, e uma bolsa de palha. Foi à pedicure, cortou o cabelo e comprou protetor solar e um presente para Greer, por recebê-la.

– O que você dá para uma mulher que tem literalmente tudo? – perguntou Celeste a Merritt.

– Leve um azeite de oliva da melhor qualidade – sugeriu ela. – É mais interessante que vinho.

Celeste comprou uma garrafa de azeite de 42 dólares (*ui*) na Dean & DeLuca, uma loja de produtos gourmet. O transporte do azeite para Nantucket custou mais 25 dólares em taxas de bagagem.

Celeste passa pela segurança do aeroporto, uma experiência pavorosa em que precisa ficar descalça no meio de estranhos e pôr seus produtos de higiene pessoal à mostra num saco plástico transparente para todo mundo ver e comentar. A mulher atrás dela aponta para o creme de limpeza facial dela e diz:

– Achei que tinham parado de fabricar isso nos anos oitenta.

Quando ela está a caminho do portão de embarque, chega uma mensagem de Benji: **Trânsito todo parado. Acidente na via. Talvez eu perca o voo. Vai na frente e a gente se encontra lá amanhã.**

Celeste para e relê a mensagem. **Vou esperar e ir com você amanhã**, responde ela. Mas imagina desfazer todas as etapas que acaba de cumprir apenas para repeti-las amanhã, pedir a bagagem de volta, pegar um Uber até Manhattan, remarcar a passagem para uma sexta-feira.

Vai agora, escreve Benji. **Por favor. Vai dar tudo certo. O Shooter vai cuidar de você.**

Quando chega ao portão, Celeste encontra um homem de jeans e camisa de linho branca que abre um sorriso ao vê-la.

– Você é linda, bem que ele falou. – O homem estende a mão. – Eu sou Shooter Uxley.

– Celeste. Otis.

Ela aperta a mão de Shooter e tenta controlar as emoções desenfreadas em seu íntimo. Dez segundos atrás estava decepcionada por ter que ir a Nantucket e aguentar uma noite inteira e metade do dia seguinte sem Benji. Agora, porém, sente um frio na barriga atrás do outro. Shooter é... bem, a primeira palavra em que ela pensa é *gostoso*, mas nunca descreveu ninguém dessa forma, então muda para *lindo*. Objetivamente lindo; não é questão de opinião. Ele tem cabelo escuro e um topete caindo por cima de um dos olhos azuis. Os olhos de Celeste também são azuis, mas o cabelo escuro destaca os de Shooter. E ela não reage apenas à aparência dele. É o olhar, o sorriso, a energia de Shooter – tudo isso a arrebata. Existe jeito melhor de descrevê-lo? Ela foi *cativada*. *Isso*, pensa ela, *é amor à primeira vista*.

Mas não! Não pode ser! Celeste ama Benji. Os dois começaram a dizer isso há pouco tempo. A primeira vez foi cinco dias atrás, no domingo à noite, enquanto voltavam a Nova York depois de uma visita aos pais dela, em Easton. Benji conheceu Bruce e Karen e viu a casa modesta na Derhammer Street onde Celeste cresceu. Ela mostrou a ele as escolas onde estudou, a piscina no município vizinho de Palmer, o centro de Easton, a Vela da Paz, a ponte sem pedágio sobre o Rio Delaware e a fábrica da Crayola. Jantaram com Karen e Bruce no Diner 248. Celeste tinha pensado em reservar uma mesa em algum lugar mais refinado – Easton tinha uma safra de novos restaurantes: o Masa, de comida mexicana, e o Third & Ferry, de frutos do mar –, mas ela e seus pais sempre comemoraram os momentos importantes da família no Diner 248, e ir a qualquer outro lugar pareceria forçado. Todos comeram sopa de cevada com legumes e sanduíches de peito de peru, e, de sobremesa, Karen, Bruce e Celeste dividiram um pedaço do bolo de chocolate da casa, como sempre. Benji experimentou corajosamente uma garfada. Depois do jantar, voltaram para a casa dos Otis e se despediram na calçada. Bruce e Karen acenaram até Celeste e Benji virarem a esquina, e ela derramou algumas lágrimas como sempre fazia quando deixava os pais.

– Bem, agora eu já conheço Easton – disse Benji. – Obrigado.

Celeste riu e enxugou as lágrimas do canto dos olhos.

– Não há de quê. Claro que não é a Park Avenue nem Londres…

– É uma cidadezinha muito fofa. Deve ter sido bom crescer aqui.

Celeste se encolheu diante dessa avaliação. Alguma coisa no tom de voz dele soava condescendente.

– E foi mesmo – disse ela, na defensiva.

Benji estendeu a mão e afagou o joelho dela.

– Ah, desculpa. Não foi bem o que eu quis dizer. Eu gostei de Easton, e seus pais são sensacionais mesmo. Valem ouro.

Eles não são um produto, pensou Celeste. São gente boa, honesta e trabalhadora. Ela achava que só alguém que se sente superior usaria a expressão "vale ouro" para descrever outra pessoa. Para deixar o momento ainda mais humilhante, Celeste começou a chorar outra vez e Benji disse:

– Caramba, estou piorando tudo. Por favor, não chora, Celeste. Eu te amo.

Ela balançou a cabeça.

– Você só está falando por falar.

– Não estou, não. Já faz um tempo que quero dizer isso, meses até, mas tive medo porque não sabia se você sentia o mesmo por mim. Mas, por favor, acredite quando eu digo que te amo. Eu te amo, Celeste Otis.

Ela sentiu a pressão emocional. Ele a *amava*. Ela, *Celeste*, era amada por ele. Ela não sabia o que dizer e, no entanto, era óbvio que Benji estava esperando uma resposta.

– Eu também te amo – disse ela.

– Mesmo?

Mesmo? Celeste pensou no momento em que conhecera Benji, em como ele tinha sido maravilhoso com Miranda e no quanto ficara exasperado com a glamorosa Jules. Pensou nas flores, nos livros, nos restaurantes, no apartamento espantosamente grande e no abrigo para pessoas em situação de rua. Pensou na tranquilidade que sentia na presença dele, como se o mundo só tivesse coisas boas a oferecer. Pensou no quanto a opinião dele importava para ela. Queria ser boa o bastante para ele.

– Mesmo – disse ela. – Eu te amo.

Se Celeste ama Benji, então o que está acontecendo agora, com Shooter? Ela conhece a história de seus pais de cor: Karen saiu da piscina cheia de pose e se apresentou para Bruce, que estava suando para perder peso e olhando uma laranja. Karen estendeu a mão e disse: *Admiro homem que tem força de vontade*. E essas, ao que parecia, foram as palavras mágicas, porque os dois souberam no mesmo instante que se casariam e ficariam juntos para sempre.

– Depois disso nem senti mais fome – dizia Bruce. – Joguei a laranja fora, ganhei peso e venci a luta, mas essas coisas mal importavam. Eu só queria marcar um encontro com a sua mãe.

– O amor é assim – afirmava Karen.

Será que o amor só pode ser assim?, pensa Celeste. Ela passou os últimos nove meses conhecendo Benjamin Winbury com todo o cuidado e cautela, e acaba de decidir que vai chamar essa experiência de amor. Mas, meros cinco dias depois, tem certeza de que cometeu um erro. Porque, ao conhecer Shooter, o mundo de Celeste virou de cabeça para baixo. *Gamada*, pensa ela. *Estou gamada nele.*

Não. Ela é cientista. Acredita na razão. O que está sentindo é tão efêmero quanto uma estrela cadente. Em breve desaparecerá.

– O Benji não vai conseguir pegar esse voo – diz Shooter. – Ele me deu a ordem de cuidar rigorosamente de você.

– Não vai ser necessário. Sei cuidar de mim.

– Sabe?

Os olhos de Shooter faíscam lampejos azuis. Celeste não consegue olhar diretamente para ele, depois decide que isso é bobagem; é claro que consegue olhar para ele, e é o que faz. Seu queixo vai parar no chão de uma vez: *vrum!* Ele é *dolorosamente* gato. Talvez ela só precise desenvolver tolerância. Até mesmo os homens mais bonitos do mundo – George Clooney, Jon Hamm – podem parecer gente comum se olharmos para eles por tempo bastante.

– Qual é a sua poltrona? – pergunta ele.

– Estou na 1-D – ela responde.

– E eu na 12-A. Vou pedir para ficar no lugar do Benji.

– Calma, não sou uma presidente idosa. Não precisa tomar conta de mim.

– Você está namorando meu melhor amigo há nove meses. Quero te conhecer melhor. Vai ser difícil se eu estiver a onze fileiras de distância, não acha?

– Acho – concorda Celeste.

Sentam-se lado a lado na primeira fileira do avião. Shooter ergue a bagagem de mão dela até o compartimento superior e pergunta se prefere o corredor ou a janela. Ela prefere o corredor. Imagina que a maioria das pessoas que nunca entraram num avião podem querer sentar-se à janela, mas está apavorada. Shooter espera que ela se acomode e só depois se senta. Ele é um cavalheiro, mas Benji também é. Benji é o cavalheiro supremo. Ele se levanta sempre que Celeste levanta da mesa para ir ao toalete e também quando ela volta. Segura portas para ela, sempre tem um lenço à mão e nunca a interrompe.

Shooter tira uma garrafinha do bolso de trás e a entrega a Celeste. Ela dá uma olhada nela; presume que seja alcoólico, mas de que tipo? É cautelosa demais para beber sem perguntar. Mas, no momento, não tem vontade de ser cautelosa. Tem vontade de ser atrevida. Aceita o frasco e toma um gole: é tequila. Só bebe tequila quando está com Merritt, embora pessoalmente ache que tem gosto de terra. Essa tequila é mais suave do que as outras, mas mesmo assim queima a garganta. No entanto, logo depois, a tensão no pescoço de Celeste se esvai e sua mandíbula relaxa. Ela toma outro gole.

– Trouxe comigo porque detesto voar de avião – diz Shooter.

– Sério? Mas você não viaja de avião o tempo todo?

– Quase toda semana. Na primeira vez, eu tinha 8 anos. Meus pais me mandaram para um acampamento de verão em Vermont. – Shooter apoia a cabeça no encosto da poltrona e olha para a frente. – Toda vez que entro num avião, a lembrança daquele dia me incomoda. O dia em que percebi que meus pais queriam se livrar de mim.

– Então você era muito danadinho? – pergunta ela, e percebe que falou exatamente como Merritt falaria.

– Ah, devia ser – responde Shooter.

Celeste devolve a garrafa para ele, que abre um sorriso triste e toma um trago.

Mais tarde, Celeste vai pensar nas vinte horas que passou em Nantucket sozinha com Shooter como se fossem uma montagem de cinema. Ela recorda as cenas. O avião balançando numa turbulência e Shooter abrindo o painel da janela a tempo de ela ver relâmpagos no horizonte. Shooter segurando a sua mão, e ela imaginando a reação dos pais quando forem informados de que a filha morreu num acidente aéreo. O avião pousando com segurança em Nantucket, os passageiros aplaudindo, Shooter e Celeste executando um toca-aqui perfeito. Os dois entrando num jipe prateado que ele alugou. O céu claro, a capota do jipe abaixada e Shooter disparando pela estrada enquanto o cabelo loiro de Celeste esvoaça atrás dela. Elida, a arrumadeira, recebendo-os na entrada da propriedade dos Winburys, conhecida como Summerland, e informando que o Sr. e a Sra. Winbury também ficaram detidos em Nova York, mas que os dois devem ficar à vontade; ela, Elida, voltará amanhã de manhã.

Celeste finge desinteresse ao entrar na casa. É um palácio, um palácio de veraneio, como os monarcas da Rússia e da Áustria tinham em outros tempos. O teto é alto e os cômodos são amplos, iluminados e arejados. O lugar todo é branco – paredes brancas, lambris brancos, piso de carvalho caiado, cozinha com paredes de azulejo branco e bancadas de mármore de Carrara absolutamente branco –, com explosões de cor impressionantes aqui e ali: pinturas, almofadas, flores frescas, uma fruteira de madeira cheia de limões e maçãs verdes. Celeste diria que não consegue acreditar em como a casa é gloriosa, com os seis dormitórios no andar de cima e a suíte máster no andar de baixo; a vista livre para o porto; a adega de vidro anexa à sala de jantar informal "para os amigos"; a piscina retangular de fundo escuro com uma casa de piscina em estilo Bali; os dois chalés de hóspedes, pequeninos e perfeitos, como se tivessem saído de um conto de fadas; o roseiral redondo no meio de um lago de carpas, um jardim ao qual só se chega cruzando uma pequena ponte. Shooter mostra a casa a Celeste; ele frequenta Summerland desde os 14 anos, mais da metade de sua vida, e por isso sua atitude é a de um proprietário encantador. Ele conta que tinha uma queda enorme por Greer e já teve sonhos quase edipianos em que matava Tag e se casava com ela.

– Aí eu seria o padrasto do meu melhor amigo – diz ele.

Celeste dá um gritinho de espanto.

– A Greer?

Ela gosta de Greer, mas é difícil imaginá-la como alvo de luxúria adolescente.

– Ela era *tão* linda. E me adorava. Ela foi mais minha mãe do que minha própria mãe. Acho que se eu pedisse com jeitinho ela tiraria os dois filhos do testamento e deixaria esta casa para mim.

Celeste ri, mas está começando a acreditar que Shooter talvez tenha a capacidade de violar a primogenitura e derrubar dinastias.

Em outra cena, Shooter serve a Celeste uma taça de vinho que pertence a Greer e abre para ele uma das cervejas de Tag. É como se os dois fossem adolescentes dando uma festa enquanto os pais estão fora. Depois ele abre um pacote de amendoins, folheia a lista telefônica de Nantucket e dá um telefonema a portas fechadas. Corta para Celeste e Shooter brindando com a taça de vinho e a garrafa de cerveja, sentados em cadeiras Adirondack vendo o sol se pôr. Na cena seguinte Shooter vai até a porta da frente, paga o entregador e traz um banquete para a cozinha: tinha pedido dois jantares completos com lagosta, milho, batata e potes de manteiga derretida.

Celeste diz:

– Achei que fosse pizza.

E Shooter responde:

– Estamos em Nantucket, flor do dia.

Depois do jantar e depois de várias doses da tequila absurdamente deliciosa de Tag, pegam um táxi até o Chicken Box, que apesar do nome não é um restaurante de fast-food e sim um boteco com música ao vivo. Corta para Celeste e Shooter dançando bem em frente ao palco de uma banda cover chamada Maxxtone que toca "Wagon Wheel" seguida de "Sweet Caroline". Os dois erguem os punhos no ar, cantando *Bah-bah-bah!* e *So good! So good! So good!*. Corta para eles saindo do Chicken Box e se jogando em outro táxi que os leva de volta ao palácio de verão. É uma e meia da manhã e Celeste não ficava acordada até essa hora desde que passara noites em claro estudando na faculdade; mas, em vez de ir dormir, ela e Shooter vão até a praia, ficam só de roupa íntima e começam a nadar.

Celeste diz:

– Estou tão bêbada que acho que vou me afogar.

– Não – responde Shooter. – Eu nunca deixaria isso acontecer.

Shooter boia de barriga para cima, esguichando água pela boca. Celeste boia de barriga para cima, olhando para as estrelas, pensando que o espaço sideral é um mistério, mas não tanto quanto o universo das emoções humanas.

Corta para Celeste e Shooter voltando para dentro da casa, embrulhados nas toalhas listradas de azul-marinho e branco que ele pegou na casa da piscina. Param na cozinha e ele abre a geladeira. Fica óbvio que Elida fez um estoque para o fim de semana: o interior da geladeira dos Winburys parece uma foto de revista. Há meia dúzia de tipos de queijo, nenhum dos quais Celeste reconhece, e ela os pega para inspecionar: taleggio, queijo trançado armênio, emmental. Também há linguiça curada e pepperoni, um pequeno pote de manteiga trufada, um pouco de homus artesanal, quatro potes de azeitonas numa pilha em degradê do roxo-claro até o preto, terrinas de patê e vidros de chutney que parecem ter vindo diretamente da Índia. Celeste verifica os rótulos: vieram de Londres. Chegou perto.

– Posso falar uma coisa? – pergunta Celeste com a mão nas costas nuas de Shooter, que se vira para encará-la.

Os dois estão iluminados pela luz fluorescente da geladeira e, por um segundo, ela tem a impressão de que são crianças curiosas espiando um mundo antes desconhecido, como os jovens protagonistas de um romance de C. S. Lewis.

– Diga.

– Lá em casa, quando eu era criança, se quisesse um lanchinho... tinha um pote de cream cheese Philadelphia e eu passava numas bolachas de água e sal. Se a minha mãe tivesse ido à feira, poderia ter também geleia de pimenta para pôr em cima.

Celeste sabe que deve estar profunda e extremamente bêbada, porque nunca, nunca comenta detalhes da sua infância. Sente-se muito boba ao fazer isso.

– Você é única – diz Shooter.

Agora ela se sente ainda pior. Não quer ser única. Quer ser devastadora, inebriante, irresistível.

Mas espere... e o Benji?

Está na hora de ir dormir, pensa ela. É o que sempre desconfiou que acontecia quando alguém ficava acordado até muito tarde: reputações eram arruinadas, esperanças e sonhos eram destruídos. O que Mac e Betty sempre lhe diziam? *Depois da meia-noite não vem coisa boa.*

– E sabe o que mais? – continua Celeste. – Se eu deixasse a porta da geladeira aberta por tanto tempo assim, levava bronca por desperdiçar energia.

– Bronca?

– É, bronca. – Ela tenta franzir a testa para ele. – Vou dormir.

– De jeito nenhum – protesta Shooter.

Ele avalia o conteúdo da geladeira e depois pega a manteiga trufada. Uma vasculhada no armário à esquerda da geladeira – *Ele sabe mesmo onde tudo está*, pensa Celeste, *como se fosse o dono da casa* – revela um pacote de... grissini. Grissini com alecrim.

– Senta aqui comigo – ele chama.

Celeste se junta a Shooter na sala de jantar "informal" ao lado da cozinha, onde observam o cubo de vidro da adega cintilar como uma nave espacial. Ele abre o pacote de grissini e a manteiga.

– Prepare-se – diz ele. – Vai ser memorável. Já comeu manteiga trufada?

– Não.

Celeste sabe que as trufas são cogumelos que os porcos arrancam do chão na França e na Itália, mas a ideia de comer manteiga de cogumelo não a empolga muito. Não parece nada apetitoso. Ainda assim, ela está com fome suficiente para comer quase qualquer coisa – é como se tivesse comido a lagosta *dias* atrás –, por isso aceita um palito de grissini com um bocado de manteiga na ponta.

Ela morde o palito e o sabor explode em sua boca. Chega a gemer de êxtase.

– Bom, né? – diz Shooter.

Celeste fecha os olhos, apreciando o sabor, que é diferente de tudo que ela já comeu. É intenso, complexo, terroso, sexy. Ela engole.

– Não dá para acreditar no quanto isso é... *gostoso*!

Shooter e Celeste comem grissini com alecrim e manteiga trufada até a manteiga acabar e só restarem uns tocos de grissini chocalhando na caixa. Foi um lanche supostamente simples, mas ela nunca o esquecerá.

Corta para os dois subindo a escada. Celeste vai dormir no "quarto de Benji", que é decorado em branco, bege e cinza, e Shooter vai ficar do outro lado do corredor, no "quarto de hóspedes número 3", em cinza, branco e azul-marinho. Celeste dá uma olhada nos outros quartos de hóspedes; são quase idênticos, e ela imagina se as pessoas que vêm à casa pela primeira vez, como ela, entram sem querer no quarto errado. Ela dá um aceno tímido para Shooter.

– Acho que vou encerrar a noite.

– Tem certeza? – pergunta ele.

Por um instante, ela para e pensa. *Será* que tem certeza? Eles foram até o limite de um relacionamento platônico. Não há mais nada que possam fazer enquanto preservam sua inocência além de, talvez, ir até a sala de jogos e jogar Scrabble.

– Tenho certeza, sim.

– Flor do dia...

Celeste olha para Shooter. Aqueles olhos fazem dela uma refém; não consegue desviar o olhar. Ele está fazendo um pedido sem dizer nada. São as únicas pessoas na casa. Ninguém nunca saberia.

Em meio à batalha que está acontecendo na mente de Celeste – seu desejo ardente contra o senso de certo e errado –, ela pensa na antiga questão filosófica: se uma árvore cai na floresta e ninguém está lá para ouvir, ela ainda produz som? Essa pergunta, Celeste percebe, não se refere a uma árvore. Refere-se ao que está acontecendo aqui e agora. Se for para a cama com Shooter e ninguém souber disso senão os dois, terá acontecido mesmo?

Sim, pensa Celeste. Ela nunca mais seria a mesma pessoa. E imagina que Shooter também não.

– Boa noite – responde ela, dando um beijo na bochecha dele e saindo pelo corredor.

Na manhã seguinte, vão pedalando nas bicicletas dos Winburys até a padaria Petticoat Row, onde pedem cafés gelados e gigantes e dois croissants de presunto com gruyère, que vertem queijo derretido e manteiga ao serem devorados num banco na calçada. Corta para Shooter comprando para Celeste um buquê de flores silvestres de uma caminhonete na Main Street, um gesto inútil e extravagante, porque a casa de Tag e Greer está situada entre jardins exuberantes e seu interior está repleto de flores frescas. Celeste o lembra disso e ele diz:

– É, mas nenhuma daquelas flores vem de *mim*. Quero que você olhe para este buquê e saiba o quanto estou enamorado.

Enamorado, pensa ela. É uma palavra curiosa e antiquada, com jeito britânico. Mas Benji é que é inglês, não Shooter. Em algum ponto da conversa da noite passada, ele contou a Celeste que é de Palm Beach, Flórida, que foi mandado para um acampamento de verão aos 8 anos e para um internato alguns anos depois. O pai de Shooter morreu quando ele estava no penúltimo ano da St. George's.

– E foi aí que a coisa degringolou – disse ele. – Meu pai já tinha casado duas vezes antes e tinha outros filhos, e aqueles outros Uxleys deram um jeito de ficar com tudo. Meu irmão Mitch concordou em pagar meu último ano na St. George's, mas eu não tinha nenhuma fonte de renda, por isso comecei a organizar jogos de dados na escola. Não tinha dinheiro para fazer faculdade, então me mudei para Washington, onde trabalhei como barman. No fim, encontrei uma casa de pôquer onde conheci diplomatas, lobistas e vários empresários estrangeiros. E isso me levou ao meu empreendimento atual.

– E sua mãe?

– Morreu.

Shooter balançou a cabeça e Celeste entendeu que não devia perguntar mais nada.

Enamorado. O que exatamente ele quer dizer com isso? Não há tempo para ponderar, porque ele a está levando pela rua em direção à caminhonete da Bartlett's Farm. Ali, ele compra três tomates de estufa e um pão português.

– Tomate, maionese e um bom pão branco – diz ele. – Meu sanduíche preferido no verão.

Celeste levanta a sobrancelha, cética. Ela cresceu comendo frios – peito de peru, presunto, salame, rosbife. Seus pais podiam não ter muito dinheiro, mas sempre havia muitas fatias de carne nos sanduíches dela.

Celeste, porém, muda de opinião quando está sentada à beira da piscina com um dos biquínis novos e Shooter traz para ela o tal sanduíche preferido. O pão foi torrado até ganhar um tom dourado; as fatias de tomate são grossas e suculentas, temperadas com sal marinho e pimenta moída na hora; e há exatamente a quantidade certa de maionese para tornar a sanduíche picante e saboroso.

– O que achou? – pergunta ele. – Gostoso, né?

Ela dá de ombros e dá outra mordida.

Estão deitados lado a lado em espreguiçadeiras ao sol da tarde, com a piscina fresca e escura diante deles. Num dos cantos da piscina há uma instalação sutil em forma de cachoeira que produz o que Celeste considera música líquida, uma canção de ninar que ameaça colocá-la para dormir no meio de uma conversa muito importante. Ela e Shooter estão escolhendo a melhor música de cada cantor ou banda de rock clássico que possam imaginar.

– Rolling Stones – diz Shooter. – "Ruby Tuesday".

– "Beast of Burden" – responde Celeste.

– Humm. Ótima escolha.

– David Bowie – diz Celeste. – "Changes".

– Sou mais "Modern Love" – responde Shooter.

Celeste balança a cabeça.

– Não suporto essa.

– Dire Straits, "Romeo and Juliet". – Ele estende o pé para cutucar a perna dela. – Acorda. Dire Straits.

Celeste gosta daquela música sobre uma garota de patins. *She's making movies on location, she don't know what it means.* Ela está afundando atrás das pálpebras fechadas. Afundando. Qual é o nome daquela música? Ela... não consegue lembrar.

Celeste acorda com alguém chamando seu nome:

Celeste! Terra chamando!

Ela abre os olhos e olha para a espreguiçadeira ao lado. Vazia. Ela estreita os olhos. Do outro lado da piscina, vê um homem com metade de um terno: calça, camisa, gravata. É Benji. Benji chegou.

Celeste levanta o tronco e endireita a parte de cima do biquíni.

– Oi! – diz ela, mas seu tom de voz mudou. Já não vem do coração.

– Oi! – responde Benji.

Ele afasta a toalha de Shooter para o lado e se senta na espreguiçadeira dele.

– Como é que você está? Como foi?

– Estou bem. Foi... tudo bem.

Celeste tenta pensar em detalhes que possa dividir com ele: a lagosta, "Sweet Caroline", nadar de calcinha e sutiã sob as estrelas na madrugada, manteiga trufada, uma árvore que cai na floresta?

Não.

Um passeio de bicicleta com o sol da manhã no rosto, um buquê de bocas-de-leão, cosmos e zínias, sanduíches de tomate?

Ela lembra o nome da música.

– "Skateaway".

– Perdão? – diz Benji.

Celeste pisca depressa. Seu campo de visão é tomado por bolhas brilhantes e amorfas, como se tivesse olhado muito tempo para o sol.

Sexta-feira, 6 de julho de 2018, 23h15

KAREN

Ela toma um comprimido de oxicodona, escova os dentes e veste uma camisola apenas para tirá-la pouco antes de se deitar na cama. Segundo Celeste, os lençóis são belgas, feitos de algodão de setecentos fios, que é o melhor tipo. A cama está arrumada com um edredom branco, um cobertor de caxemira marfim, os tais lençóis de algodão branco com barra de renda, e uma montanha de travesseiros, cada um tão macio quanto uma porção de chantilly. Karen os coloca ao seu redor e afunda. É como dormir numa nuvem. Será que o céu é como uma cama de hóspedes em Summerland? Ela espera que sim.

E adormece, com a dor sob controle.

Ela acorda com um susto – *Celeste! Celeste!* Estende o braço em busca de Bruce, mas o outro lado da cama está frio e vazio. Karen olha o relógio na mesa de cabeceira: 23h46. Quinze para a meia-noite e Bruce ainda não veio para a cama? No começo ela fica irritada, depois magoada. Percebe que seu corpo nu não é mais atraente, mas achou que talvez acontecesse alguma coisa esta noite. Quer se sentir íntima de Bruce mais uma vez.

Faz um esforço para recuperar o fôlego. Estava tendo um sonho, um pesadelo, com Celeste. Sua filha estava... num local desconhecido... um hotel com andares sem número e níveis diferentes, alguns dos quais levavam a becos sem saída; o lugar era um labirinto confuso. Celeste chamava, mas Karen não conseguia chegar até ela. Ela tinha algo para contar, algo que precisava que a mãe soubesse.

A Celeste não quer se casar com o Benji, pensa Karen. Essa é a dura verdade.

Sem querer, ela se lembra da palavra da vidente: *caos*.

Uma parte de Karen acredita que a filha deveria se casar assim mesmo. Certo, ela não está perdidamente apaixonada por Benji; talvez sinta apenas uma fração do que Karen sente por Bruce, ou talvez seja uma emoção completamente diferente. Ela quer dizer a Celeste que tire vantagem da situação, situação em que qualquer outra jovem faria de tudo para estar. Celeste e Benji não precisam ser um casal perfeito. Na verdade, isso não existe.

Mas ela se detém. Só a mais egoísta das mulheres incentivaria a filha a se casar com alguém que não ama. O que Karen deve fazer – *imediatamente*, ela percebe – é dar a Celeste permissão para desistir. Amanhã 170 pessoas chegarão a Summerland para um casamento diferente de qualquer outro; mais de 100 mil dólares foram gastos nessas núpcias, quem sabe até o dobro disso. Mas dinheiro nenhum nem logística nenhuma valem uma vida inteira de conformismo. Precisa falar com Celeste agora mesmo.

Falar com Celeste, no entanto, de repente parece uma tarefa difícil. Será que um telefonema basta? Karen pega o celular e liga para a filha. A chamada cai no correio de voz.

É o universo dizendo que um telefonema *não* basta. Celeste sempre desliga o telefone antes de se deitar, então deve estar dormindo. Com muito cuidado, Karen apoia os pés no chão e se levanta, pega a bengala e se apoia. A oxicodona continua fazendo efeito; ela se sente firme e forte em seu propósito. Veste o roupão e se arrisca a sair no corredor.

Se não lhe falha a memória, a porta do quarto de Benji, onde Celeste está sozinha esta noite, é a segunda à esquerda. O rodapé tem uma iluminação sutil, por isso Karen consegue ver onde apoiar a bengala enquanto atravessa o corredor. Chegando à porta, ela bate de leve. Não quer acordar a casa inteira, mas também não quer interromper nada.

Não há resposta. Karen encosta o ouvido na porta. Em sua casa, na Derhammer Street, as portas têm núcleo oco. Aqui são de madeira maciça, e é impossível ouvir através delas. Karen abre a porta.

– Celeste? Meu bem?

Silêncio no quarto. Karen tateia em busca do interruptor e acende a luz. A cama está arrumada exatamente como a dela: edredom, cobertor de caxemira, um exército de travesseiros. Então Celeste ainda não voltou para casa. Ou talvez tenha decidido ficar acordada com Merritt no chalé, fofocando e falando bobagens na sua última noite de solteira. Mas, por algum motivo, duvida disso. Sua filha nunca foi de fofocar e falar bobagens. Na infância e na adolescência, nunca teve amigas íntimas, o que preocupava a mãe, mesmo que ela adorasse ser a maior confidente da filha.

Karen olha para o vestido de noiva de seda branca, justo e longo, pendurado atrás da porta do armário. É um vestido dos sonhos, ideal para o gosto simples de Celeste e para sua beleza clássica.

Mas... ela não vai usá-lo amanhã. Karen suspira, apaga a luz e fecha a porta.

Enquanto volta pelo corredor escuro, Karen sente uma irritação crescente. *Cadê* todo mundo? Ela foi deixada sozinha nesta casa. Ela imagina se estar morta é assim.

É difícil descer a escada com a bengala, e Karen decide que está forte o bastante para deixar o apoio de lado. Ela enfrenta os degraus devagar, agarrando o corrimão, e pensa nas sobras de cauda de lagosta guardadas na geladeira. Pensar nelas é estimulante, mas Karen não consegue ter fome. As únicas coisas pelas quais anseia agora são uma conversa importante com a filha e o corpo do marido ao lado dela na cama.

Karen ouve vozes distantes e sente cheiro de fumaça. Anda na ponta dos pés, apoiando a mão na parede para se firmar. Ouve a voz de Bruce. Ao virar uma quina, consegue ver duas pessoas na varanda – não a varanda principal, mas uma sacada em forma de ferradura à direita, lugar que não havia notado antes. Ela se enfia atrás de um sofá e espia através das cortinas. Bruce e Tag estão sentados na beira da varanda, fumando charutos e bebendo o que ela acha que deve ser uísque. Consegue ouvir a voz deles, mas não o que estão dizendo.

Devia voltar para a cama ou encontrar a filha. Mas, em vez disso, gira a manivela do vidro em silêncio. Numa casa elegante como esta, o movimento é suave. A janela se abre sem fazer ruído.

Tag diz:

– Antes disso, não tive nada sério. Só uns encontros casuais quando estava viajando; uma mulher em Estocolmo, outra em Dublin. Mas essa foi diferente. E agora estou preso. Ela está grávida e quer ter o bebê. É o que ela diz.

Bruce balança a cabeça e entorna um gole de uísque. Deve estar muito, muito bêbado depois de uma noite regada a mojitos, champanhe e agora uísque. Em casa, Bruce só bebe cerveja. Quando ele fala, as palavras se arrastam:

– Então, o que é que cê vai fazer, meu amigo?

– Não sei. Preciso que ela caia em si. Mas ela é teimosa. – Tag olha com atenção para a ponta acesa do próprio charuto, depois para Bruce. – Enfim, agora te contei minha história de guerra. E você? Já deu uma pulada de cerca?

– Não, cara – responde Bruce. – Assim, não.

Karen respira fundo. Ela *não devia* estar ouvindo. Essa é uma conversa entre homens, e agora ela ouviu Tag confessar que engravidou alguém – deve ser a tal da Featherleigh! – e que *escândalo* isso vai virar! Karen se sente um pouco melhor ao pensar que o casamento será cancelado de última hora. A família Winbury não é o que ela imaginava.

– Mas uma vez tive uma queda por uma moça – conta Bruce. – Uma queda das grandes.

Karen fica tão chocada que quase grita. A dor é instantânea e violenta. Uma queda? Uma queda *das grandes*?

– Ah, é? – diz Tag.

– É, é, é.

Bruce está bêbado, Karen lembra a si mesma. Talvez nunca tenha bebido tanto quanto hoje. Deve estar inventando uma história para impressionar Tag Winbury.

– Ela trabalhava comigo na Neiman Marcus – continua ele. – No começo a gente foi bem profissional. Na verdade, eu nem gostava muito dela. Era metida. Tinha chegado de Nova York e trabalhado na Bergdorf Goodman, na seção de sapatos.

Na Bergdorf. Sapatos. É, Karen se recorda vagamente de alguém... mas quem era?

– Ah, é?

– Aí a gente fez amizade. Jantava junto no intervalo. Ela tinha uma visão de mundo diferente e era... sei lá... revigorante, acho, falar com alguém que tinha conhecido outros lugares e feito tantas coisas. Aconteceu logo depois que a Celeste foi para a faculdade e, não vou mentir, foi meio que uma crise de meia-idade para mim *e* para a Karen também. A Karen detesta fazer compras, *odeia* gastar dinheiro com coisas banais, mas começou a ir a vários lançamentos de produtos, festinhas da Tupperware... E eu peguei mais turnos de trabalho para poder passar mais tempo com a outra.

Karen sente o coração estourar como um pneu que se rasga ao bater num meio-fio de granito, como um balão que flutua até os espinhos de uma roseira. Há uma dor aguda no peito dela. Não consegue acreditar que está ouvindo isso. Agora, em seus dias derradeiros, está descobrindo que o homem que ela amou a vida inteira já nutriu sentimentos por outra mulher.

Karen tenta se acalmar. Uma quedinha não é nada. É inofensiva. Ela mesma não teve lá suas paixonites, como aquela pelo rapaz que trabalhava no mercado na seção de hortaliças? Ela acenava de leve para ele e, se ele acenasse ou sorrisse em resposta, ela saía flutuando, às vezes tão abobalhada que comprava guloseimas que não devia comer: barras de chocolate branco, por exemplo.

– E vocês chegaram a...? – pergunta Tag.

– Não – diz Bruce. – Mas pensei nisso. Foi uma época confusa na minha vida. Não consigo nem dizer como isso virou meu mundo de cabeça para baixo. Passei a vida inteira sentindo que eu era uma pessoa e, de repente, senti que era outra.

– Sei como é. Qual era o nome dela?

– Robin – responde Bruce. – Robin Swain.

Desta vez Karen arfa com um som alto, mas nem Tag nem Bruce a ouvem. Continuam a tragar os charutos. Ela sente que seu interior se derreteu. Precisa se sentar. Tenta freneticamente ajeitar as cortinas como estavam quando as encontrou e sai engatinhando de trás do sofá. Devia voltar para o quarto. Não pode deixar que Bruce a encontre aqui. Se soubesse que ela o estava ouvindo, ele... morreria de vergonha.

Robin Swain. Não. Por favor, meu Deus, não.

Ela não consegue subir a escada. Senta-se no sofá, mas se sente exposta demais. Voltaria a se abaixar, mas se fizer isso nunca mais conseguirá se levantar. Em pânico, olha ao redor. De repente passa a detestar esta casa, os móveis luxuosos e a generosidade ostensiva dos Winburys, que agora parece crueldade mascarada. Por que Tag fez a Bruce *uma pergunta tão hedionda*?

Por que Bruce deu aquela resposta?

Robin Swain.

O que ele quis dizer com *aquilo*?

Mas Karen sabe o que ele quis dizer, e é por isso que está reagindo assim. Ela sabia que havia algo de incomum na amizade entre Bruce e Robin. Mas é claro que era inconcebível, impensável. Não fazia sentido.

Karen se endireita. *Bruce está bêbado*, pensa outra vez. Ele inventou uma história para Tag só para parecer machão. Usou o nome de Robin Swain porque foi o primeiro que lhe veio à mente. Karen não devia dar importância nenhuma ao que acabou de ouvir. Devia ir dormir. Ela consegue voltar para o saguão de entrada e sobe a escada.

Chegando ao quarto, toma uma oxicodona. E mais uma. Depois se deita na cama, ainda de roupão. Está tremendo.

Uma queda forte por Robin Swain. Eles jantavam juntos. Bruce trabalhou à noite para dividirem o turno. Uma época confusa na vida dele. Uma crise de meia-idade.

Pois é, pensa Karen. É confuso *mesmo*.

Robin Swain é um homem.

Era setembro, logo depois que Celeste foi para a faculdade. Karen e Bruce alugaram um pequeno caminhão de mudança e a levaram por toda a Pensilvânia e quase todo o estado de Ohio até Oxford, que ficava a apenas 8 quilômetros da divisa com Indiana. Ajudaram a filha a se instalar no dormitório e conheceram sua colega de quarto, Julia, e os pais dela. Compareceram ao discurso de abertura do reitor e depois voltaram com Celeste para o quarto, tanto Bruce quanto Karen sem saber o que fazer nem como se despedir. Por fim, Celeste decidiu ir jantar num bistrô com Julia e os pais dela; deixou-os sozinhos no quarto. Karen pensou em simplesmente se mudar para lá ou alugar um apartamento na mesma rua, e tem certeza de que Bruce pensou a mesma coisa.

Na volta para casa, nenhum dos dois falou muito.

Uma ou duas semanas depois, Bruce voltou para casa falando sobre um novo colega, Robin Swain. Era um homem mais ou menos da idade de Bruce que vinha do departamento de calçados da Bergdorf Goodman. Robin tinha crescido em Opelika, Alabama, e começado a faculdade em Auburn, mas não terminou. Sempre quis ir para Nova York, por isso guardou dinheiro e comprou uma passagem de ônibus. Primeiro foi contratado para trabalhar no depósito da Bergdorf.

No começo, Bruce se queixou de Robin. Ele podia até vir de uma cidade pequena, mas trabalhar em Manhattan o deixara arrogante. Menosprezava a loja, o shopping King of Prussia e todo o Vale do Delaware. O lugar não era nem de longe tão sofisticado quanto a cidade de Nova York, dizia ele. A região ficou parada para sempre em 1984, quando o esporte da Filadélfia era bom, os permanentes estavam na moda e todo mundo ouvia Bruce Springsteen. Robin preferia música country.

Mas, ao longo de algumas semanas, Karen notou uma mudança. Bruce começou a falar de Robin num tom mais favorável. Uma das camisas que usou em casa para desfilar para ela era uma peça que Robin havia escolhido para ele. Agora que parou para pensar, foi *nessa* época que começou o fetiche de Bruce por meias. Robin adorava meias chamativas e, logo depois, Bruce adotou a extravagância: usava meias com estampa de arco-íris, de zebra, de Elvis Presley. Comprou um CD chamado *When the Sun Goes Down* de Kenny Chesney e começou a cantar aquela música o tempo inteiro. *Everything gets hotter when the sun goes down.*

Certa noite Bruce convidou Robin para jantar em casa. Karen achou isso um tanto estranho; o casal raramente convidava alguém para jantar, e a cidade de Collegeville, onde Robin alugava um apartamento, ficava a mais de uma hora de distância. Era inviável. Se Bruce quisesse jantar com ele, devia fazer isso no shopping.

Mas Bruce insistiu. Instruiu Karen quanto ao que cozinhar: sua carne assada *à la* Betty Crocker com batata e cenoura, uma salada verde (*sem* alface americana, disse ele) e pãezinhos doces cobertos de açúcar. Ele disse que compraria um vinho a caminho de casa.

Vinho?, pensou Karen. Eles nunca, *nunca* bebiam vinho no jantar. Bebiam água gelada, e Bruce, de vez em quando, uma cerveja.

Quando Bruce e Robin entraram, estavam rindo de alguma coisa, mas ficaram sérios ao ver Karen. Robin era alto, usava um blazer azul de aspecto caro, camisa branca, calça azul-marinho e cinto de couro marrom com fivela H prateada. Usava meias azul-claras estampadas de nuvens brancas, que Bruce orgulhosamente exibiu para Karen levantando a barra da calça do amigo, puxando-a no joelho. Ele tinha o começo de uma calvície, olhos castanhos e um leve sotaque sulista. Karen chegou a pensar gay quando o viu? Não se lembra. Sua emoção geral durante o jantar foi ciúme. Os dois homens conversaram entre si – sobre a mercadoria, a clientela, os colegas de trabalho. A cada mudança de assunto, Robin tentava incluir Karen, mas talvez as respostas dela tenham sido tão gélidas que ele parou de tentar. Ela não pretendia ser grosseira, mas se sentia acuada pela presença dele. Sua mente não parava de voltar à visão de Bruce levantando a perna da calça de Robin. O gesto parecera tão natural, quase íntimo.

Ela atribuiu suas emoções conflituosas ao fato de que Celeste tinha ido embora e, agora que estavam sozinhos, Bruce havia feito uma amizade no trabalho. Isso era bom. Afinal, também tinha amizades na loja de presentes da Crayola. Era amiga de quase todo mundo! Mas não havia ninguém especial, ninguém que ela convidaria para jantar em casa, ninguém com quem pudesse conversar e rir e, com isso, fazer Bruce se sentir irrelevante.

Depois do jantar, Bruce sugeriu que Robin o ajudasse a lavar os pratos para que a esposa pudesse descansar as pernas. Quando é que Karen parava para descansar as pernas? Nunca, ora essa. Mas sabia entender uma indireta. Ela deu boa-noite a Robin e Bruce e subiu para se deitar com raiva na cama e ouvir os dois lavando e secando a louça, terminando o vinho e depois indo para a varanda dos fundos para falar sabe-se lá do quê.

Karen sente a oxicodona agarrá-la pelos ombros, e há um imenso alívio quando a dor se esvai.

Bruce teve uma queda forte por Robin. Que era homem. *Foi uma época confusa*, disse ele. *De repente senti que era outra pessoa*, disse ele.

Para Karen, a confissão é uma bomba nuclear. Seu marido, seu campeão estadual de wrestling, seu homem fogoso na cama tinha sentimentos por outro homem, sentimentos que obviamente não está à vontade para admitir, porque, diante de Tag, mudou o gênero de Robin para o feminino.

Robin trabalhou na Neiman Marcus apenas no fim daquele ano. Depois do recesso de Natal, quando Celeste voltou a Oxford, Robin já havia sido transferido para a loja principal da rede em Dallas. Bruce ficou triste? Arrasado, até? Se ficou, escondeu bem.

Ele tinha um segredo, uma queda das grandes. Nunca fez nada a respeito; nisso, Karen acredita.

E Karen tem um segredo só seu: as três pílulas peroladas no frasco de oxicodona.

Ela concede a Bruce um perdão silencioso – foi *mesmo* uma época confusa. E, como queria dizer a Celeste, *não existe* casal perfeito.

Dirá isso à filha amanhã de manhã. E fecha os olhos.

Sábado, 7 de julho de 2018, 12h45

NANTUCKET

Nick Diamantopoulos, o "Grego", saiu do número 333 da Monomoy Road rumo ao Hospital Nantucket Cottage, onde finalmente vai falar com a noiva. Ela quer ser interrogada *no hospital*, e Nick espera que isso signifique que tem informações importantes. Está ansioso para descobrir, mas, quando contorna a rotatória, sente o cheiro do Lola Burger através da janela aberta e é impossível resistir ao aroma. Um fato sobre Nantucket, pensa ele, é que a comida é de alto nível. Até um hambúrguer. Ele para no estacionamento e entra depressa para encantar Marva, a recepcionista, que lhe entrega um Lolaburger malpassado (cheddar envelhecido, cebola caramelizada e molho de foie gras) acompanhado de batata frita. Ele deixa uma bela gorjeta para Marva e ela diz:

– Vê se não some, Grego. Volta para me visitar!

Ele volta para o carro, enfiando batata frita na boca.

No hospital, é recebido por um trio de enfermeiras: Margaret, Suzanne e Patty. Já saiu tanto com Suzanne quanto com Patty – nada sério, só diversão. Sorri para as três e diz:

– Aonde eu vou e o que preciso saber?

Patty engancha o braço no dele e o leva pelo corredor até uma sala de exames.

– Ela chegou hoje cedo e tratamos a situação dela como uma crise de pânico, ou seja, medimos os sinais vitais e demos um pouco de diazepam para acalmar. Ela dormiu um tempinho. Eu queria poder fazer mais. A melhor amiga dela se afogou na frente da casa? E foi ela que encontrou? No dia do próprio casamento?

– O casamento foi cancelado – diz Nick. – É claro.

– Claro.

– A falecida era a madrinha da noiva.

– A Celeste me contou. – Patty dá uma risada seca. – Vai ver ela não gostou do vestido.

Nick balança a cabeça. Não pode fazer piada às custas de Merritt. Simplesmente não pode.

– O que aconteceu quando o noivo chegou aqui? – pergunta ele.

– Faz mais ou menos uma hora. Parecia um cara legal. Estava preocupado com a Celeste e queria levá-la para casa. Ficou no quarto dela por uns dez minutos, depois foi embora. E aí ela pediu para falar com você.

– Certo, Patty. Obrigado. Tudo bem se eu interrogá-la aqui?

– Claro. Sabe o que é estranho? Ela veio com mala e tudo. Não sei o que pensar disso. Quando perguntei, ela começou a chorar, então deixei para lá.

– Certo.

É estranho *mesmo*, mas deve haver uma explicação.

– Meu turno termina às três – comenta Patty. – Me liga se quiser sair hoje à noite.

A ideia é tentadora, mas Nick sabe que não vai relaxar enquanto não resolver esse caso. Tomara que a noiva tenha uma resposta.

– Pode deixar – responde ele.

Nick encontra Celeste com roupa de hospital, deitada na maca de exame. Ao vê-lo, ela se senta.

– Você é da polícia?

– Sou o detetive da Polícia Estadual, Nick Diamantopoulos. Sinto muito pela sua amiga.

Celeste assente.

– Você veio aqui para colher meu depoimento.

– Isso mesmo. É uma tragédia o que aconteceu com a Merritt.

– Ela morreu? – pergunta Celeste. – Ela... ela morreu mesmo, não foi?

Nick se senta na cadeira ao pé da maca. As batatas fritas começam a se revirar no estômago dele.

– Sim, eu sinto muito. Ela morreu.

Celeste abaixa a cabeça e chora baixinho.

– É tudo culpa minha.

– Perdão?

– A culpa é minha. Eu sabia que alguma coisa ruim ia acontecer. Achei que seria com a minha mãe, mas não foi... Foi com a Merritt. Ela morreu!

– Sinto muito mesmo. Sei que é um momento muito difícil para você.

– *Não sabe*, não – responde Celeste. – Você não faz ideia.

Nick pega o caderno de anotações.

– O melhor jeito de ajudar a Merritt é me ajudando a descobrir o que aconteceu com ela. Ela era a sua melhor amiga, sua madrinha de casamento. Ela confiava em você, certo?

Celeste assente.

– E tem um fato curioso sobre os casamentos – continua Nick. – Eles reúnem pessoas que não se conhecem. Já falei com duas pessoas, mas nenhuma delas conhecia direito a Merritt. Então você é uma peça-chave na investigação.

Celeste respira fundo e diz:

– Não sei se quero violar a confiança da Merritt. Tem outras pessoas envolvidas. Outras pessoas com quem me importo.

– Eu entendo. – A solidariedade de Nick é genuína, mas ele é um soldado à procura de minas terrestres. – Por que você não me conta o que sabe e a gente vê se é relevante?

Celeste o encara.

– Uma testemunha viu você e a Srta. Monaco no roseiral dos Winburys depois que a festa acabou – diz Nick. – Essa pessoa afirma que a Srta. Monaco estava chorando e você a consolava. Quer me contar o que houve?

Celeste pisca.

– Alguém viu a gente *no roseiral*? Quem?

– Isso eu não posso contar. O que você me diz aqui é confidencial, e isso vale para todo mundo.

– Você diz isso, mas…

– Mas o quê? – pergunta Nick.

Ela tem medo de contar o que sabe, mas por quê?

– Pelo que sei – continua ele –, a Srta. Monaco não tinha contato com os pais e tinha um irmão em algum lugar, mas ninguém sabe onde. Ela não tem nenhum parente aqui para defendê-la. Nesse caso, cabe a mim… e a você… descobrir o que aconteceu. Entende o tamanho da responsabilidade, Celeste?

– Ela estava… passando por um término difícil. Com um homem casado. Ela estava muito abalada por causa disso.

Nick assente, concordando, e espera.

– Eu disse para ela terminar com ele. Quando descobri, poucas semanas atrás, disse para ela terminar, e ela falou que ia fazer isso, mas não fez. Aí ele terminou com ela.

– O homem casado?

– Sim. E era por isso que ela estava chorando.

Nick escreve no caderno: *Homem casado*. Em seguida, consulta as outras anotações e pensa no celular de Merritt. Ela tinha acabado de passar por uma separação, mas não havia ligações nem mensagens de texto enviadas ou recebidas. A não ser a de Robbie dizendo "Feliz Dia da Independência" com atraso e desejando que ela estivesse bem.

– Por acaso o nome do homem casado é Robbie?

Celeste arregala os olhos.

– Como você sabe do Robbie?

– Sou detetive. Robbie é o homem casado?

– Não. Robbie é… era… sei lá, amigo dela. Só amigo. Já foi namorado, mas não era mais.

– Celeste, o homem casado com quem a Merritt se envolveu estava na festa ontem à noite?

Ela move a cabeça para a frente; um movimento discreto, quase involuntário, ao que parece.

– Você está confirmando?

– É o Tag. Tag Winbury, meu sogro.

Opa, pensa Nick.

Depois que o nome é revelado, o restante flui com mais facilidade, como uma torneira aberta.

Merritt e Tag se envolveram dois meses atrás, durante o fim de semana da despedida de solteira de Celeste. Passaram a se encontrar na cidade, Celeste não sabe quando nem onde. Há pouco tempo, no Quatro de Julho, Merritt disse que o relacionamento havia acabado. Não tinha sido nada de mais, segundo ela.

– Mas falei com ela depois do jantar de ensaio. Ela estava chateada. Eu a chamei para ir à cidade com a gente, mas ela disse que não seria boa companhia, que preferia ficar em casa curtindo a fossa. Queria chorar o tanto que precisasse para estar bem hoje. – Celeste faz uma pausa. – No casamento.

– Foi no roseiral que você viu a Merritt viva pela última vez?

– Não, eu vi a Merritt de novo quando voltamos da cidade.

– É mesmo? Onde ela estava?

– Estava numa mesa da tenda com o Tag e o Thomas, irmão do Benji. O Thomas veio à cidade com a gente. Fomos beber no Ventuno e íamos esticar no Boarding House, mas aí a Abby, a esposa dele, ligou pedindo que ele fosse para casa. Quando voltamos, ele estava sentado na tenda com o Tag e a Merritt... e uma amiga dos Winburys, a Featherleigh Dale.

Nick anota os nomes: *Merritt, Tag, Thomas (irmão do noivo) e Featherleigh Dale.*

– Você conhece essa Featherleigh Dale? – pergunta Nick.

– Não. Só a conheci ontem à noite. Ela é de Londres.

– E ela também estava hospedada na casa dos Winburys?

– Não.

– Mas estava lá ontem à noite?

– Estava.

– Que horas eram quando você viu a Merritt na tenda com o Tag?

– Saímos da cidade quando os bares fecharam, à uma da manhã – explica Celeste. – Então acho que era uma e meia.

– E, quando você viu a Merritt com o Tag, ficou preocupada?

– Fiquei apreensiva...

– Faz todo o sentido. Afinal, você ia se casar hoje.

– Isso não é desculpa. – Celeste abaixa a cabeça. – Fiquei apreensiva e não convenci a Merritt a ir dormir. Se eu tivesse feito isso, ela estaria viva. A culpa é minha.

Nick precisa manter essa noiva concentrada no assunto.

– Celeste, o que Tag, Merritt, Thomas e… Featherleigh estavam fazendo na tenda? Bebendo? Fumando?

– Bebendo umas doses de algum rum especial que o Tag compra em Barbados. O Tag estava fumando um charuto. Parece que estavam felizes. A Merritt parecia *feliz*, ou pelo menos mais feliz que antes. Tentaram me convencer a ficar com eles, mas o Benji e o Shooter tinham ido para a cama e eu queria dormir um pouco…

– É compreensível. Você ia se casar no dia seguinte.

Mais uma vez, Celeste balança a cabeça. É a menção ao casamento que parece detê-la, então Nick decide não tocar mais no assunto.

– Enquanto eu estava dando boa-noite para todo mundo, a Abby chamou de uma janela do andar de cima – conta Celeste. – Ela queria que o Thomas fosse para a cama. E eu hesitei um pouco, porque achei que seria ruim deixar o Tag e a Merritt sozinhos. Sinceramente, achei que eles poderiam reacender a… – Ela para, corando. – Achei que poderiam acabar ficando juntos.

Nick faz que sim com a cabeça, concordando.

– Certo.

– Mas a Featherleigh estava lá e não demonstrou a menor intenção de ir embora. Disse que já era manhã em Londres e que tinha acabado de recuperar o pique. – Celeste engole em seco. – Dei um beijo de boa-noite na Merritt, peguei na mão dela, olhei nos olhos dela e disse: *Amiga, você está bem?* E ela: *Olha, sua gagueira passou.* Porque tive gagueira por uns meses. Em todo o caso, achei que, se a Merritt estava sóbria o bastante para perceber isso, ela ia ficar bem. Então fui dormir.

– Depois disso, ouviu algum barulho lá fora? – pergunta Nick. – Ouviu alguém na água? Tinha um caiaque de dois lugares largado na praia. Havia sangue na areia e a Merritt estava com um corte no pé. Sabe alguma coisa sobre isso?

– Um caiaque? – Celeste endireita o tronco, apoia os pés no chão e começa a andar de um lado para o outro. – O Tag levou a Merritt para passear de caiaque? Sabe se isso aconteceu?

– Não sei. Estou trabalhando com a Polícia de Nantucket para descobrir. O delegado vai interrogar o Sr. Winbury a respeito do caiaque. O importante é: você *ouviu* alguma coisa?

– Não. Mas a casa é climatizada, então fica fechada, e o quarto do Benji, onde eu fiquei, é voltado para a frente da casa, não para o mar.

– E hoje de manhã… foi você que encontrou a Srta. Monaco, certo?

– Fui eu, sim.

– Você se levantou cedo. Por quê?

Celeste abaixa a cabeça e começa a tremer.

Nick se vira e nota uma mala de viagem amarela com estampa paisley no canto da sala, e se lembra do que Patty disse.

– E você tinha feito a mala? Acho que não entendo por que você estava na praia às cinco e meia da manhã com a mala pronta.

Mas Nick entende, sim, ou acredita entender.

Quando Celeste ergue o rosto, lágrimas escorrem por ele.

– Será que a gente pode parar por enquanto?

Nick consulta o caderno de anotações. Esse não é um casamento típico. A madrinha da noiva se envolveu com o pai do noivo. É melhor ligar para o delegado e pedir que ele interrogue o cara; Nick provavelmente perderia as estribeiras. Está começando a ter sentimentos a respeito desse caso, o que nunca é bom.

Mas então ele pensa em Greer Garrison. Qual das respostas dela ele achou suspeita? Na verdade, todas. A atitude dela foi impassível, insensível, inabalável e… nem um pouco surpresa. E não queria contar que tinha ido à cozinha tomar uma saideira. Greer escreve livros de mistério e assassinato. *Se alguém fosse capaz de tramar um homicídio e escapar impune*, pensa Nick, *seria ela*.

Não é?

Se ela soubesse do caso do marido com Merritt, seria a principal suspeita.

Mas Nick não pode deixar de explorar nenhum detalhe. Featherleigh Dale ficou à mesa depois que Celeste e Thomas se retiraram. Talvez ela possa dizer com certeza se Tag saiu de caiaque com Merritt.

Ele escreve no caderno: *Falar com Featherleigh Dale!*

O som do choro de Celeste o traz de volta ao presente.

– Podemos parar – diz Nick. – Por enquanto.

Ele se levanta. Coitada. É óbvio que está enfrentando mais do que a morte da melhor amiga.

– Vou chamar a Patty de volta.

Sábado, 7 de julho de 2018, 14h

O DELEGADO

Shooter Uxley quer um advogado, o que é direito dele, embora qualquer policial nos Estados Unidos pense a mesma coisa: passa uma péssima impressão. Por que chamar um advogado quando não se tem nada a esconder? O delegado tenta sugerir isso delicadamente para Shooter sem revelar sua verdadeira motivação, ou seja, que precisam de respostas, e rápido.

Keira, a assistente do delegado, o informa de que, antes de finalizar o turno de trabalho, o sargento Dickson conseguiu localizar o irmão da Srta. Monaco, Douglas Monaco, de Garden City, Nova York. O Sr. Monaco disse que entraria em contato com os pais dele e, quando chegasse a hora, tomaria as providências necessárias para o corpo.

– Como ele reagiu? – pergunta o delegado. – Fez alguma pergunta?

– Ele ficou chocado – responde Keira. – Mas não conversava com ela desde o Natal passado e disse que os pais não falavam com ela fazia anos. Estavam brigados.

– Ele perguntou o que aconteceu?

– Não. Só me agradeceu por informar e me passou os contatos dele.

– Que bom.

A última coisa de que o delegado precisa agora é de familiares agressivos e aflitos exigindo trabalho policial mais intensivo, embora seja triste ver um parente da vítima reagindo com tanta tranquilidade.

– Pode liberar para a imprensa o nome, a idade e a cidade de residência, Nova York, e dizer que o caso está sendo investigado. Não há mais comentários.

– A propósito – continua Keira –, a Sue Moran, da câmara de comércio, ligou. Ela está preocupada.

– Com o quê?

– Os casamentos em Nantucket movimentam mais de 50 milhões de dólares, segundo ela, e uma Madrinha Assassinada é extremamente prejudicial para os negócios. Ela quer que a gente não divulgue que o caso envolve um casamento.

– Vamos tentar. Mas não custa lembrar à Sue que Nantucket é um ovo.

Uxley escolhe uma advogada local, Valerie Gluckstern. O delegado a conhece bem e, embora não seja sua advogada preferida na ilha, também não é das piores. Ela começou como especialista em direito imobiliário e mudou para a área criminal há seis ou sete anos, já que havia infratores ricos e bem-relacionados o suficiente para sustentá-la no ramo.

Val está disposta a flexibilizar certas regras porque os clientes moram a 50 quilômetros do continente e a formalidade da metrópole nem sempre é obrigatória. Por exemplo, em vez de terninho e salto alto, ela chega à delegacia usando saída de praia, chapéu de palha e chinelo de dedo.

– Vim direto da praia – explica ela, e de fato está com a parte de trás das pernas salpicada de areia. – Meu irmão veio me visitar com os quatro filhos e a esposa grávida. Não fiquei exatamente triste por vocês me tirarem de lá. – Ela arqueia a sobrancelha, olhando para o delegado. – Por acaso você recebe hóspedes, Ed?

– Não se eu puder evitar.

– Sábia escolha. – Val olha ao redor. – Cadê o Grego? Achei que ele estava investigando o caso.

Isso explica por que Val apareceu mais repentinamente que seus hóspedes indesejados, pensa o delegado. As mulheres da ilha são capazes de atravessar o fogo para ver Grego.

– Ele está interrogando uma testemunha no hospital – explica o delegado.

A advogada assente, concordando.

– Me deixe falar com meu cliente.

– Ele tentou fugir. Passa uma péssima impressão, Val. Diga isso a ele.

– Me deixe falar com meu cliente – repete ela.

Enquanto Val está com Shooter, Ed pega o celular e vê uma mensagem de Nick: **Temos que encontrar uma convidada do casamento chamada Featherleigh Dale**. O delegado murmura um palavrão. Aqui está ele apostando em Shooter Uxley e agora há uma nova pessoa a investigar? Ele liga para a casa dos Winburys para falar com Greer.

– Estamos procurando uma pessoa chamada Featherleigh Dale – diz ele.

– Certo. – Ela não parece surpresa.

– Tem alguma ideia de onde podemos encontrá-la?

– Ela se hospedou numa pousada – diz Greer. – Vou pegar o nome. Eu anotei. – Um instante depois, ela volta ao telefone. – Pousada Estrela-do--Mar, na Water Street.

– Obrigado.

O delegado desliga e manda um policial ir até a Pousada Estrela-do-Mar para trazer a tal Featherleigh Dale para interrogatório.

Nick liga enquanto está indo do hospital para a propriedade dos Winburys.

– Conversei com a noiva – diz ele. – Ela foi uma mina de ouro.

– O que ela contou? – pergunta o delegado.

– Nossa madrinha não era bem uma santa. Estava dormindo com o pai do noivo, Tag Winbury.

O delegado fecha os olhos. Sente tanta fome que já está vendo estrelas, e então lembra que Andrea fez uma marmita para ele: um sanduíche de peito de peru com bacon, alface e tomate, duas ameixas maduras e frescas, e uma garrafa térmica de sopa fria de pepino com leite de coco. Ele ama a esposa. Assim que terminar de falar com Nick, vai almoçar.

– Falei com a Linda Ferretti, a legista – diz o delegado. – A vítima estava grávida de sete semanas.

Nick arfa e o delegado sente a determinação se renovar. A morte dessa mulher não foi acidental. Eles têm uma situação grave nas mãos.

– Ela estava grávida do Winbury – conclui Nick. – Estou pensando se alguém sabia. Isso a Celeste não me contou. Eu… acho que ela não sabia. Me pergunto se Greer Garrison sabia.

– Mandei o Luklo buscar a Srta. Dale na pousada onde ela se hospedou. Qual é o envolvimento dela?

– Ela estava na tenda ontem à noite com Merritt, Tag e Thomas, o irmão do noivo. O irmão foi para a cama, e ficaram Merritt, Tag Winbury e Featherleigh Dale. Ela deve ter alguma coisa para contar.

– É, precisamos da tal Featherleigh – diz o delegado –, ainda mais agora que sabemos o que sabemos. Então por que estou interrogando Shooter Uxley? Por que ele fugiu? Qual é o papel dele nesse caso? Por que justo ele foi exigir uma advogada?

– Acho que vamos descobrir. Quem é a advogada dele?

– Valerie Gluckstern.

– Eu gosto da Val. E ela gosta de mim.

– Então vamos torcer para isso nos ajudar a fazer o garoto abrir o bico – responde o delegado. – Depois que eu terminar a conversa com o Uxley, vou falar com o pai do noivo.

– E eu falo com a tal Featherleigh – diz Nick. – Quando a encontrar. E, se você precisar de ajuda com a Val, me avise.

– Valeu, Príncipe Encantado.

Sábado, 12 de agosto – segunda-feira, 21 de agosto de 2017

CELESTE

Ela tira uma semana de férias do zoológico em agosto, junto com as férias de Benji, e os dois vão para Nantucket.

– Você sabe a sorte que tem, né? – diz Merritt. – Um namorado rico com uma casa enorme à beira-mar em Nantucket!

– É – responde Celeste, incomodada.

Ela não quer que ninguém, nem mesmo Merritt, ache que está com Benji pelo dinheiro. O dinheiro deixa tudo mais agradável e fácil. Eles podem ir jantar quando e onde quiserem; vão a espetáculos e se sentam na primeira fileira; Benji sempre oferece um táxi e manda para ela buquês de flores lindas e exóticas; e às vezes, ao voltar para casa, ela descobre que ele mandou entregar ali uma caixa de macarons Pierre Hermé (Celeste nunca tinha provado um macaron antes de conhecer Benji; agora esse é mais um hábito dispendioso que ela adquiriu). Ela gosta desses aspectos do relacionamento – estaria mentindo se negasse –, mas o que mais gosta em Benji é o fato de ele ser gentil, atencioso, confiável, estável e sereno.

Apesar de tudo isso, pouco antes de planejarem as férias, Celeste andou pensando em terminar com ele. Ela gosta de Benji, mas tem ignorado os próprios sentimentos o tempo todo, porque não o ama.

Ela ama Shooter Uxley.

Tentou se dissuadir da ideia. Como pode amar Shooter se passou apenas um dia com ele? Depois que Benji chegou atrasado naquele fim de semana em junho, Shooter foi embora alegando uma emergência no trabalho. Na tarde daquele domingo, depois de voltar ao próprio apartamento, Celeste recebeu uma mensagem de texto dele que dizia: **Não consegui ficar lá vendo vocês juntos**.

Então, pensou Celeste, Shooter sentia o mesmo. Também sentia aquela *coisa* poderosa e inconfundível, aquela atração animal. Celeste usa a expressão de propósito porque é cientista e entende melhor do que a maioria das pessoas como os seres humanos estão à mercê da biologia. Ela pensa num leão estabelecendo dominância em seu bando ou no patola-de-pés-azuis exibindo os pés azuis para a fêmea numa dança. O mundo natural está repleto de rituais como esse, que podem ser documentados e categorizados, mas, em última análise, não têm explicação. Celeste não consegue controlar seus impulsos e sentimentos mais do que uma hiena ou um porco-da-terra; no entanto, ela *pode* controlar o próprio comportamento. Não tem a intenção de trocar Benji pelo melhor amigo dele, mas sabe que não é justo ficar com ele se não o ama.

Ela precisa terminar o namoro.

E decide que vai terminar depois que voltarem de Nantucket.

Sábado, domingo, segunda: Celeste e Benji ficam à beira da piscina, nadam na enseada e almoçam os sanduíches e cubos de melão que Elida traz para eles numa bandeja. No fim da tarde, vão ao mercado comprar atum fresco e filés de peixe-espada, depois vão à Bartlett's Farm comprar milho, abóbora, verduras para salada e uma torta de pêssego caseira. De manhã, perambulam pelas lojas da cidade. Na Milly & Grace, Celeste experimenta quatro vestidos, e Benji, incapaz de preferir um deles, compra todos. Naquela noite, Benji leva Celeste a Sconset, um lindo casarão do século XVII à beira-mar, para comer à luz de velas no jardim do restaurante Chanticleer. No centro do jardim há um cavalo de carrossel, e Celeste se pega olhando para ele ao longo do jantar.

Esta semana, Shooter está em Saratoga Springs, Nova York, com um grupo de executivos de tecnologia de Belarus; foram ver as corridas de cavalo. Celeste sabe disso porque Benji sempre a mantém informada sobre o paradeiro de Shooter, mostrando a ela cada foto que o amigo manda para ele, como um tio orgulhoso. Às vezes ele diz, de brincadeira:

– Eu sou chato, mas tenho um amigo interessante.

Celeste abre um sorrisinho; olha para as fotos, mas não consegue encarar o rosto de Shooter. Para quê? Ela nunca respondeu à mensagem dele. Não pode ter uma linha secreta de comunicação com ele; sabe aonde isso acabaria.

Celeste afasta o olhar do cavalo de carrossel, pensa em Saratoga e se obriga a ficar feliz. Ela gosta de Benji. Tem carinho por ele.

Enquanto o vê saboreando seu vinho, ela imagina Shooter no guichê de apostas com um lápis atrás da orelha. Ela o visualiza na arquibancada ou no camarote restrito às pessoas mais importantes do mundo, com canapés sofisticados e garçonetes em trajes sumários. Ela imagina o cavalo de Shooter ultrapassando os outros pelo canto da pista. Mais uma vez ele escolheu o vencedor, e comemora com os executivos gringos.

– Quer sobremesa? – pergunta Benji. – Celeste?

Terça e quarta: Celeste está bronzeada, relaxada e mais à vontade com os pais de Benji. Numa manhã, ela corre 8 quilômetros com Tag. Na tarde seguinte, vai com Greer a uma exposição de fotografia no Old South Wharf, lugar repleto de lojas de arte, e depois sugere tomar um gelato italiano na lojinha ao lado da galeria.

– Por minha conta – diz Celeste.

O sorvete custa apenas 10 dólares, mas ela deixa uma gorjeta de 5 dólares para o adolescente ruivo e bonitinho atrás do balcão. Tag e Greer são tão generosos que a fazem querer ser generosa em sua própria escala.

As duas se sentam num banco no cais para desfrutar do sorvete ao sol e Greer diz:

– Então, como estão as coisas com você e o Benji?

Celeste não sabe ao certo o que ela está perguntando.

– Está tudo bem – responde.

– Vou voltar com o Tag para a cidade amanhã – conta Greer. – O filho da minha amiga Elizabeth Calabash vai se casar no Hotel Plaza.

– Ah. – Celeste saboreia o gosto do gelato de maracujá e pensa em como, antes de conhecer Benji, teria se limitado a um sabor que já conhecesse, como limão ou framboesa. – Que bom.

– Acho que o Benji quer ficar um pouco a sós com você. Ter os pais por perto acaba com o clima de romance.

– Eu gosto da sua companhia – diz Celeste.

É verdade. A presença dos Winburys na casa traz uma atmosfera de família. Há momentos em que parece que ela e Benji são irmãos. O maior sonho de Celeste é que seus pais possam um dia conhecer Nantucket. Ela tenta descrever a ilha por telefone, mas não consegue fazer jus a ela, e há coisas que sabe que eles não vão entender: jantar às nove da noite num jardim com um cavalo de carrossel, pagar 1.700 dólares por uma fotografia ou mesmo tomar gelato de maracujá.

Quinta e sexta: Tag e Greer partem na tarde de quinta. Benji pede desculpas a Celeste, mas se comprometeu a jogar no Clube de Golfe de Nantucket como convidado, o que consumirá a maior parte da sexta-feira.

– Não tem problema – diz Celeste.

Ela tem um livro novo para ler, *Sra. Fletcher*, de Tom Perrotta, e está ansiosa para passar um tempo sozinha. Embora não devesse se sentir assim, ela sabe.

– Preparei uma surpresa – diz Benji, beijando Celeste. – O Shooter vem para cá.

Ela pisca e se afasta.

– O quê? Achei que ele estivesse em Saratoga.

– Estava, mas tem alguns dias de folga, então pedi que viesse.

Celeste não tem a menor ideia do tipo de expressão que surge em seu rosto. Será de alarme? Medo? Pânico?

– Achei que você gostasse do Shooter – diz Benji.

– Ah, eu gosto. Gosto, sim.

Às sete da manhã de sexta-feira, Benji sai com o Land Rover de Tag levando os tacos de golfe no bagageiro. Celeste fica na varanda da frente e acena até ele sumir na estrada. Em seguida, ela entra no saguão e se olha num dos espelhos antigos de Greer. É loira e tem olhos azuis; é bonita, mas não linda, ou talvez linda, mas não extraordinária. Há alguma coisa que ela não esteja percebendo? Algo dentro dela? Ela gosta de animais, do meio ambiente, do mundo natural. Isso sempre a diferenciou, tornando-a menos desejável, não mais. Na infância e na adolescência, estava sempre lendo uma enciclopédia ou a *National Geographic* e, quando não estava fazendo isso, recolhia cobras e salamandras em caixas de sapatos e tentava recriar o habitat delas. Não se interessava em ouvir boy bands, usar pulseiras da amizade, andar de patins nem comprar CDs e presilhas de cabelo no shopping, assim como agora não se importa com política de gênero, redes sociais, maratonas de séries da Netflix e aulas de ginástica da moda, nem com quem usou o quê no Met Gala. Ela é atípica. É esquisita.

Shooter está vindo para a ilha. Celeste não sabe o que fazer. Agir normalmente? Ela veste o maiô, pega o livro novo e vai até a piscina.

Quando acorda com o livro aberto em cima do peito, vê Shooter sentado na espreguiçadeira ao lado com o cotovelo no joelho e o queixo na mão, olhando para ela.

Não, é um sonho. Ela fecha os olhos.

– Flor do dia?

Celeste abre os olhos.

– Oi – diz ele, e sorri. – O Benji ligou para dizer que você precisava de cuidados.

– Não preciso.

Ela se recusa a flertar com ele, a ser *cúmplice* nisso. É como se Benji estivesse *tentando* perdê-la, entregando-a a Shooter mais uma vez.

– Você devia ter ficado em Saratoga – diz ela.

– Você fica sexy contrariada. Fiquei feliz em vir; eu *quis* vir. A única coisa que eu quis desde a última vez foi te ver de novo.

– Shooter...

– Você deve me achar um cretino por correr atrás da namorada do meu melhor amigo. Só que as pessoas escrevem músicas exatamente sobre isso, Celeste. Rick Springfield, The Cars... E sabe por quê? Porque acontece. Acontece o tempo todo.

– Mas por que *eu*?

Já é extraordinário que ela tenha ganhado a devoção de Benjamin Winbury, mas também ter a atenção de Shooter parece tão inconcebível que ela imagina se é uma pegadinha ou uma piada. Homens como Benji e Shooter deviam ir atrás de mulheres como Merritt. Ela é influenciadora, tem poder e visibilidade, e conhece todo mundo. É antenada, escolada e espirituosa; um gênio da vida social. Celeste, por sua vez, escreve e-mails para outros administradores do zoológico sobre melhorias no habitat dos orangotangos.

– Porque você é autêntica – diz Shooter. – Você é tão normal e prática que chega a ser exótica. Com você não tem fingimento, Celeste. Faz ideia de como isso é raro hoje em dia? E gostei muito de ficar com você aqui. Nunca na vida gostei tanto assim da companhia de uma mulher. É como se você tivesse me enfeitiçado. Quando o Benji me pediu para vir, não pensei duas vezes.

– O Benji é meu namorado. Não vai acontecer nada entre mim e você.

Shooter lança um olhar penetrante com seus olhos de safira.

– Ouvir isso só me faz gostar ainda mais de você. O Benji é a melhor escolha.

O Benji é, sim, a melhor escolha!, pensa Celeste, e imagina se a motivação de Shooter é inveja. Ele quer o que Benji tem: os pais, o pedigree e agora a namorada. Deve ser isso. Celeste volta a olhar para o livro, esperando que a Sra. Fletcher a salve.

– Ponha um short e um chinelo – diz Shooter. – Vou te levar para um lugar.

– Onde?

– Te encontro na frente da casa – é só o que ele diz.

Shooter alugou um jipe prata. Ele diz a Celeste que pediu exatamente o mesmo que usaram antes e, ao se sentar no banco do carona, ela tem mesmo uma forte sensação de familiaridade, como se o carro fosse deles, como se estivessem no lugar certo.

Shooter a leva até a lanchonete Surfside Beach Shack.

– Eu me enganei sobre o sanduíche de tomate – comenta ele.

Ele sai do jipe e volta pouco depois com dois sanduíches embrulhados em papel-alumínio e duas bebidas.

– *Estes* são os melhores sanduíches da ilha, talvez até do mundo.

Seguem em frente até o fim da Madaket Road, atravessam uma pequena ponte de madeira e chegam ao que parece ser uma aldeia à beira-mar de outra época. As casas são cabanas minúsculas com detalhes arquitetônicos peculiares: uma varanda suspensa que une dois telhados, uma torre de teto triangular, uma série de janelas redondas. Não se parecem em nada com os elegantes palácios de Monomoy. Parecem chalés de praia para elfos, e todas têm nomes curiosos: Pousada do Pato, Dá pro Gasto, Fugidinha.

– São tão pequenas – diz Celeste. – Como é que as pessoas vivem nessas casas?

– O melhor da vida acontece fora de casa – responde Shooter. – E olhe a localização; fica à beira-mar.

Celeste quase argumenta que a propriedade dos Winburys *também* fica à beira-mar, mas entende o charme inerente dessas casas. Há toalhas listradas de cores vivas penduradas em parapeitos e churrasqueiras japonesas nas varandas. Os "quintais" da frente são de areia, com um emaranhado de arbustos de rosa-rugosa. Que idílica deve ser a vida aqui. A pessoa pode passar o dia todo na praia, lavar-se num chuveiro ali fora e grelhar um robalo que pescou pessoalmente a 100 metros de casa. À noite, os vizinhos podem aparecer para tomar uma cerveja gelada ou um gim-tônica enquanto olham as estrelas e ouvem as ondas na praia. Os dias de chuva são para jogar baralho e jogos de tabuleiro ou ler um bom livro de mistério numa poltrona velha e confortável.

Shooter se abaixa para esvaziar um pouco os pneus do jipe. Celeste o espia do banco do carona. Observa a nuca dele, o formato das orelhas. Quando ele passa para os pneus traseiros, ela lhe crava os olhos pelo espelho retrovisor. Ele ergue o olhar, a pega no flagra e manda um beijo. Ela quer fazer cara feia, mas em vez disso sorri.

Celeste e Shooter sobem as dunas de carro. A beleza natural árida de Smith's Point é surpreendente. Há uma longa faixa de praia imaculada diante deles com o oceano à esquerda e as dunas cobertas de zostera à direita. Além delas fica a superfície plana e azul do Estuário de Nantucket.

Shooter vai devagar – a 10 quilômetros por hora –, por isso consegue estender a mão até o porta-luvas, roçando as costas da mão no joelho de Celeste. Ele pega um guia de aves da Costa Leste e diz:

– Para minha zoóloga.

Celeste quer corrigi-lo – não é *nada* dele –, mas na mesma hora fica encantada com o guia. Sempre adorou ornitologia, embora tenha lhe faltado paciência para escolher essa especialidade. Mesmo assim, adora visitar o Mundo das Aves no zoológico e conversar com Vern, o ornitólogo residente. Vern já avistou mais de 7 mil das 10 mil espécies de aves do mundo, número que o coloca numa categoria de altíssima elite entre os observadores de pássaros. Muitas vezes, as melhores histórias dele não são sobre as aves em si, mas sobre as viagens que fez para vê-las. Quando tinha apenas 18 anos, pegou carona de Oxford, Mississippi, até a floresta nublada de Monteverde, na Costa Rica, para ver o resplandecente quetzal. Também foi à Gâmbia para ver o calau-cinzento e à Antártida para ver o pinguim-de-adélia.

Logo em seguida, Celeste aponta o maçarico-de-sobre-branco e o ostraceiro com o bico laranja característico. Shooter ri e diz:

– Você é um encanto.

De carro, ele a leva até a ponta de Smith's Point, onde Celeste vê a ilha bem menor de Tuckernuck do outro lado de um canal estreito, depois vira para a extremidade oposta do cabo. Ele monta um acampamento: uma cadeira para cada um, um guarda-sol para fazer sombra, toalhas e uma mesinha, onde serve o almoço. Depois se livra da camisa polo. Celeste tenta não notar os músculos nas costas dele.

– Fica vendo – diz Shooter.

Ele entra no mar, anda alguns metros e depois parece cair de uma saliência ou plataforma de pedra, porque de repente afunda até o peito. Levanta as mãos no ar, e a água o carrega de uma vez.

– Urrúúú!

Uns 40 metros depois, ele sai da água e corre de volta para Celeste.

– É um tobogã natural – explica. – Você tem que experimentar.

Celeste não consegue resistir. Os pais a levavam ao parque aquático Great Wolf Lodge todos os verões de sua infância; ela nunca viu um tobogã que não tenha adorado. Ela entra no mar, tateando com os pés para saber onde a plataforma de pedra termina. Então salta, e a corrente a leva além.

É emocionante! É divertidíssimo! Celeste não ri nem se diverte tanto assim desde que era criança e desceu o Cânion do Coiote com o pai.

– Como você sabia que isso existia? – pergunta ela a Shooter, sem fôlego.

– Meu trabalho é conhecer os segredos de cada universo.

– Quero ir de novo.

A cena recomeça: Celeste e Shooter deslizam pelas ondas de novo, de novo e de novo, gritando como vaqueiros num rodeio. Celeste não se cansa; a água é veloz, poderosa, viva. Shooter desiste primeiro e, finalmente, ela declara que vai só mais uma vez. Corta para Shooter e Celeste comendo sanduíches – hambúrgueres de caranguejo, camarão e vieira cobertos com abacate, bacon, alface, tomate e um aïoli cremoso de endro e pimenta defumada. E, para beber, suco fresquinho de melancia com limão. É o almoço mais delicioso que Celeste já comeu. Será uma hipérbole? Ela acha que não, embora perceba que o sanduíche e a bebida são apenas parte dessa impressão. Nadar também é parte dela, assim como a praia, a vista... e Shooter. Depois de comer, está tão exausta que abre uma toalha e se deita de bruços. Shooter segue o exemplo e, quando ela acorda, a perna dele está tocando a sua. Ela não quer se afastar, mas sabe que deve.

Às cinco da tarde, quando saem da praia, a pele de Celeste está ressecada de sol e seus cabelos loiros estão duros de sal. Ela acha que deve estar medonha, mas, quando se olha no retrovisor, o que vê é uma jovem feliz. Nunca, em toda a sua vida, ela foi *tão* feliz assim.

– Escuta, flor do dia – diz Shooter.

– Não, por favor.

Ela não quer que ele diga nada que possa arruinar o momento. Não quer que ele faça nenhuma declaração. Não quer que ele tente nomear o que está acontecendo. Ambos sabem o que é.

Shooter dá risada.

– Eu só ia perguntar se você queria parar no Millie's a caminho de casa. Vamos tomar uma margarita?

– Vamos.

Assim que Shooter entra no estacionamento do Millie's, o telefone dele começa a tocar, assim como o de Celeste. Shooter arqueia a sobrancelha, olhando para ela.

– A gente atende? – pergunta. – Ou ignora?

Ignora, pensa Celeste. Mas, por força do hábito, ela olha para a tela. Há três mensagens de texto de Benji.

Voltei.

Cadê vocês?

Oi?

A sensação é de que alguém a suspendeu no ar. O que deve fazer? Quer entrar no Millie's com Shooter, pedir uma margarita e talvez roçar o joelho no dele debaixo do balcão.

Mas esse tipo de mau comportamento não condiz com ela.

– A gente tem que ir – diz Celeste.

De volta a Summerland, Benji está na varanda de paletó e gravata. Há uma garrafa de Veuve Clicquot Vintage resfriando num balde de gelo. Ele olha intensamente para Shooter.

– Vocês estão atrasados – diz ele.

– Atrasados? – pergunta Celeste. – Era para chegarmos mais cedo? Achei que você estivesse jogando golfe.

Shooter responde:

– Foi mal, cara. Perdi a noção do tempo.

Há alguma coisa entre Benji e Shooter. Celeste tem medo de perguntar o que está acontecendo.

– Devo tomar um banho? – pergunta ela.

– Deve – responde Benji, e a beija. – Ponha um vestido novo, o rosa. Vamos sair.

Celeste sobe para tomar banho e trocar de roupa. Ela pega um vestido verde em vez do rosa, um gesto de rebeldia pequeno, mas importante. Detesta quando Benji banca o esnobe e tenta transformá-la numa bela dama. Mas ela não vai servir a esse papel. É uma adulta inteligente; pode escolher o próprio vestido.

De repente sente um mau humor imenso. Não quer nem sair para jantar.

Da janela do quarto, espia a varanda. O champanhe continua no balde de gelo, mas Benji e Shooter não estão mais lá.

Celeste ouve um cicio baixo e se vira para ver um pedaço de papel passar debaixo da porta do quarto. Fica paralisada. Ouve passos recuando. Depois de um tempo, vai na ponta dos pés pegar o papel, que diz: *Caso tenha alguma dúvida, estou apaixonado por você.* A letra é desconhecida. Não é a de Benji.

Ela segura o bilhete junto ao peito e se senta na cama. Essa é a coisa mais maravilhosa ou então a mais horrível que já lhe aconteceu.

– Celeste!

Benji a chama ao pé da escada. Celeste amassa o bilhete. O que deveria fazer com ele? Ela o lê mais uma vez, depois o joga no vaso sanitário.

– Estou indo! – responde.

Shooter agora está de calça salmão, camisa branca, blazer azul transpassado e um quepe de capitão que Celeste viu pendurado num gancho na entrada da casa, mas que presumiu ser só uma espécie de enfeite.

– Belo quepe! – comenta ela.

Shooter não sorri.

Benji leva Celeste até o final do píer dos Winburys, onde um barco os aguarda. Chama-se *Ella*, a lancha de passeio dos Winburys. É tão elegante e linda, com o piso de madeira reluzente e os bancos acolchoados, listrados de branco e azul-marinho, que Celeste tem medo de subir a bordo. Shooter embarca primeiro e estende a mão para ajudá-la. Ela quer segurar e apertar aquela mão para informar que recebeu o bilhete e que corresponde aos sentimentos dele, mas teme que Benji perceba.

Ela e Benji se acomodam na parte traseira enquanto Shooter assume o leme. Benji abre o champanhe, enche duas taças que já estavam à mão e entrega uma a Celeste.

– Saúde – diz ele.

– Saúde – ela responde.

Celeste brinda com Benji e se esforça para fazer contato visual. Cada segundo é uma luta para não olhar para Shooter no posto de capitão.

– O Shooter não vai beber?

– Não – responde Benji. – Hoje ele é nosso piloto.

– Aonde estamos indo?

– Você vai ver.

Celeste se acomoda no encosto do banco, mas não consegue relaxar. Shooter está ao leme com aquele quepe ridículo; é quase como se Benji tivesse decidido humilhá-lo. Mas talvez seja exagero dela. Talvez tenha se oferecido para pilotar a lancha; talvez ele goste. É um anoitecer espetacular: o ar está limpo e fresco, e a água da enseada é um espelho que reflete a linda luz dourada do sol atrás deles. Enquanto passam, as pessoas em outros barcos acenam para eles. Um senhor grita:

– Que beleza!

Benji responde:

– Ela é linda mesmo! – E beija Celeste.

– Com certeza ele estava falando da lancha – comenta ela.

– Do barco, de você, de mim, desta noite incrível!

Pois é, pensa Celeste. De longe, devem parecer o casal mais sortudo e privilegiado do mundo. Ninguém jamais imaginaria seu tormento íntimo.

Ela bebe um gole de champanhe. Benji passa o braço em volta dela e a puxa para perto.

– Senti sua falta – diz ele.

– Como foi o golfe? – ela pergunta.

Benji não responde, e tanto faz.

Atracam no Wauwinet Inn. Shooter demonstra uma habilidade surpreendente ao manejar as cordas e os nós, fazendo Celeste imaginar quais seriam seus outros talentos ocultos. Tocar gaita? Atirar com arco e flecha? Esquiar em estilo livre? Ele prende o barco e ajuda Celeste a subir no píer. Benji vai depois dela e olha o relógio.

– Vamos voltar às nove em ponto – avisa ele a Shooter.

– Espere aí. – Celeste sente como se alguém espremesse seu coração, e se volta para Shooter. – Você não vem jantar com a gente?

Shooter sorri, mas o sorriso não alcança seus olhos azuis.

– Vou estar aqui quando vocês terminarem – responde.

Celeste vacila no alto dos sapatos de plataforma. Já não sente firmeza usando salto num dia comum, muito menos num píer nas atuais circunstâncias. Benji pega o braço dela e a conduz até o hotel.

Ao se ver a sós com ele, Celeste diz:

– Não entendi. Por que o Shooter não vem jantar com a gente?

– Porque quero ter um jantar romântico com minha namorada – responde Benji.

Pela primeira vez desde que se conheceram, o tom de voz dele é petulante, como o das crianças mal-humoradas que continuam no zoológico depois da hora da soneca. Esse comportamento inesperado incomoda Celeste.

– Espera um pouco. Você *contratou* o Shooter para pilotar o barco? Ele é nosso *amigo*, Benji. Não é seu empregado.

– Eu devia saber que você acharia injusto. Mas foi ele quem se ofereceu para ajudar. Ele vai jantar no bar.

– Sozinho?

– Você conhece o Shooter. Com certeza vai fazer amizade.

O jantar no Topper's, o restaurante do hotel, é uma experiência extraordinária, com atenção a cada detalhe. As bebidas chegam numa bandeja com camadas, e o gim-tônica de Benji é preparado na própria mesa com uma coqueteleira de vidro. A cesta de pães oferece focaccia de alecrim quente e cheirosa, pãezinhos caseiros de bacon e sálvia, e palitos de grissini de alho e cheddar cuja forma retorcida lembra os galhos de uma árvore numa floresta encantada. Em outras circunstâncias, Celeste estaria gravando tudo na memória para poder descrever aos pais depois, mas está apreensiva com a única frase escrita no bilhete que foi deixado debaixo de sua porta. *Caso tenha alguma dúvida, estou apaixonado por você.*

As entradas chegam cobertas por cloches prateadas. O garçom levanta as duas ao mesmo tempo com um gesto teatral. A comida é uma obra de arte: os legumes foram cortados no formato de pedras preciosas, e os molhos estão espalhados como numa pintura. Benji pede um vinho que parece ser tão raro e formidável que faz o sommelier gaguejar.

Celeste não liga. A ausência de Shooter é mais poderosa do que a presença de Benji. Ela come a entrada sem raciocinar de fato – legumes da estação com stracciatella – e depois pede licença para ir ao toalete.

No caminho, passa por uma janela que dá num enclave íntimo com cinco bancos diante de um balcão de mogno, uma televisão passando o jogo dos Red Sox e algumas mesas com cadeiras de vime de encosto alto. O bar tem um ar exclusivo, colonial e britânico, um pouco mais aconchegante e informal que o salão.

Shooter está sentado sozinho diante do balcão, bebendo um martíni.

Celeste olha para as costas dele e pensa em seu próximo ato. Falar com ele ou deixá-lo em paz? *Falar com ele!* Ela dirá que os sentimentos são recíprocos, e depois podem imaginar um plano para ficarem juntos sem magoar Benji. Mas, antes que ela entre no bar, chega uma mulher. Está de calça preta, avental preto e camisa branca de colarinho aberto. *Ah, ela é a garçonete*, pensa Celeste, aliviada. É bem bonita, com cabelo preto num corte chanel curto, óculos gatinho e batom vermelho-escuro. Ela se aproxima de Shooter e ele a abraça, depois a puxa para o colo e começa a fazer cócegas nela. Ela gargalha alto – através da porta fechada, Celeste mal consegue ouvir – e, no momento em que suas emoções estão se transformando em mágoa e raiva, a garçonete se levanta, endireita o avental e volta ao trabalho.

Celeste entra com tudo no banheiro feminino, assustando uma mulher que estava diante da pia passando batom.

Quando ela volta à mesa, Benji se levanta. *Ele é um cavalheiro*, pensa ela. E nunca terá que se preocupar com ele.

Entre o jantar e a sobremesa – pediram um suflê, que leva mais tempo para preparar –, Benji tira algo do bolso do paletó. É uma caixinha. Celeste olha para ela quase sem vê-la.

E percebe que sabia que isso ia acontecer.

– Não fui jogar golfe hoje – diz Benji. – Peguei um avião até a cidade para buscar uma coisinha.

Ele abre a caixa para revelar o anel de diamante mais absurdamente lindo que Celeste já viu. Ela balança a cabeça para o anel uma vez, como estivesse sendo formalmente apresentada a ele.

– Celeste, quer casar comigo?

Os olhos dela se enchem de lágrimas. Não só *ela* sabia que isso ia acontecer, como Shooter também sabia. E *mesmo assim* ele a levou para Smith's Point, *mesmo assim* mostrou como pegar o tobogã da corrente, *mesmo assim* comprou um guia de aves para ela, *mesmo assim* a chamou de flor do dia e *mesmo assim* a fez sentir que era de fato a flor mais bela de todas. E depois passou aquele bilhete por baixo da porta.

Caso tenha alguma dúvida.

Ele não quis dizer no caso de Celeste ter dúvidas quanto a ele. Quis dizer no caso de ela ter alguma dúvida quanto a se casar com Benji.

Estou apaixonado por você.

Shooter é um jogador. Está jogando os dados para ver se consegue ganhar. *Para ele, isso é um jogo*, diz Celeste a si mesma. Os sentimentos dele não são verdadeiros.

Com o guardanapo, ela enxuga as lágrimas que escorrem pelo rosto. Não pode olhar para Benji porque, se fizer isso, ele verá que são lágrimas de confusão, mas no momento deve estar presumindo – ou desejando – que sejam lágrimas de imensa alegria.

O caso é uma confusão gigante, um emaranhado de emoções, e Celeste tem vontade de se levantar, abandonar os dois homens e voltar para casa, para Easton, para os pais.

Pensa em Shooter puxando a garçonete sexy de óculos para o colo e abrindo um sorriso malicioso, fazendo cócegas no corpo da mulher. Com ele, teria uma vida lastimável. Seus sentimentos por ele são fortes demais; seriam sua ruína. Casar-se com Benji é a decisão mais sensata. Ela continuará a ser quem sempre foi: o centro do universo de alguém. Amada.

– Sim – sussurra Celeste. – Sim, eu me caso com você.

Quando Benji e Celeste voltam ao barco, Shooter já está esperando. Tem o brilho de dois ou três martínis no olhar. O cabelo está despenteado e há uma mancha do batom vermelho da garçonete na bochecha dele.

Caso tenha alguma dúvida, estou apaixonado por você.

– E aí, *como foi?* – pergunta Shooter com um entusiasmo brega.

Devem ter sido cinco martínis, pensa Celeste. A fala dele está arrastada. Benji terá que pilotar o barco na volta para casa.

Celeste exibe a mão esquerda.

– Estamos noivos.

Shooter olha nos olhos dela. *Você perdeu*, pensa ela, tripudiando por um instante. Mas logo depois se corrige: ambos perderam.

– Muito bem – responde ele. – Parabéns.

Durante o retorno, Benji insiste que Celeste ligue para os pais dela, mas eles, estranhamente, não atendem. É ainda mais estranho quando ele conta a ela que falou com Bruce e Karen no começo da semana, comunicou suas intenções e pediu a bênção deles. Ficaram felizes da vida, segundo ele.

Celeste deixa uma mensagem de voz na secretária eletrônica pedindo que retornem a ligação. Passa o sábado inteiro sem notícias. Quando liga outra vez, no domingo de manhã, o pai atende, mas há algo errado. Ele está chorando.

– Papai, que foi? – pergunta Celeste.

Por um momento, ela sustenta a esperança de que ele esteja chorando de emoção pela notícia do noivado. Mas ele responde:

– É a sua mãe.

Sábado, 7 de julho de 2018, 13h12

NANTUCKET

Ao longo do dia, notícias sobre a Madrinha Assassinada se espalham por toda a ilha. Como ninguém sabe o que aconteceu, qualquer coisa se torna uma possibilidade.

Um grupo de jovens mulheres de Nova York que está almoçando e tomando coquetéis no Cru recebe a notícia do garçom, Ryan.

– Como se ser madrinha de casamento já não fosse difícil – comenta Zoe Stanton, gerente de uma loja da Opening Ceremony.

– Madrinha de casamento... – murmura uma relações públicas chamada Sage Kennedy. Um alarme dispara em sua cabeça. – Qual era o nome da moça?

– Ainda não divulgaram – responde Lauren Doherty, fisioterapeuta do Hospital de Cirurgias Especiais.

Sage pega o celular, embora sempre evite usá-lo durante as refeições (a menos que esteja sozinha). Ela tem certeza de que segue alguém no Instagram que ia ser madrinha num casamento em Nantucket neste fim de semana.

Ela arfa de espanto. É Merritt. Merritt Monaco.

Sage sente um arrepio que começa nos pés e sobe pela coluna até a base do crânio. Em outros tempos, Sage e Merritt trabalharam juntas numa empresa de relações públicas chamada Brightstreet, de propriedade de Travis e Cordelia Darling. Merritt teve um caso extremamente imprudente com Travis Darling e, quando Cordelia descobriu... Bem, Sage nunca tinha visto ninguém tão determinada a se vingar. Sage se *encolhia de vergonha* ao escutar Cordelia falar mal de Merritt para cada um dos clientes, usando palavrões *asquerosos* para se referir a ela. A mulher até entrou em contato com os pais de Merritt. Com os *pais* dela, como se Cordelia fosse a diretora da escola e Merritt tivesse sido pega tacando fogo no refeitório. Com a demissão da mulher, a própria Sage acabou subindo na empresa: assumiu basicamente todas as responsabilidades da ex-funcionária. Outra garota poderia ter ficado radiante com a oportunidade, mas Sage se sentiu culpada. Ela desconfiava que o caso tinha sido culpa de Travis Darling. Ele metia medo.

Depois que a poeira baixou, quis entrar em contato com Merritt, mas teve medo de agir pelas costas de Cordelia. Quando esta anunciou que ia transferir a empresa para Los Angeles, aceitou a excelente carta de referência e o belo pacote de indenização profissional e logo em seguida arranjou outro emprego. Mandou uma mensagem para Merritt com a notícia da partida de Cordelia, e a resposta foi: **Obrigada por me contar**.

Não fizeram amizade, de forma alguma, mas ficou de olho em Merritt. Sage a seguiu no Instagram usando uma conta falsa – o que percebeu ser estranho, mas menos complicado do que seguir, curtir e comentar com seu perfil verdadeiro. Ela se viu comemorando quando Merritt conseguiu um emprego na Wildlife Conservation Society e começou a fazer publis para a Parker e para a Young Fabulous & Broke, e também para quase todos os restaurantes e casas noturnas badalados que abriram em Manhattan.

Merritt havia feito postagens recentes sobre o papel de madrinha que desempenharia neste fim de semana em Nantucket. No começo da semana, tinha publicado uma foto mostrando o vestido que usaria – era de seda cor de marfim antigo com bordados pretos no corpete que lembravam uma gravura clássica em osso, o que Sage achou uma ideia *muito* legal – com a legenda: *Hoje à noite vou para Nantucket. #madrinhadanoiva #casamentodoano #BFF.*

E alguém tinha *assassinado* Merritt?

Sage olha para o sanduíche de lagosta no prato e para a taça cheia de vinho rosé Rock Angel; perdeu o apetite. Quem ia querer matar Merritt?

Cordelia, pensa ela. Toma um gole do vinho para ganhar coragem e imagina se existe alguma possibilidade de Cordelia ter vindo a Nantucket, dado um jeito de se infiltrar nas comemorações do casamento – talvez disfarçada de funcionária do bufê – e cometer o crime. Absurdo? Só acontece nos filmes? Em geral, é o que Sage pensaria, mas será assombrada para sempre pelo veneno que viu Cordelia Darling destilar nos dias que se seguiram à descoberta do caso.

Cordelia está em Los Angeles, Sage diz a si mesma. Não há razão para ela passar o feriado de Quatro de Julho em Nantucket; a Costa Oeste também tem praias.

Sage guarda o celular e sorri para as amigas. *Pode nem ser a Merritt*, pensa ela, e acompanha o olhar de Lauren rumo às laterais abertas do restaurante. A vista é nada menos que espetacular: a enseada azul e cintilante, os veleiros, as gaivotas, os montes de Shawkemo ao longe. Como é que alguma coisa ruim pode acontecer aqui?

Do outro lado da cidade, no Hotel Greydon House da Broad Street, só se fala da Madrinha Assassinada. Heather Clymer, que está hospedada com o marido, Steve, no quarto 2, acaba de voltar do bazar beneficente do hospital, onde ouviu a história completa de uma das voluntárias. Heather trouxe a história para o hotel, onde se espalhou como um vírus: a madrinha de um casamento chique e importante em Monomoy foi encontrada de manhã cedo boiando na enseada e as autoridades locais e estaduais suspeitam de assassinato.

Laney e Casper Morris estão diante da recepção do hotel, prestes a sair pela rua em direção ao Museu Marítimo de Nantucket, quando ouvem a notícia. Laney agarra o antebraço de Casper, enfiando as unhas.

– Ai! – diz ele.

Já está meio irritado com ela por fazê-lo ir ao museu num dia tão lindo e ensolarado, o último das férias deles. Deviam ir à praia! O museu não vai sair do lugar; podem visitá-lo quando estiverem velhos.

– Um casamento chique e importante em Monomoy? – diz Laney.

Ela puxa Casper de volta para o quarto de mobília elegante, onde ele desaba na cama, grato pelo atraso na agenda do dia.

– Encontraram a madrinha boiando. Ela morreu. Você sabe de quem é o casamento, né? Lá em Monomoy?

– Do Benji? – sugere Casper.

Ele sabe que é a resposta certa. Laney passou praticamente a semana inteira falando disso porque a melhor amiga dela é Jules Briar, ex-namorada de Benji. Casper não é muito fã de Jules e sabe que essa amizade também irrita Laney, mas ela e Jules se conhecem desde o tempo de escola e é difícil se livrar de alguns hábitos. De alguma forma, Jules descobriu que Benji ia se casar neste fim de semana em Nantucket e, quando ela soube que Laney e Casper também estariam na ilha, implorou que a amiga ficasse atenta e a informasse de qualquer coisa. Jules tem um ciúme doentio da noiva de Benji, *que ele conheceu quando foi com Jules e Miranda ao zoológico!*

Laney fez exatamente o que ela pediu. Ontem à noite, quando estavam na fila do Juice Bar, viu Shooter Uxley, o melhor amigo de Benji, na frente do Steamboat Pizza. Ele estava com uma loira. Laney tirou uma foto deles e mandou uma mensagem de texto para Jules, que respondeu na mesma hora: **É ela! A mulher do zoológico! A noiva do Benji!**

Trocaram mensagens sobre por que a noiva – Celeste Otis era o nome dela; Jules sabia porque já a tinha stalkeado antes – estava comendo pizza com Shooter em vez de Benji. Depois trocaram mensagens sobre como tinham saudades de Shooter. Ele era muito divertido.

Agora Laney diz:

– A madrinha da noiva foi assassinada. Coitado do Benji!

– Talvez o Benji tenha matado a moça – diz Casper.

Em seguida ele ri, porque Benjamin Winbury é um dos caras mais legais que já pisaram na face da Terra, tão legal que Casper implicava com ele por fazer o restante dos homens parecer ruim em comparação. Além disso, o próprio Casper já teve ideias assassinas a respeito de algumas das amigas de Laney; o assunto da conversa atual está no topo da lista.

– Se fosse a noiva que tivesse morrido – argumenta ela –, eu suspeitaria da Jules.

– É bem isso aí.

Laney suspira.

– É preocupante, sabe? Pensar que alguém da nossa idade pode morrer assim, do nada.

Casper estende a mão para a esposa.

– Olha, não fica pensando nisso. A gente não sabe o que aconteceu.

– A vida é tão curta. – Laney sorri para Casper. – Esquece o museu. Vamos à praia.

Benjamin Winbury está isolado no escritório do pai com ele e o irmão.

Racionalmente, entende que Merritt morreu, que se afogou na praia em frente à casa, mas não consegue assimilar essa nova realidade. Sua mente não consegue aceitar que *Merritt morreu*. Ele está paralisado, preso, em *Merritt está viva e o casamento seguirá conforme o previsto, às quatro horas em ponto*. Seu fraque está pendurado no armário, e no bolso do paletó estão as alianças, que ia entregar para Shooter junto com o presente do padrinho, um par de abotoaduras com um monograma. Ele ainda tem tarefas a cumprir em sua lista de afazeres, como agendar uma viagem de barco e um dia de spa para Celeste assim que chegarem a Santorini, mas agora sua procrastinação não importa. O casamento foi cancelado.

Claro que o casamento foi cancelado. Seguir em frente com um casamento quando a melhor amiga de Celeste foi encontrada morta está fora de cogitação.

Benji está passando por um turbilhão de emoções. Está perturbado, chocado e horrorizado exatamente como todo mundo. No entanto, também se somam a isso a raiva e o ressentimento. É o dia do *casamento dele*! Seus pais fizeram um esforço enorme e tiveram muitas despesas para tornar esse acontecimento inesquecível, e agora foi *tudo em vão*. Mas, além da queixa fútil e previsível de que o dia mais feliz da sua vida acabou sendo trágico e caótico, há uma tristeza mais profunda porque Benji não assumirá um compromisso vitalício com a mulher que ele ama mais que tudo.

Celeste o influenciou tanto que agora, às vezes, ele pensa em metáforas relacionadas à vida selvagem. Ela é uma borboleta rara que Benji deu um jeito de capturar. Essa comparação é, sem dúvida, inadequada em muitos níveis, mas é assim que ele pensa nela em seu íntimo, onde ninguém pode julgá-lo: que ela é uma borboleta ou uma ave exótica. Se levar essa imagem mais longe, casar-se com ela é como colocá-la numa gaiola ou prendê-la com um alfinete num quadro. Era para ela ser *dele*.

O que a morte de Merritt trouxe à tona, porém, é que Celeste pertence apenas a si mesma.

Foi ela quem encontrou Merritt. Com a ajuda de Roger, tirou o corpo da água. Ela estava fora de controle, incapaz de conversar, impossível de consolar. Não conseguia respirar, e Roger e os paramédicos tomaram a decisão sensata de levá-la ao hospital, onde poderiam acalmá-la.

Benji esperou duas horas antes de ir vê-la, a fim de dar tempo e espaço para ela digerir o que tinha acontecido, mas quando chegou para buscá-la a conversa não foi como esperava.

Quando ele entrou no quarto, ela estava na cama, tonta de diazepam, abrindo e fechando as pálpebras. Ele se sentou ao lado da cama, pegou a mão dela e disse:

– Sinto muito.

Ela balançou a cabeça e respondeu:

– *É culpa minha.*

Benji não saberia explicar por quê, mas essa resposta desencadeou uma fúria poderosa dentro dele. Achou que Celeste estava se culpando por fazer o casamento à beira-mar, por pedir que Merritt fosse sua madrinha, por trazê-la para Nantucket. E não conseguiu se segurar:

– Ela teve sorte de estar aqui – esbravejou ele –, teve sorte de ter uma amiga como você. Ela não te merecia. *Não era digna de você, Celeste. E* digo mais: ela mesma deve ter feito isso! Você me disse que ela guardava comprimidos e pensava em suicídio, então quem sabe não foi o que aconteceu? Ela planejou a coisa toda para arruinar nosso grande dia!

Celeste fechou os olhos e Benji achou que o sedativo a havia desacordado, mas então ela falou:

– Não acredito que você disse isso. Você está acusando a Merritt. Acha que a culpa é *dela*. Porque nunca gostou dela. Achava que era má influência. Mas ela era minha *amiga*, Benji. Era a amiga que eu procurei *a vida inteira.* Ela me aceitou, me amou, cuidou de mim. *Se eu não tivesse conhecido a Merritt, talvez tivesse saído de Nova York. Eu podia ter voltado para Easton e trabalhado no zoológico de Trexlertown. Eu podia nunca ter te conhecido. Você põe a culpa na Merritt porque não consegue imaginar uma situação em que talvez alguém da sua casa, alguém da sua família, tenha cometido um erro muito, muito grave. Acha que a sua família é irrepreensível. Mas é engano seu.*

– Do que você está falando? – perguntou Benji.

– Logo você vai descobrir. Mas agora prefiro que você vá embora. Quero falar com a polícia. Sozinha.

– O quê? E os seus pais? Eles sabem? Ainda estavam no quarto quando eu saí.

– Liguei para o meu pai. Agora vá embora, por favor.

Benji ficou atônito, mas percebeu pela tensão na mandíbula de Celeste que ela falava a sério.

Ele se levantou para sair. Sabia que não fazia sentido sugerir que se casassem na Grécia ou reagendassem o casamento para agosto. A morte de Merritt havia mudado tudo. Ele perdera Celeste.

Agora só lhe resta andar de um lado para o outro no escritório do pai, repetindo a mesma pergunta para ele e o irmão:

– *O que* aconteceu?

Na noite passada, depois que todos voltaram da cidade, Benji foi dormir, mas Thomas e Tag ficaram acordados.

– Foi isso que aconteceu, não foi? – pergunta Benji. – *Não foi?*

– Foi – diz Tag. – Ficamos eu, o Thomas, a Merritt e a Featherleigh.

– Fazendo o quê?

Thomas dá de ombros.

– Bebendo.

– Bebendo o quê? Uísque?

– Rum – responde Tag. – Eu só queria terminar de fumar meu charuto e aproveitar a noite. Estava sentado em paz com seu irmão antes de a Merritt e a Featherleigh chegarem.

– Chegarem de onde?

– Ficou óbvio que elas se conheceram na festa e se deram bem – diz Tag. – Saíram da casa conversando como se fossem melhores amigas. Tipo Thelma e Louise.

– A Abby me chamou para ir para a cama logo depois que as duas foram ficar com a gente – acrescenta Thomas, e levanta a palma das mãos. – Eu literalmente não tenho *nada* a ver com isso. Mal conhecia a Merritt, mas ela tinha aquela cara. Sabe *aquela* cara? Cara de encrenca.

– Pois é – sussurra Tag.

– A Merritt parecia ter bebido muito? – pergunta Benji. – Parecia ter usado alguma coisa?

– Você precisa relaxar, mano – responde Thomas. – A polícia vai resolver o caso.

A polícia, pensa Benji. É por isso que os três estão escondidos no escritório do pai; estão esperando a polícia chegar para interrogá-los. O escritório cheira a tabaco e turfa, e está repleto de antiguidades: sextantes, barômetros, gravuras de vitórias navais inglesas de muito tempo atrás. A maioria dos homens acha o escritório de Tag intrigante; Benji o acha detestável. Apesar disso, dadas as circunstâncias, o lugar dá um bom reduto, e Benji bem que gostaria de beber alguma coisa.

– Serve um Glenmorangie para mim? – pede ele ao pai.

– Antes de falar com a polícia? – pergunta Tag. – Será que é uma boa ideia?

– A Polícia de Nantucket sabe intimidar – comenta Thomas. – Eu sirvo. – Ele vai até o bar. – Se suspeitassem do Benji, teria sido o primeiro interrogado.

– Se suspeitassem de *mim*? – pergunta Benji. Isso nem sequer lhe ocorrera. – Por que suspeitariam de mim?

Nesse momento alguém bate à porta do escritório e o coração de Benji dá uma cambalhota de medo. *Será* que a polícia suspeita dele?

Tag atravessa o cômodo para abrir a porta. Seu pai passa uma impressão respeitável com a camisa polo branca e a bermuda de tartã escuro, mas Benji e Thomas ainda estão com o short de ginástica e a camiseta que usaram para dormir.

Quem está à porta é o reverendo Derby. Os três Winburys soltam um suspiro de alívio. O reverendo abraça Tag.

– Vim ver se posso ajudar – diz ele.

No momento, Benji não aguenta conversar sobre Deus. Não está com vontade de ouvir que o acontecimento fazia parte de um plano divino nem quer discutir se foi suicídio e o que pode acontecer com a alma de Merritt.

– O que está acontecendo lá fora? – pergunta Tag ao reverendo. – Tem alguma novidade?

– Ninguém contou nada diretamente para mim – responde ele. – Mas ouvi alguém dizer que a legista encontrou um sedativo na corrente sanguínea da moça. Ela deve ter ido nadar por algum motivo e depois desmaiado.

Um sedativo, pensa Benji. *Pronto*. Merritt tomou zolpidem e entrou naquele estado crepuscular já bem documentado em que o cérebro começa a se desligar, embora o corpo continue acordado. Saiu para nadar tarde da noite e se afogou.

O reverendo Derby põe a mão no ombro de Benji.

– Como é que você está, rapaz?

Benji dá de ombros. Não vê razão para mentir para o reverendo Derby, que é praticamente da família, tão íntimo quanto um tio. As lembranças de Benji a respeito dele são quase todas seculares. Todo ano o reverendo vem para o Dia de Ação de Graças à moda inglesa dos Winburys; vai aos jogos dos Yankees com Tag; já passou muitos fins de semana em Nantucket; compareceu à formatura de Thomas e Benji no ensino médio, na faculdade e na pós-graduação. A presença dele sempre deu à família certa autoridade moral, embora nenhum dos quatro Winburys seja muito religioso. Benji, pelo menos, não é. Acha que sua vida foi tão abençoada – até hoje – que ele não *precisou* de religião.

– Estou mais preocupado com a Celeste – responde ele. – Ela está muito abalada.

O reverendo Derby olha para ele com os olhos azuis lacrimejantes, mas sabe que é melhor não dizer nada. Ele tira a mão do ombro de Benji.

– Vou deixar vocês conversarem. Saibam que estou aqui para o que precisarem.

Tag aperta a mão do reverendo Derby e o acompanha até a porta. Depois, Thomas diz:

– Uísque.

Benji e Thomas já tomaram um copo e meio quando ouvem outra batida na porta. Mais uma vez, Tag vai atender. Mais uma vez, o coração de Benji reage como um pitbull irritado.

É a mãe de Benji.

– Posso entrar? – pergunta ela a Tag.

Há ironia em sua voz. Benji sabe que ela não gosta do modo como Tag protege a privacidade do escritório. Fica desconfiada.

Tag abre a porta e estende a mão. Greer entra; também está bem-vestida, com uma calça branca e uma regata de linho marrom-claro. O cabelo está preso num coque e ela passou batom. Benji desconfia que Celeste ficaria ofendida com o fato de Greer fazer questão de passar batom nesta manhã, mas sua mãe é um certo tipo de mulher inglesa que não gostaria que as pessoas de fora – a polícia, os peritos forenses, o detetive – entrassem na casa e a vissem sem maquiagem, não importa a circunstância.

– Mãe... – Benji espera que a mãe possa, de alguma forma, tornar a situação mais suportável.

– Ah, Benny – responde ela.

Usa o apelido de infância há muito abandonado e atinge a nota certa: ele sabe que ela o ama. Ela o abraça com tanta força que ele sente os ossos e as batidas do coração da mãe. Ao se afastar, ela lança para o filho um olhar de total apoio. Se mais alguém teve seus sonhos e esperanças arruinados neste fim de semana, esse alguém é Greer. Mesmo assim, ela parece estar digerindo a reviravolta com uma dignidade melancólica, exatamente como deveria.

– Você falou com os Otis? – pergunta ele. – A Celeste disse que ligou para o pai dela.

– Eles não saíram do quarto. Pedi para a Elida levar uma bandeja com o almoço, mas com certeza estão tristes demais para comer. – Greer olha os copos de uísque na mesa de centro. – E vocês, comeram alguma coisa?

– Não – responde Benji.

– Eu topo comer – diz Thomas.

Greer lança um olhar cortante para ele.

– Bem, tem sanduíches na cozinha.

– O que está acontecendo exatamente? – pergunta Tag. – Ainda estamos esperando para falar com os detetives.

– O sujeito da polícia estadual me interrogou – diz Greer. – Eu diria que ele não foi com a minha cara...

– E por que não? – pergunta Benji.

Greer faz um gesto de desdém.

– Não sei ao certo o que eles estão pensando. O delegado de Nantucket acabou de ligar para perguntar em que pousada a Featherleigh se hospedou.

– A Featherleigh? – pergunta Thomas. – O que *ela* tem a ver com tudo isso?

– Bem, *ela* foi a última pessoa a ver a Merritt – diz Tag.

– Foi mesmo? – pergunta Greer.

– Foi? – pergunta Thomas também.

Tag dá as costas a todos e vai até o bar do escritório pegar um copo de uísque.

– Acredito que sim – responde ele, olhando para o interior do copo antes de beber. – Sim.

– A Featherleigh não estava com você? – pergunta Greer, parecendo mais interessada do que acusadora. – Você não a levou para passear de caiaque?

– A Featherleigh? – pergunta Thomas. – Por que o papai levaria a Featherleigh para passear de caiaque? Não é muito a cara dela.

– Eu não levei a Featherleigh para passear de caiaque.

– Não? – pergunta Greer.

– Não.

– Você levou *alguém* para passear de caiaque – insiste ela. – O caiaque, o de dois lugares, estava largado de ponta-cabeça na praia. Com um remo só. E todo mundo sabe que ninguém mais o usou.

Benji afunda numa das poltronas de couro e entorna o que sobrou do copo. Não está gostando do rumo dessa conversa. Aqui está sua família mais próxima: seus pais e seu irmão mais velho. São os Winburys, um grupo muito sortudo, não só por causa do dinheiro, da posição social e dos privilégios, mas também porque, pelos padrões de hoje, são "normais". Uma família feliz e normal; uma família, ele teria dito, sem segredos nem drama.

Mas agora não tem tanta certeza.

Ele pergunta em voz alta:

– Quem você levou para passear de caiaque, pai?

Ele relembra o que Celeste disse: que alguém da sua família havia cometido um erro muito, muito grave. E se levanta.

– Pai?

Tag está virado para o bar. Uma das mãos está no copo e a outra em volta do gargalo do uísque Glenmorangie. Greer o observa. Thomas também.

225

Todos esperam uma resposta. Quando ela vem, é apenas um sussurro, mas as palavras e o tom são nítidos:

– A Merritt. Eu levei a Merritt.

KAREN

Karen acorda com um susto. A luz do sol se derrama através das janelas, brilhante e cítrica. Ela deveria ter se levantado às oito e meia para ajudar Celeste a se arrumar, mas tem certeza de que é muito mais tarde que isso. Estende a mão para ver o relógio do celular. É meio-dia e meia.

Karen solta um gritinho e se senta na cama. Por bizarro que pareça, não há dor. Não há dor? Ela tomou a última pílula de oxicodona tarde da noite, mas já faz doze horas. Num dia normal, suas terminações nervosas já estariam berrando numa hora dessas.

– Bruce? – chama ela.

O outro lado da cama está vazio, mas – ela estende a mão para sentir – ainda quente.

Ela o escuta vomitar no banheiro. Os mojitos de amora-preta e o uísque devem ter feito esse estrago. Ouve a descarga, a água escorre e Bruce entra no quarto. Ela acha que ele parece menor. E dez anos mais velho.

Ele vem se sentar ao lado dela na beirada da cama.

– Karen, o casamento foi cancelado.

– Cancelado?

De alguma forma ela já sabia disso, mas como? Tenta juntar os acontecimentos da noite passada. Celeste queria ficar em casa, mas Bruce e Karen a incentivaram a sair. Queriam que ela aproveitasse a noite.

Celeste!

Karen teve um pesadelo – estava tentando encontrar a filha, mas não conseguia chegar até ela. E veio a revelação: Celeste não queria se casar com Benji. Karen foi na ponta dos pés até o quarto de Celeste; estava vazio. Desceu a escada. Ouviu a conversa estranha e terrível de Bruce e Tag.

Robin Swain.

Karen balança a cabeça. Ontem à noite, a confissão sobre Robin pareceu devastadora, mas agora de manhã o choque e o horror desapareceram, como a dor. Os seres humanos experimentam todo tipo de emoções loucas e inesperadas na vida. Robin não foi nada além de um pontinho minúsculo na tela do passado distante.

– A Celeste não quer se casar com o Benji – diz Karen.

– Não, Karen. Não é isso.

Mas é isso, sim, pensa ela. Nunca tocou no assunto, mas acredita que sua proximidade e sua sintonia com a filha são naturalmente maiores que as de Bruce. Celeste é a garota do papai, sem dúvida, mas ele não entende a mente dela como Karen.

– A Merritt morreu, Karen. Merritt, a amiga da Celeste. A madrinha. Ela morreu ontem à noite.

Karen sente que sua cabeça vai tombar do pescoço e cair no chão.

– *O quê?*

– Encontraram a Merritt boiando na enseada hoje de manhã – conta Bruce. – Ela se afogou.

– *Se afogou?* Ela se afogou *ontem à noite*?

– Parece que sim. Eu estava com o Tag e depois vim para a cama. Quando entrei, você estava dormindo. Era bem tarde, mas deve ter acontecido depois disso.

– Ah, não – murmura Karen.

Está horrorizada, verdadeira e sinceramente horrorizada. Merritt era tão jovem, tão bonita e autoconfiante.

– Como...? O que...?

– Acho que ela bebeu ou tomou um remédio – diz Bruce. – E depois foi nadar. Quer dizer, qual seria a outra explicação?

– Cadê a Celeste?

– Os paramédicos a levaram ao hospital. – Os olhos de Bruce se enchem de lágrimas. – Foi a Celeste quem achou a Merritt.

– Não! Não, não, não!

Coitada da filha deles! Karen receia que Celeste não tenha forças para enfrentar a situação. É frágil, delicada e gentil demais. Já era assim na adolescência, *principalmente* na adolescência. As filhas de outras pessoas bebiam e fumavam, tomavam anticoncepcional em segredo ou usavam diafragma. Enquanto isso, Celeste ficava em casa com Bruce e Karen vendo *Friday Night Lights*. Era a série favorita dos três, tanto que os personagens pareciam amigos da família, e muitas vezes Bruce, Karen e Celeste se entreolhavam durante o café da manhã e citavam o grito de guerra do treinador Taylor: *Olho vivo, coração forte, não tem como perder.* Nos fins de semana, Celeste trabalhava como voluntária no Zoológico do Vale do Lehigh, em Trexlertown. Bruce a deixava lá e Karen a buscava. Ela quase sempre a encontrava com os lêmures ou com as lontras, alimentando-os ou repreendendo-os como se fossem crianças travessas, e tinha que tirá-la de lá na marra. Nas noites de sábado, iam ao Diner 248 e depois ao cinema. Muitas vezes Celeste via outras pessoas da escola em grupos ou casais e acenava, sorrindo, mas nunca parecia ter vergonha se a vissem com os pais. Seu comportamento sempre foi estável e contente, como se preferisse ficar com Bruce e Karen e pronto. Mac e Betty.

– E por isso o casamento foi cancelado – diz Karen.

– É. E a polícia está investigando.

– A moça tem algum parente?

– Acho que não tem muitos. Ela não falava com os pais fazia sete anos.

Sete anos?, pensa Karen. Isso a deixa quase tão perturbada quanto a morte de Merritt. Mas ela percebia, pelo jeito de ser da jovem, que não havia ninguém tomando conta dela, nem mesmo de longe.

Então agora não haverá casamento. Karen já sabia disso desde ontem à noite, mas achou que o motivo seria outro. Achou que Celeste cancelaria.

E a visita de Karen à vidente volta a inundar sua cabeça em detalhes vívidos.

O consultório da vidente ficava no centro de Easton, a meio quarteirão da fábrica da Crayola. Karen passava por lá o tempo todo a caminho do trabalho. Tinha olhado para a placa apenas com leve curiosidade. KATHRYN RANDALL, VIDENTE: LEITURAS INTUITIVAS, CLARIVIDÊNCIA ANGELICAL. Kathryn Randall era um nome tão bonito, tão normal e inocente; foi parte do que despertou seu interesse. O nome dela não era Veda, Krystal nem Estrela. Era Kathryn Randall.

Karen foi falar com a mulher dois dias depois de saber da metástase. Não queria que Kathryn previsse o futuro *dela* – se viveria semanas, meses, um ano e depois morreria –, mas precisava saber o que a vida reservava para Celeste.

O "consultório" era apenas uma sala de estar normal. Karen se sentou num sofá de tweed cinza e olhou para o diploma de Kathryn da Universidade de Wisconsin. Ela entregou à vidente uma foto de Celeste e disse:

– Preciso saber se você tem algum pensamento intuitivo sobre a minha filha.

Kathryn tinha 30 e poucos anos e era tão bonita quanto seu nome, com cabelo castanho-claro e comprido, pele impecável e um sorriso tranquilizador. Parecia uma professora de jardim de infância. Ela observou a foto por um longo tempo, o suficiente para deixar Karen ansiosa. O ambiente convencional a desconcertava. Ela esperava cortinas de seda, velas, talvez até uma bola de cristal, algo que sugerisse conexão com o mundo sobrenatural.

Kathryn fechou os olhos e começou a falar com uma voz lenta e hipnótica. Celeste era uma alma antiga, disse ela. Já tinha passado por este mundo mais de uma vez, o que explicava sua serenidade. Ela nunca sentiu a necessidade de impressionar. Estava à vontade consigo mesma.

De repente, Kathryn parou e abriu os olhos.

– Ela é assim?

– É – respondeu Karen, entusiasmada. – É bem assim.

Kathryn assentiu.

– Ela vai ser feliz. Um dia.

– Um dia?

Uma expressão preocupada passou pelo rosto de Kathryn, como uma brisa ondulando na superfície de um lago.

– A vida amorosa dela… – disse a vidente.

– Sim?

– Eu vejo caos.

– Caos? – perguntou Karen.

E ela achando que a vida amorosa de Celeste era firme como uma rocha. Ela estava noiva de Benjamin Winbury. Era um conto de fadas da vida real.

Kathryn abriu um sorriso fraco.

– Você fez bem em vir falar comigo, mas não há nada que nenhuma de nós possa fazer.

Karen pagou os 30 dólares e foi embora. Caos. *Caos?*

Depois disso evitou passar em frente ao consultório de Kathryn Randall. Começou a parar o carro num estacionamento na Ferry Street, embora ficasse bem mais longe do trabalho.

Agora a mente de Karen começa a trabalhar. Kathryn estava certa a respeito do caos. O casamento foi cancelado. Merritt morreu. Ela bebeu ou tomou comprimidos, disse Bruce, e depois se afogou.

Comprimidos, pensa Karen, e de repente fica nauseada como ficou depois da primeira sessão de quimioterapia. Ela a flagrou saindo deste mesmo quarto ontem à noite. Merritt disse que estava procurando Celeste, mas pareceu invenção. Não estava procurando Celeste; estava atrás das pílulas. Teria chegado até a terceira gaveta do banheiro? Teria encontrado o frasco de oxicodona e as três pílulas peroladas ali no meio? Teria ficado curiosa a respeito delas e tomado uma para ver o que acontecia?

A ideia é tão pavorosa que Karen nem consegue chorar. É uma ideia pesada, sombria e destruidora: Merritt não só morreu como a culpa é de Karen.

Ela precisa ver os comprimidos.

Mas não consegue.

Se fizer isso e descobrir que pelo menos uma pílula perolada desapareceu, o que dirá a Bruce? E a Celeste? E à polícia?

Seus pensamentos são um grito silencioso.

Ela não pode passar mais nem um segundo sem saber e se levanta. A dor ainda está sob controle, o que ela sabe ser impossível. Não toma oxicodona há quase doze horas, então há algo mais em ação no seu corpo. O choque.

Bruce se deita na cama de olhos abertos. Ele está lá, mas não está, e dá no mesmo. Karen fecha a porta do banheiro e a tranca. Senta-se no vaso e abre a terceira gaveta. Pega o frasco de comprimidos.

Segura-o com firmeza.

Em seguida, estende uma toalha branca e limpa e despeja todos os comprimidos sobre ela. Olha para a pilha e a espalha.

Uma, duas... três pílulas ovais e peroladas, presentes e contabilizadas. E depois, por garantia, conta os comprimidos de oxicodona. Estão todos aqui.

Karen quase desmaia com a onda de alívio. Ela vacila; manchas aparecem em sua vista.

Sai do banheiro cambaleando para se deitar na cama. Sua silhueta ainda está impressa nos lençóis e nos cobertores, como um anjo na neve. Ela se encaixa ali como uma peça de quebra-cabeça e fecha os olhos.

Sábado, 7 de julho de 2018, 14h47

O DELEGADO

Ele achou que Valerie Gluckstern passaria uma hora com Shooter Uxley, mas depois de apenas vinte minutos ela diz que seu cliente está pronto para responder a perguntas.

Na sala de interrogatório, o delegado se senta do outro lado da mesa, diante de Shooter e Val. Ele se sente infinitamente melhor depois que almoçou, mas precisa extrair alguma informação útil daqui, porque Barney, da perícia, ligou para dizer que não acharam nada nos copos, no charuto nem na garrafa de rum.

– Tem certeza? – perguntou o delegado ao telefone. – Tem que haver *alguma coisa* num dos copos.

E Barney, contrariado por ouvir alguém questionar seu laudo, soltou um palavrão e desligou. Agora, na sala de interrogatório, o delegado anuncia:

– Meu pensamento mudou muito desde hoje de manhã.

Ele sabe que Nick gosta de ir com calma, criar sintonia com a pessoa interrogada e deixar que as informações fluam de modo orgânico, mas não está a fim de nada disso. Uma jovem morreu, esse cara tentou fugir e o delegado quer respostas. E já.

– O Sr. Uxley está pronto para responder a todas as suas perguntas, como eu disse – declara Val. – Ele não tem nada a esconder.

O delegado olha para o rapaz. É bonito demais para despertar compaixão, embora pareça bem abalado.

– Conte de onde você chegou hoje de manhã – diz o delegado.

Shooter abre os dedos em cima da mesa à sua frente e olha para eles enquanto fala:

– Do terminal de balsas.

– O que você estava fazendo no terminal?

– Tentando sair da ilha.

– Mas perdeu a balsa?

– Não perdi. Só mudei de ideia.

– Mudou de ideia – repete o delegado. – É melhor você começar a se explicar, meu jovem.

Ele olha para Val.

– Seu cliente mentiu sobre estar no Wauwinet. Mentiu a respeito do álibi. Depois tentou embarcar na Hy-Line com uma passagem furtada. Agora ouço que ele estava no terminal hoje de manhã para pegar a balsa das seis e meia, supostamente sem que ninguém soubesse, já que o noivo disse para o sargento Dickson que ele tinha sumido. A legista calcula que a vítima tenha morrido entre 2h45 e 3h45 da manhã. A moça morreu e depois ele decidiu fugir. Só com base nesses fatos já tenho motivo suficiente para indiciar o Sr. Uxley por assassinato em primeiro grau.

– Não tem, não – responde Val.

O delegado se volta para Shooter.

– É melhor você contar uma história bem convincente.

Shooter estala os dedos um por um, começando pelo mindinho da mão esquerda, prosseguindo até o da direita e depois repetindo a sequência ao contrário.

Val põe a mão no braço dele.

– Conte para o delegado o que contou para mim – diz ela. – Pode contar.

– Saí da propriedade dos Winburys hoje cedo – conta Shooter. – Fui a pé até a rotatória e peguei um táxi para o porto. Eu ia pegar a balsa porque…

Ele hesita e olha para Val, que assente.

– Porque eu ia fugir com a noiva.

Fugir com a noiva, pensa o delegado. *Que casamento memorável.*

– Estou apaixonado pela Celeste e ela disse que estava apaixonada por mim – continua Shooter. – Ontem à noite saímos com um pessoal depois da festa, e eu e a Celeste nos separamos dos outros, fomos comer pizza e pedi para ela fugir comigo.

Ele faz uma pausa, olha para a mesa, respira fundo, trêmulo, e continua:

– Eu disse que cuidaria dela, que a amaria para sempre. Ela só precisava se encontrar comigo no terminal às seis da manhã de hoje. Íamos pegar a balsa das seis e meia para Hyannis, alugar um carro, seguir para Boston, pegar um voo para Las Vegas e nos casar por lá.

– O Sr. Uxley esperou pela Srta. Otis no terminal até as 6h35 – diz Val, e se volta para o cliente. – Correto?

– Quando vi a balsa saindo, quando ouvi a sirene de nevoeiro, entendi que ela não ia mais – diz Shooter. – Imaginei que a chance de ela ir era de cinquenta por cento. Como ela não foi, achei que tinha decidido se casar com o Benji. Então peguei um táxi e voltei para a casa dos Winburys. Porque eu era o padrinho do noivo e, no fim das contas, o casamento ia acontecer.

– Foi nessa hora que eu te vi? – pergunta o delegado.

– E você me disse que a Merritt havia morrido. – Ele balança a cabeça. – Sabe, a Celeste estava com medo de seguir com nosso plano porque achava que, se a gente fizesse isso, algo ruim aconteceria. – Ele engole em seco. – Aposto que ela acha que a culpa é dela.

– Por que não me contou isso logo de cara? – pergunta o delegado. – Em vez de abrir o jogo, você mentiu para mim e depois fugiu. Entende a situação em que se colocou? Por que eu deveria acreditar no que você diz agora?

– Fiquei abalado. Achei que estava voltando para participar do casamento e em vez disso você diz que a Merritt *morreu*? Eu não poderia piorar uma situação como essa. Quis poupar a Celeste de ter que confirmar nossa história. E eu não queria que os Winburys soubessem. Fiquei nervoso, confuso, e achei que seria mais fácil dizer que eu estava com a Gina. Não achei que você fosse verificar. Aí, quando eu soube que você tinha descoberto a mentira, achei que minha única opção era fugir. – Shooter olha para o delegado. – Sei que agi mal. Mas não matei a Merritt.

– A Merritt sabia que vocês iam fugir? Acha que a Celeste contou para ela?

– Combinamos de não contar para ninguém – diz Shooter. – Íamos sumir de vista, sair da ilha e contar para todo mundo só depois. A Celeste nem ia dizer nada aos pais dela. Então, não, acho que ela não contou para a Merritt.

Por um instante o silêncio toma conta da sala de interrogatório. O delegado está repassando a história. Faz sentido? Tem alguma ponta solta? Ele lembra que Nick confia muito na intuição quando se trata de interrogatórios. A história pode fazer sentido, mas você *acredita* no cara?

Acredito, pensa o delegado. De acordo com Roger, Celeste estava com a mala pronta quando encontrou o corpo. Ela ia se encontrar com Shooter e aí... o quê? Enquanto saía, percebeu que havia alguma coisa na água? Não era impossível.

Ela estava com a mala. Por essa razão, e somente por isso, o delegado decide acreditar no Sr. Uxley.

Ele se levanta e dispensa Val com um meneio de cabeça.

– Vocês dois podem ir embora – diz ele.

Ed tem que ir, e depressa, falar com Tag Winbury e com a tal Featherleigh, seja ela quem for.

Agosto de 2017

CELESTE

O câncer da mãe se espalhou para os ossos. Há tumores na coluna. A doença não tem cura. Eles podem, no entanto, fazer mais algumas sessões de quimioterapia, o que dará a ela doze a dezoito meses de vida.

A reação de Benji à notícia é puxar Celeste para si e abraçá-la com mais força. Agora que estão noivos, ele se sente à vontade para decidir sobre *nós*. Quer que Karen ouça uma segunda opinião no Hospital Mount Sinai. Os pais dele conhecem "gente influente" que faz parte do conselho administrativo do hospital. Conseguirão para Karen uma consulta com "os melhores médicos de todos".

Esse envolvimento de Benji deixa Celeste incomodada. Ela e os pais são uma unidade insular: Mac, Betty e Filhota. *Eles* é que são *nós*. Parece que Benji está invadindo o espaço com seus contatos e seu otimismo. No mundo dele, todo problema tem solução graças a quem os Winburys conhecem e ao dinheiro que têm.

Celeste diz:

– Meus pais não têm como *bancar* uma segunda opinião no Mount Sinai. O plano de saúde não cobre nada disso.

– Eu pago – responde Benji.

– Eu *não quero* que você pague! Minha mãe tem um médico de confiança, o Dr. Edman do St. Luke... que, aliás, é um hospital de verdade, e não uma clínica numa galeria de lojas.

– Está bem, entendi.

Mas Celeste sabe exatamente o que ele está pensando: que o St. Luke não é tão bom quanto o Mount Sinai. Como poderia ser tão bom quando não fica na cidade de Nova York e Tag e Greer não conhecem ninguém que faça parte do conselho?

– Estou só tentando ajudar – diz Benji.

– Obrigada – responde Celeste com a maior sinceridade possível. – Estou muito triste e quero lidar com isso do meu jeito.

Como Celeste acabou de voltar das férias em Nantucket, não pode pedir mais dias de folga; é o fim do verão e há muito que fazer no zoológico. Mas, no meio da sua primeira semana de volta, ela aluga um carro depois do trabalho e pega a estrada para visitar os pais. Chegando à casa na Derhammer Street, encontra a mãe sentada à mesa da cozinha com um livro de colorir para adultos e um estojo de luxo com 64 lápis de cor. Celeste entra e a mãe mostra a página em que estava trabalhando. É uma mandala.

– Nada mau, né? – diz Karen, que coloriu a mandala em tons de verde, azul e roxo.

– Que bonito – diz Celeste.

Mas sua voz treme e os olhos ficam marejados. Karen trabalha na loja de presentes da Crayola há mais de uma década. Há gente que torce o nariz por achar que vender caixas de giz de cera é um trabalhinho banal, mas ela sempre se orgulhou do que faz. *Eu torno a vida das crianças mais colorida*, costuma afirmar.

Karen se levanta e deixa Celeste abraçá-la.

– Vou vencer essa batalha – diz ela.

– Não é para chamar de batalha – comenta Celeste. – Eu li isso em algum lugar. É uma palavra violenta e alguns sobreviventes acham ofensiva.

Karen zomba.

– Ofensiva? Então é para chamar de quê?

– De jornada.

– Jornada é o cacete.

Celeste pisca, surpresa; sua mãe nunca fala palavrão.

– É uma batalha, sim.

Saem para jantar no Diner 248 e fazem questão de pedir o bolo de chocolate, embora Celeste e Bruce só consigam comer uma garfada cada um e Karen não coma nenhuma. Karen faz um estardalhaço a respeito do anel de diamante da filha: é o anel mais lindo que ela já viu. É o maior diamante que já viu. *Tem quatro quilates! E o anel é de platina!*

Mas Celeste diz:

– Estou pensando em adiar o casamento. Talvez peça demissão e fique aqui até você melhorar.

– Que absurdo! – responde Karen.

Sua voz sai ríspida e aguda, e as pessoas das mesas mais próximas viram a cabeça para olhar. Por um instante, os três Otis ficam em silêncio; não gostam de chamar atenção.

Celeste sabe que é melhor não tocar mais no assunto. Sua mãe passou a vida inteira alegando que nenhum homem jamais seria bom o bastante para a filha, mas isso é porque não foi capaz de sonhar com alguém como Benjamin Winbury, um príncipe encantado da vida real. O futuro de Celeste será abençoado. Ela nunca terá que se preocupar com dinheiro como Bruce e Karen.

Celeste olha para Mac e Betty sentados à sua frente no sofá do reservado, como sempre fazem, o braço do pai em volta dos ombros da mãe, a mão da mãe apoiada na coxa do pai. Ela os inveja. Não quer dinheiro; quer o que eles têm. Quer amor.

Caso tenha alguma dúvida...

– Na verdade – diz Karen, abaixando a voz –, eu estava pensando que você poderia se casar mais cedo. Talvez na primavera ou no começo do verão.

Estou apaixonado por você.

Mais cedo?, pensa Celeste. E assente, sussurrando:

– Está bem.

Shooter voltou à vida de sempre: churrascarias, casas noturnas no centro da cidade, campeonatos de tênis com clientes, Las Vegas com clientes escalando times imaginários de futebol americano. Benji mostra as fotos para Celeste, mas ela mal olha. Não pode pensar em Shooter; não consegue *não* pensar nele. Parte dela desconfia que sua atração por ele tenha sido o que fez o câncer de Karen se espalhar. Celeste sabe que a vida não funciona assim, mas ainda tem a impressão incômoda de que as duas coisas estão interligadas. Se ela ficar com Benji e se casar com ele, Karen vai melhorar. Se eles se casarem na primavera ou no começo do verão, Karen viverá para sempre.

Celeste perde 2 quilos, depois 4. Merritt expressa inveja e diz que a amiga está maravilhosa.

No trabalho, fica irritadiça. Ela acaba perdendo a paciência com Blair, a hipocondríaca. Mais uma falta, diz Celeste, e ela será demitida. Blair ameaça abrir um processo, porque tem *razões legítimas* para faltar por doença. Celeste, num raro acesso de raiva, responde que ela precisa parar de *inventar merda*, e no instante seguinte é chamada ao escritório de Zed para ouvir um sermão sobre atitude profissional, linguagem apropriada no local de trabalho, blá-blá-blá.

Greer convoca Benji e Celeste para jantar no apartamento dos Winburys. Ela fez um prato chamado *cassoulet*. Celeste, sempre obediente, responde "Para mim está ótimo", mas na verdade está irritada. Ela não tem a menor ideia do que seja *cassoulet*. Detesta ser confrontada o tempo todo com esses pratos eruditos – será que Greer não pode fazer um simples bolo de carne ou sanduíche como Betty? – e, no fim das contas, descobre que o tal prato leva carne de pato, pele de porco e, o pior de tudo, *feijão*. Dá um jeito de comer duas garfadas. Mas sua falta de apetite passa totalmente despercebida, porque a verdadeira motivação de Greer não é alimentar ninguém, e sim informá-los de que ela gostaria de planejar o casamento. Podem fazer a festa em Summerland, em Nantucket, no fim de semana depois do Quatro de Julho.

Benji pega a mão de Celeste por baixo da mesa.

– O que você acha? – pergunta ele à noiva.

– Não queremos impor nada a você – diz Tag. – Minha mulher às vezes se empolga um pouquinho.

– Só estou tentando ajudar – argumenta Greer. – Quero oferecer meu apoio e nossos recursos. Detesto imaginar você planejando um casamento enquanto sua mãe está tão doente.

Celeste assente como uma marionete.

– Para mim está ótimo – diz ela.

No começo, Celeste gagueja apenas quando fala do casamento. Tem dificuldade com a palavra *cerimônia*; a palavra inspira gagueira por si só. Depois *reverendo*, e então *igreja*. As pessoas fingem não notar, mas a gagueira piora gradualmente. Por fim, Benji pergunta a respeito disso e Celeste começa a chorar. Ela diz que não consegue c-c-controlar. Logo, todas as consoantes criam dificuldade.

Mas no trabalho, não.

Nem ao telefone com Merritt.

Nem sozinha no apartamento, quando está lendo na cama. Ela consegue ler trechos inteiros do livro em voz alta sem gaguejar uma única vez.

Celeste nutre a esperança de que um casamento chique e requintado em Nantucket acabe sendo uma impossibilidade logística – está muito em cima da hora, todos os fornecedores devem estar com a agenda lotada – e, portanto, ou o casamento será adiado indefinidamente ou poderão planejar um evento mais discreto em Easton, mais parecido com o casamento dos pais dela: a cerimônia no cartório e a festa no restaurante.

Mas, ao que parece, a influência de Greer e seus recursos financeiros são poderosos o bastante para operar milagres. Ela recruta Siobhan da Sabores da Ilha, chama o reverendo Derby para fazer a cerimônia na Igreja Episcopal de St. Paul, arranja uma banda e uma orquestra e contrata Roger Pelton, o principal cerimonialista de Nantucket. Não que Greer não possa cuidar de tudo sozinha, mas ela tem um romance para escrever e seria bobagem dispor de um recurso como Roger na ilha e não usá-lo.

O casamento é marcado para 7 de julho.

Greer pergunta a Celeste o que ela gostaria de fazer quanto às madrinhas.
– Ah. – Isso com certeza não é algo que ela possa pedir para Greer resolver. – Vou chamar minha amiga Merritt Monaco.

Merritt será uma boa madrinha, pois conhece todas as regras e tradições, embora Celeste estremeça só de pensar na despedida de solteira que a amiga planejaria. Terão que conversar sobre isso.

Percebe que Greer ainda está olhando para ela, esperando.
– E quem mais? – pergunta Greer.

Quem *mais*? A mãe dela? Ninguém convida a mãe para ser madrinha de casamento; Celeste sabe disso. Ela não tem irmã nem primas. Não há opções viáveis no trabalho: Blair não fala mais com ela; Bethany é sua *assistente*, então seria muito esquisito; e os outros funcionários são homens. Poderia ser Julia, que foi sua colega de quarto na faculdade, mas essa amizade era mais prática que íntima; ambas eram cientistas sérias e disciplinadas, mas acabaram se afastando depois da faculdade. Celeste tem *uma* amizade espontânea da faculdade, Violet Sonada, mas Violet foi trabalhar no Zoológico de Ueno, em Tóquio. Resta alguém do ensino médio? Cynthia, que morava na mesma rua, foi a amiga mais próxima de Celeste, mas desenvolveu um transtorno mental, abandonou os estudos quando estava na faculdade e Celeste não soube mais dela desde então. Merritt conhece muita gente na cidade, mas Celeste mal consegue lembrar quem é quem.

Ela é socialmente desajustada e agora Greer saberá disso.
– Vou p-p-pensar no assunto – responde.

Ela espera que Greer presuma que a lista de candidatas é grande demais.

Mas é claro que Greer enxerga a verdade humilhante, e Celeste acha que isso se deve ao fato de ela ser escritora. Greer é extremamente perceptiva; parece até que lê a mente das pessoas.

– Eu não deveria me intrometer – diz ela –, mas acho que a Abby adoraria ser sua dama de honra.

Celeste se anima na mesma hora. Abby! Ela pode convidar Abby Winbury, a esposa de Thomas. Ela é jovem, é apropriadamente feminina e já deve ter sido dama de honra umas vinte vezes. Celeste relaxa, percebendo, ao mesmo tempo, que os Winburys estão proporcionando tudo para ela mais uma vez.

Celeste diz a Benji que quer Merritt como madrinha e Abby como dama de honra, e ele franze a testa.

– A Abby? Tem certeza?

O bom é que não precisa esconder nada de Benji.

– Não c-c-consegui pensar em mais ninguém – explica ela. – Você vai se casar com a mulher mais d-d-deslocada socialmente de Nova York.

– E fico muito feliz por isso – responde ele, beijando-a.

– Então, o que é que tem c-c-convidar a Abby?

– Nada. Ela aceitou?

– Eu estava p-p-pensando em mandar o e-mail amanhã, no trabalho.

Benji assente.

– Que foi? – pergunta Celeste.

Abby estaria quebrando um galho enorme. E, além disso, sendo esposa de Thomas, não ficaria ofendida se *não* fosse convidada? É verdade que às vezes é um pouquinho irritante – ela foi de uma irmandade universitária no Texas e ainda tem um ar debochado, sem falar que atualmente está obcecada por engravidar –, mas é da família.

– Tenho a impressão de que o Thomas e a Abby não estão se entendendo – diz Benji.

– Quê? – Celeste arfa de surpresa.

– O Thomas está sempre viajando sozinho e saindo com os amigos depois do trabalho. Isso sem falar na obsessão dele por malhar.

– Hum.

Celeste sabe que Benji tem razão. Jantaram com Thomas e Abby algumas vezes, e Thomas é sempre o último a chegar, geralmente direto da academia, ainda com as roupas de treino suadas. Abby diz que nem deixa o marido beijá-la a não ser que ele tome banho primeiro. Ele precisa tomar banho antes do sexo, e o sexo segue um cronograma, já que estão tentando engravidar. Mas por que se esforçariam tanto para ter um bebê se não estivessem planejando continuar juntos?

– Não vou convidar o Thomas para ser meu padrinho – declara Benji.

– Q-q-quê?

Isso deixa Celeste ainda mais chocada do que a notícia da suposta crise conjugal de Thomas e Abby.

– M-m-mas ele é seu irmão.

– Tem alguma coisa acontecendo com ele e não quero me envolver nisso. Meu padrinho vai ser o Shooter.

– O Shooter?

– Eu já convidei – continua Benji. – Ele ficou tão feliz que até chorou um pouco.

Ele chorou, pensa Celeste. *De tão feliz.*

– E o que v-v-você vai dizer para o T-T-Thomas?

– Vou dizer que ele pode recepcionar os convidados – responde Benji. – Talvez.

Sábado, 7 de julho de 2018, 15h30

GREER

Às três e meia, depois de ligar para todos os convidados, informar todos os amigos e familiares na Inglaterra a respeito da tragédia e desfazer sumariamente todos os preparativos para o casamento – menos aqueles que fazem parte da "cena do crime" –, Greer para um momento e olha pela janela, espiando o segundo chalé, aquele onde Merritt ficou. Está envolto numa fita de isolamento como um presente espalhafatoso, embora o pessoal da perícia tenha ido embora e não haja ninguém para impedir Greer de entrar. Ela adoraria ir lá bisbilhotar, mas receia que os Winburys já tenham problemas suficientes; não pode se dar ao luxo de causar mais um.

Tag levou Merritt para passear de caiaque.

Merritt, não Featherleigh.

Greer precisa falar com Tag em particular, mas ele disse que precisava telefonar para alguém, provavelmente Sergio Ramone, que não é só um amigo, mas um brilhante advogado criminalista. Talvez nem Sergio consiga tirar Tag dessa confusão. Ele levou a moça para passear de caiaque tarde da noite e de manhã ela apareceu morta. Afogada na enseada.

Greer entra na suíte máster e se senta na ponta do sofá ao pé da cama, esperando por Tag, embora acredite que ele será tirado de casa com algemas assim que a polícia descobrir o caso dele com Merritt.

Os meninos reagiram mal à notícia. Benji explodiu.

– Você matou a moça, pai? Você. Matou. A moça?

– Não – disse Tag. – Eu a levei para passear de caiaque, sim, mas a trouxe de volta em segurança.

Parecia dizer a verdade. A inflexão e o tom da voz estavam repletos de uma convicção serena, mas agora Greer sabe que ele está mentindo para ela há muito tempo – talvez durante todo o casamento –, então como poderia ter certeza?

Thomas não disse nada. Talvez ele, tal como Greer, tenha ficado atordoado demais para falar.

O anel que Greer achou que Tag tivesse comprado para Featherleigh era para Merritt. Viu o anel no polegar dela – ela *viu*! –, mas estava tão cismada que não restou espaço para outras possibilidades.

O anel foi o único passo em falso de Tag. Greer foi falar com Jessica Hicks, a designer de joias, sobre as alianças do casamento, pois achou que seria de bom-tom Benji e Celeste usarem anéis feitos por uma joalheria de Nantucket. No instante em que entrou na loja, Jessica ergueu as sobrancelhas e perguntou:

– Sua nora não gostou do anel?

– Nora? – retrucou Greer.

– A que está grávida – explicou Jessica. – Ela não gostou do anel?

– Anel?

– Seu marido veio aqui…

– Ah, é! – exclamou Greer com entusiasmo, embora uma angústia tenha começado a tomar conta dela.

Tag não tinha dito nada sobre comprar um presente para Abby. E, em se tratando de filhos e noras, ele não era conhecido por gestos atenciosos; deixava isso para Greer.

– Ele comentou, mas a gente anda tão ocupado que ele acabou não mostrando para mim – mentiu Greer. – E ele não soube descrever o anel direito. Como era?

– De prata rendada – respondeu Jessica –, com safiras de várias cores. Igual a este. É para usar no polegar.

Jessica mostrou a Greer a foto de um anel que estava à venda por 600 dólares. Não era uma fortuna. Não era o mesmo que ir até uma joalheria de luxo como a Harry Winston comprar um anel de diamantes, mas Greer teve quase certeza de que nunca veria Abby usando aquele anel.

Tag entra no quarto, fecha a porta e passa a chave.
– Greer.
Ele levanta as mãos como se ela estivesse prestes a bater nele. Bem que ela gostaria. O que ele *fez*? A garota morta, o casamento cancelado, o casamento deles, a vida deles...
Apesar disso, só consegue pensar em dizer:
– Achei que você estava tendo um caso com a Featherleigh.
Tag arregala os olhos.
– Não – diz ele.
– Não – repete ela. – Era com a Merritt.
– Era.
Greer assente.
Se você quer minha ajuda, é melhor me contar tudo. Tudo, Tag.
Começou na noite do jantar na vinícola, diz ele. Eles ficaram bêbados, muito bêbados, e ela o agarrou. Dormiram juntos; foi banal, lamentável. Tag achou que estava tudo acabado, mas depois esbarrou com Merritt na cidade, por acaso, num bar de hotel, e ela o convidou para ir ao apartamento dela. Ele nem sabe por que concordou em ir. Depois se encontraram mais uma ou duas vezes, até que ele finalmente exigiu que ela o deixasse em paz.
– Comprou presentes para ela? – pergunta Greer.
– Não.
– Tag...
Ele suspira.
– Uma bugiganga. Ela fez aniversário algumas semanas atrás. Foi quando terminei com ela. Ela queria viajar comigo. Eu disse não. Ela insistiu. Reservei um quarto no Four Seasons no sul de Manhattan...
No Four Seasons? Cada detalhe é um ferimento.

– Ela se atrasou e, enquanto esperava, recuperei o juízo. Saí do hotel e fui para casa ficar com você.

– E quantas vezes você trepou com ela? A soma total.

– Mais de cinco, menos de dez – responde Tag.

Greer fica enjoada. Ela consegue entender o motivo do fascínio. Merritt era atraente; era jovem, livre e desimpedida. Tinha um ar de rebeldia. Quem não ia querer transar com ela? O que faz Greer ter vontade de vomitar agora mesmo é pensar em si mesma enquanto tudo isso acontecia nessas seis, sete, oito vezes. O que estava fazendo? Estava escrevendo seu romance perfeitamente medíocre ou planejando o casamento do filho? O que quer que estivesse fazendo, não estava prestando atenção em Tag. Não pensou nele nem por um instante.

– E acabou? – pergunta Greer. – Não aconteceu mais nada? Você teve um caso e terminou. Ela ficou abalada. Eu a vi chorando durante o jantar de ensaio, na lavanderia, imagine só. Então, quando falar com a polícia, você vai dizer que ela ficou emocionalmente descontrolada e que ameaçou se suicidar se você não me largasse. Você a levou para passear de caiaque para tentar conversar esperando que ela se acalmasse. Você a trouxe de volta e foi para a cama. Ela se afogou.

– Então…

– Então o quê?

– É mais complicado que isso. – Tag pigarreia. – Ela estava grávida.

Greer fecha os olhos. *Grávida.*

– Você vai para a cadeia – diz ela.

Tag franze o rosto todo; Greer acertou o dardo venenoso bem no meio dos olhos. A garota estava grávida. *Grávida* de uma criança bastarda da família Winbury. A ideia é pavorosa, mas parece totalmente previsível. Thomas Winbury Sênior, que a maioria das pessoas conhece como Tag, destruiu a própria família. Sua falta de discernimento, seus impulsos vulgares e seu caráter fraco profanaram o nome Winbury. Ele cometeu homicídio e será preso.

Greer pode pensar mal de Tag o quanto quiser, mas, no fim das contas, ela sabe que dirá e fará o que for preciso para protegê-lo.

Alguém bate à porta do quarto; é Thomas.

– O delegado voltou – avisa. – Ele quer falar com você, pai.

Tag olha para Greer. Ela faz que sim com a cabeça, concordando, mas prefere não dizer nada na frente de Thomas. Tag deve se ater à história que inventaram. Ela tenta transmitir essa mensagem com o olhar, mas ele abaixa a cabeça como se fosse culpado. Greer gostaria de ir com ele ao interrogatório. Queria falar no lugar dele, apresentar o argumento. Afinal, é ela a contadora de histórias.

Mas isso, é óbvio, não será possível. Tag se enfiou nessa confusão sem ela; terá que se virar sozinho.

Greer está exausta. São quase quatro da tarde, a hora em que a cerimônia começaria.

Ela se deita na cama. Está tão cansada que podia dormir até amanhã. Talvez *durma mesmo* até amanhã.

Merritt Monaco. Tinha 29 anos. Bonita, mas um clichê. Era ela que Tag estava comendo.

A indignação corre pelas veias de Greer. Ela não é nem um pouco ingênua; já escreveu cenários tão nefastos quanto esse e mais ainda. Não há nada de original nessa história: um homem mais velho, encantador, rico e poderoso, casado com uma mulher indiferente, seduziu ou foi seduzido por uma mulher jovem, bonita e boba. É praticamente a história do mundo inteiro – de Henrique VIII com Ana Bolena até um presidente dos Estados Unidos com uma estagiária impressionável. Mas parece novidade, não é? Porque está acontecendo com Greer.

Grávida.

Quando Tag for acusado de homicídio, os jornais vão deitar e rolar. A riqueza deles e o fato de Greer escrever livros de mistério e assassinato tornarão a história absolutamente irresistível. O *New York Post* será o primeiro a cobrir a notícia; depois virão os tabloides ingleses. Greer será vista como digna de pena; suas fãs vão se encolher de vergonha ou se revoltar em nome dela. A ideia é horripilante – várias mulheres de meia-idade escrevendo postagens indignadas no Facebook ou mandando cartas compadecidas. A vida de Thomas e Benji será arruinada. Vão se tornar párias sociais. Thomas será demitido; Benji será convidado a se retirar dos conselhos de caridade.

Greer se senta. Não consegue dormir. Precisa de um remédio.

Entra no banheiro da suíte máster e vê a pia de Tag – a lâmina e a escova de barbear, o pente de casco de tartaruga. Ela não suportaria entrar neste banheiro e ver o lado dele vazio. Estão juntos há muito tempo; passaram por muitas coisas.

Greer abre o armário de remédios e, ao fazê-lo, tem uma sensação peculiar de *déjà-vu*, como se tivesse visto a si mesma fazendo esses mesmos movimentos há pouco tempo… e assim uma parte dela entende que, quando olhar, seu remédio para dormir terá desaparecido.

Espera, pensa ela. *Espera* aí!

Quem receitou o remédio foi seu médico, o Dr. Crowe. Ele anda titubeando, está quase senil; é o "médico de mulher" de Greer desde que ela se mudou para Manhattan. O remédio é "bem potente", como Crowe gosta de lembrá-la, primo da metaqualona que todo mundo tomava nos anos setenta. "Bem potente" não é exagero; esses comprimidos derrubam Greer imediatamente e a prendem num caixão de obsidiana por oito horas seguidas. Ela não os guarda num frasco de farmácia, e sim numa caixa redonda, esmaltada e decorada com uma foto da Rainha Elizabeth II quando jovem. Ganhou a caixa de presente de sua avó ao completar 11 anos.

A caixa da Rainha Elizabeth fica sempre no mesmo local da mesma prateleira, e Greer sabe por que desapareceu. Ou, pelo menos, desconfia saber.

Ela fecha o armário de remédios e se olha no espelho. Precisa pensar no que fazer, mas não há tempo. Ela tem que falar com o delegado agora mesmo. Precisa salvar o marido, aquele desgraçado.

Sábado, 7 de julho de 2018, 16h

NANTUCKET

Marty Szczerba está sentado diante do balcão do restaurante Crosswinds, no aeroporto de Nantucket, finalmente almoçando. Ele gosta do sanduíche de pastrami e adora a salada de repolho deles; ganhou 14 quilos desde que Nancy morreu, o que não está ajudando em sua busca por uma nova namorada. De repente, uma mulher de aparência razoável e uns 40 e poucos anos se senta no banco ao lado. Ela aponta para o sanduíche dele e diz, com um sotaque inglês elegante:

– Vou querer o que esse cara está comendo. E uma taça de chardonnay. Uma taça grande.

Marty se atrapalha com o garfo e a faca na tentativa de chamar a atenção de Dawn, a atendente, que está num canto vendo o torneio de Wimbledon na TV.

– Dawn, a moça quer fazer um pedido.

Enquanto Dawn anota o pedido de sanduíche, salada de repolho e chardonnay numa taça grande, Marty dá uma olhada discreta em sua nova vizinha. Ela é loira, ou quase, está mais ou menos em forma, tem linhas de expressão em volta da boca e está com as unhas pintadas de vermelho-cereja. Está usando uma espécie de macacão verde-oliva sem alças, um tipo de peça que deve ser estilosa. Ele tem uma boa visão do peito e dos braços dela. Está um pouco rechonchuda, mas Marty também não tem músculos aparentes.

– Meu nome é Marty Szczerba – diz ele, estendendo a mão.

– Featherleigh – responde ela. – Featherleigh Dale.

Ela aperta a mão dele e abre um sorriso, e o vinho chega. Ela ergue a taça para Marty e diz:

– Mal posso esperar para sair desta ilha. As últimas 24 horas não foram das melhores.

Marty gostaria de ter uma taça para brindar com ela, mas ainda está no horário de trabalho. Ele também teve um dia infernal, começando e terminando com o caso da Madrinha Assassinada e do suspeito em fuga. No fim das contas, quem pegou o sujeito foi uma adolescente da ilha que trabalha na Hy-Line. Ficou feliz em saber que o cara não está mais foragido, mas é irritante saber que uma garota passou na frente só porque usou o Facebook para achá-lo. Assim não vale, não é? Marty adoraria ficar com um pouco da glória. Ele anda pensando em convidar Keira, a assistente do delegado, para sair, mas ela está na casa dos 30, malha todo dia e deve estar procurando alguém mais heroico do que Marty pode ser no momento.

– Então, está só de passagem? – pergunta Marty. – Onde você mora?

Ele sabe que é melhor não ter esperanças em relação a alguém de fora da ilha; ainda faltam dois anos para se aposentar, mas depois disso ele estará pronto para ir embora. Laura Rae e Ty estarão casados e felizes, talvez até esperando um bebê, e Marty se tornará um estorvo. Tomara que essa Featherleigh diga que mora em Boston. Não seria perfeito? Todo mês ele tem direito a duas viagens de ida e volta para Boston pela Cape Air. Ele se imagina passeando de mãos dadas com Featherleigh pelo Jardim Público, parando para almoçar no Parish Café na Boylston Street. Vão tomar coquetéis na região de Seaport, com vista para o mar. Boston é uma cidade ótima para casais apaixonados. Podem passear de barco na lagoa! Tomar café da tarde no Four Seasons! Ir a um jogo dos Red Sox! E, daqui a dois anos, quando estiver pronto para se aposentar, seu relacionamento com Featherleigh estará firme o bastante para o próximo passo.

– Londres – responde ela. – Tenho um apartamento na Sloane Square, se o banco já não tiver tomado de mim.

Londres, pensa Marty enquanto seus sonhos evaporam. É longe demais. Mas não seria um lugar ruim para visitar Featherleigh num relacionamento casual, sem compromisso. Ele nunca foi a Londres, algo que precisa resolver, principalmente porque em seu perfil no Match.com ele se gaba de viajar bastante.

– E o que você faz da vida? – pergunta ele.

Featherleigh toma um longo gole do vinho, depois apoia o cotovelo no balcão e a cabeça na mão, olhando para ele.

– Vendo antiguidades para gente rica. E você, Marty, o que faz?

Ele endireita um pouco a postura.

– Sou chefe de segurança aqui no aeroporto.

– Ora, é um trabalho de muito prestígio, não é?

A forma como ela pronuncia a palavra *prestígio* com seu sotaque inglês é tão encantadora que ele sorri.

– Ele é o mandachuva – acrescenta Dawn.

Em silêncio, Marty agradece a Dawn pelo apoio, embora fique um tanto constrangido por ela estar ouvindo sua primeira tentativa de paquerar desde 1976. Ele assente, confirmando, e depois imagina se Featherleigh está tirando sarro dele. Afinal, ele não é o chefe de segurança de um grande aeroporto, como o Heathrow. *O que seria um inferno*, pensa ele. Voos de todo o mundo convergindo. Como é que ele conseguiria rastrear as ameaças em potencial? Mesmo assim, os caras dão um jeito de fazer isso dia sim, dia não.

– No verão, o aeroporto de Nantucket é o segundo mais movimentado de Massachusetts – comenta Marty. – Só fica atrás do Logan.

– Logan? – pergunta Featherleigh.

– O aeroporto de Boston.

– Ah, sim. Bem, estou na lista de espera de um voo da JetBlue para o JFK. – Ela dá uma olhada no celular. – Tomara que eu consiga. – E dá uma piscadela para Marty. – Você não tem influência, né?

– Nas companhias aéreas? Não.

Essa resposta joga Featherleigh no abismo eletrônico do celular. Ela bebe a taça grande de chardonnay e começa a rolar a tela. Marty avalia a segunda metade do sanduíche, o queijo agora frio e solidificado, e a salada de repolho, que murchou e está parecendo uma sopa. Antes de perder Featherleigh completamente para o fascínio sedutor do Instagram, ele diz:

– Então, o que aconteceu de tão ruim na sua estadia?

Ela deixa o celular de lado e Marty tem uma sensação de triunfo infantil.

– Nem sei por onde começar.

– Tenta.

– Vim de Londres para participar de um casamento. Veja bem, eu não tinha interesse em ir ao casamento, mas um homem com quem eu estava saindo estaria lá, então eu disse que vinha.

Marty ouve as palavras *um homem com quem eu estava saindo* e o que resta do seu entusiasmo esmorece. Até mesmo alguém não-linda-mas-razoável como Featherleigh tem alguém. *Onde estão todas as mulheres razoáveis-e-desimpedidas?*, pensa Marty. *Alguém me diga!*

– E aí, por um motivo terrível demais para explicar, o casamento foi cancelado...

– Espera aí. Você ia ao casamento lá em...?

Nesse momento o celular de Marty começa a tocar e uma olhada discreta na tela mostra que é o delegado. Ele precisa atender a chamada, por isso ergue o dedo para Featherleigh.

– Desculpa, só um momento – diz ele, contente com a oportunidade de mostrar para ela que ele é mesmo meio importante. – Como posso ajudar, delegado?

– Agora estamos procurando outra pessoa. Temos motivo para acreditar que ela está no aeroporto tentando pegar um voo. Mulher, 40 e poucos anos, cabelo meio loiro; o nome é Featherleigh Dale.

Marty fica boquiaberto e o celular quase escorrega da mão, mas ele consegue se recompor e abrir um sorriso para Featherleigh.

– Deixa comigo, delegado – diz ele.

TAG

Ele aperta a mão do delegado e tenta usar o tom de voz adequado: triste mas firme, apreensivo mas inocente. De manhã, Greer acordou Tag empurrando o ombro dele e dizendo:

– Merritt, a amiga da Celeste, a amiga, a madrinha, Tag, ela morreu. Se afogou no mar. Ela morreu. Os paramédicos e a polícia estão aqui. A

Celeste encontrou a moça boiando. Ela morreu. Meu Deus, Tag, *acorda. Faz* alguma coisa.

Nessa hora ele pensou estar preso num pesadelo. Levou vários segundos para perceber que Greer era real e o que estava dizendo era verdade.

Merritt havia se afogado. Estava morta.

Não é possível, pensou ele. Ele a havia deixado na praia depois do passeio de caiaque. Ela foi embora pisando duro; abalada, sim, mas ainda bem viva.

Em terra firme. Tag achou que ela havia ido dormir.

Ele não sabe ao certo o que a polícia sabe.

Será que sabem do caso?

E da gravidez?

Vão descobrir que Merritt estava grávida assim que a legista der notícias, mas será que descobrirão o caso? A quem Merritt contou? Será que contou a Celeste? E Celeste contou à polícia? Ao ouvir a notícia pavorosa, o primeiro impulso de Tag foi procurar Celeste para lembrá-la de que o futuro da família Winbury dependia do bom senso dela. Mas a jovem fora levada para a emergência do hospital para se acalmar e não voltou para casa – o que desconfia não ser um bom sinal.

Ele leva o delegado ao seu escritório. Benji saiu depois que o pai admitiu ter levado Merritt para passear de caiaque, e Thomas também evaporou. Mas os dois filhos sabem que é melhor não dizer uma palavra à polícia; Tag acredita nisso. O bem-estar deles depende do bem-estar *dele*.

Tag pergunta ao delegado:

– Quer tomar alguma coisa?

O policial levanta a mão.

– Não, obrigado.

Tag se acomoda na poltrona atrás da mesa e oferece ao delegado uma das duas poltronas em frente. Isso faz com que se sinta no controle da situação, como se ele tivesse convidado o policial para conversar, e não o contrário. *Realidade é percepção*, pensa Tag. Por que não deixar o delegado em desvantagem?

– O que o senhor descobriu? – pergunta Tag.

– Perdão?

– Uma jovem morreu. E foi na minha propriedade, ou quase. Talvez tenha sido um acidente. Talvez a Merritt tenha bebido demais e se afogado. Mas, se tiver alguma prova de que alguma outra coisa aconteceu, eu mereço saber. – Tag adota um olhar severo. – Não é?

– Não. Não merece.

Tag abre a boca para dizer… para dizer o quê? Não importa, porque o delegado se inclina para a frente e pergunta:

– Quando foi a última vez que o senhor viu a Srta. Monaco?

Tag pisca, hesitando. Seu impulso é mentir – é claro que é mentir! –, porque a verdade é incriminadora demais.

– Eu vi a Merritt ontem à noite – responde Tag.

O delegado assente.

– A que horas?

– Isso eu não sei.

– Tudo bem. Onde estava quando a viu pela última vez?

– Eu estava… lá atrás.

– Pode ser mais específico, por favor? Em que circunstâncias o senhor viu a Srta. Monaco pela última vez?

Tag demora um pouco a responder. Teve o dia todo para avaliar várias respostas a essa pergunta, mas agora está em dúvida.

Se eu mentir, vão me pegar, pensa. E ele é inocente. No que diz respeito à morte de Merritt, é inocente.

– Estávamos atrás da casa, na tenda, bebendo – conta ele. – Tinha mais gente. Éramos eu, meu filho Thomas, a Featherleigh Dale, que é amiga da família, e a Srta. Monaco.

– E como o senhor descreveria o humor da Srta. Monaco naquele momento?

Tag pensa nisso. Ele deu boa-noite a Bruce Otis e planejava ir para a cama, mas Thomas voltou da cidade sozinho. Abby havia ligado insistindo para ele voltar para casa; quando foi para o quarto, porém, ela estava dormindo.

– Ou fingiu que estava dormindo – disse Thomas. – É como se ela estivesse tentando me pegar fazendo alguma coisa.

– Te *pegar*? – disse Tag.

Relembrou a noite em que terminou com Merritt, quando viu Thomas sozinho no bar do Four Seasons. E assim, em vez de ir para a cama, Tag pegou uma garrafa de rum no bar do escritório. Como dizia Mary Margaret, sua tia favorita: *Quando não souber mais o que fazer, encha a cara.* Tag teria uma conversa sincera com Thomas; já passava da hora.

– Vamos lá para a tenda – disse Tag.

Nem precisou insistir. Thomas montou uma das mesas redondas destinadas à festa e trouxe quatro cadeiras dobráveis – pensando, imaginou Tag, que os outros poderiam se juntar a eles quando voltassem da cidade. Tinha acabado de servir a bebida quando Merritt e Featherleigh surgiram das sombras. Foi quase como se estivessem de tocaia. Ao ver Merritt, Tag teve medo, mas ela abriu um sorriso pesaroso para ele, que pensou ver aquiescência em seu olhar. Ela faria o que ele pediu: aceitaria o dinheiro, interromperia a gravidez e iria embora. Ele sabia que ela não queria o bebê.

– As moças aceitam uma saideira? – perguntou Tag.

– Era o que eu vinha pedindo a Deus – disse Featherleigh.

Merritt não falou nada, mas se sentou ao lado de Tag e, quando ele colocou um copo na frente dela, ela não o recusou.

Ficou um pouco incomodado com a intimidade repentina que Merritt parecia ter com Featherleigh Dale. O que *aquelas duas* estavam fazendo juntas? E por que Featherleigh ainda não tinha ido embora, se havia se hospedado numa pousada na cidade? Tinha esperado até o último minuto para fazer a reserva e, por isso, acabara numa verdadeira espelunca, como Greer a descreveu; talvez por isso não quisesse ir embora.

– A Merritt parecia estar de bom humor – diz Tag ao delegado. – Quer dizer, eu acho. Na verdade, não a conhecia muito bem.

– Não?

Tag sente um aperto no estômago. Agora é hora de exigir um advogado. Ele pensou em ligar para Sergio Ramone assim que descobriu que Merritt havia morrido, mas, na sua opinião, contratar um advogado é o mesmo que admitir a culpa. E Tag não a matou.

Não mesmo.

– Não tive nada a ver com a morte da Srta. Monaco – declara ele. – Absolutamente nada.

– O senhor estava tendo um caso com Merritt Monaco?

– Estava, sim. Mas terminei com ela semanas atrás.

– A Srta. Monaco contou que estava grávida de um bebê seu?

– Ela *disse* que estava...

– Certo – diz o delegado, e se inclina para a frente outra vez. – Aposto que o senhor não ficou muito feliz quando soube. Aposto que não mediria esforços para manter essa notícia em segredo.

Tag se encolhe. Poderia entregar-se à mercê do delegado, quem sabe apelar de homem para homem? Basta olhar para ele para perceber que é um sujeito honrado. Ele usa uma aliança de ouro. Deve estar casado há 25 ou trinta anos e nunca sequer olhou para outra mulher.

– Eu *não* mediria esforços para manter a notícia em segredo – admite Tag. – Se tivesse certeza de que o bebê era meu. A Merritt saía com outros homens. Tem um irlandês, o Robbie, que trabalha no bar Breslin em Nova York. O bebê podia ser dele.

– Mas ela disse que era seu – argumenta o delegado. – Não importa se era do Robbie. Era *o senhor* que ela estava ameaçando. Ela ameaçou expor o seu caso. Tenho certeza de que deve ter sido assustador para o senhor, principalmente neste fim de semana, quando estava rodeado de familiares e amigos. Seu filho vai se casar; não era justo ela escolher bem essa hora para lavar roupa suja em público.

Tag ouve a compaixão falsa na voz do delegado, ainda que as palavras sejam verdadeiras: não era justo.

– Eu disse para a Merritt que depois do casamento lhe daria um cheque. Queria que ela interrompesse a gravidez. – Ele levanta as mãos. – É feio, eu sei. Mas não é o mesmo que matá-la.

O delegado o encara.

– Acha mesmo que eu seria idiota a ponto de afogar uma mulher com quem estava dormindo, uma mulher que alegou estar grávida de mim, e largá-la no mar para aparecer em frente à minha casa na manhã do casamento do meu filho? Não fiquei tão desesperado assim. Fiquei preocupado, sem dúvida, mas não desesperado, e não matei ninguém.

– O senhor levou a Srta. Monaco para passear de caiaque, certo? O caiaque que encontramos na praia? Sua esposa e sua nora disseram que o senhor é a única pessoa que usa os caiaques.

– É. Levei, sim.

– Bem na calada da noite – continua o delegado. – Não acha que parece uma medida desesperada? No mínimo imprudente?

– Ela disse que precisava falar comigo. Longe de todo mundo, longe da casa.

– E o que aconteceu enquanto passeavam de caiaque?

– Eu ia remar até a praia de uma ilha perto de Abrams Point, mas estava escuro e tive dificuldade para encontrar o lugar. E, quando estávamos em mar aberto, no meio do nada, o caiaque se inclinou para a direita e ouvi o som de uma queda na água. A Merritt havia pulado. – Tag se inclina para a frente. – O senhor precisa entender que a Merritt estava desequilibrada. Estava cheia de hormônios, emotiva e mentalmente instável. Ela admitiu que só queria ficar com o bebê porque isso dava a ela poder sobre mim. Aí ela pulou do barco feito uma doida. Tive que remar de volta e puxá-la pelo pulso.

– Pelo pulso?

– É. E assim que ela voltou para o caiaque eu remei para casa como se não houvesse amanhã. Ela desceu na praia e foi embora. Achei que ela fosse dormir.

– O senhor não guardou o caiaque – diz o delegado. – Ele ficou virado na praia. E isso, pelo que sei, não combina com o senhor.

– Foi incomum – admite Tag. – Mas tive medo de que, se eu demorasse para guardar o caiaque, ela voltasse, fizesse mais uma cena, gritasse. As pessoas poderiam ouvir. – Ele abaixa a cabeça nas mãos. – Eu só queria que ela me deixasse em paz.

– Exatamente. O senhor só queria que ela o deixasse em paz. – O delegado põe as mãos sobre a mesa e se inclina ainda mais. – A legista encontrou um sedativo forte no organismo da Srta. Monaco. Então vou dizer o que eu acho. Acho que o senhor serviu bebida para a moça e entre um gole e outro batizou o copo dela. Depois a convidou para sair de caiaque e, ops, virou o barco, e ela nunca voltou a bordo. Ou talvez o senhor tenha feito o que disse e a tenha puxado de volta pelo pulso. Talvez tenha deixado a moça desmaiada no caiaque e depois a largado mais perto da praia, para parecer que ela foi nadar e se afogou.

– Não. *Não foi* isso que aconteceu. Eu não droguei a Merritt e não a larguei em lugar nenhum.

– Mas admite que serviu as bebidas. Certo?

– Certo, mas...

– Ela bebeu mais alguma coisa?

– Água. Água! A Featherleigh foi para a cozinha em algum momento...

Agora Tag não consegue lembrar se foi antes ou depois de Thomas subir. Ele acha que foi antes. Thomas pode confirmar. Mas não... não, foi depois. Com certeza foi depois.

– E a Featherleigh voltou com um copo de água gelada – afirma ele.

– Sério? – O delegado faz uma anotação no caderno.

– É sério, sim.

De repente esse parece ser o detalhe que vai salvá-lo. Tag estranhou quando Merritt pediu água porque pareceu indicar que estava preocupada com a própria saúde – ou com a saúde do bebê –, depois percebeu que não chegou a vê-la beber nenhuma das doses que ele serviu. Imaginou se ela teria jogado a bebida por cima do ombro. Featherleigh teve o maior prazer em buscar água para sua nova melhor amiga, e, enquanto ela estava fora, Merritt disse a Tag que precisava conversar com ele a sós.

– A Featherleigh levou um copo de água para a Merritt – repete Tag. – E a Merritt bebeu tudo.

– Bebeu tudo? Ninguém mais bebeu água?

– Isso mesmo – responde Tag, e relaxa no encosto da cadeira.

Talvez Featherleigh tenha batizado a água de Merritt, ou talvez as duas tenham usado alguma droga no começo da noite. Featherleigh é imprevisível. Tag a classificaria como inofensiva, mas ela pode ter causado esse nível de caos sem querer.

– Não havia nenhum copo d'água no local – diz o delegado.

– Não? – pergunta Tag, sem entender. – Bem, estou dizendo que a Merritt bebeu um copo de água gelada. A Featherleigh pegou na cozinha.

Tag encara o delegado com um olhar carrancudo, o que parece arriscado, mas está cansado de tanta intimidação. Ele não drogou Merritt e não a matou.

– Acho que o senhor precisa falar com a Featherleigh Dale.

– E eu acho que o senhor precisa parar de me dizer como conduzir minha investigação – retruca o delegado.

Ele mal levanta a voz, mas o tom é severo mesmo assim. Ele é da região.

Deve ter ressentimento de homens como Tag, com suas casas de revista e sua moral duvidosa.

– Tenho mais uma pergunta – diz o delegado.

Tag está vendo manchas na visão periférica, o primeiro sinal de uma cefaleia de tensão.

– E qual é?

– A Srta. Monaco estava com um corte bastante feio no pé. E havia vestígios do sangue dela na areia da praia em frente à casa. Sabe alguma coisa sobre isso?

– Não. Ela não tinha nenhum corte no pé quando estávamos na tenda. Pode perguntar para a Featherleigh! Pergunte ao Thomas! Ela deve ter se cortado depois que voltou para a praia. Isso prova que eu a trouxe de volta em segurança!

– Isso não "prova" coisa nenhuma, mas obrigado pelas respostas.

O delegado se levanta e Tag também, embora suas pernas estejam fracas e bambas.

– Acho que é bem óbvio que a Merritt tomou algum remédio porque estava abalada, depois voltou para o mar e se afogou – diz Tag. – O senhor poderia concluir que a morte dela foi acidental. Seria mais fácil para todos... para a família dela, os amigos, meu filho e a Celeste.

– Eu poderia, sim, concluir que foi acidente. E o senhor tem razão: provavelmente seria mais fácil para todo mundo, inclusive o pessoal da minha delegacia. Mas isso não quer dizer que seria verdade. E no meu trabalho, Sr. Winbury, eu procuro a verdade. O senhor, obviamente, não entenderia.

– Não precisa ofender – diz Tag.

– Bem, já foi.

Então, para alívio de Tag, o delegado vai até a porta.

– Eu aviso se precisar de mais alguma coisa.

– Então terminou a conversa? – pergunta Tag.

– Por enquanto – responde o delegado.

Domingo, 10 de junho de 2018

CELESTE

Benji está em seu fim de semana de despedida de solteiro. Shooter organizou a libertinagem completa: na quinta-feira à tarde desembarcaram em Las Vegas, onde foram para a suíte na cobertura do Aria Resort & Cassino e jogaram a noite inteira. Na sexta o programa foi duplo: corrida de carros e clube de tiro. No sábado foram a Palm Springs jogar golfe e jantaram no Mr. Lyons, comendo um bife de mil dólares por pessoa. E hoje, domingo, voltarão para casa.

Antes de partir para Vegas, Benji tentou pedir desculpas adiantadas.

– Com certeza vai ter strippers – disse ele. – Ou coisa pior.

– Prostitutas e d-d-drogas – respondeu Celeste, e se despediu dele com um beijo. – Ou lésbicas p-p-performáticas. Não q-q-quero saber nenhum d-d-detalhe. Aproveite b-b-bem.

– Devo ficar feliz ou preocupado por você não ser contra essa viagem?

– F-f-feliz.

Celeste passou a sexta-feira e o sábado em Easton com seus pais. A mãe terminou o tratamento; não havia mais nada que pudessem fazer a não ser agradecer pela chegada de cada novo dia. Karen sentia-se muito bem, então os três deram uma caminhada pelo bairro e depois jantaram cedo no Diner 248.

A pedido do pai, Celeste levou o vestido de noiva. Ele tinha dito:

– Você pode experimentar para sua mãe ver.

– Mas p-p-por quê? Vocês ainda v-v-vão ao c-c-casamento, né? Em Nan-t-t-tucket?

– Traga o vestido, por favor – insistira Bruce.

E assim, depois que a mãe se acomodou em casa no sábado à noite, Celeste experimentou o vestido de noiva, calçou o sapato branco de salto gatinho forrado com xantungue de seda e pôs os brincos de pérola. Não se preocupou em arrumar o cabelo e se maquiar, mas isso nem teve importância. Ao vê-la, Karen sorriu, radiante; seus olhos brilharam e ela levou as mãos ao coração.

– Ah, querida, você está um *espetáculo*.

Obrigado, Bruce murmurou sem voz do outro lado da sala. Celeste girou a saia e tentou sorrir.

Agora, no domingo de manhã, ela volta à cidade para almoçar com Merritt num lugar chamado Fish, na Bleecker Street.

– Quero comer ostra – disse ela a Celeste por telefone. – E não quero topar com ninguém que eu conheça. Preciso falar com você.

Quando Celeste chega ao Fish, Merritt já está lá com um Bloody Mary na mão. Está quebrando amendoins entre o polegar e o indicador e jogando as cascas no chão. O lugar tem a atmosfera de um boteco pé-sujo, mas há caixas de gelo triturado sobre as quais se exibem pilhas e mais pilhas de ostras. Na TV passa o jogo dos Yankees. O bartender usa uma camiseta que diz SEXO, DROGAS E SANDUBA DE LAGOSTA.

– Oi – diz Celeste, ocupando o banquinho ao lado de Merritt.

Ela dá um beijo na bochecha da amiga e pede um Bloody Mary também. Sente que merece um pouco de hedonismo; afinal, estava cumprindo seus deveres filiais enquanto Benji passava três dias na farra.

– Oiê – responde Merritt. – Tem notícia do Benji?

– Não. Pedi para ele não me ligar.

De repente ela sente o humor revigorado e a fala ligeira. A gagueira praticamente desaparece quando está a sós com a amiga.

– Sério? – diz Merritt.

– Sério. Eu queria que ele curtisse o fim de semana e não se preocupasse em dar satisfações para a futura esposa.

– Meta de relacionamento.

Celeste toma um gole do Bloody Mary; o álcool e o tempero vão direto para a cabeça. Pensa em contar a Merritt que a razão pela qual pediu para Benji não ligar foi que ela não queria ouvir nenhuma notícia de Shooter – o que havia planejado, o que estava fazendo, o que disse de engraçado. Celeste está quase na linha de chegada. O casamento é daqui a quatro semanas, mas ela ainda está com medo de levar uma rasteira do próprio coração irracional. Pensa em cancelar o casamento todos os dias.

Ela toma outro gole enquanto Merritt lê a lista de ostras no quadro-negro. Seria um alívio confessar seus sentimentos a ela. Melhores amigas servem para isso mesmo, certo? Tecnicamente, Celeste está sendo uma amiga ruim por *não* contar a ela. Ainda assim, receia nomear os sentimentos. Teme que, ao dizer as palavras em voz alta – *estou apaixonada por Shooter –*, algo muito ruim aconteça.

Merritt pede uma dúzia de ostras. Ela afirma que está no clima da Costa Oeste, então seis *kumamotos* e seis *fanny bays*. Celeste concorda em provar uma de cada na tentativa de cultivar o gosto por essas coisinhas. Gênero: *Crassostrea*. Espécie: *gigas*.

Merritt inspira exageradamente e diz:

– Por favor, não me julgue.

– Nunca – responde Celeste. – O que está acontecendo?

Merritt estende a mão.

– Estou tão nervosa que chego a tremer.

– Pode contar.

Celeste está acostumada à atitude dramática de Merritt. É uma das razões pelas quais a ama.

– Ando ficando com uma pessoa – diz Merritt. – Começou algumas semanas atrás e achei que fosse só um lance casual, mas aí o cara me ligou e desde então a coisa ficou mais séria.

– Certo…

Celeste ainda não entende qual é o problema.

– Ele é casado – conta Merritt.

Celeste balança a cabeça.

– Achei que você tivesse aprendido a lição com o Travis Darling.

– O Travis era um predador. Desse outro cara eu gosto muito. O problema é que… Promete que não me mata?

– Te matar?

Celeste não consegue imaginar o que a amiga está tentando dizer.

– É o seu futuro sogro. – Merritt abaixa a cabeça, mas se vira um pouco para olhar Celeste de relance. – É o Tag.

Celeste tem muito orgulho de si mesma agora: afinal, ela não está gritando. Não saiu do bar dramaticamente rumo ao metrô de volta para casa. Em vez disso, termina o resto do Bloody Mary e faz sinal para o bartender trazer mais um.

É o Tag. Merritt e… Tag.

Celeste acha que anda passando muito tempo com Merritt, porque não está chocada. É até fácil demais imaginar Merritt e Tag juntos.

– Começou quando ele te levou àquele jantar da vinícola?

– Um pouco antes disso. Vi que ele ficou de olho em mim na sexta à noite, na sua despedida de solteira, quando a gente estava na frente da casa esperando o táxi. E depois, no sábado de manhã, dei uma sondada para ver se ele estava mesmo interessado, e estava.

– Você *foi para a cama* com ele?

Tag é um cara atraente e todo alfa, bem o tipo de homem de que Merritt gosta. Mas Celeste não consegue imaginar alguém *transando* com ele. É mais velho que o pai dela.

– Você tem 28 anos mesmo? – retruca Merritt. – Lógico que fui para a cama com ele.

– Eca – resmunga Celeste. – Desculpa, mas…

– Achei que ia ser uma vez só. Ele pediu meu telefone, mas nunca pensei que ele fosse ligar. Mas aí, depois de uma semana e meia, ele me ligou às duas da manhã.

– Céus.

A mente de Celeste começa a percorrer o caminho previsível: *O que é que o Tag tem na cabeça? Que cara nojento! É bem o estereótipo do macho babaca!* Até este momento, Celeste gostava dele. É uma decepção descobrir que ele está se aproveitando da amiga dela, uma mulher da mesma idade que os filhos dele. Será que faz esse tipo de coisa o tempo todo? Deve fazer! E quanto a Greer? Celeste nunca poderia imaginar que teria motivo para sentir pena de Greer Garrison, mas agora tem. Ela entende o impulso biológico por trás dos atos de Tag: ele ainda é viril, ainda procura espalhar sua semente e propagar a espécie.

Mas fala sério!

– Fala sério! – exclama Celeste.

O acesso de raiva faz Merritt se encolher.

– Desculpa – diz Celeste, e mergulha no segundo Bloody Mary. – Desculpa. Não vou te julgar. Mas, p-p-por favor, Merritt, você precisa terminar com ele. Amanhã. Ou, m-m-melhor ainda, hoje à noite.

– Acho que não consigo. Estou muito envolvida. Ele me virou a cabeça. Meu aniversário é na semana que vem e pedi para ele viajar comigo. Acho que ele está pensando no assunto.

– Você é uma m-m-mulher adulta – diz Celeste.

Ela estremece; a gagueira voltou. É claro que voltou! Ela estava relaxada, mas agora parece que saiu de uma montanha-russa com o estômago cheio de salgadinhos.

– Ele *não virou* sua cabeça – continua Celeste. – Você pode exercer o livre-arbítrio e se afastar.

– Eu não paro de pensar nele – argumenta Merritt. – Ele está no meu sangue. Tipo uma infecção.

As ostras chegam e Merritt, distraída, cobre metade delas com molho picante.

– Você consegue imaginar como é?

No meu sangue. Infecção.

Sim, pensa Celeste. *Shooter.*

– N-n-não – diz ela.

Celeste não deveria, mas passa a tarde toda no Fish com Merritt. Come uma salada Cobb, Merritt um hambúrguer de atum com wasabi extra.

Pedem uma garrafa de vinho sancerre, e depois – porque Celeste está processando a notícia muito devagar e Merritt está experimentando uma espécie de euforia por finalmente contar a ela – pedem mais uma garrafa.

– O sancerre é um sauvignon blanc que vem do Vale do Loire – explica Merritt. – O Tag me ensinou isso na primeira noite que passei com ele.

– Legal – diz Celeste.

Paciente, ela espera enquanto a amiga revela aos poucos os pormenores do relacionamento com Tag. Os dois costumam se encontrar no apartamento dela. Uma vez saíram para comer sanduíches. Ele puxou a cadeira para ela, descartou os restos e pagou a conta. Tag é refinado, maduro, inteligente e bem-sucedido. Merritt sabe que é clichê, mas ficou gamada no sotaque inglês dele. Ela quer *comer* esse sotaque, *se banhar* nele. Tag tem ciúme de Robbie. Tanto que ficou esperando por Merritt na frente do prédio dela, no meio da noite.

– Ele chega a f-f-falar da Greer? – pergunta Celeste, servindo-se de mais uma taça de vinho.

Está ficando bêbada. Já levaram os pratos e, por isso, ataca a tigela de amendoins.

– Às vezes ele fala – responde Merritt. – Mas em geral a gente evita o assunto "família".

– É melhor.

Merritt conta que, poucos dias antes, Tag pediu que ela fosse ao bar de um hotel onde ele ia beber com clientes. Transaram no banheiro feminino e depois Merritt foi embora.

Parece uma cena de filme, pensa Celeste. Só que é a vida real, com sua melhor amiga de verdade e seu futuro sogro de verdade. Ela deveria ficar *horrorizada*! Mas, numa reviravolta atípica, quase sente alívio por Merritt estar fazendo algo ainda pior do que ela. Celeste está apaixonada pelo melhor amigo de Benji. Mas exerceu sua força de vontade. A força de vontade, ela agora entende, é uma espécie ameaçada de extinção. As outras pessoas têm casos de amor extremamente inapropriados.

– Tenho que ir para casa – anuncia Celeste, olhando o celular. – O Benji pousa daqui a v-v-vinte minutos e vai jantar lá em casa.

– Você não pode contar para ele – diz Merritt.

Celeste olha bem para a amiga. Ela não sabe ao certo com que expressão a encara, porque tem a sensação de que o próprio rosto é feito de geleia. A atmosfera do bar está tremeluzindo. Ela está *muito* bêbada.

– É claro que não vou contar – responde.

Merritt paga a conta, e Celeste, pela primeira vez, não reclama nem se oferece para pagar metade, tampouco recusa quando a amiga coloca 30 dólares na mão dela e a põe dentro de um táxi rumo ao seu bairro. É dinheiro de suborno, e Celeste merece.

Ela dá um jeito de subir a escada e entrar no apartamento. Não consegue imaginar como ficar sóbria o bastante para jantar com Benji, mas, se cancelar, ele vai achar que ela está chateada porque ele passou o fim de semana fora.

Ela *não pode* contar sobre Merritt e o pai dele. Não pode dar com a língua nos dentes. Tem que agir como se estivesse tudo bem, normal, como sempre.

Ela manda uma mensagem para Merritt. **Termine com ele! Agora! Por favor!**

Depois adormece de bruços no futon.

Celeste acorda ao ouvir a campainha do apartamento. A luz que entra pela janela do único quarto diminuiu. Está tarde. Que horas são? Ela olha o relógio de cabeceira. Sete e quinze. Deve ser Benji.

Ela corre até a porta e aperta o botão do interfone para liberar a entrada, depois voa até o banheiro para escovar os dentes e jogar água no rosto. Ainda está bêbada, mas não tanto quanto antes, e ainda não está com a boca seca, nem de ressaca. Sente até um pouco de fome. *Talvez a gente possa ir a pé até o restaurante peruano*, pensa ela. É domingo à noite, então Benji vai dormir na casa dele e Celeste pode estar na cama às dez. Amanhã haverá duas excursões escolares no zoológico; é a maldição de junho.

Ela está imersa nesses pensamentos corriqueiros quando abre a porta, por isso o que vê a deixa completamente chocada.

Não é Benji.

É Shooter.

– Espera aí – diz ela.

– Oi, flor do dia. Posso entrar?

– Cadê o B-B-Benji? – Ela sente uma flecha de pânico puro rasgar seu íntimo. – Aconteceu alguma c-c-coisa?

– Ele pegou um táxi direto do aeroporto para casa. Ele não te ligou?

– N-n-não sei.

Celeste não pega o celular desde... desde antes de entrar no táxi e voltar para casa.

Shooter assente, dizendo:

– Pode acreditar. Ele ligou para você e deixou uma mensagem avisando que queria ir para casa dormir. Quando a gente saiu do avião não restava muita coisa do velho Benji.

– Sei – responde Celeste. – Então p-p-por que você veio aqui?

– Posso entrar, por favor?

Celeste olha atrás de Shooter. A escada está cinza e lastimável como sempre. Ela pensa em ter vergonha do apartamento; Shooter mora num apartamento alugado em Hell's Kitchen, mas até isso deve ser melhor que o dela.

Não devia se importar com o que ele pensa.

– Tudo bem – responde ela.

Está se saindo bem ao fingir indiferença, até um pouco de irritação, mas seu coração está se debatendo no peito feito Kellyanne, a arara frenética do Zoológico do Bronx. Benji saiu exaurido de sua aventura de solteiro, e Shooter não parece estar muito melhor que ele. O cabelo está bagunçado e ele está com uma camiseta do New York Giants, um short cáqui desfiado e chinelo de dedo. Para Celeste, ele parece mais jovem, quase inocente.

Ela se afasta para ele entrar e depois fecha a porta.

– E aí, como foi a despedida de solteiro do século? – pergunta ela.

Em vez de responder, Shooter a beija, uma vez só, e a sensação é exatamente como Celeste sonhou: suave e deliciosa. Ela solta um murmúrio terno, como o arrulho de uma pomba, e Shooter a beija outra vez. As bocas se abrem e a língua dele procura a dela. As pernas dela começam a tremer;

não consegue acreditar que ainda está de pé. Shooter segura a cabeça dela com as duas mãos; o toque é delicado, mas a eletricidade, o calor e o desejo entre eles não têm freio. Celeste não imaginava que seu corpo pudesse reagir assim a outra pessoa. Ela está em chamas.

Shooter passa as mãos pelas costas dela até a bunda e a puxa para junto de si. Ela o quer tanto que chega a ter vontade de chorar. Detesta ter razão. Ela sabia que, se isso acontecesse, ficaria delirante e perderia o controle dos sentidos.

Não para, pensa ela. *Não para!*

Mas ele se afasta.

– Celeste… – diz com a voz rouca. – Estou apaixonado por você.

Também estou apaixonada por você, pensa ela. Mas não consegue dizer isso, e de repente seu bom senso entra em ação como deveria ter feito poucos minutos antes. *Isso é errado! É errado!* Ela está noiva de Benji! Não vai se rebaixar assim, *não vai* traí-lo. Não vai *traí-lo*. Não será como Merritt e Tag. Eles podem achar que a intensidade do desejo justifica seus atos, mas isso é moralmente conveniente. Celeste não é religiosa, mas tem um senso rígido de certo e errado e também acredita – embora nunca vá dizer isso – que, se Merritt e Tag continuarem assim, algo ruim vai acontecer. Algo muito ruim.

Esse não será o caso de Celeste. Ela não pode fraquejar assim, senão sua mãe vai morrer. Com certeza.

– É melhor você ir embora – diz ela.

– Celeste…

– Vai. – Ela abre a porta, sentindo-se fraca. – Shooter. Por favor. *Por favor.*

Ele a encara por um bom tempo com seus olhos azuis hipnóticos. Celeste se apega àquele pedacinho de si mesma que sabe que essa é a atitude certa, a única atitude possível.

Shooter não insiste. Ele sai, e Celeste fecha a porta.

Sábado, 7 de julho de 2018, 17h15

NANTUCKET

Nick acaba de falar com o delegado: de repente, conversar com Featherleigh Dale se torna *muito importante*. Tag Winbury, o pai do noivo, ainda é suspeito, mas o delegado não está convencido de que foi ele.

— Ele admitiu que levou a moça para sair de caiaque — contou o delegado agora há pouco. — Disse que ela pulou de propósito no mar e que ele a puxou de volta pelo *pulso*, o que combina com o relatório da legista. Ele admitiu ter servido a bebida, então uma explicação razoável é que ele batizou uma dose, mas a perícia não encontrou nada na garrafa nem nos copos. Ele não sabia do corte no pé dela. Disse que ela deve ter se cortado depois que os dois voltaram para terra firme. Temos que falar com a Featherleigh sobre o corte. E o Tag disse que a Merritt bebeu um copo d'água que a Featherleigh pegou na cozinha.

— Água? — estranhou Nick. — Não tinha nenhum copo d'água no local.

— Pois é. Ele pode estar mentindo. Ou então...

— Alguém sumiu com o copo d'água — concluiu Nick.

A mãe, Greer Garrison, havia passado na cozinha em algum momento para pegar champanhe. Nick ainda tem a impressão de que ela está escondendo alguma coisa.

— Se a Greer sabia do caso...

— E da gravidez... — acrescentou o delegado.

– Talvez *ela* tenha colocado um comprimido na água. E depois voltou, tirou o copo de lá e pôs na lava-louça. Mas como ela poderia saber que a Merritt ia nadar depois?

– Talvez o pai e a mãe tenham agido juntos – sugeriu o delegado.

– Os dois? – duvidou Nick. – Na noite anterior ao supercasamento do filho? Um casamento pelo qual eles pagaram?

– Pois é, e não é só isso. Tag Winbury é um cara inteligente. Se tivesse usado o passeio de caiaque para afogar a moça, faria questão de guardar o caiaque na volta. Não é? Para encobrir os rastros.

– Será que estamos pensando demais? – perguntou Nick. – E se foi só um acidente?

– Esclareça todos os detalhes com a Featherleigh.

– Você me conhece – respondeu Nick. – Sou um cão de caça.

Nick já está na sala de interrogatório quando trazem Featherleigh Dale. Ele a ouve resmungar um pouco no corredor: ela vai perder o voo para o JFK. Precisa voltar para Londres. Luklo abre a porta da sala e conduz a Srta. Dale para dentro. Nick se levanta.

Ele e Featherleigh Dale avaliam um ao outro e ela diz:

– Você é um pedaço de mau caminho, hein?

Luklo abre um sorrisinho e Nick estende a mão.

– Srta. Dale, eu sou Nick Diamantopoulos, detetive da Polícia Estadual de Massachusetts. Só tenho algumas perguntas e, assim que terminarmos de conversar, se ficarmos satisfeitos com as suas respostas, vou pedir que o policial Luklo a leve de volta ao aeroporto.

– Se eu soubesse que o detetive tinha essa carinha, com certeza cometeria um crime.

– Por favor, queira se sentar.

Featherleigh puxa sua mala de rodinhas e deixa em cima da mala uma bolsa transbordando várias coisas – um romance de banca, uma escova de cabelo, um pacote aberto de pretzels que se derramam pelo chão. Depois tira uma bolsa de mão menor de dentro da mala e a leva consigo para a mesa, onde começa a passar um batom vermelho-vivo.

Nick espera até ela se acomodar e pensa: *Esta mulher é desorganizada demais para matar alguém, mesmo que por acidente.* Mas talvez esteja errado. Featherleigh Dale tem 40 e poucos anos, é um pouquinho corpulenta, tem cabelo metade loiro e metade ruivo – parece que mudou de ideia no meio do tingimento – e está com o que parece ser um macacão usado pela Força Aérea em 1942, mas sem as mangas.

– Quer beber alguma coisa? – pergunta Nick.

– Só se você tiver um chardonnay decente. Vocês interromperam meu almoço.

Nick se acomoda na cadeira.

– Vamos começar, Srta. Dale…

– Feather. Meus amigos me chamam de Feather.

– Feather – diz Nick, e quase sorri.

Em outros tempos havia uma prostituta travesti na Brock Avenue em New Bedford chamada Feather. Ele se força a lembrar que esse é um assunto sério e que precisa esclarecer todos os detalhes.

– Vamos começar com como você conheceu os Winburys.

Featherleigh, que agora é Feather, faz um gesto de desdém.

– Conheço a família desde sempre.

– Como assim?

– Bem, vejamos… Tag Winbury estudou em Oxford com meu irmão mais velho, Hamish, que Deus o tenha, então conheço o Tag desde criança. Retomei contato com a família no enterro do meu irmão e, depois disso, nossos caminhos continuaram se cruzando. Tenho uma empresa especializada em obter antiguidades para pessoas como a Greer, gente que tem mais dinheiro que Deus e não se importa em gastar 30 mil libras num sofá. Encontrei uns vitrais recuperados de uma igreja de Canterbury para ela. Custaram 10 mil libras *cada*, e aposto que ainda estão guardados.

– Então você tem uma relação comercial com os Winburys – diz Nick.

– E pessoal também. Somos amigos.

– Ah, sim. Você veio de Londres para o casamento. Conhece bem o Benji e a Celeste?

– O Benji eu conheço um pouquinho. A Celeste, não. Só a conheci ontem à noite. Ela e a amiga dela. Que tragédia o que aconteceu.

– O que aconteceu?

Feather arregala os olhos.

– Você não ficou sabendo? A amiga da noiva, a Merritt, *se afogou*. A madrinha. Achei que era sobre isso que você queria perguntar.

– Não, certo, é isso mesmo – diz Nick. A bagunça dela está desviando a atenção dele. – Eu quis dizer: o que aconteceu ontem à noite? Você estava com o grupo que ficou debaixo da tenda bebendo rum, certo?

– Era um Mount Gay Black Barrel – declara Feather. – De Barbados. Sabe, já estive na propriedade onde fabricam esse rum. Adoro.

– Quem exatamente estava à mesa com vocês?

– Tag, Thomas, eu e a Merritt. – E Feather acrescenta em tom sério: – A falecida.

– Então, você diz que conheceu a Merritt ontem à noite. Como isso aconteceu?

– Como costuma acontecer numa festa. Reparei nela na mesma hora. Era linda e estilosa, com uma autoconfiança natural. Adoro autoconfiança. – Feather sorri para Nick. – *Você* tem uma autoconfiança natural. Dá para ver. Isso é muito atraente num homem.

– Então você a notou de longe – diz Nick. – Vocês foram devidamente apresentadas?

– Só mais tarde. Na verdade, bem mais tarde… depois que a festa acabou.

Nick faz uma anotação e aquiesce. Ele sente que Feather precisa de pouquíssimo incentivo para continuar falando.

– Eu estava desesperada atrás de mais uma bebida. Os jovens tinham ido para a cidade… a noiva, o noivo, o padrinho, o Thomas… mas ninguém pensou em convidar a velha Feather, e eu não estava pronta para voltar para a pousada. Tentei conseguir uma garrafa de bebida com o pessoal do bufê, mas não deu certo, então fui caçar.

– Caçar – repete Nick.

– Fui discreta, porque eu sabia que, se a Greer me visse, ela ia me enfiar num táxi.

– É mesmo?

– A Greer não gosta de mim, não *aprova* minha presença. Ela nasceu em berço de ouro, a família é proprietária de terras, ela cresceu numa mansão chamada Swallowcroft, estudou num internato chique só para meninas e tal.

E desconfia que estou atrás do marido dela. Rá! – Feather solta um muxoxo.

– Ele é *velho demais* para mim.

Nick precisa de um freio verbal para pôr nessa mulher e não deixar que ela desvie do assunto, mas faz uma anotação: *Greer desconfia de Feather + Tag???*

– Vamos voltar a como você conheceu a Merritt…

– Eu estava xeretando por aí, na ponta dos pés, passando atrás das moitas, o que é mais difícil do que parece por causa das luzes com detecção de movimento. Achei que, se conseguisse ir até a casa da piscina, acharia uma bebida. – Feather bate um dedo na têmpora. – Foi uma bela jogada da minha parte. Enfim, topei com a madrinha da noiva no roseiral da Greer. Ela estava chorando.

– Chorando?

– Perguntei se ela estava bem. Ela disse que sim. Então perguntei se eu podia ajudar. Ela disse que não. Fiquei surpresa porque achei que ela fosse superautoconfiante, mas ali estava ela, parecendo uma menininha triste no parquinho porque os amigos não queriam mais brincar com ela. Então perguntei se ela queria participar da minha travessura.

– Travessura – repete Nick.

– Procurar birita na casa da piscina – explica Feather. – E ela disse que sim e foi comigo.

– E depois?

– Abrimos o portão, escolhemos umas espreguiçadeiras, eu abri a porta de vidro da casa da piscina, e *voilà: open bar*! Fiz duas vodcas com tônica e levei para fora. A Merritt disse que não queria a dela, que estava com o estômago meio esquisito, e por mim tudo bem. Tomei as duas.

– A Merritt ficou com você? – pergunta Nick.

– Ficou, sim. A gente conversou e acabou descobrindo que tinha muito em comum.

– É mesmo?

– Nós duas tínhamos nos envolvido com homens casados. Fala a verdade, não é *muita* coincidência?

Nem tanto, Nick quer dizer, mas precisa agir com cuidado. Feather parece ser genuína, mas ele é detetive há tempo suficiente para desconfiar que pode ser fingimento.

– A Merritt disse alguma coisa sobre o homem com quem ela se envolveu? – pergunta ele.

– Só falou que era casado. E pelo jeito era o maior babaca. Foi atrás, foi atrás, foi atrás... e depois largou a garota como se fosse uma batata quente. Não larga a esposa dele de jeito nenhum. E vou te dizer uma coisa: sei muito bem como é.

– Mas a Merritt não disse quem era o homem?

– Ela não contou e eu também não. Estávamos lá para nos dar as mãos, não para nos confessar.

– Ela disse se o homem com quem se envolveu estava *no casamento*?

– No casa... Não. Ela mora em Manhattan. Por que ia...? Você está achando que ela se envolveu com um homem casado no casamento e foi ele quem a matou?

Nick precisa redirecionar a conversa.

– O que aconteceu quando vocês saíram da casa da piscina?

– Decidimos voltar para a casa principal e topamos com o Tag, o Thomas e a garrafa de Black Barrel.

– Eles ficaram surpresos ao ver vocês duas?

Feather inclina a cabeça de lado.

– Será? Não lembro. O Tag perguntou se a gente queria tomar uma saideira. Dissemos que sim.

– Então vocês ficaram na tenda bebendo rum, e o que aconteceu?

– O que você *acha* que aconteceu? Ficamos bêbados. – Feather se corrige: – *Mais* bêbados.

– A Merritt bebeu?

– Acho que sim. Mas não tenho certeza porque ela estava meio ruim do estômago, lembra? Um tempo depois, a esposa do Thomas o chamou para o quarto e achei que o grupo ia se separar. Mas o Tag é da noite e parecia estar a fim de continuar por mais um tempo, e a Merritt pediu água. Na verdade, fui eu que peguei para ela.

– Você pegou um copo d'água para a Merritt?

Feather assente.

– Você colocou gelo na água?

Feather olha para o alto, como se a resposta estivesse escrita no teto.

– Não lembro. Desculpa. Isso é importante?

– Aconteceu mais alguma coisa enquanto você estava dentro de casa pegando água? – pergunta Nick. – Viu alguém? Fez alguma coisa?

Feather assente.

– Eu fiz xixi.

– Você foi ao banheiro então. Isso foi antes de pôr a água no copo? Ou depois?

Feather o encara.

– Depois. Deixei o copo d'água na bancada. Não o levei para o banheiro comigo.

– Mas você não viu mais ninguém na cozinha?

– Não.

– Ouviu alguém?

– Não. O ar-condicionado estava ligado. Sabe, nessas casas chiquérrimas as pessoas nem se ouvem.

– Ninguém entrou atrás de você? – pergunta Nick.

– Não.

– E, quando você levou a água para a Merritt, ela bebeu?

– Bebeu como se tivesse comido um quilo de sal grosso.

– Você se lembra de *retirar* o copo depois? Porque hoje de manhã ele não estava na mesa. Só os copos de rum.

Feather balança a cabeça, negando.

– Não me lembro nem de retirar nem de deixar o copo. Se tivesse que chutar, diria que deixei lá para que a arrumadeira pegasse de manhã.

Nick faz uma anotação: *Arrumadeira?*

– E como foi que o grupo finalmente se separou? – pergunta ele.

– A gente acabou com a garrafa de rum. O Tag disse que ia pegar outra no escritório dele. Logo depois que ele saiu, a Merritt disse que ia dormir. Então fiquei um tempo sozinha na tenda… aí decidi que era melhor vazar. Eu não queria ficar acordada até tarde bebendo só com o Tag.

– Por que não?

– Não pega bem. Se a Greer visse a gente… – Feather para e pensa. – Morro de medo daquela mulher.

– É mesmo?

– Todo mundo morre de medo dela. Ela diz uma coisa, mas só de olhar para ela dá para ver que está pensando em outra. Sabe como é, toda escritora é mentirosa.

– É?

– E não é? – diz Feather. – Ela ganha a vida mentindo. Inventa histórias. Então faz todo o sentido carregar esse hábito para a vida pessoal.

Nick fica intrigado com essa resposta.

– Você viu a Greer, mesmo que só por um momento, depois da festa? Na cozinha, por exemplo, pegando uma taça de champanhe?

– Não. – Feather arfa, interessada. – Por quê? Acha que a Greer teve alguma coisa a ver com o que aconteceu?

– Você *não* a viu? – repete Nick.

Feather balança a cabeça, negando.

– Viu a Merritt de novo depois? – pergunta ele.

– Não.

– Então a última vez que você viu a Merritt foi quando ela saiu da tenda dizendo que ia dormir.

– Isso mesmo.

– Em algum momento da noite, a Merritt cortou o pé?

– Cortou o *pé*? Não.

– Ela estava descalça quando vocês foram caçar bebida?

– Não. Estava usando uma sandália prateada. Linda. Ela me disse que tinha sido cortesia da marca, aí perguntei se ela conseguiria arranjar um par de graça para mim. Perguntou quanto eu calçava, eu disse 40 e ela disse "Deixa comigo". – Os olhos de Feather começam a lacrimejar. – Ela era mesmo um amor.

– É. Aposto que era.

Nick escreve: *Não tinha corte. Sandália.* Ele sabe que havia sandálias prateadas no local, na tenda, que Merritt deve ter deixado para trás quando foi passear de caiaque. Nick sente que finalmente sabe o que aconteceu ontem à noite... a não ser por alguns detalhes cruciais.

– Certo, então, quando você... *vazou*, para onde foi? Chamou um táxi e voltou para a pousada?

– Mm-hmm – diz Feather.

– Desculpa, mas preciso que diga sim ou não.

Ela hesita.

Ah, pronto, pensa Nick. É isso.

– Feather?

– Sim. Foi isso que eu fiz.

– E que horas eram?

– Isso eu não sei.

– Mas era tarde – afirma ele.

Feather dá de ombros.

Nick olha nos olhos dela e abre seu melhor sorriso. Helena, sua irmã, chama esse sorriso de "o abate", porque geralmente ele consegue qualquer coisa que esteja querendo. E Feather sucumbe, levantando a sobrancelha.

– Você é solteiro? – pergunta. – Porque, se for, posso pensar em ficar mais uma noite aqui.

– Você chamou o táxi logo depois? – pergunta Nick. – Ou ficou mais um tempo na tenda? Ou fez outra coisa?

– Outra coisa?

– A gerente da pousada disse a um dos nossos policiais que você voltou para lá às cinco e quinze da manhã. E estimamos a hora da morte da Srta. Monaco entre 2h45 e 3h45. Então, retrocedendo, ela deve ter entrado no mar entre as duas e meia e as três e meia. Agora, se você só chegou à pousada às 5h15...

– A gerente está enganada – declara Feather. – Cheguei antes das cinco. Horas antes.

– Mas agora há pouco você disse que não sabia que horas eram – argumenta Nick.

– Bem, posso garantir que foi antes das cinco horas!

– Podemos verificar as câmeras de segurança.

Feather solta um muxoxo.

– Aquela *pousadinha* não tem câmeras de segurança! Você está tentando me *ludibriar*!

– O lugar sofreu uma invasão ano passado – conta Nick. – Não levaram nada, mas a Srta. Brannigan, a gerente, ficou apreensiva, é claro, e instalou câmeras. – Ele fecha o caderno, pega a caneta e se levanta. – Vou mandar o policial Luklo solicitar as imagens da câmera.

Ele se vira, imaginando quantos passos dará.

Acabam sendo apenas dois.

– Espera – diz Feather. – Espera um pouco.

– Quer mudar sua resposta?

– Quero. Tem um cigarro?

– Parei há cinco anos. Salvei minha própria vida. É um hábito nojento.

– É – concorda Feather. – Mas às vezes é a única coisa que ajuda.

– Nisso eu tenho que concordar com você. – Ele volta a se sentar. – De vez em quando ainda filo um cigarro de alguém quando bebo uísque.

– Então você é humano. – Feather fica de olhos marejados. – Eu também.

– Isso mesmo. Você é humana, e os seres humanos cometem erros e fazem tudo que não deviam. – Ele faz uma pausa e abre o caderno bem devagar. – Agora, por que não me conta o que aconteceu? Você não chamou um táxi, certo?

– Não. Entrei na casa e peguei no sono.

Nick deixa cair a caneta.

– Pegou no *sono*?

– Foi mais um desmaio – explica Feather.

– Acha que vou acreditar nisso?

– É a verdade.

Nick se levanta.

– Você foi uma das últimas pessoas a ver a Merritt Monaco viva. Se não tiver um taxista para testemunhar que pegou você antes das 2h45, vai significar que estava no local na hora da morte. Também foi você quem pegou água para a Srta. Monaco, a última coisa que ela consumiu antes de morrer. Sabe em que situação isso te coloca?

– Eu fiquei na casa dos Winburys – insiste Feather – porque estava esperando uma pessoa.

– Esperando quem?

Nick tenta organizar mentalmente os principais personagens desse enredo. O Sr. Winbury teve um caso com Merritt. Shooter Uxley se apaixonou pela noiva. Quem é que Featherleigh Dale estava esperando no meio da noite?

Agora ela está chorando copiosamente.

Nick não consegue decidir qual caminho seguir. Será que deve levantar a voz e bancar o valentão? *Não*, pensa ele. Isso só funciona na TV. Na vida real o que funciona é demonstrar paciência e gentileza.

Ele pega a caixa de lenços de papel que guarda na sala de interrogatório exatamente para ocasiões como esta. Coloca a caixinha em cima da mesa, puxa um lenço, entrega-o para Feather e volta a se sentar.

– Quem você estava esperando, Feather? – pergunta ele no tom mais delicado possível. – Quem?

– O Thomas – responde ela.

Thomas?, pensa Nick. *Quem é Thomas?* Então ele se lembra: Thomas é o irmão de Benji.

– Thomas Winbury? Você e o Thomas Winbury… têm um caso?

O homem casado, pensa ele. *Tag… velho demais… Elas estavam lá para se dar as mãos, não para se confessar.*

– Tínhamos – responde Feather. – Mas ele terminou comigo em maio… – ela para e pega mais um lenço da caixa para assoar o nariz –, quando a esposa dele engravidou. Ele disse que não podia mais me ver. Falou para eu não ir ao casamento. Disse que, se eu fosse, ele ia me matar. Essas foram as palavras exatas dele.

Agora os pensamentos de Nick estão pulando por toda parte. Tal pai, tal filho. Thomas se envolveu com Feather, mas terminou com ela ao descobrir que Abby estava grávida. Thomas proíbe Feather de ir ao casamento e a ameaça. Talvez ache que ela vai contar o caso para Abby.

– Você acha que o Thomas estava falando *sério*? – continua Nick. – As pessoas vivem dizendo "vou te matar". Até demais para o meu gosto. Ou você acha… acha que ele chegou a tentar te matar?

Não havia nada nos copos de rum, nem na garrafa.

O copo d'água.

– Vamos voltar ao começo – propõe Nick. – Quando você entrou na cozinha para pegar água para a Merritt, disse que todos ficaram à mesa lá fora, certo?

Feather para e pensa.

– Sim.

– E não havia ninguém na cozinha? Tem certeza de que não viu a Greer? Sei que tem medo dela, mas pode me contar a verdade.

– Não. Eu não vi a Greer.

– E você usou o banheiro depois de pôr água no copo. Quanto tempo ficou no banheiro?

– Uns minutinhos. O tempo normal. Mas também tentei me arrumar um pouquinho.

– Digamos cinco minutos. Mais ou menos isso?

– Isso.

Tempo de sobra para Thomas entrar sem que ninguém o visse e batizar o copo d'água… ou para Greer fazer isso.

Mas, pensa Nick, *Merritt não foi envenenada, apenas sedada.* Isso o leva de volta ao pai, Tag Winbury. Tag poderia ter drogado a água antes de levar Merritt para passear de caiaque. Então, quando ela "caísse no mar", teria maior probabilidade de se afogar.

E o corte no pé dela?

Talvez tenha se cortado numa concha no fundo do mar quando caiu do caiaque? Mas havia sangue na areia. Se Feather estiver dizendo a verdade e Merritt estava de sandália no começo da noite, deve ter cortado o pé depois de voltar do passeio de caiaque. Poderia ter cortado o pé na praia antes de entrar no caiaque? Mas não havia sangue no caiaque.

A não ser que Tag o tenha lavado.

Mas, se fez isso, por que não guardou o caiaque no lugar?

Aaarrgh! Nick sente que a resposta está *logo ali*… mas não consegue vê-la.

Ele sorri para Feather mais uma vez e diz:

– Volto daqui a pouco.

Nick sai da sala de interrogatório e telefona para o delegado.

– Fale com o Thomas, o irmão do noivo – diz ele.

KAREN

Karen acorda com uma batida na porta. Ela olha para Bruce e o encontra dormindo e roncando estrondosamente.

Mais uma batida. Em seguida, uma voz:

– Betty? Mac?

É Celeste. Karen apoia os pés no chão e se levanta com cuidado. Ainda não sente dor, o que é estranho.

Ela abre a porta e encontra a filha linda e triste diante dela, usando o vestido rosa-claro com o enfeite de corda que vestiria para viajar amanhã. Ela está carregando a mala amarela de estampa paisley.

– Ah, coitadinha da minha filhota – diz Karen, tomando Celeste nos braços. – Sinto muito, meu bem. Sinto muito, muito mesmo pela Merritt.

– A culpa é minha. Ela morreu por minha causa.

Karen reconhece a resposta de Celeste como o início de uma conversa mais longa. Ela olha para Bruce. Ele ainda está roncando mais que uma serra elétrica; ela sabe que deve acordá-lo – ele vai querer ver Celeste –, mas sente que a filha precisa de uma confidente, e há certas coisas que os homens simplesmente não entendem.

Karen pega a bengala, sai para o corredor e fecha a porta do quarto.

– Aonde podemos ir?

Celeste a leva até o fim do corredor, onde há um solário envidraçado que está sossegado e vazio. Karen desce o único degrau da entrada segurando o braço de Celeste, que a leva até um sofá com almofadas amarelo-açafrão.

Karen passa um momento admirando o cômodo. O piso é de tijolo em padrão espinha de peixe e está coberto com tapetes de fibra vegetal. No perímetro do solário há vasos de plantas exuberantes: filodendros, samambaias, clorófitos e uma fileira de cinco arvorezinhas idênticas aparadas em forma de globo. Do teto pendem esferas de vidro soprado girando com as cores do arco-íris. Por um instante, Karen fica hipnotizada pelas esferas; parecem delicadas como bolhas de sabão.

Celeste acompanha o olhar da mãe e comenta:

– Parece que a Greer ficou obcecada com esses globos no ano em que escreveu *Morte em Murano*. Murano é uma ilha perto de Veneza onde fabricam vidro. Tive que procurar quando o Benji me contou isso.

– Ah – responde Karen, olhando pelas janelas enormes com vista para o roseiral. – Esta casa não para de me impressionar.

– Bem… – diz Celeste.

Mas não continua a frase, e Karen não sabe dizer se a filha está concordando ou discordando.

Celeste se senta ao lado da mãe no sofá alegre.

– Ontem à noite decidi que não ia me casar com o Benji.

– Eu sei – responde Karen.

– Como? – A voz de Celeste é um sussurro. – Como você soube?

– Sou sua mãe.

Karen poderia contar sobre o sonho com o hotel estranho em que Celeste se perdia. Poderia contar que acordou tão certa de que o casamento com Benji era a decisão errada para Celeste que saiu da cama e foi procurá-la, mas em vez disso encontrou Bruce e Tag e descobriu algo que poderia ter passado o restante da vida sem saber. Poderia até contar de sua visita à vidente Kathryn Randall, que previu que a vida amorosa de Celeste entraria num estado de caos... *Mas não há nada que nenhuma de nós possa fazer.*

Em vez disso, Karen deixa que as três palavras bastem. Ela é a mãe de Celeste.

De repente fica claro: o tempo que lhe resta na Terra é importante. Muitos momentos de sua vida serão ignorados ou esquecidos: trancar as chaves dentro do carro na frente de um bar no centro de Easton; ver seu cartão de crédito ser recusado no supermercado Wegmans; fazer xixi atrás de uma árvore no Parque Hackett quando estava grávida de Celeste; bater seu recorde pessoal nos 100 metros de nado borboleta no maior campeonato do ano contra a equipe de Parkland quando estava no último ano do ensino médio; quase sufocar engasgada com um bala de cereja ao jogar bola quando tinha 10 anos; fugir com Bruce para o campo de golfe do clube durante o baile de formatura. Na época esses momentos pareceram importantes para Karen, mas depois desapareceram, evaporando e misturando-se à névoa cinzenta do passado.

No entanto, o que ela disser para Celeste aqui e agora vai perdurar. A filha se lembrará das palavras dela pelo resto da vida, tem certeza disso, portanto precisa tomar cuidado.

– Quando você conheceu o Benji – diz Karen –, ficamos muito animados. Seu pai e eu somos tão felizes juntos... Queríamos que você também encontrasse alguém. Queríamos que tivesse o que temos.

Celeste deita a cabeça no colo de Karen, que acaricia o cabelo dela.

– Nem todo mundo é igual a vocês – diz Celeste. – Nem todo mundo tem essa sorte na primeira tentativa... às vezes nunca.

– Celeste, há coisas que você não sabe...

– Há coisas que *você* não sabe! Eu tentei amar o Benji. Ele é uma boa pessoa. E entendi que era importante para você e para o Mac que eu me casasse com alguém que pudesse cuidar de mim financeiramente...

– Não só financeiramente – responde Karen, embora perceba que ela e Bruce não podem negar isso. – Benji é forte. Vem de uma família boa...

– A família dele – diz Celeste – não é o que parece.

Karen olha pela janela e vê a serena vastidão da enseada de Nantucket. Talvez Celeste já saiba que a amante de Tag Winbury está esperando um bebê. Faz todo o sentido ou então não faz sentido nenhum que uma família tão rica e prestigiada como os Winburys tenha uma segunda narrativa oculta nas profundezas da primeira, como um córrego escuro e turvo. Mas quem é Karen para julgar? Apenas algumas horas atrás, receava ter sido *ela* quem causara a morte de Merritt.

– Muito poucas famílias são o que parecem – diz ela agora. – Muito poucas *pessoas*. Todos temos defeitos que tentamos esconder, meu bem. Segredos que tentamos guardar. *Todos nós*, Celeste.

– Aguentei até a véspera do casamento – admite Celeste. – Antes disso, achava que, se seguisse meus sentimentos verdadeiros, alguma coisa ruim aconteceria. Depois disse a mim mesma que isso era besteira. Meus atos não influenciam o destino dos outros. Mas a Merritt morreu. Ela *morreu* praticamente assim que tomei a decisão. Ela foi a única amiga de verdade que tive na vida além de você e do Mac, e agora se foi para sempre. Para sempre, mamãe. E a culpa é minha. Fui eu que fiz isso com ela.

– Não, Celeste...

– Fui eu, sim. De um jeito ou de outro, fui eu.

Karen vê as lágrimas escorrerem pelo rosto da filha. Fica curiosa – e muito alarmada – com o fato de Celeste continuar se dizendo culpada pela morte de Merritt. Será que Celeste *fez* alguma coisa com ela? Ou *deixou de fazer*? Não pega bem admitir essa culpa numa casa repleta de policiais.

– O que quer dizer com isso, meu bem? – pergunta Karen. – A polícia sabe o que aconteceu?

– Acho que ela tomou uns comprimidos. E acho que fez isso de propósito. Ela estava num relacionamento ruim, numa *situação* ruim... e eu frisei que ela devia terminar com a pessoa para sempre, mas ela disse que não conseguia. Ontem à noite a encontrei chorando no roseiral.

– É mesmo?

– Ela queria saber por que amar era tão difícil, por que não conseguia amar do jeito certo. Eu dei um abraço e um beijo nela e disse que ia dar tudo certo, que ela só precisava partir para outra. Mas sabe o que eu devia ter feito? Devia ter dito para ela que eu também não conseguia amar do jeito certo. Que amar é difícil para todo mundo. – Celeste respira fundo. – Eu devia ter dito para ela que não amava o Benji. Mas eu não conseguia nem mesmo admitir isso para mim mesma, muito menos dizer em voz alta para outra pessoa. Ela era a minha melhor amiga e eu não contei nada.

– Ah, meu bem...

– Hoje de manhã eu saí para ver o mar pela última vez porque sabia que ia perder essa vista para sempre. E vi algo boiando na água.

– Celeste... – sussurra Karen.

– Era a Merritt.

Karen fecha os olhos. As duas se calam. Lá fora os pássaros cantam e Karen consegue ouvir o murmúrio suave das ondas na praia dos Winburys. Celeste diz:

– Não vou me casar com o Benji. Vou viajar, talvez sozinha. Passar um tempo comigo mesma. Tentar digerir o que aconteceu.

– É uma boa ideia, meu bem. Vamos contar ao seu pai.

Bruce ainda está dormindo, embora sua respiração barulhenta tenha serenado. Está com o cabelo arrepiado e a boca aberta; mesmo de tão longe, Karen sente o cheiro do uísque da noite anterior no hálito dele. A mão esquerda, com a aliança de casamento, está apoiada no peito, sobre o coração. *Nosso amor é verdadeiro*, pensa Karen. É forte mas flexível; é simples, nu e cru. Prosperou na modesta casa da Derhammer Street, no banco da frente do Corolla, na rotina do dia a dia: café da manhã, almoço, jantar, cama, de novo, de novo e de novo. Aguentou longas semanas de trabalho, resfriados, nevascas e ondas de calor, aumentos salariais minguados e contas inesperadas; suportou a morte dos pais de Karen, do irmão de Bruce, dos pais dele, e as perdas menores dos sapos, lagartos e cobras de Celeste (cada um com um enterro digno). Resistiu à construção na Rota 33, a uma greve de professores quando Celeste estava no quarto ano, à derrota do Philadelphia Eagles temporada após temporada, apesar dos protestos raivosos de Bruce diante da TV (e o time acabou ganhando tudo ano passado, quando Bruce e Karen já nem ligavam mais para futebol); suportou o triste dia em que a família Easley se mudou levando embora seus cães Feijão e Farofa, que na época eram os melhores amigos de Celeste. Sobreviveu às festinhas organizadas por donas de casa que, em segredo, se achavam melhores que Karen; sobreviveu à amizade bizarra de Bruce com Robin Swain, e sobreviverá a este fim de semana trágico.

Aos sábados, resolvíamos as pendências da casa. Íamos ao correio mandar encomendas ou verificar nossa caixa postal, e nesse dia a fila era sempre mais longa, mas sabem de uma coisa? Eu nem ligava. Por mim, podia esperar uma hora. Podia esperar o dia inteiro... porque estava com a Karen.

Enquanto Celeste cutuca delicadamente o ombro de Bruce para acordá-lo, Karen entra no banheiro e tranca a porta. Abre a terceira gaveta, pega o frasco de remédio, separa as três pílulas peroladas e as joga no vaso sanitário.

A dor desapareceu. Karen se sente mais forte do que nas últimas semanas, até do que nos últimos meses. Não faz sentido, mas ao mesmo tempo faz.

Karen ainda não pode partir. Precisa ver o que vem a seguir.

GREER

Ela aborda o delegado assim que ele sai do escritório de Tag.

– Tem uma coisa que o senhor precisa saber.

O delegado mal parece ouvi-la. Está olhando para o celular.

– Com licença – responde ele, lendo a tela, e diz: – Seu filho Thomas... onde está? Preciso falar com ele.

Greer não consegue acreditar que ele a está dispensando. Ela deliberara sobre a melhor atitude possível: contar a ele sobre o remédio ou não? Sim, decidiu, por mais de uma razão. Vai contar sobre o remédio e finalmente poderão encerrar o caso.

– Não vi o Thomas – responde Greer. – Mas, delegado Kapenash, preciso contar uma coisa ao senhor.

Finalmente ele parece notar sua presença. Estão no corredor; só Deus sabe quem pode ouvir. Tag continua no escritório. Pode estar com o ouvido encostado à porta. Greer imagina se deveria ter discutido a decisão com o marido primeiro; ele sempre soube analisar um problema de todos os ângulos possíveis e garantir que uma estratégia não saísse pela culatra. Muitas vezes, ao precisar de ajuda com o enredo de um livro, Greer o consultou e ele quase sempre deu uma resposta criativa. Esse era um dos seus momentos favoritos: estar na cama com Tag, a cabeça apoiada no braço dele, explicando os personagens e suas motivações enquanto ele fazia perguntas estimulantes. Ele elogiava a imaginação dela; ela exaltava as soluções perspicazes dele. Desenvolver personagens exigia uma humanista como Greer, mas a trama muitas vezes se beneficiava da mente de um matemático. Nessas ocasiões, eles eram uma equipe.

Ah, como ela o odeia! Por um instante, gostaria de ter se casado com um sujeito medíocre e nada inspirador. *Rico*, sim, mas nada inspirador – como Reggie, seu primo em terceiro grau, que tinha um sotaque elegante e zero originalidade no corpo inteiro.

– Vamos para a sala de estar? – pergunta Greer ao delegado.

Ela dá as costas e segue em frente sem esperar resposta.

O delegado a acompanha até a sala de estar e, depois que entram, ela fecha a porta. Não se preocupa em se sentar. Caso sente, pensa ela, pode perder a coragem.

– Eu me esqueci de dizer uma coisa ao detetive – diz ela.

A expressão do delegado endurece, totalmente profissional. *Ele não é feio*, pensa Greer. Tem certa aspereza que ela acha meio atraente, quase sexy. E está na idade certa. Foi isso que Tag fez; agora Greer tem que avaliar candidatos para futuros interlúdios românticos. Será que o delegado se interessaria por ela?

Nunca, conclui.

Talvez Nick, o Grego, se estivesse a fim de uma mulher mais velha. Greer fica corada e então percebe o delegado olhando para ela, à espera.

– Eu não me esqueci, exatamente – explica Greer, pois quer que isso fique claro. – É uma coisa que acabei de lembrar.

O delegado assente quase imperceptivelmente.

– Eu ia para a cama lá pela meia-noite, mas não consegui dormir. Estava inquieta.

– Inquieta – repete dele.

– Ansiosa por causa do casamento. Eu queria que tudo corresse bem. Então, como contei ao detetive, eu me levantei e fui até a cozinha pegar uma taça de champanhe.

– Certo.

– Bem, o que me esqueci de dizer ao detetive, ou seja, o que não me lembrei *de jeito nenhum* até agora há pouco, é que levei até a cozinha meu remédio para dormir. Minha intenção era tomar um comprimido com água antes de beber champanhe.

– Que tipo de remédio era esse? – pergunta o delegado.

– Eu teria que ligar para o meu médico em Nova York para ter certeza. É um remédio bem potente que me põe para dormir num instante e me derruba por oito horas seguidas. Foi por isso que, no fim, decidi *não* tomar um comprimido. Precisava acordar cedo hoje. Então torci para que o champanhe resolvesse o problema por si só e, de fato, foi o que aconteceu. Mas quando procurei o remédio agora há pouco no armário onde sempre fica, não estava lá. E foi então que me lembrei de ter levado o remédio até a cozinha. Procurei na bancada ao lado da geladeira, em todas as prateleiras, todas as gavetas, todos os esconderijos possíveis. Perguntei à Elida, minha arrumadeira. Ela não viu.

– Ele estava num frasco de farmácia? – pergunta o delegado. – Tinha rótulo?

– Não. Tenho uma caixa de comprimidos. É uma caixa esmaltada com um retrato da Rainha Elizabeth na tampa.

– Então quem saberia que os comprimidos dentro dela eram um remédio para dormir?

– O remédio para dormir e a caixa são uma espécie de piada na família – diz Greer. – Meu marido obviamente sabe. E os meninos também.

– A Srta. Monaco saberia que era um remédio para dormir?

Greer sabe que não pode hesitar nesse ponto, nem por um segundo.

– Ah, sim – responde ela. – Eu ofereci um comprimido da caixa para a Merritt na última vez que ela ficou aqui, em maio.

Ela sabe que essa resposta não passaria num polígrafo. A verdade é que ofereceu uma *aspirina* a Merritt, que ficou com dor de cabeça depois do jantar da vinícola, mas nunca um remédio para dormir.

– Então acho que podemos concluir o que aconteceu – continua Greer.

– E o que seria? – pergunta o delegado.

– A Merritt tomou um dos comprimidos.

Ele fica em silêncio. Que irritante; é impossível sondar a expressão dele, mesmo para Greer, que em geral consegue ver as intenções e as emoções predominantes das pessoas como se estivesse olhando para águas cristalinas.

– Ela tomou meu remédio por conta própria – afirma Greer. – Depois foi nadar, talvez pensando em se refrescar antes de dormir. E o remédio a apagou. Foi um acidente.

O delegado pega o caderno e o lápis.

– Descreva outra vez a caixa de comprimidos, por favor, Sra. Garrison.

Ele acreditou, pensa Greer, e o alívio passa por ela como uma brisa fresca.

– É redonda, tem cerca de 4 centímetros de diâmetro e é vermelho-cereja com um retrato da rainha na tampa. A tampa tem dobradiça. Ela abre e fecha.

– E quantos comprimidos tem dentro?

– Não sei dizer ao certo. Entre 15 e 25.

– A última vez que a senhora se lembra de ter visto a caixa foi na cozinha – diz o delegado. – Não existe a possibilidade de a senhora ter levado a caixa de volta para o quarto?

– Nenhuma.

O nervosismo volta a tomar conta dela, multiplicado, trêmulo.

– Então a senhora sabe que não levou o remédio de volta para o quarto, mas não se lembrou de tê-lo levado até a cozinha quando falou com o detetive. Acho que estou me perguntando como pode ter tanta certeza.

– Eu guardo o remédio sempre no mesmo lugar – responde Greer. – E ele não estava lá. Se eu tivesse levado o remédio de volta para o quarto, ele estaria naquele armário.

– Isso não dá para afirmar com certeza. – O delegado pigarreia. – Tenho alguns motivos para achar que a Merritt *não* tomou um comprimido por vontade própria.

Por vontade própria, pensa Greer. *Ah, meu Deus.* Vão desconfiar que Tag drogou a garota, é claro. Ou suspeitarão da própria Greer.

– Mas, espera... – ela começa a dizer.

O delegado lhe dá as costas.

– Obrigado pela informação. Agora vou procurar o seu filho Thomas.

Terça-feira, 3 de julho – sexta-feira, 6 de julho de 2018

CELESTE

Na terça-feira, no trabalho, ela faz uma lista de coisas que podem substituir o amor.

Segurança financeira
Segurança emocional
Apartamento

Após a lua de mel, Celeste vai se mudar para o apartamento de Benji em TriBeCa. Juntos, avaliaram o estúdio dela para ver o que iria para o apartamento. Não levariam os móveis de segunda mão, os pratos, potes e panelas, a cortina do chuveiro, o tapete do banheiro nem o par de luminárias feitas com jarras de feijão. Quando Celeste disse que queria levar as velas de arco-íris que sua mãe havia feito, Benji respondeu:

– Se você quer uma vela, leve a que a Abby te deu.

Ele se referia à vela de luxo da Jo Malone com aroma de pinheiro e eucalipto que Abby deu para Celeste como presente de noivado. Ela adora esse cheiro, mas, depois que descobriu quanto a vela custava, soube que nunca seria capaz de acendê-la.

Decidiu então que levaria as velas da mãe, apesar da opinião óbvia de Benji de que não eram tão boas quanto uma vela de marca. Celeste não apenas levaria as velas de arco-íris, como as poria em cima da lareira!

Benji disse ter contratado um agente imobiliário da Sotheby's para encontrar um apartamento clássico na East 78th Street, especificamente no quarteirão entre a Park Avenue e a Lexington. Celeste tenta se imaginar morando naquele quarteirão, sendo dona de um imóvel ali. Seria tão bom quanto amar?

Shooter mora em Hell's Kitchen. O apartamento dele, segundo Benji, não tem nada além de um colchão e uma TV. Ele nunca fica lá.

Família

Tag, Greer, Thomas, Abby, o futuro bebê de Abby, diversas tias, tios e primos na Inglaterra.

Shooter tem ainda menos parentes do que Celeste. Ele não tem ninguém.

Nantucket

Essa talvez seja a concorrente mais forte do amor, porque Celeste nunca sentiu por um lugar o que sente por Nantucket. Ela tenta ignorar que seus momentos mais românticos na ilha foram ao lado de Shooter. Pode muito bem ir ao Chicken Box com Benji; pode levá-lo até Smith's Point e lhe mostrar o tobogã natural. Em Nantucket, ela sempre terá uma praia para caminhar, uma pista para correr, uma fazenda para comprar tomate fresco e milho na espiga, um barco para percorrer a enseada, ruas de pedra para passear à noite. Celeste anseia por vivenciar Nantucket em todas as épocas do ano. Ela quer ir ao Festival dos Narcisos na primavera; usar um suéter amarelo como fazem os locais; fazer um piquenique de frango assado, ovos cozidos recheados e salada de aspargos; e aplaudir o desfile de carros antigos. Quer ir no outono, quando as folhas mudam, os cranberries são colhidos e o time de futebol americano da escola joga em casa. Quer ir no Dia de Ação de Graças; nadar no Cold Turkey Plunge, o mergulho coletivo beneficente; ver as luzes se acenderem nas árvores de Natal na sexta-feira à noite; comer vieiras frescas do estuário. Quer ir no auge do inverno durante uma nevasca, quando a Main Street fica coberta de neve e nada se mexe.

Shooter não poderá dar Nantucket para ela como Benji pode.

Celeste não consegue se lembrar de mais nada, então volta para *Segurança financeira*. Ela terá plano de saúde. Poderá fazer compras em empórios chiques como o Zabar's, o Fairway, o Dean & DeLuca. Poderá comprar saladas caras, buquês de flores frescas – todos os dias se quiser, e até orquídeas! –, caixas de macarons, garrafas de Veuve Clicquot, *caixas inteiras* de Veuve Clicquot! Poderá comprar livros de capa dura no dia em que forem lançados e se sentar nos melhores lugares no teatro. Poderão viajar – para Londres, sem dúvida, mas também Paris, Roma, Xangai, Sydney. Poderão fazer um safári na África, talvez até uma excursão a pé para ver os gorilas de costas prateadas em Uganda, um sonho tão improvável que Celeste o colocou na mesma categoria de uma viagem ao espaço. Ela fará compras com Merritt na Opening Ceremony, na Topshop, na Intermix. Vai experimentar roupas sem olhar o preço. É inconcebível. Não parece real.

– Como é que vai ser? – perguntou Celeste a Benji tempos atrás. – Q-q-quero dizer, em relação ao d-d-dinheiro. Depois de casarmos?

– Teremos contas conjuntas – respondeu Benji. – A gente faz um cartão de débito e um talão de cheques para você. Assim que eu fizer 35 anos, vou ter acesso a um fundo dos meus avós maternos, e também vamos poder usar esse dinheiro.

Desde então, Celeste tem imaginado quanto dinheiro deve haver no fundo dos Garrisons. Um milhão de dólares? Cinco milhões? Vinte? Qual é a quantia que toma o lugar do amor?

– E o m-m-meu salário? – perguntou ela.

– Guarde para você – respondeu Benji.

Celeste ganha 62 mil dólares por ano, mas Benji faz essa quantia parecer uma moeda de 25 centavos que ela achou na calçada. Para ele, deve ser a mesma coisa.

Bethany, a assistente, entra no escritório dela sem bater à porta e Celeste se apressa em esconder a lista. O que ela pensaria se a visse? Que tipo de mulher precisa fazer uma lista de motivos para ficar feliz por se casar com Benjamin Winbury?

– Celeste? – diz Bethany.

Ela está com uma expressão receosa, como se tivesse interrompido alguma coisa.

– Mmm? – diz Celeste.

– O Zed quer falar com você na sala de reuniões.

– Na sala de reuniões?

Celeste ia se reunir com Zed no escritório dele, porque amanhã começa um período de férias de duas semanas e meia que inclui o casamento e a lua de mel dela, e precisa delegar o trabalho que está em sua mesa. Bethany dá de ombros.

– Foi o que ele disse.

A porta da sala de reuniões está fechada. Ao abri-la, Celeste vê uma dezena de balões dourados e, no meio da mesa, um bolo redondo de padaria com glacê formando flores e as palavras *Parabéns, Celeste!* Ela ouve aplausos e vivas de seus colegas do zoológico: Donner, Karsang, Darius, Mawabe, Vern e até a Blair dos répteis.

Fica de olhos marejados. Uma festinha! Seus colegas de trabalho organizaram uma festinha para ela, com direito a balões, bolo, alguns pacotes de batatas chips e um embrulho de presente. Ela nem acredita. Não achou que tivesse *esse* tipo de trabalho e *esse* tipo de equipe. Obviamente os colegas sabem que vai se casar, e Blair acredita que foi por causa da sua enxaqueca de muito tempo atrás que Celeste e Benji se conheceram. Três colegas vão à festa em Nantucket – Bethany, Mawabe e Vern –, mas, como é a semana do Quatro de Julho, todos os hotéis com preços razoáveis estavam lotados, por isso os três vão chegar no sábado ao meio-dia e partir na balsa das nove e meia da noite. Celeste fica comovida com o fato de que os três farão a viagem – sair de carro da cidade e pegar a balsa requer mais esforço do que ela imaginou que eles estariam dispostos a fazer –, mas também está meio nervosa a respeito da chegada deles. Benji exacerbou a apreensão de Celeste ao dizer:

– Não consigo imaginar o Mawabe e o Vern na mesma sala que a minha mãe.

Embora esse comentário ecoasse os sentimentos da própria Celeste, ela ficou ressentida.

– Por que não? – perguntou. – Seria b-b-bom para sua mãe perceber que existem pessoas como o Mawabe. Só lamento que a B-B-Blair não vá. – E faz uma pausa. – A B-B-Bethany até que é normal.

– Até que é – admitiu Benji.

Agora Bethany se aproxima oferecendo o presente. Celeste presume que foi ela quem o escolheu e que o grupo todo fez uma vaquinha, mas algumas pessoas – como Darius – ainda não devem ter pagado sua parte.

– O q-q-que será? – pergunta Celeste.

Ela desfaz o embrulho, abre a tampa da caixa e encontra um avental branco simples com as palavras *Sra. Winbury* bordadas em preto na frente.

Sra. Winbury. O coração de Celeste afunda no peito.

– Adorei – diz ela.

A gagueira de Celeste é tão debilitante e imprevisível que ela e Benji tiveram que adaptar os votos de casamento com o reverendo Derby de modo que ela só precise dizer "Sim".

Mas até mesmo essa palavra representa um desafio.

É quarta-feira, 4 de julho. Benji, Shooter, Thomas, Abby, Tag e Greer já estão em Nantucket. Mas Celeste teve que trabalhar até terça-feira, e hoje à noite Merritt tem uma festa imperdível com show de fogos de artifício. Os pais de Celeste só vão chegar na sexta-feira. Ela decide pegar um voo para Boston com Merritt na quinta de manhã, depois um Uber até Cape Cod e a balsa de alta velocidade para Nantucket.

Celeste liga para Merritt na quarta-feira, às três da tarde.

– Não p-p-posso – diz ela.

– Quê? – responde Merritt. – Não pode o quê?

O que ela não pode, afinal? Ela quer dizer que não pode se casar com Benji. Sabe que está cometendo um erro. Está apaixonada por Shooter. É uma condição física, uma moléstia. É algo que está, como disse Merritt, no sangue. É como se Celeste estivesse na beira de um penhasco; se Shooter estivesse aqui e agora ao lado dela, disposto a segurar sua mão e nunca soltar, ela pularia.

Mas ele não está. Está em Nantucket, executando suas funções de padrinho com o talento habitual.

— Não p-p-posso dizer meus votos de c-c-casamento — diz Celeste. — Eu vou g-g-g...

Não consegue continuar. *Gaguejar* é, ironicamente, a palavra mais difícil.

— Estou indo para aí — diz Merritt.

Agora ela está diante de Celeste e diz:

— Você, Celeste Marie Otis, aceita Benjamin Garrison Winbury como seu legítimo esposo? Para amar e respeitar, para amolar e importunar, para brigar e trepar, até que a morte os separe?

Celeste sorri.

— Fala — diz Merritt.

— S-s-sim. — Celeste estremece.

— Finja que é outra situação — sugere Merritt. — Finja que está dizendo *sim* para um passeio no parque ou *sim* para um aluguel mais barato. Acho que você só está estressada.

Sim *para um passeio no parque*, pensa Celeste, e diz:

— Sim.

Merritt abre um sorrisinho.

— De novo.

— S-s-sim. Quer dizer, sim.

— É isso aí — diz Merritt, e olha para o celular. — Tenho que ir. Amanhã a gente ensaia de novo. E na sexta também.

— Está bem. Merritt...

Merritt levanta a mão.

— Não precisa agradecer. Você é minha melhor amiga e eu sou sua madrinha.

— Não. Quer dizer, claro, obrigada. M-m-mas o que eu queria saber é: você t-t-terminou com o Tag?

— Não. Ele terminou comigo.

Assim que chega a Nantucket, Celeste se torna uma marionete operada por Greer e Roger Pelton, o cerimonialista. Roger é como um tio amável e extremamente eficiente. Ele repassa a programação de três dias com Celeste: onde ela precisa estar, o que deve fazer, o que vai vestir; as roupas estão em ordem no armário. Na quinta-feira à tarde, Greer já havia agendado para Celeste sessões de massagem, manicure, pedicure e extensão de cílios.

– Extensão de cílios? É n-n-necessário?

– Não – responde Roger. – Vou ligar para o salão e cancelar essa parte do serviço.

– Muito obrigada.

– A parte mais importante do meu trabalho é proteger minhas noivas das mães e sogras.

Celeste adora que Roger se refira a ela como uma das "minhas noivas". Ela finge que vai se casar com ele e isso a deixa de humor mais leve. Temporariamente.

Celeste acompanha os movimentos de Shooter a todo momento, como se fosse uma espiã ou uma atiradora de elite. Ele encara os olhos dela, e Celeste derrete por dentro. Ele está tentando dizer alguma coisa sem falar – mas o quê? Ela anseia por aquele olhar, mesmo que esteja acabando com ela. Quando Shooter não está olhando para ela, quando faz piadas com Merritt, Abby ou Greer, ela sente um ciúme doentio.

Os pais de Celeste chegam a Nantucket. Ela receia que, tal como Benji, os Winburys achem que Karen e Bruce "valem ouro" e sejam condescendentes com eles, até sem perceber.

Mas Greer fica à vontade com eles, e Tag mais ainda. Celeste quer guardar rancor de Tag, mas ele é tão simpático e acolhedor com seus pais que ela só consegue sentir gratidão. Vai confrontar a raiva e a decepção mais tarde, depois do casamento.

O jantar de ensaio corre exatamente como deveria. As pessoas estão bebendo o mojito de amora-preta. Celeste prova um gole do copo de Benji e decide continuar com o vinho branco. Não tem tempo para acompanhar Shooter; está ocupada demais conhecendo uma pessoa, depois outra: Featherleigh, uma amiga de Tag e Greer que veio de Londres; Peter Walls, um sócio de Tag; vizinhos de Londres, vizinhos de Nova York, o treinador de lacrosse de Benji na St. George's, e os quatro Alexanders – o Alexander loiro e engomadinho, o Alexander asiático, o Alexander judeu, que está noivo de Mimi, uma bailarina negra da Broadway, e o Alexander conhecido como Zander, casado com um homem chamado Kermit.

Celeste temia que os pais ficassem tímidos e constrangidos, mas eles estão se saindo muito bem, e Betty está melhor do que esperava. Ela anda com uma bengala, e Celeste sabe que está tomando uma dose alta de analgésicos, mas parece feliz, quase radiante. Está muito mais contente com esse casamento do que a filha.

Celeste faz um acordo com Deus: *Vou até o fim com esse casamento se o Senhor deixar minha mãe viver, por favor.*

Há garçons servindo *hors d'oeuvres*, cada um mais criativo e apetitoso que o outro, mas Celeste está ansiosa demais para comer. Ela bebe o vinho, mas não faz muito efeito. Seu corpo está dormente. A única coisa que importa é Shooter. Cadê ele? Ela não consegue encontrá-lo. É então que ele chega, passando por ela e roçando de leve seu cotovelo; até o menor toque a deixa acesa. Ela pensou nos beijos no apartamento apenas algumas milhares de vezes desde que aquilo aconteceu. Como teve força de vontade para rejeitá--lo? Está admirada consigo mesma.

O pai dela se levanta para propor um brinde. Primeiro ele fala de Betty, e os olhos de Celeste ficam marejados. Depois é sobre Celeste, e Bruce diz: *Então, para você, Benjamin Winbury, eu digo de coração: cuide da nossa menina. Ela é nosso tesouro, nossa esperança, nossa luz e nosso sol. Ela é nosso legado. Um brinde a vocês dois e à vida que iniciam.* E todos brindam com copos e taças.

Em seguida, Thomas se levanta para falar e Celeste se inclina para o lado de Benji, dizendo:

– Achei que o Shooter ia propor o brinde.

– Ele não quis – explica Benji.

– Quê?

– Ele me disse que não queria fazer discurso hoje. Ele vai fazer amanhã, depois que a gente se casar.

Amanhã, pensa Celeste. *Depois que a gente se casar.*

Celeste não quer sair; já fingiu o suficiente esta noite. Prefere ir para a cama. Sinceramente, gostaria de dormir como quando era criança: entre Mac e Betty.

Sua mãe intui que há algo errado. Celeste percebe isso pelo modo enfático com que Betty insiste para que ela saia com os amigos, com Benji.

Eu já vou ficar com o Benji pelo resto da vida!, pensa Celeste. Seu tempo com a mamãe está acabando; a areia se esvai pela ampulheta mais depressa agora que o fim está próximo. Mas Celeste sabe que a mãe ficará mais feliz se ela sair.

Além disso, Shooter também vai. E Merritt... Celeste precisa de ficar de olho nela. No entanto, quando todos estão entrando nos carros, ela não vê a amiga.

– Esperem – pede Celeste.

Ela sai do Land Rover dos Winburys e corre até o segundo chalé de hóspedes. Passa a cabeça pela porta, mas as luzes estão apagadas; Merritt não está lá dentro.

– Celeste – chama Benji. – Vamos!

– Tenho que encontrar a Merritt – responde ela.

Tenta se lembrar da última vez que viu Merritt. Foi durante o jantar, é óbvio, mas teve que conhecer e conversar com tanta gente que não conseguiu passar nem um momento com sua única amiga de verdade. E Merritt não propôs um brinde, embora tivesse sugerido que talvez fizesse isso. *Por favor*, pensa Celeste, *ela não pode estar com o Tag.* Mas só pode estar. Onde mais estaria? Prolongar a diversão é com ela mesmo.

Celeste vasculha cada canto da casa – a cozinha, a sala de jantar formal, a sala de jantar informal, o lavabo, até mesmo o cubo radiante que é a adega. Ela atravessa o corredor e procura no recinto que antecede o quarto de Greer e Tag, mas não tem coragem de bater à porta do quarto nem do escritório de Tag. Ela corre para baixo e olha na sala de estar branca, embora nunca tenha posto os pés lá. É quando vê alguém numa das poltronas, e o susto é tão grande que a faz soltar um gritinho.

– Sou só eu – diz a pessoa com sotaque inglês. É a tal Featherleigh. – Está procurando alguém?

– Minha amiga Merritt – diz Celeste. – A madrinha, sabe? Está de vestido preto.

– Se você me arranjar uma garrafa de uísque, eu conto onde ela está.

– Perdão?

Sabe que Featherleigh é uma velha amiga da família, mas não consegue imaginar Greer tolerando esse tipo de grosseria.

– Você viu a Merritt? Desculpa, mas preciso encontrá-la.

– Eu é que peço desculpas, querida. Reparei nela antes; é uma mulher bem atraente, mas já faz horas que não a vejo.

– Certo, obrigada – responde Celeste.

Ela espera que não pareça grosseria ir embora de uma vez. O que Featherleigh está fazendo na sala de estar, afinal? Com certeza Greer não ofereceu o lugar para ela *dormir*, não é mesmo?

Celeste passa pela lavanderia e sai pela porta lateral, correndo em direção à casa da piscina. Ouve alguém tossir e consegue distinguir mais ou menos a sombra de uma pessoa debruçada acima do roseiral. É ela.

– Merritt!

Celeste atravessa a ponte arqueada sobre o lago de carpas até o roseiral. Merritt está cuspindo na grama.

– Você está *passando mal*?

Merritt endireita o corpo e limpa a boca. Lágrimas escorrem por seu rosto.

– As ostras não me caíram bem – responde ela.

Celeste estende a mão para abraçar a amiga.

– Coitadinha. Me deixa te levar para o chalé. Vou dizer para o pessoal ir à cidade sem mim. Eu não queria ir mesmo.

– Não – responde Merritt. – Vai, sim, por favor, senão vou ficar com a consciência pesada. Só preciso de ar fresco.

Ela tenta sorrir para Celeste, mas logo começa a chorar outra vez.

– Só eu para estragar uma noite linda assim.

– Para com isso – diz Celeste. – Todo casamento é estressante.

– Principalmente esse. – Merritt mostra a mão esquerda. – Está vendo este anel? – Ela aponta para uma faixa de prata no polegar. – Ele me deu no meu aniversário.

– O Tag? – sussurra Celeste.

Ela pega a mão de Merritt e olha bem para o anel. É muito bonito, cravejado de pedrinhas coloridas, mas Merritt tem uma porção de joias estilosas, algumas presenteadas por marcas da moda.

– É um *anel* – diz Merritt. – Ele poderia ter me dado qualquer coisa no meu aniversário. Um livro, uma echarpe, uma pulseira. Mas me deu um *anel*.

– Pois é.

Celeste tem certeza de que Tag queria que o anel fosse um sinal de carinho, nada mais, mas bem que ele poderia ter escolhido algo com uma carga emocional menor. Nesse momento, ouve a buzina do Land Rover e sabe que Benji está perdendo a paciência; ela está demorando muito mais do que pretendia.

– Eu te amo – diz ela para Merritt. – Você sabe disso, né? E no domingo, depois que for embora, nunca mais vai ter que ver Tag Winbury. Prometo que não vou te fazer participar de nenhum evento de família.

– Quem dera fosse fácil assim. – Merritt respira bem fundo. – Tem uma coisa que preciso te contar.

Celeste ouve a buzina do carro outra vez. Fica irritada com a insistência de Benji, mas sabe que há uma caravana de pessoas esperando por ela.

– Preciso ir – diz ela. – Vem com a gente.

– Não dá. Não estou muito bem. Vou ficar por aqui mesmo, talvez ir para a cama.

– Antes da meia-noite? Isso, sim, é novidade.

Celeste abraça Merritt mais uma vez.

– Prometo que amanhã a gente arranja um tempo para conversar. Não ligo se vai ter uma igreja cheia de gente me esperando.

Merritt dá uma risadinha.

– Está bem.

É um grupo de doze pessoas e a cidade está cheia de gente aproveitando o feriado prolongado. Há uma fila para entrar no Boarding House; o Pearl está na capacidade máxima, assim como o Nautilus. O piano-bar do Club Car é uma opção, mas Thomas anuncia que ali é onde a noite *termina*, não onde começa. A esposa do Alexander asiático está com sapatos de salto agulha e não quer se arriscar a ir a pé ao Straight Wharf nem ao Cru.

Celeste olha para Benji, esperando que ele decida o rumo. No momento estão na esquina das ruas India e Federal.

– Vamos beber no Ventuno – diz ele.

Todos concordam. Fica perto e a céu aberto; podem tomar alguma coisa e depois recalcular a rota.

Celeste acaba ficando na retaguarda do grupo; deve ser porque está literalmente arrastando os pés. Ela não vê motivo para beber ainda mais. Gostaria mesmo é de comer. Na festa, ficou tão ocupada em dar atenção a Mac e Betty e servindo lagosta para eles que não comeu nada.

– Estou morrendo de fome – diz para si mesma.

– Eu também.

Ela se vira e vê Shooter do seu lado direito.

Ela procura Benji com o olhar. Ele está na frente, conversando com Mimi, a bailarina da Broadway.

– Ele está ocupado – comenta Shooter. – Vamos comer pizza.

Ele pega a mão dela.

– Não posso – responde Celeste.

Tem medo de encará-lo, por isso olha para os próprios pés com as sandálias cravejadas de pedras. Pintaram as unhas dela de uma cor chamada Sunshine State of Mind para combinar com seu vestido desta noite. No entanto, ela deixa a mão unida à dele por alguns segundos proibidos.

– A gente volta rápido – argumenta Shooter.

Ele dá um assobio agudo e Benji se vira para olhar.

– Vou levar sua noiva para pegar uma fatia de pizza. Volto já.

Benji acena e volta a conversar com Mimi e com Kermit, que se juntou a eles.

Ele não dá a mínima.

– Está bem – diz Celeste. – Vamos.

Há uma fila na frente do Steamboat Pizza e trânsito intenso de carros chegando da última balsa do dia. Celeste se sente estranhamente exposta e se afasta meio passo de Shooter. Ela tinha sonhado em ficar sozinha com ele, mas, agora que está, não consegue dizer uma palavra. Do outro lado da rua, vê uma mulher de cabelo pretíssimo e comprido com botas de camurça e short – botas de camurça *no verão*; até Celeste reconhece que isso não se faz –, e a mulher parece estar apontando o celular para eles. Será que está tirando uma foto? Celeste se vira de costas. Ela quer fazer piada sobre passar fome no casamento, mas não consegue jogar conversa fora e, pelo jeito, Shooter também não.

– Vem comigo – diz ele.

Ele sai da fila, o que é ótimo – Celeste não conseguiria mesmo comer nada na frente dele – e começa a andar pela rua em direção ao cais da balsa. Celeste o acompanha, andando em zigue-zague, contornando grupos de adolescentes, driblando casais com carrinhos de bebê, parando de repente para deixar um casal idoso passar.

Ela não pergunta para Shooter aonde vão. Não importa. Com ele, iria a qualquer lugar.

Atravessam o estacionamento do porto, com Shooter tomando a frente; depois ele vira à direita no terminal e olha para trás para ver se Celeste ainda está acompanhando. Ele a espera, apoia a mão nas costas dela e a leva até um banco na beira do cais. A vista é do porto em funcionamento. Não é uma visão glamorosa, mas ainda assim é bonita. Tudo em Nantucket é bonito.

Sentam-se lado a lado, encostando as coxas, e Shooter põe o braço em volta dos ombros de Celeste. De repente ela sente o efeito do vinho que bebeu antes. Ela age por impulso; não liga se alguém vir. Afunda o rosto no peito de Shooter e inala o perfume dele. Ele é *tudo que ela quer*.

– Foge comigo – diz Shooter.

Ela respira fundo para responder *Aham, até parece*, mas ele a impede.

– Estou falando sério, Celeste. Estou apaixonado por você. Sei que é errado, sei que não é justo, sei que todos os nossos amigos vão nos odiar, principalmente o meu melhor amigo… caramba, meu irmão, porque na prática o Benji é meu irmão. Não ligo. Quer dizer, eu ligo, mas ligo ainda mais para você. Nunca senti isso por ninguém. Meus sentimentos por você são trágicos; são shakespearianos. Não sei qual é a peça, alguma combinação de *Hamlet* com *Romeu e Julieta*, acho. Quero que você saia da casa sem ninguém ver e se encontre comigo aqui, bem aqui, amanhã às seis e quinze. Vou comprar duas passagens para a balsa das seis e meia. A balsa chega a Hyannis às oito e meia, na hora em que os preparativos vão começar amanhã. Quando perceberem que você e eu sumimos, já vamos estar em segurança no continente.

Celeste faz que sim junto ao peito dele. Ela não concorda, mas quer ouvir mais; quer imaginar essa fuga. A ansiedade que vem comprimindo seu coração afrouxa o aperto. Ela respira fundo.

– Você pode recusar. Acho que vai recusar. E, se fizer isso, amanhã vou estar no altar ao lado do Benji, como prometi. Vou propor um brinde fofo e expressivo com a quantidade certa de humor e pelo menos uma frase sobre o Benji não te merecer. Vou pedir para dançar com você e, quando essa dança terminar, vou dar um beijinho na sua bochecha e te deixar seguir com a vida. Com ele.

Celeste solta a respiração.

– Se você vier comigo, vou comprar quatro passagens para Las Vegas: uma para mim, uma para você e duas para os seus pais. E amanhã, no fim do dia, vou me casar com você. Ou podemos ir mais devagar. Mas preciso que você saiba que estou falando sério. Estou apaixonado por você. Se o sentimento não for recíproco, ainda vou para o túmulo agradecido pelo pouco tempo que tivemos. No mínimo, você provou que o coração de Michael Oscar Uxley não é feito de pedra.

Michael Oscar Uxley, pensa ela, e percebe, chocada, que nunca tinha perguntado o verdadeiro nome dele.

– Sim – diz Celeste.

– Quê?

Ela levanta o rosto e olha nos olhos azuis de Shooter… mas o que vê são seus pais de perfil nos bancos da frente do Toyota velho. Estão olhando um para o outro, cantando "Paradise by the Dashboard Light". *Do you love me, will you love me forever?* Celeste tem 11 anos e também sabe a letra inteira, mas não se atreve a cantar porque, cantando juntos, Karen e Bruce são… *perfeitos.*

Então, volta à época em que eles ainda não eram Mac e Betty para ela, antes mesmo de serem mamãe e papai, quando eram apenas ideias: amor, segurança, calor.

Celeste é muito pequena, tem apenas 1 ou 2 anos. Eles estão brincando de "voa, nenê". Bruce pega uma das mãos de Celeste e Karen segura a outra. Eles balançam a filha entre eles até Bruce gritar:

– Voa!

E Karen grita:

– Nenê!

E os dois levantam Celeste do chão. Por um momento delicioso, ela fica suspensa no ar, sem peso.

Por fim, pensa em seus pais na época da adolescência – a mãe com o maiô vermelho, o pai com a calça de moletom e o capuz, olhando para a laranja. No momento em que os olhares se encontram, no momento em que as mãos se tocam. A certeza. O reconhecimento. *Você. É você quem procuro.*

É essa a sensação.

No fim das contas, nada pode tomar o lugar do amor.

– Sim – repete Celeste.

Sábado, 7 de julho de 2018, 17h45

O DELEGADO

Ele encontra Thomas na cozinha, devorando um sanduíche de peito de peru. Ao lado do prato dele está um copo alto com três quartos cheios de uísque.

– Sr. Winbury? – diz o delegado.

– Thomas – responde ele, limpando as mãos depressa e depois estendendo a direita para cumprimentá-lo. – O Sr. Winbury é só meu pai.

– Preciso fazer algumas perguntas.

– O senhor já conversou com praticamente todo mundo. Não sei se tenho muito a acrescentar.

– Por favor – insiste o delegado. Está ficando sem paciência para lidar com evasivas. – Venha comigo.

Ele entra no corredor e vira até a sala de estar. Thomas abandonou o sanduíche, mas trouxe o uísque, e o delegado não pode culpá-lo por isso. Thomas senta-se no sofá, apoia um dos tornozelos no joelho da outra perna e afunda nas almofadas como se não tivesse nenhum problema na vida. O delegado fecha a porta.

– O que aconteceu na noite passada? – pergunta ele. – Depois da festa?

– Primeiro fomos ao Ventuno, depois ao Boarding House. Tomei uma bebida e vim embora. Minha mulher ligou me mandando voltar logo para casa.

– O que você fez em casa?

– Fui para o quarto ver a Abby. Ela estava dormindo, então desci para beber alguma coisa.

– Alguém te fez companhia?

– Meu pai.

– Mais alguém?

– Não.

– Tem certeza?

Thomas ergue as sobrancelhas, mas é encenação. Está fingindo se lembrar de alguma coisa. O delegado só se admira de não vê-lo estalar os dedos.

– Ah! Depois de um tempo, a Merritt veio ficar com a gente, e também uma amiga dos meus pais, a Featherleigh Dale. Ela é comerciante de antiguidades em Londres; veio para o casamento.

– Por que a Featherleigh Dale estava aqui tarde da noite? – pergunta o delegado. – Está hospedada aqui?

– Não. Não sei por que ela ainda estava aqui.

– Não sabe?

– Não sei.

Por um instante, o delegado deixa a mentira intocada, fedendo.

– Vocês quatro ficaram na tenda bebendo rum, certo?

– Sim, senhor.

– Quem foi a primeira pessoa a sair da tenda? Foi você?

– Isso mesmo. Minha mulher chamou do quarto. A essa altura eu já tinha abusado da sorte, então fui para a cama.

– Tem ideia de que horas eram?

– Umas duas da manhã, acho.

– Preciso que se concentre. Você se lembra de ter visto Featherleigh Dale buscando água na cozinha? Um copo d'água para a Srta. Monaco?

Thomas balança a cabeça, mas depois diz:

– Lembro.

– Quando a Featherleigh entrou para pegar água, lembra quanto tempo ela demorou?

– Cinco minutos. Talvez um pouco mais.

– Você bebeu dessa água?

– Não, senhor.

– Lembra se mais alguém bebeu dessa água? Mesmo que só um gole?

– Eu estava lá para beber rum, senhor – declara Thomas. – Não lembro muito a respeito da água.

Em algum lugar da casa, o relógio bate as seis. O delegado está morrendo de vontade de voltar para casa, tirar os sapatos, abrir uma cerveja, abraçar a esposa e falar com Chloe. Hoje o dia durou cinco anos, mas os casos de homicídio são sempre assim. Ele tem certeza de que, na delegacia, seu correio de voz estará lotado de mensagens de repórteres insistentes. Quando tudo isso acabar, ele vai precisar de mais uma aula de gestão do estresse.

– Vamos falar de outra coisa. Sua mãe tem uma caixa de comprimidos?

– Perdão?

– Sua mãe tem uma caixa para guardar o…?

– O remédio para dormir? Tem. É uma caixa redonda com um retrato da Rainha Elizabeth.

– Você diria que as pessoas da sua família conhecem bem essa caixa?

Thomas ri.

– Ah, sim. A caixa de remédio da minha mãe é famosa. Foi um presente da avó dela.

– E você diria que a família toda sabe que a caixa contém comprimidos para *dormir*?

– Sim. E minha mãe não divide com ninguém. Certa vez pedi um e ela disse que eu não aguentava o tranco.

– Sério? – comenta o delegado.

Greer afirmou ter oferecido a Merritt um daqueles comprimidos. Então o remédio era forte demais para o filho dela, mas não para uma hóspede? É plausível?

Não, não é.

– Você viu a caixa de remédio na cozinha ontem à noite?

– Não. Por quê? Ficou lá? – Thomas endireita a postura. – O senhor acha que a Merritt tomou o remédio para dormir da minha mãe?

– Você não viu a caixa? – repete o delegado. – Não *tocou* nos comprimidos?

Thomas dá um tapa no joelho.

– Com certeza não. Mas *a Merritt* deve ter visto os comprimidos da minha mãe e tomado um, ou até dois, sem saber como eram fortes. E depois foi nadar. – Ele se levanta. – Acho que todo mundo concorda que essa morte foi acidental. Não há motivo para mais drama. Essa inquisiçãozinha já gerou transtorno suficiente e…

– A conversa não acabou – diz o delegado, e espera enquanto Thomas volta a se sentar a contragosto. – Sabe alguma coisa sobre um corte no pé da Merritt?

– Um corte? Não. Mas, se ela cortou o pé, talvez tenha entrado na água para lavar o corte.

Isso o delegado não considerou. Ela estava com um corte bem feio no pé. É possível que o tenha lavado na água do mar para não deixar pegadas de sangue na casa dos Winburys. Só viram sangue na areia.

– Além disso, a Merritt estava bebendo – acrescenta Thomas.

O delegado não responde. É interessante que Thomas esteja tão ansioso para propor teorias sobre o que aconteceu. O delegado está no ramo há tempo suficiente para saber que é assim que agem os culpados.

– Que relacionamento você tem com a Srta. Dale? – pergunta ele.

– Com a…? Eu já disse, ela é amiga dos meus pais.

– Só isso? Não tem um relacionamento pessoal com ela?

– Não. Não mesmo.

– Meu colega da Polícia Estadual de Massachusetts conversou com a Srta. Dale – diz o delegado. – Ela disse a ele que teve um relacionamento romântico com você, mas que você terminou com ela em maio, quando sua esposa engravidou. É verdade?

– Não! – exclama Thomas.

– Um de vocês está mentindo.

– A Featherleigh está mentindo. Na verdade, ela é uma mentirosa patológica. Está sendo investigada por fraude no comércio de antiguidades. *Isso* ela não contou para o seu colega? Ela tentou vender uma peça falsa, uma mesa folheada a ouro da época do Rei George III, para um cliente que ela achava ingênuo. Então é óbvio que ela mente o tempo todo.

– Essa é uma informação bem detalhada sobre a amiga dos seus pais – comenta o delegado.

– Foi minha mãe que me contou.

– Sua mãe? Então, se eu perguntar agora à Greer se ela te contou sobre as acusações de fraude da Featherleigh e do que se tratam exatamente, ela vai dizer que sim?

Thomas confirma com a cabeça. Sua expressão é de autoconfiança, a não ser por três rugas de tensão no alto da testa.

O delegado se levanta.

– Tudo bem. Vou falar com a sua mãe.

– Espera! – Thomas desaba no encosto do sofá. – A gente teve uma aventura rápida. Eu e… a Srta. Dale. Eu e a Featherleigh.

– Rápida como?

Thomas levanta as mãos.

– Não foi exatamente rápida, mas esporádica. – Ele faz uma pausa. – Por muitos anos.

O delegado volta a se sentar.

– Então você teve um relacionamento amoroso com a Srta. Dale por muitos anos?

– De vez em quando. E, como ela disse, terminei com ela em maio.

– O fato de a Srta. Dale vir ao casamento incomodou você?

– Claro que incomodou. Quero que ela saia da minha vida. Minha mulher está grávida, tenho que me concentrar nela e em pôr minha carreira nos trilhos. Essa história com a Featherleigh, bem, saiu do controle. Ela estava me chantageando.

– Chantageando?

Thomas pega o uísque e entorna metade na boca. O delegado sente uma mistura de triunfo e vergonha. Ele já fez com que outras pessoas cedessem e falassem a verdade, e por um lado é sempre gratificante – quase como desvendar o segredo de um cofre – e, por outro, é vagamente obsceno. Esse cara passou *anos* escondendo os fatos e agora começa a confessar. Muitos crimes, e principalmente assassinatos, são cometidos por pessoas com motivações escusas como Thomas. Ele provavelmente não tinha a intenção de matar ninguém; só queria guardar segredo sobre seu caso extraconjugal.

– Eu me envolvi com ela depois que o Hamish, o irmão mais velho dela, morreu. O Hamish era amigo de faculdade do meu pai. Fui ao enterro dele com meus pais, isso antes de conhecer a Abby, e depois, na recepção, eu e a Featherleigh ficamos bêbados e uma coisa levou à outra. Depois disso, a gente se via sempre que eu estava em Londres ou ela em Nova York. Aí conheci a Abby. Eu disse para a Featherleigh que a gente não podia mais se ver e ela entrou em parafuso.

– Como assim?

– A Abby foi passar o Natal com a minha família em Virgin Gorda no nosso primeiro ano juntos. A Featherleigh deve ter descoberto, porque apareceu lá com um cliente dela de Abu Dhabi que tinha um iate gigantesco. E outra vez, logo depois que terminei a faculdade de direito, a Featherleigh apareceu de surpresa na festa de formatura de um colega meu. Ela entrou no bar do Hotel Carlyle em Nova York e disse para todo mundo que *eu* a tinha convidado.

– Por que você não esclareceu as coisas com ela?

– Porque… bem… *teve* umas vezes em que fiquei com a Featherleigh quando já estava com a Abby. E foi aí que fiz besteira. Não me separei totalmente dela. Não deixei a Featherleigh ficar só no meu passado. Na primeira vez eu não sabia ao certo se ia dar certo com a Abby, então, quando a Feather me ligou e disse que estava numa suíte no Hotel Gramercy Park, eu fui. Depois do segundo aborto, que foi uma situação bem séria, a Abby ficou muito triste e deprimida, e foi difícil conviver com ela. Ela se sentia uma fracassada. *Eu* me sentia um fracassado. Começamos a brigar. Toda conversa acabava levando a gente direto ao assunto das gestações. Transar estava fora de cogitação. Foi uma época difícil, e a Featherleigh se aproveitou disso. Como num passe de mágica, ela aparecia em Nova York e depois em Tampa, na Flórida, onde eu estava trabalhando. Mandou para mim uma passagem de avião de primeira classe para Paris e, uns meses depois, para Marrakech. É claro que, no fim das contas, quem pagava minhas passagens eram os clientes dela, supostamente sem saber. Mas é lógico que perceberam e botaram a Featherleigh na justiça, o que acabou com o trabalho dela, esgotou as economias dela e a levou a fazer um monte de besteiras, como tentar vender a mesa falsa da época de George III como genuína.

O delegado assente. Esse é o culpado. Ele tem certeza.

– E a chantagem? – pergunta ele.

– A chantagem…

Thomas entorna o restante do uísque. O delegado queria estar com a garrafa, qualquer coisa para fazê-lo continuar falando.

– Começou em janeiro deste ano – conta Thomas. – Eu queria terminar para sempre. E a Feather disse que, se eu fizesse isso, ela contaria tudo para a Abby. Por isso tive que continuar. – Ele aperta os olhos com os dedos. –

Comecei a trabalhar mal. Estava tentando engravidar a Abby e impedir que a Featherleigh abrisse o bico. Então, em maio, a Abby engravidou, a gestação parecia firme e viável e decidi que não ia mais deixar a Featherleigh Dale me controlar. As acusações de fraude ajudaram porque pensei que, mesmo se ela falasse com a Abby, não teria a menor credibilidade.

– Mas, mesmo assim, você deve ter ficado incomodado quando soube que a Srta. Dale viria ao casamento do seu irmão.

– Eu pedi para ela não vir. Implorei e supliquei.

– E ameaçou – diz o delegado. – A Srta. Dale afirmou que você disse que, se ela desse as caras em Nantucket, você a mataria. Você disse isso?

Thomas confirma com a cabeça.

– É. Eu disse, sim.

– Você pôs um dos comprimidos para dormir da sua mãe no copo d'água que a Featherleigh levou para a mesa, achando que ela é quem ia beber? Achou que *ela* poderia sair para nadar e se afogar ou tentar dirigir um carro e sofrer um acidente? Você fez isso, Thomas? Porque, depois do que me contou, eu entenderia se fizesse.

Thomas começa a chorar.

– Eu fiz um monte de besteiras.

O delegado solta a respiração até o fim, talvez pela primeira vez desde que acordou hoje de manhã.

– Preciso que você vá até a delegacia assinar uma declaração. Tem direito a um advogado.

Thomas funga, balançando a cabeça.

– Acho que o senhor me entendeu mal. Fiz um monte de besteiras, mas não droguei ninguém. Não vi o remédio da minha mãe. Não toquei no copo d'água. E, me perdoe, mas seria preciso muito mais que um mísero comprimido para matar a Featherleigh Dale.

– Então… você não…?

Thomas balança a cabeça outra vez.

– Eu queria que a Featherleigh sumisse, mas não coloquei nada na água de ninguém. Não vi nem toquei no remédio para dormir da minha mãe, e a Featherleigh continua sendo uma ameaça para mim. – Thomas abre um sorriso triste. – Essa é a verdade.

O delegado liga para Andrea e diz que está a caminho de casa.

– Você descobriu o que aconteceu? – pergunta ela.

– Não exatamente. Digo, descobrimos vários segredos sujos, mas não conseguimos ligar nenhum deles à morte da moça.

O delegado pensa em Jordan Randolph do *Diário de Nantucket*. Ele vai fazer perguntas. Todo mundo vai.

– Como está a Chloe?

– Está abalada – diz Andrea. – Ela contou que se deu bem com a madrinha no jantar de ensaio.

– Se deu bem? Como assim?

– Tentei arrancar mais alguma informação, mas ela disse que queria falar com você. Eu disse que você estava muito ocupado…

– Não, não, tudo bem. – O delegado imagina se as respostas que procura estão debaixo de seu próprio teto. – Chego em alguns minutos.

O delegado bate à porta do quarto de Chloe.

– Entra – diz ela.

Está deitada na cama lendo um livro sobre tartarugas. É isso mesmo? *Tartarugas até lá embaixo*, diz a capa. O delegado não tem a menor ideia do que isso significa, mas está contente por ela ler. O celular dela está ligado à tomada em cima da mesa de cabeceira, e vibra e se acende com as mensagens recebidas – Instagrams, ele supõe, ou Snapchats, ou o que quer que tenha substituído o Instagram e o Snapchat. Nick deve saber.

– Oi – diz ele com o que resta de seu bom humor.

Fecha a porta e se senta na cadeira de Chloe, felpuda e azul-berrante. A cadeira o faz pensar no Grover de *Vila Sésamo*, mas pelo menos é confortável.

– Sua tia disse que você queria falar comigo.

Chloe assente, deixa o livro de lado e se senta. Ela não está de maquiagem, o que é incomum. Seu rosto está amadurecendo e ganhando beleza, herança da mãe. Quando o delegado conheceu Tess, ela não era muito mais velha do que Chloe é agora; a amada prima mais nova de Andrea, tão íntima quanto uma irmã.

– Tem duas coisas que quero contar – diz Chloe. – Sobre ontem à noite.

– Pode falar.

– Eu estava escutando as pessoas na festa – começa Chloe. – Ouvi uma conversa da madrinha com o pai do noivo. Acho que eles... tinham um caso. Tenho certeza. Ela estava grávida dele. Ele queria que ela tirasse. Disse que faria um cheque para ela. Ela disse que queria ficar com o bebê porque era algo que ligava os dois, e que ia contar para a Greer. Greer é a esposa dele.

O delegado assente, tentando não demonstrar nenhuma emoção. Está horrorizado por saber que essa trama chegou até Chloe.

– Você não contou isso para ninguém, certo? – pergunta o delegado. – Essa informação é uma bomba.

– Não contei para ninguém – diz Chloe baixinho. – Estava esperando você chegar em casa.

Depois de passar o dia todo encarando um mentiroso após outro, o delegado se anima ao saber que reconhece a verdade quando a ouve. Ele respira fundo e pergunta:

– E qual é a outra coisa?

– A outra coisa aconteceu quando eu estava recolhendo os copos. Foi depois da sobremesa, depois dos brindes, e eu estava levando uma bandeja de taças de volta para a cozinha. Não olhei onde pisava, tropecei, caí e todas as taças quebraram.

Vidro quebrado, pensa o delegado.

– Onde foi que isso aconteceu?

– No lugar onde acaba o gramado e começa a praia. Do lado esquerdo da casa, se você estiver de costas para o mar.

O delegado anota a informação.

– A madrinha me ajudou a limpar – diz Chloe. – Ela foi muito legal. Perguntou meu nome e de onde eu era, e quando eu disse que era de Nantucket ela disse que eu era a menina mais sortuda do mundo. – A voz de Chloe fica embargada e ela enxuga os olhos. – Não acredito que ela *morreu*. Falei com ela *ontem à noite*.

– Às vezes isso acontece – diz o delegado. – Existe a possibilidade de ela ter tomado um remédio, talvez bebido demais...

– Ela não estava bêbada. Nem um pouquinho. Parecia a pessoa mais sóbria da festa.

– Só quero que você entenda, Chloe, que cada decisão que você toma... quem são seus amigos, com quem você namora, se decide fumar ou beber... tem consequências. Acho que a Merritt, no fim das contas, foi vítima das próprias decisões ruins.

Por um segundo, Chloe encara o delegado e ele percebe que ela se ressente de ouvi-lo usar a morte de Merritt como um comunicado de utilidade pública – mas este é sem dúvida um momento didático. Chloe pega o celular e o delegado percebe que perdeu a atenção dela. Andrea se sai melhor ao lidar com a jovem; ele sempre acaba parecendo o tio tosco que por acaso também é o chefe de polícia.

– Só mais uma pergunta, Chloe – diz ele, embora tenha certeza de que ela quer se livrar dele mais que tudo. – A Merritt se *cortou* quando te ajudou a recolher o vidro?

– Se cortou? – Chloe ergue o rosto. – Não. Por quê?

– Estou só pensando. Tem certeza de que vocês pegaram todos os cacos de vidro?

– Estava escuro. A gente fez o melhor que dava. Na verdade, meu medo era a Greer encontrar um caco de vidro que a gente não viu e eu levar bronca hoje por causa disso. Mas acho que eles tinham problemas maiores com que se preocupar.

O delegado se levanta.

– Espera, posso te mostrar mais uma coisa? – pergunta Chloe.

Ela pega o celular e avança até a beira da cama. O delegado se senta ao lado dela.

– A Merritt é influenciadora, então comecei a segui-la no Instagram ontem à noite depois de chegar em casa. Esse foi o último post dela.

O delegado pega o celular de Chloe e põe os óculos de leitura. Ele nunca olhou para o Instagram e vê que não é nada além de uma fotografia com legenda. Nesse caso, é a foto de duas jovens posando na proa da balsa de alta velocidade da Hy-Line. Estão com os cabelos ao vento, e ao fundo vê-se Nantucket – a enseada, os veleiros, os chalés tradicionais de madeira no porto, os campanários das igrejas. A loira – o delegado percebe que é Celeste, a noiva – parece nervosa; há certa hesitação no sorriso dela. Já a morena, Merritt, está sorrindo; radiante, ela dá ao momento tudo que tem. É uma boa atriz, pensa o delegado. Não há sinal nem pista de que estava grávida de um homem casado e de que ele não queria mais nada com ela. A legenda da foto: *Vamos à capela... Fim de semana do casamento da MELHOR AMIGA que uma mulher pode querer! #madrinhadecasamento #madrinhadanoiva #felizesparasempre.*

– Hashtag felizes para sempre – diz Chloe. – Essa é a parte que acaba comigo. Não é a coisa mais triste que você já viu?

– É bem triste – responde o delegado, devolvendo o celular para ela. – Bem triste.

O delegado troca de roupa e olha com desejo para as latas azuis de cerveja na geladeira – mas ainda não pode relaxar. Combinou de encontrar Nick na delegacia para rever tudo uma última vez.

– Não se preocupe com o jantar – diz ele para Andrea. – Peço para a Keira pedir comida.

– Detesto investigação de assassinato – responde Andrea, erguendo o rosto para beijá-lo. – Mas te amo.

– E eu amo você.

Ele dá um beijo na esposa, depois outro e mais outro. Pensa em deixar Nick esperando.

O delegado e o detetive se reúnem numa sala de interrogatório na delegacia. Keira, a assistente, já tinha providenciado uma salada com couve e algumas pizzas artesanais do Station 21 para jantarem.

Nick dá uma mordida voraz na pizza de camarão e pancetta.

– Nada mau – comenta ele. – Geralmente eu fico longe de qualquer coisa "artesanal". Prefiro comida sem frescura.

– A Chloe disse que a Merritt não se cortou quando ajudou a pegar os cacos – diz o delegado. – Mas ela pode ter se cortado depois do passeio de caiaque. O lugar onde a Chloe disse que deixou a bandeja cair é bem perto do caminho que a Merritt teria pegado na volta para o chalé.

– Isso poderia explicar por que a Merritt entrou no mar – responde Nick. – Se bem que a gente lava um corte no raso; não entra de corpo inteiro.

– A não ser que a água esteja gostosa – argumenta o delegado. – A noite estava *quente*.

– E acho que a madrinha não gostava de calor. O ar-condicionado no quarto dela estava no máximo. Estava quase nevando lá dentro.

– Mas isso não revela quem deu a ela um comprimido para dormir.

– Ela pode ter tomado por conta própria – sugere Nick. – Afinal, sabemos que ela estava abalada.

– Não parece imprudência? – pergunta o delegado. – Tomar um comprimido para dormir estando grávida?

– O pai do noivo disse que ela pulou do caiaque no meio da enseada, não foi? Essa é a definição de imprudência. Pelo jeito ela estava num estado de espírito imprudente.

O delegado espeta um pedaço de couve na tigela redonda de papel alumínio à sua frente.

– Não estou acreditando que foi acidente. Duas pessoas queriam que a Merritt sumisse: Tag Winbury e Greer Garrison. E uma pessoa queria que a Featherleigh Dale sumisse: Thomas Winbury.

– Considerar que foi acidente seria mais fácil para a família da Merritt – diz Nick. – E para a noiva.

– Não trabalhamos para a família dela. Trabalhamos para o Estado de Massachusetts. E, mais do que isso, trabalhamos em nome da justiça para os cidadãos deste grande país. *Você* acha que foi acidente, Nick? Mesmo?

– Não. Para mim, foi a mãe.

O delegado mastiga um crouton.

– Engraçado. Para mim, foi o pai. Tag Winbury vê o remédio da esposa e põe um comprimido no copo d'água da Merritt. Depois leva a moça para passear de caiaque e elimina os dois problemas: sem amante, não tem bebê. O que você acha?

– A Greer descobre o caso e o bebê, e *ela* põe um comprimido na água, torcendo para a Merritt beber e para o Tag levar a moça para sair de caiaque. Ou talvez, *talvez* a Greer esteja tentando matar o marido. Talvez ela faça o Tag tomar um comprimido torcendo para ele sair de caiaque e nunca mais voltar. – Nick pega um pedaço de pizza. – É, sei que é mirabolante demais.

– Seria diferente, acho, se tivéssemos aquele copo – comenta o delegado. Nick inclina a cabeça de lado.

– Não acha esquisito que o copo d'água tenha sumido da mesa, mas os de rum tenham continuado lá? Alguém levou *só o copo d'água* para dentro. Ou alguém saiu da casa e retirou *só o copo d'água*.

O delegado balança a cabeça e pega uma fatia de pizza. Não consegue acreditar que foi Chloe quem derrubou a bandeja de taças. Caco de vidro na grama, corte no pé, a madrinha entra no mar para lavar o pé, a madrinha morre. Não é culpa de Chloe; ninguém no mundo pensaria uma coisa dessas. Mas, se ela não tivesse derrubado a bandeja, será que Merritt ainda estaria viva? Sim, se não tivesse tomado um remédio para dormir por vontade própria ou sem saber que tomou e depois entrado no mar, ela *estaria* viva. Ia mancar entrando na igreja, quem sabe? Mas viveria.

– O fato é que não temos provas suficientes para acusar ninguém – diz Nick.

O delegado sabe que ele tem razão.

– Amanhã vamos ligar para o irmão dela e dizer que concluímos que foi um acidente. Ela tomou um remédio para dormir, foi nadar à noite e se afogou.

– Aquela casa estava cheia de segredos – diz Nick. – Não dá para acreditar que nenhum deles causou isso.

O delegado levanta a xícara de café.

– À falecida – diz.

Nick brinda com ele.

– Que descanse em paz.

Sábado, 7 de julho de 2018, 18h55

NANTUCKET

Diário de Nantucket – www.diariodenantucket.net – sábado, 7 de julho de 2018

Polícia de Nantucket conclui que morte por afogamento foi acidental

20h12
O Departamento de Polícia de Nantucket, em operação conjunta com a Polícia Estadual de Massachusetts, determinou que a morte de Merritt Alison Monaco, 29 anos, na manhã de hoje foi acidental. A Srta. Monaco veio da cidade de Nova York a Nantucket para comparecer a um casamento no sábado. Ela deixa os pais, Gary e Katherine Monaco, de Commack, NY, e um irmão, Douglas Monaco, de Garden City, NY. A Srta. Monaco trabalhava para a Wildlife Conservation Society como diretora de relações públicas desde 2016.

"Investigamos o caso e determinamos que a morte da Srta. Monaco foi acidental. Agradecemos a toda a comunidade de Nantucket por sua cooperação e incentivamos tanto os moradores quanto os visitantes da ilha a tomarem extremo cuidado no mar e nas suas proximidades", afirmou o delegado Edward Kapenash, do Departamento de Polícia de Nantucket.

Marty Szczerba recebe um alerta do app *Inky* no celular: a madrinha do casamento em Monomoy parece ter se afogado por acidente. Para Marty, a conclusão é duvidosa e também meio anticlimática: depois da tentativa de fuga do suspeito na balsa da Hy-Line e da dramática remoção de Featherleigh Dale do restaurante Crosswinds, a morte foi *acidental*?

Aff, pensa Marty.

Percebe então que isso significa que Featherleigh Dale não é suspeita de assassinato e, portanto, pode se interessar por um romancezinho. Marty não consegue se imaginar investindo numa noite de sexo casual nem nada assim, mas seria bom tomar um drinque com ela.

Decide ligar para a delegacia para perguntar a Keira se ela sabe se trouxeram Featherleigh de volta ao aeroporto ou se a levaram para passar a noite numa pousada.

– Oi, Keira. Aqui é o Marty Szczerba. Quero fazer uma pergunta.

– Oi, Marty!

Só de ouvir a voz de Keira, ele lembra que ainda tem uma queda enorme por ela.

– E eu quero fazer uma pergunta para *você* – diz ela. – Quando é que vai me convidar para sair?

Marty pisca, aturdido. O telefone fica quente em sua mão. *Quem é Featherleigh mesmo?*, pensa ele, e responde:

– Que tal hoje à noite?

Celeste manda uma mensagem para Benji avisando que vai pegar um táxi no hospital.

Eu vou aí te buscar!, responde Benji.

Por favor, não venha, responde Celeste. Aparecem três pontinhos na tela e logo vem a segunda mensagem: **Podemos conversar quando eu voltar**.

De repente Benji fica nervoso e irritadiço, incomodado por ser quem é pela primeira vez na vida. Como gostaria de renegar sua identidade neste momento... Ele não quer mais ser um Winbury. É óbvio que Celeste descobriu a verdade sobre Merritt e Tag. Os dois tinham uma espécie de caso, uma espécie de *sei lá o quê* – Benji não aguentaria pedir detalhes, mas tem a impressão de que seu pai é culpado pela morte de Merritt.

Seu próprio pai.

Você acha que a sua família é irrepreensível, dissera Celeste. *Mas é engano seu.*

Benji encontra Celeste na entrada da casa, mas ela lhe lança um olhar vazio e diz:

– Benji, espera um pouco, por favor. Tenho que falar com meus pais.

– Seus pais não são a prioridade neste momento, Celeste. Eu sou seu noivo – diz ele. – A gente ia *se casar* hoje.

Ela o deixa falando sozinho e entra em casa, e Benji tem que se esforçar muito para não segui-la como um cachorrinho.

Em vez disso, vai para a cozinha e vê Thomas montando num prato uma pilha de sanduíches, salada de batata e frutas da estação que o bufê deixou lá no começo da tarde, conforme programado – era para ser o almoço antes do casamento. Quando Thomas percebe o irmão olhando para ele, pergunta:

– Que foi? Estou com fome e a minha mulher está grávida e precisa comer.

Benji diz com a voz mais calma possível:

– Foi culpa do papai? Ele estava *trepando* com ela?

– Pelo jeito estava – responde Thomas com naturalidade, e percebe a expressão de nojo que passa pelo rosto de Benji. – Ah, larga de ser santinho, Benny.

Santinho?, pensa Benji. Ele é *santinho* por esperar que seu pai seja um homem de caráter e integridade, que não traia a mãe com alguém com idade para ser sua filha, alguém que por acaso também era *a melhor amiga de Celeste*?

319

– Você *sabia* de tudo? – pergunta Benji.

– Não sabia, não. Mas vi o papai no bar do Four Seasons umas semanas atrás e ele se escondeu de mim. Imaginei que *alguma coisa* estava acontecendo. – Thomas pisca, compreendendo. – *Agora* eu sei o que era.

Benji estremece. O Four Seasons? Foi *assim*, como um caso extraconjugal num livro ou num filme? Thomas sai pelo corredor com o prato de comida antes que Benji possa perguntar o que *ele* estava fazendo no Four Seasons.

Prefere não saber.

Benji para à toa diante do aparador ao pé da escada até ouvir Celeste saindo do quarto dos pais dela. Então corre até o segundo andar e a aborda antes que ela entre no quarto dela/dele/deles. O quarto dele, que ela estava usando como suíte nupcial e que se tornará o quarto dos dois nesta casa.

– Celeste.

Ela se vira para ele, dizendo:

– Preciso deitar.

– Sei que está cansada.

Benji a deixa entrar no quarto, entra também e fecha a porta.

– Benji – diz Celeste.

O vestido de noiva está pendurado na porta do armário; para ele, é tão perturbador quanto um fantasma sem cabeça.

– Você não vai se casar comigo – diz ele. – Não é isso? Nem agora, nem nunca?

– Não. Desculpa, Benji, mas não.

O corpo inteiro de Benji fica dormente. Ele faz que sim com a cabeça, mas sente que está sendo puxado por uma corda. Celeste! Ele quer convencê-la a mudar de ideia. Quer explicar que ela não deve julgá-lo pelos atos de sua família. Benji não é o pai dele. Não é o irmão. É uma pessoa boa e sincera e vai amá-la para sempre.

Mas ele se detém. Tudo o que Benji tem veio dos pais – o dinheiro, o apartamento, a educação, as vantagens. Censurar a família, negar seu amor incondicional por eles, seria um ato de hipocrisia, e Celeste o reconheceria como tal. Durante 28 anos ele aceitou o privilégio sem questionar e agora tem que aceitar a vergonha.

– O que você vai fazer? – pergunta Benji.

– Não sei. Talvez viajar. Talvez não.

– Sei que neste momento parece inconcebível, mas você vai superar isso. Não quero dizer que vai deixar de sentir saudade da Merritt...

– Benji – diz Celeste, e ele se cala; está falando besteira. – Minha decisão não tem nada a ver com a Merritt.

– Não tem?

Ela balança a cabeça, negando.

– Tem a ver comigo.

Celeste não quer se casar com Benji.

Ele gostaria de dizer que se trata de um choque absoluto, de uma bola de demolição vinda de lugar nenhum – mas não é verdade.

– Sua gagueira passou – diz ele.

Ela sorri, no começo com tristeza, mas depois com um toque de alívio – ou triunfo.

– Pois é – responde ela. – Eu sei.

Enquanto caminha até o primeiro chalé – precisa se esconder; não suportaria ver nenhum de seus pais –, Benji vê Shooter chegando à entrada da casa.

Shooter. Benji perdeu completamente a noção da ausência dele, do tempo, de tudo. Seu amigo parece o sobrevivente de um naufrágio. Está com a barba por fazer, a camisa está amarrotada e para fora da bermuda, o blazer está embolado debaixo do braço, e ele está de boca aberta encarando a tela do celular.

– Sua cara está pior do que o meu estado de espírito – diz Benji, tentando usar o tom de voz jocoso que os dois geralmente usam um com o outro. – Onde você estava?

– Na delegacia.

Shooter acompanha Benji até o primeiro chalé, depois vai direto para a geladeira e abre uma garrafa de cerveja.

– Quer uma?

– Quero – diz Benji.

– Escuta, tem umas coisas que você precisa saber – anuncia Shooter.

– Me poupe, por favor. Já ouvi até demais.

Me poupe, por favor. Já ouvi até demais.

Shooter tenta assimilar o comentário. A polícia finalmente o liberou; no fim, não tinham nada de que acusá-lo, a não ser de atrapalhar uma investigação em andamento. Deram-lhe uma multa de 300 dólares, que ele pagou em dinheiro. Val Gluckstern ofereceu carona de volta a Summerland, mas Shooter disse que queria caminhar. Precisava esfriar a cabeça.

Não sabia ao certo até que ponto precisaria explicar. Talvez tudo. Talvez nada. Queria muito falar com Celeste, mas tinha medo. Contou tudo para a polícia, o que já parecia uma traição. Temia que ela ficasse zangada, mas temia ainda mais que negasse ter planejado fugir com ele.

Enquanto seguia o caminho de conchas brancas na entrada da casa dos Winburys, passando entre as fileiras de hortênsias e debaixo do arco de buxo, o celular tocou. Era uma mensagem de texto de um número desconhecido com prefixo 212. Shooter clicou na mensagem mais por hábito que por qualquer outra coisa.

Era uma foto dele e de Celeste na frente do Steamboat Pizza. Não estavam se tocando, embora estivessem bem perto um do outro – provavelmente perto demais. Shooter clicou na foto e a ampliou. Celeste olhava mais ou menos na direção da câmera e ele olhava para ela. A expressão dele era de desejo, anseio e cobiça indisfarçados.

A foto é assustadora, uma ameaça. Alguém mais sabia dos planos deles? Quem tirou a foto? Quem a enviou?

Shooter parou de andar de repente. Respondeu à mensagem: **Quem é?**

Não houve resposta. Shooter repassou as possibilidades. O código de área era de Manhattan. E quem quer que fosse esteve do outro lado da rua ou conhecia alguém que esteve.

A conclusão era óbvia, certo? Alguém estava tentando amedrontá-lo. Se a foto foi enviada para Shooter, também deve ter sido para Benji. Mas Benji sabia que Shooter e Celeste tinham ido comprar pizza. Não era o mesmo que enviar uma foto deles como estavam alguns minutos depois, sentados no banco perto do terminal. Isso seria mais difícil de explicar.

Certo, tudo bem. Sinceramente, Shooter estava cansado demais para joguinhos. Seguiu em frente por baixo do arco de buxo e deu de cara com Benji.

Me poupe, por favor. Já ouvi até demais.

– Hoje de manhã eu fugi da polícia – conta Shooter. – Queriam me interrogar, eu disse que precisava usar o banheiro e saí pela janela.

– Para com isso – diz Benji.

– É sério.

– Espero que você tenha dito para eles que não queria falar com a polícia por causa do que aconteceu com sua mãe – diz Benji.

Shooter toma um longo gole da cerveja. Benji é a única pessoa que sabe a respeito da mãe dele, Cassandra. Ela ficou viciada em heroína depois que o pai de Shooter morreu, e aconteceu de ter uma overdose numa das raras vezes em que o filho a visitou. Ele tinha 21 anos, trabalhava como barman em Georgetown e deu a Cassandra uma nota de 5 dólares. Ela a gastou com pó. Na manhã seguinte, Shooter acordou e encontrou a mãe morta. E, sim, ele culpou a si mesmo. Praticamente implorou à polícia do condado de Miami-Dade que o prendesse, mas a polícia tinha experiência suficiente com overdoses para não culpar ninguém, exceto a própria usuária.

– Entrei na balsa da Hy-Line e me pegaram, me algemaram e me levaram para a delegacia. Contratei uma advogada. Ela ficou comigo enquanto eu contava meu lado da noite passada.

Benji mal reage. É como se esperasse esse tipo de drama da parte de Shooter. Ou isso, ou ele não está prestando atenção.

– Encontraram uma coisa na corrente sanguínea da Merritt – diz Benji. – Um sedativo.

– Sério? E como a Celeste está reagindo?

Benji se levanta do sofá num pulo, dizendo:

– Como a Celeste está *reagindo*? Bem, vamos ver, ela ficou tão descontrolada que passou metade do dia na emergência do hospital. E apesar disso parece ter ganhado uma certa clareza de visão. Ela não quer mais se casar comigo. Nem agora, nem nunca.

De repente Shooter fica muito alerta, apesar da imensa exaustão. O que é que Benji dirá a seguir?

– Ela diz que não tem nada a ver com o que aconteceu com a Merritt. Tem a ver com *ela*. Ela não quer se casar comigo... nem no mês que vem, nem

323

no ano que vem, nem numa praia em Aruba, nem num cartório em Easton, Pensilvânia. Ela não quer se casar comigo. Quando é que ela ia contar isso para mim? Ela ia me largar no altar? Ah, e adivinha, tem mais. Adivinha o que é. Dá um palpite.

Shooter não quer dar um palpite, e tanto faz, porque Benji não espera a resposta.

– A gagueira dela passou! Sumiu completamente! Ela decide que não vai se casar comigo e o problema de fala desaparece.

A gagueira dela passou ontem à noite, pensa Shooter. Se Benji tivesse prestado atenção, teria percebido. Quando se levantaram do banco perto do terminal, Celeste e Shooter voltaram para comprar pizza e, quando ele perguntou para ela o que queria, ela disse:

– Uma fatia de pepperoni e um refrigerante, por favor.

As palavras saíram nítidas como o som dos sinos de uma igreja numa manhã de verão.

– Ela disse mais alguma coisa? – pergunta Shooter.

Agora ele percebe que seu plano de fugir com Celeste era extremamente covarde. Porque isto, a reação de Benji, era algo que ele não queria presenciar.

– *Mais* alguma coisa? – responde Benji. – Ela não precisou dizer mais nada. Ela me destruiu.

Benji se enfurece e joga a garrafa de cerveja do outro lado da sala, onde atinge a parede e se estilhaça. Ele cobre o rosto com as mãos. Faz um barulho sufocado, e Shooter percebe que está chorando.

Shooter Uxley tem inveja de Benjamin Winbury desde o dia em que se conheceram no primeiro ano da Escola St. George's, e embora sempre desejasse ter alguma coisa, qualquer uma, que Benji não pudesse ter, só o que lhe vem à mente agora são as infinitas gentilezas que o amigo lhe fez.

No dia seguinte à morte da mãe de Shooter, Benji faltou à sua prova de economia na Hobart e pegou um voo para Miami. No último ano na St. George's, quando Shooter estava tão falido que organizou um jogo de dados ilegal para ganhar dinheiro, foi Benji quem incentivou as pessoas a jogar. Benji era monitor da escola e poderia ter se metido em encrenca, perdido o cargo e ganhado uma suspensão, mas para ele nada era mais importante que dar a Shooter a oportunidade de faturar o suficiente para continuar estudando.

Benji escolheu Shooter em vez do próprio irmão para ser seu padrinho de casamento.

Benji sempre acreditou em Shooter e continua a acreditar nele, mesmo depois de ele chegar *bem perto* de fugir com a sua noiva.

Celeste fez a parte dela. Terminou o relacionamento. É assim que deveria ser. Benji precisa de tempo para enfrentar a separação, e ela, para enfrentar a perda de Merritt. Depois, os dois poderão ficar juntos. *Quanto tempo vai demorar?*, pensa ele, que é, por natureza, uma pessoa muito impaciente. Quer começar sua vida com Celeste hoje mesmo.

Decide guardar sua foto com ela. A foto chegou como um presente anônimo do universo; quando olhar para ela, vai lembrar que finalmente tem algo na vida pelo qual vale a pena esperar. Vai lembrar que ela disse sim.

Shooter se levanta, se aproxima de Benji e o abraça com força; absorve o tremor dos soluços do amigo.

E não diz nada.

Sábado, 7 de julho de 2018, 20h

GREER

Alguém bate à porta do quarto de Greer e ela se levanta.
– Sim?
Elida, a arrumadeira, entra no quarto. Seu horário de trabalho já acabou faz tempo. Mesmo com o casamento, ela deveria ter saído às três para poder comparecer à cerimônia às quatro. Mas aqui está ela, fazendo seu trabalho calma e imperturbavelmente.
– Elida – diz Greer, e lágrimas afloram a seus olhos.
O que significa saber que em sua casa ela só pode confiar em duas pessoas: no filho mais novo e na arrumadeira?
Do bolso de trás, Elida tira a caixa de comprimidos esmaltada.
– Quê? – diz Greer.
Sua mente de escritora já começa a imaginar se *Elida* teve alguma coisa a ver com a morte de Merritt. Talvez tenha descoberto o caso e a gestação e envenenado a garota por lealdade a Greer. Seria uma reviravolta inesperada, um encontro de classes.
– Onde você encontrou isso?
– No quarto do Sr. Thomas – responde Elida. – No cesto de lixo.
No quarto de Thomas, no cesto de lixo. No *lixo*? Thomas sabe o quanto a mãe valoriza essa caixinha. Ela não consegue acreditar que ele a jogaria

fora. Greer pega a caixa. Ainda há comprimidos dentro dela; é possível ouvi-los.

– Obrigada, Elida. Pode ir para casa.

A arrumadeira se retira. Greer devolve a caixa ao devido lugar no armário de remédios. Então, decidida, sobe a escada.

Ao se aproximar da porta do quarto de Thomas, Greer ouve uma gritaria. Não se admira nem um pouco; ela mesma adoraria gritar agora. Logo percebe que as vozes são de Thomas e Abby.

A primeira ideia que lhe ocorre é que gritar não deve fazer bem ao bebê, mas então lembra que suas maiores brigas com Tag aconteceram quando estava grávida. Seus hormônios a transformaram numa lunática com oscilações constantes entre euforia e desespero. Na verdade, a pior briga – quando Greer estava entediada até o ponto do absurdo, grávida de Thomas, e Tag ficava no trabalho toda noite até as dez e viajava a negócios pela Europa todo fim de semana – fez com que Greer pegasse uma caneta e escrevesse seu primeiro romance, *Perigo em Saint-Germain-des-Prés*.

Ela suspira. Pensar em seu primeiro romance a leva a pensar também no 21º, que precisa entregar daqui a treze dias. Bem, agora não vai ficar pronto tão cedo, e ninguém vai culpá-la por isso. A amante grávida do marido de Greer foi encontrada morta na frente da casa na manhã do casamento do filho dela. Ela merece um desconto.

Greer para diante da porta do quarto, onde consegue ouvir palavras e frases distintas. Ela detesta escutar em segredo; vai exigir que eles baixem a voz. A última coisa que mais alguém nesta casa precisa ouvir é o bate-boca conjugal de Thomas e Abby.

Até que ela ouve Abby dizer:

– Eu sei do seu caso com a Featherleigh há anos, desde Virgin Gorda, desde a festa de formatura do Tony Berkus no Hotel Carlyle! A Amy Lackey disse que viu você com uma baranga no L'Entrecôte em Paris num fim de semana em que você disse que ia visitar seus pais em Londres. Eu li todas as suas mensagens de texto e e-mails e olhei todas as faturas dos seus cartões de crédito, inclusive o Visa Signature da British Airways que você acha que eu não sei que existe!

Greer ia bater à porta e se detém bem a tempo. Thomas e Featherleigh? *Thomas?* Featherleigh é quinze anos mais velha que ele. Isso não pode ser verdade, não é?

– Eu já disse que terminei com ela – responde Thomas. – Terminei para sempre em maio, assim que a gente descobriu que você estava grávida.

Espera!, pensa Greer. Featherleigh disse para ela que terminou com um homem casado em maio.

É de fato uma descoberta decepcionante que Thomas pareça ter herdado a moral questionável de Tag, colocando Abby na mesma situação que Greer, uma geração depois.

Graças a Deus Benji é um Garrison da cabeça aos pés.

– Em se tratando de você e da Featherleigh, não existe "terminar para sempre" – diz Abby. – Olha a noite passada! Eu *vi* você com ela na tenda. Eu vi! E eu sabia o que ia acontecer. Você ia tentar me apaziguar vindo para o quarto e, assim que eu dormisse, ia trepar com ela na casa da piscina!

– Você é louca. Eu vim para o quarto e a Featherleigh *foi embora*, Abby. Foi para uma pousada ou albergue. Nem sei onde ela ficou hospedada, para você ver que não dei a mínima...

– Ela *não foi* embora! – retruca Abby. – Eu desci enquanto você estava no banheiro escovando os dentes e ouvi a Featherleigh no lavabo cantarolando "The Lady in Red". Ela não estava de saída. Estava esperando você.

Nesse instante, Greer entende.

Ela corre de volta ao próprio quarto e pega o celular.

Manda uma mensagem de texto para Thomas e Abby, dizendo: **Baixem a voz. Todo mundo está ouvindo.**

Thomas teve um caso de longa data com Featherleigh, e Elida encontrou a caixa de remédio no quarto dele. No cesto de lixo.

Pois é.

É Tag o ardiloso, não Greer, mas depois de 21 livros de mistério e assassinato ela aprendeu uma ou duas coisinhas sobre motivação. Greer viu Abby ontem à noite quando foi à cozinha pegar a última taça de Veuve e *deixou a caixa de comprimidos na bancada*. Ou Abby surrupiou o remédio ou percebeu a existência dele. Bem mais tarde, ela desceu para ver se Featherleigh tinha ido embora. Ouviu Featherleigh cantarolando no lavabo e deve ter decidido pôr a mulher para dormir... para impedir que ela fizesse de tudo com Thomas.

E quem poderia criticá-la?

Abby pôs um comprimido para dormir na água de Featherleigh, mas a água foi para a pessoa errada. De alguma forma, foi Merritt quem bebeu.

A polícia concluiu que a morte de Merritt foi acidental – e foi, de fato, um acidente. Abby pode nem perceber que é a culpada, e Thomas nunca vai ligar os fatos. O segredo pertence a Greer, e com ela permanecerá até a morte.

O futuro da família Winbury depende disso.

Sábado, 7 de julho de 2018, 2h47

NANTUCKET

A ilha de Nantucket guarda os segredos de sua gente.

Quando Merritt Monaco e Tag Winbury voltam do passeio de caiaque, Merritt está encharcada, chorando. Tag é um homem dividido entre a fúria e os sentimentos de ternura. Ela desce e parte cambaleando pela praia, e ele vira o caiaque, espirrando areia molhada. Pensa em ir atrás dela, mas, em vez disso, vai em direção à casa. No momento é impossível convencê-la; ele terá que adiar qualquer outra conversa para depois do casamento.

Merritt vira o rosto apenas o bastante para ver Tag correr rumo à segurança de sua casa. Ela não consegue acreditar no quanto ele se demonstrou covarde e desalmado. Poucas semanas atrás, ela o encontrou na frente do prédio dela feito um garoto apaixonado; agora ele é uma pessoa totalmente diferente.

Merritt arranca o anel de prata do polegar e o joga ao mar, mas se arrepende logo depois. Esse é mais um gesto infantil da sua parte. O primeiro foi pular do caiaque quando estavam a centenas de metros da costa. Ela agiu como qualquer outra mulher que toma medidas desesperadas para chamar a atenção do amante.

Houve um momento em que acreditou que se afogaria. Estava tão cansada, tão letárgica, os braços e pernas pesados demais para nadar, que quase afundou como uma pedra no fundo da enseada.

Tag a agarrou pelo pulso e a puxou de volta para o caiaque. Ficou ainda mais zangado do que estava quando saíram.

– Foi só uma *aventura* – disse ele –, só para me *divertir*, para *relaxar*, para *fugir*. Nada mais, Merritt. Nada mais!

– Você ficou obcecado por mim – disse ela, mas as palavras saíram engroladas e ele não a entendeu.

Se entendesse, negaria, mas ela sabe que ele estava obcecado, fascinado, arrebatado. Por horas, dias, semanas, ele não pensou em nada além dela.

O problema é que não durou. A obsessão, tal como era, acabou do mesmo modo extravagante como surgiu. Merritt quer inspirar um sentimento mais consistente, um sentimento verdadeiro – como o que Benji e Celeste têm um pelo outro.

Benji e Celeste são o casal perfeito. Merritt quer o que eles têm mais que qualquer outra coisa no mundo.

Está muito tarde e ela mal consegue manter os olhos abertos. Poderia se deitar na praia agora mesmo e dormir até de manhã, mas, se fizer isso, com certeza acordará com Greer encarando-a com um ar de censura.

Começa a subir em direção ao caminho de pedra que passa ao redor da casa e leva até o segundo chalé. Ela se entrega a uma fantasia em que Tag a espera lá dentro, ou então sonha que ele tenha deixado um bilhete ou uma rosa do jardim no travesseiro dela. Qualquer coisa.

Ela dá um grito. Sente uma dor forte e aguda. Levanta o pé e tira um caco de vidro da sola macia. Está à beira do gramado, onde aquela menina bonita derrubou a bandeja de taças.

Há sangue por toda parte. Ela volta para a praia aos tropeços. Agora o corte está cheio de areia. Vai ter que lavá-lo e fazer o caminho de volta pulando num pé só.

Dizem que a água salgada cura tudo, mas Merritt não esperava que ardesse tanto. Olha para baixo, vê uma nuvem de sangue se elevar e derrama novas lágrimas. Aquela menina, a sobrinha do chefe de polícia de Nantucket, olhou para Merritt com a maior admiração; não fazia a menor ideia do tipo de confusão em que ela transformara a própria vida.

Merritt está grávida. E sozinha.

Tudo bem, pensa ela. Vai criar o bebê por conta própria; não será a primeira mulher a fazer isso. Talvez ela crie um blog: *De influenciadora a mãe solo*. Os olhos de Merritt estão se fechando. Tentar ficar acordada é como segurar numa corda para sair de um poço fundo e escuro – mas ela consegue. Ao abrir os olhos, vê um lampejo de prata debaixo d'água, a poucos metros de distância.

Seu anel.

É, pensa ela. É melhor pegar o anel. É o único presente que Tag deu a ela. Vai guardá-lo para o bebê, que sem dúvida será menina. Muito tempo depois de se envolver com o próximo homem e com o que vier depois desse, Merritt vai sussurrar para a filha: *Este é o anel que o seu pai me deu. Seu pai de verdade.*

Merritt entra na água e se abaixa para pegar o anel, mas sem querer o chuta e tem que esperar a areia assentar para encontrá-lo de novo. Está absurdamente sonolenta, sonolenta demais para se levantar, então estende os braços e as pernas e flutua. Abre os olhos debaixo d'água.

Onde está o anel?

Bem ali. Ela o vê.

Assim como o amor, pensa ela, *está fora do meu alcance.*

Agradecimentos

Quero começar agradecendo ao detetive-sargento Tom Clinger, do Departamento de Polícia de Nantucket, por se encontrar comigo e explicar os procedimentos. Devido à natureza deste livro e à linha temporal da trama, precisei fazer mudanças que não aconteceriam numa investigação da vida real. Pode ter certeza de que Tom me deu ótimas informações. Marie, a mãe dele, ficaria muito orgulhosa!

Agradeço ao meu irmão, Douglas Hilderbrand, meteorologista da Agência Nacional de Previsão do Tempo, que explicou em detalhes como é que surge o nevoeiro. Ele também acha que as pessoas precisam se preparar melhor para as mudanças climáticas – e concordo com ele.

Cindy Auris, o mérito de me apresentar ao Meat Loaf nos anos 1970 é todo seu. Estou tentando colocar "Paradise by the Dashboard Light" num romance há dezoito anos e finalmente consegui!

Minha editora, Reagan Arthur, *mais uma vez* editou este livro com puro brilhantismo. Saibam que essa mulher sempre tem razão, e *tem mesmo*. Para todos os aspirantes a escritores que acham que é fácil escrever um romance como este na primeira tentativa, estou aqui para dizer que é um trabalho meticuloso e complexo, que exige revisão após revisão após revisão. Tenho a sorte de ter alguém incrivelmente sensível, inteligente, cuidadosa e atenta como Reagan para me guiar até a versão final do texto.

Aos meus agentes, Michael Carlisle e David Forrer, da Inkwell Management: não há palavras para dizer o quanto amo vocês. Somos um time.

À minha assessora de imprensa, Katharine Myers: você é uma mulher bondosa, gentil e paciente, o olho calmo no furacão da minha vida pública. Obrigada por tudo e perdão pelo caos e pelas "enormes mudanças de última hora" que são minha marca registrada.

Para Tayler Kent: obrigada por dar continuidade à tradição de babás maravilhosas para as crianças da família Cunningham. Eu não poderia escrever este livro sem que você fizesse as coisas que eu estava ocupada demais para fazer, e você as fez com estilo, bom humor e competência inabalável.

Aos meus amigos, às mulheres da minha aula de *barre* na Go Figure, às mães e aos pais ao lado de quem me sentei no estádio de futebol, na quadra de basquete, no campo de beisebol: obrigada por me darem uma comunidade que me enche de orgulho. Agradecimentos especiais a Rebecca Bartlett, Debbie Briggs, Wendy Hudson, Wendy Rouillard, Elizabeth e Beau Almodobar, Chuck e Margie Marino, John e Martha Sargent, Heidi e Fred Holdgate (Fred foi de grande ajuda com tudo relacionado ao Aeroporto de Nantucket), Evelyn e Matthew MacEachern, Mark e Gwenn Snider e toda a equipe do Hotel Nantucket, Dan e Kristen Holdgate, Melissa e Angus MacVicar, Jana e Nicky Duarte, Linda Holliday e Dra. Sue Decoste, Paul e Ginna Kogler, todo o pessoal do Timothy Fields, Manda Riggs, David Rattner e Andrew Law, West Riggs (que me ajudou a escolher os barcos dos Winburys), Helaina Jones, Marty e Holly McGowan, Scott e Logan O'Connor, Liza e Jeff Ottani (pais de Kai, minha criança favorita), Sheila e Kevin Carroll (pais de Liam, minha outra criança favorita), e Carolyn Durand, da Lee Real Estate, que me mostrou uma de suas propriedades deslumbrantes em Monomoy para que eu pudesse descrever melhor a casa dos Winburys. Obrigada a Cam Jones pelas informações privilegiadas sobre a Escola St. George's e a Julia Asphar pelo que me ensinou sobre a Universidade de Miami em Ohio.

Agradeço à minha mãe, Sally Hilderbrand; aos meus irmãos, principalmente à minha meia-irmã Heather Osteen Thorpe, minha melhor amiga no mundo inteiro; e a Judith e Duane Thurman, que são minha segunda mãe e meu segundo pai há mais de trinta anos.

Sempre, no final desta seção, agradeço aos meus filhos. É um ano agridoce para mim, pois o mais velho, Maxwell, vai sair de casa para a faculdade no outono. Vendi meu primeiro romance, *The Beach Club*, na primavera de

1999, quando estava grávida de Maxx, então a vida dele e a minha carreira correram em paralelo. Maxx Cunningham: estou muito orgulhosa de você e de tudo que conquistou, mas saiba que o melhor ainda está por vir e mal posso esperar para ver como será. Dawson: você é meu filho do meio, talvez a pessoa mais amada em toda a ilha de Nantucket, e, sim, você consome 90% da energia que tenho para ser mãe, mas eu não mudaria nada em você (isso pode ser uma hipérbole… vou pesquisar). Para Shelby: você é minha heroína – aos 12 anos, já é uma mulher forte e independente – e me esforço todos os dias para ser metade da mãe que você merece.

Por fim, quero cumprimentar e mandar amor, força e lucidez a cada sobrevivente de câncer de mama que leia este livro. Obrigada à equipe dedicada e extraordinária da Fundação de Pesquisa do Câncer de Mama e ao meu oncologista, o Dr. Steven Isakoff, que continua a me manter saudável quatro anos após meu diagnóstico inicial. É uma jornada ou é uma batalha – você decide como prefere chamar –, mas um dia, em breve, vamos triunfar. Todas nós poderemos dizer que somos sobreviventes.

Para saber mais sobre os títulos e autores da Editora Arqueiro,
visite o nosso site e siga as nossas redes sociais.
Além de informações sobre os próximos lançamentos,
você terá acesso a conteúdos exclusivos
e poderá participar de promoções e sorteios.

editoraarqueiro.com.br

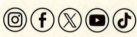